O Milagre

CB009509

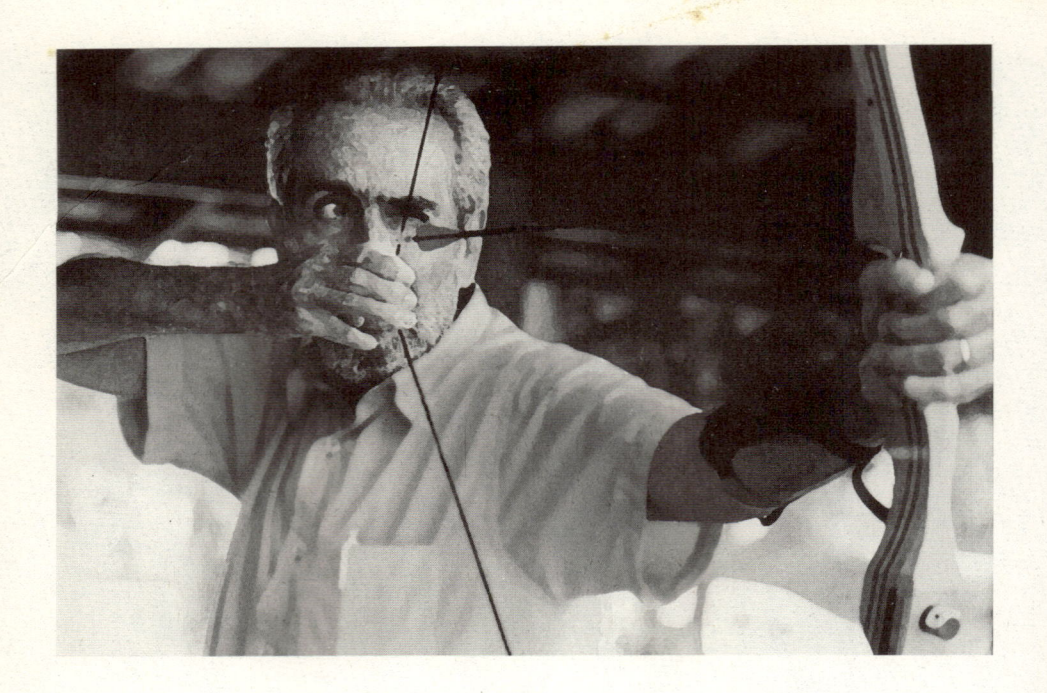

O Arqueiro

Geraldo Jordão Pereira (1938-2008) começou sua carreira aos 17 anos, quando foi trabalhar com seu pai, o célebre editor José Olympio, publicando obras marcantes como *O menino do dedo verde*, de Maurice Druon, e *Minha vida*, de Charles Chaplin.

Em 1976, fundou a Editora Salamandra com o propósito de formar uma nova geração de leitores e acabou criando um dos catálogos infantis mais premiados do Brasil. Em 1992, fugindo de sua linha editorial, lançou *Muitas vidas, muitos mestres*, de Brian Weiss, livro que deu origem à Editora Sextante.

Fã de histórias de suspense, Geraldo descobriu *O Código Da Vinci* antes mesmo de ele ser lançado nos Estados Unidos. A aposta em ficção, que não era o foco da Sextante, foi certeira: o título se transformou em um dos maiores fenômenos editoriais de todos os tempos.

Mas não foi só aos livros que se dedicou. Com seu desejo de ajudar o próximo, Geraldo desenvolveu diversos projetos sociais que se tornaram sua grande paixão.

Com a missão de publicar histórias empolgantes, tornar os livros cada vez mais acessíveis e despertar o amor pela leitura, a Editora Arqueiro é uma homenagem a esta figura extraordinária, capaz de enxergar mais além, mirar nas coisas verdadeiramente importantes e não perder o idealismo e a esperança diante dos desafios e contratempos da vida.

NICHOLAS SPARKS

O Milagre

ARQUEIRO

Título original: *True Believer*
Copyright © 2005 por Nicholas Sparks
Copyright da tradução © 2015 por Editora Arqueiro Ltda.

Todos os direitos reservados.
Nenhuma parte deste livro pode ser utilizada ou reproduzida sob quaisquer
meios existentes sem autorização por escrito dos editores.

Esta é uma obra de ficção. Nomes, personagens, lugares e incidentes são produtos da
imaginação do autor ou usados de forma fictícia. Qualquer semelhança com acontecimentos,
locais ou pessoas reais, vivas ou mortas, é mera coincidência.

tradução: Flávia Souto Maior

preparo de originais: Rachel Agavino

revisão: Anna Carla Ferreira e Carolina Rodrigues

diagramação: Ilustrarte Design e Produção Editorial

capa: Raul Fernandes

imagem de capa: © Stephen Carroll/Arcangel Images (casal)
© Eva Patikian/Arcangel Images (céu com estrelas)

impressão e acabamento: Associação Religiosa Imprensa da Fé

CIP-BRASIL. CATALOGAÇÃO NA PUBLICAÇÃO
SINDICATO NACIONAL DOS EDITORES DE LIVROS, RJ

S726m	Sparks, Nicholas
	O milagre/Nicholas Sparks; tradução de Flávia Souto Maior. São Paulo: Arqueiro, 2015.
	288 p.; 16x23 cm.
	Tradução de: True believer
	ISBN 978-85-8041-401-1
	1. Romance americano. I. Maior, Flávia Souto. II. Título.
15-20646	CDD: 813
	CDU: 821.111(73)-3

Todos os direitos reservados, no Brasil, por
Editora Arqueiro Ltda.
Rua Funchal, 538 – conjuntos 52 e 54 – Vila Olímpia
04551-060 – São Paulo – SP
Tel.: (11) 3868-4492 – Fax: (11) 3862-5818
E-mail: atendimento@editoraarqueiro.com.br
www.editoraarqueiro.com.br

Para Rhett e Valerie Little,
pessoas maravilhosas, amigos maravilhosos

1

———— ❧ ————

Jeremy Marsh sentou-se no estúdio, com os outros espectadores do programa ao vivo. Tinha a estranha impressão de que chamava a atenção. Ele era um entre apenas meia dúzia de homens presentes ali, naquela tarde de meados de dezembro. Vestia preto, é claro, e seus cabelos escuros e ondulados, olhos azul-claros e a barba rente da moda condiziam totalmente com a imagem do nova-iorquino que era. Enquanto analisava o convidado no palco, conseguia observar de maneira furtiva a loura atraente a três fileiras de distância. Sua profissão muitas vezes exigia que executasse várias tarefas ao mesmo tempo, de modo eficaz. Era um jornalista investigativo em busca de uma história, e a loura era apenas mais uma pessoa na plateia. Ainda assim, o observador profissional que existia nele não podia deixar de notar como ela ficava atraente usando camiseta frente-única e jeans. Jornalisticamente falando, é claro.

Esvaziando a cabeça, ele tentou voltar a se concentrar no convidado. O cara era mais do que ridículo. Sob o brilho das luzes da televisão, Jeremy achou que o guia espiritual parecia sofrer de prisão de ventre enquanto alegava ouvir vozes do além. Ele havia adotado uma falsa intimidade, agindo como se fosse irmão ou melhor amigo de todos, e parecia que a grande maioria da plateia boquiaberta – incluindo a atraente loura e a mulher a quem o convidado se dirigia – o considerava uma dádiva dos céus. O que fazia sentido, pensou Jeremy, já que era lá que todos os entes queridos perdidos iam parar. Espíritos do além estavam sempre cercados por uma luz brilhante e angelical, envoltos por uma aura de paz e tranquilidade. Jeremy nunca ouvira falar de um guia espiritual se comunicando com aquele outro lugar, muito mais quente. Um ente querido nunca mencionava que estava sendo assado em um espeto ou cozido em um caldeirão de óleo de motor, por exemplo. Mas Jeremy sabia que estava sendo cético. Além disso, tinha que admitir, o programa era muito bom. Timothy Clausen era ótimo – muito melhor do que a maioria dos charlatões sobre quem havia escrito ao longo dos anos.

– Sei que é difícil – disse Clausen ao microfone –, mas Frank está dizendo que já é hora de deixá-lo ir.

A mulher a quem ele se dirigia com uma empatia exagerada parecia prestes a desmaiar. Tinha 50 e poucos anos, vestia uma blusa com listras verdes e seus cabelos cacheados eram desgrenhados. As mãos estavam entrelaçadas com tanta força na altura do peito que os nós dos dedos estavam brancos.

Clausen parou e levou a mão à testa, conectando-se mais uma vez ao "além", como ele mesmo dizia. Em silêncio, a multidão se inclinava para a frente nos assentos. Todos sabiam o que vinha em seguida. Aquela mulher era a terceira pessoa da plateia que Clausen havia escolhido naquele dia. Não era de surpreender que ele fosse o único convidado do popular programa de entrevistas.

– Você se lembra da carta que ele lhe mandou? – perguntou Clausen. – Antes de morrer?

A mulher ficou espantada. O funcionário da equipe que estava ao seu lado segurou o microfone ainda mais perto para que todos os telespectadores pudessem ouvi-la com clareza.

– Sim, mas como é que você sabe...? – gaguejou ela.

Clausen não a deixou terminar.

– Você lembra o que dizia?

– Lembro.

Clausen fez um gesto positivo com a cabeça, como se ele próprio houvesse lido a carta.

– Era sobre perdão, não era?

No sofá, a apresentadora do programa de entrevistas mais popular dos Estados Unidos alternava o olhar entre Clausen e a mulher. Ela parecia ao mesmo tempo impressionada e satisfeita. Guias espirituais eram sempre bons para a audiência.

Quando a mulher da plateia confirmou, Jeremy notou o rímel começando a escorrer pelo rosto dela. As câmeras deram um *zoom* para mostrar mais claramente. Programação diurna em todo o seu drama.

– Mas como você...? – insistiu a mulher.

– Ele estava falando sobre sua irmã também – murmurou Clausen. – Não apenas dele.

A mulher fixou o olhar nele, atônita.

– Sua irmã Ellen – acrescentou Clausen.

Com essa revelação, a mulher enfim caiu num choro convulsivo. As lágrimas brotaram como um sistema anti-incêndio. Clausen – bronzeado e elegante com seu terno preto e sem nenhum fio de cabelo fora do lugar – continuou a balançar a cabeça como um daqueles cachorros de plástico que as pessoas põem no painel do carro. A plateia olhava para a mulher no mais absoluto silêncio.

– Frank deixou mais uma coisa para você, não deixou? Algo de seu passado.

Apesar das luzes quentes do estúdio, a mulher pareceu ficar pálida. No canto do cenário, atrás da área de visão geral, Jeremy viu o produtor rodando o dedo no ar, como a hélice de um helicóptero. Estava chegando a hora do intervalo. Clausen deu uma olhada praticamente imperceptível naquela direção. Ninguém além de Jeremy pareceu notar. Ele sempre se perguntava por que os espectadores nunca se questionavam como a comunicação com o mundo dos espíritos podia estar em tão perfeita sincronia com os intervalos comerciais.

Clausen continuou:

– Que mais ninguém podia saber. Algum tipo de chave, não é?

A mulher assentiu, ainda chorando.

– Você nunca pensou que ele guardaria, não é?

Certo, aqui está o argumento final, pensou Jeremy. Mais uma crente no papo.

– É do hotel onde vocês passaram a lua de mel. Ele queria que, quando você a encontrasse, se lembrasse dos momentos felizes que passaram juntos. Ele não quer que se lembre dele com dor, porque ele a ama.

– Ooohhhhhhh... – gritou a mulher.

Mais ou menos. Talvez fosse um gemido. De onde estava, Jeremy não podia ter certeza, porque o grito foi abafado por aplausos repentinos e entusiasmados. O microfone foi puxado para longe. As câmeras se afastaram. Depois de terminado seu momento de fama, a mulher da plateia desmoronou na cadeira. Nesse momento, a apresentadora se levantou do sofá e olhou para a câmera.

– Lembrem-se: o que vocês estão vendo é real. Nenhuma dessas pessoas nunca se encontrou com Timothy Clausen. – Ela sorriu. – Voltaremos com mais uma leitura após o intervalo.

Mais aplausos quando o programa foi interrompido pelos comerciais. Jeremy recostou em seu assento.

Jornalista investigativo conhecido por seu interesse pela ciência, ele fizera carreira escrevendo sobre pessoas como aquele homem. Na maior parte do tempo, gostava do que fazia e se orgulhava de seu trabalho, considerando-o um valioso serviço de utilidade pública, em uma profissão tão especial que tinha seus direitos enumerados na Primeira Emenda da Constituição dos Estados Unidos. Para sua coluna regular na revista *Scientific American*, entrevistara ganhadores do Prêmio Nobel, explicara para leigos as teorias de Stephen Hawking e Einstein e recebera os créditos por incitar o movimento da opinião pública que levou o órgão responsável pelo controle de medicamentos a retirar um perigoso antidepressivo do mercado. Havia escrito bastante sobre o projeto Cassini, o espelho defeituoso na lente do telescópio espacial Hubble, e fora um dos primeiros a acusar publicamente o experimento de fusão a frio de Utah de ser uma fraude.

Infelizmente, por mais impressionante que pudesse parecer, sua coluna não lhe rendia muito dinheiro. Era o trabalho como autônomo que pagava a maioria de suas contas e, como todos os profissionais liberais, ele estava sempre se matando para encontrar matérias que pudessem interessar aos editores de jornais e revistas. Seu nicho havia se ampliado para incluir "qualquer coisa incomum" e, nos últimos quinze anos, pesquisava e investigava paranormais, guias espirituais, pessoas que diziam promover a cura pela fé e médiuns. Expôs fraudes, trotes e falsificações. Visitou casas mal-assombradas, procurou criaturas místicas e caçou as origens de lendas urbanas. Cético por natureza, ele também tinha a rara habilidade de explicar conceitos científicos difíceis de forma que o leitor mediano conseguisse entender, e seus artigos já haviam sido publicados em centenas de jornais e revistas de todo o mundo. Ele sentia que a desmistificação científica era tão nobre quanto importante, mesmo que o público nem sempre a apreciasse. Com frequência, a correspondência que recebia após publicar seus artigos era apimentada com palavras como "idiota", "babaca" e o seu xingamento preferido: "puxa-saco do governo."

Havia aprendido que o jornalismo investigativo era um ramo ingrato.

Refletindo sobre isso com a testa franzida, ele observava a plateia conversando apaixonadamente, imaginando quem seria escolhido em seguida. Jeremy deu mais uma olhada para a loura, que verificava o batom em um espelhinho.

Ele já sabia que as pessoas escolhidas por Clausen não faziam parte do número, mesmo que a apresentação dele fosse anunciada com antecedência e as pessoas lutassem para conseguir ingressos. O que significava, é claro, que a plateia estava cheia de pessoas que acreditavam em vida após a morte. Para elas, Clausen era honesto. De que forma poderia saber coisas tão pessoais sobre estranhos se não falasse com espíritos? Mas, como qualquer bom mágico cujo repertório é ensaiado à perfeição, a ilusão ainda era uma ilusão, e, pouco antes do programa, Jeremy havia não apenas descoberto como ele executava seu truque, mas tinha evidência fotográfica para provar.

Desmascarar Clausen seria o maior golpe de Jeremy até o momento, e o cara merecia. Era um golpista do pior tipo. Ainda assim, o lado pragmático de Jeremy também percebia que esse era o tipo de história que quase nunca aparecia e ele queria tirar o máximo proveito dela. Clausen, afinal, estava virando uma grande celebridade e, nos Estados Unidos, ser celebridade era só o que importava. Embora soubesse ser muito improvável, fantasiava com o que aconteceria se Clausen o escolhesse. Não esperava que fosse acontecer. Seria o mesmo que ganhar na loteria. E, mesmo que não acontecesse, Jeremy sabia que ainda tinha uma matéria de qualidade. No entanto, muitas vezes qualidade e singularidade estavam separadas por simples reveses do destino, e quando terminou o intervalo comercial, sentiu uma leve pontada de esperança injustificada que dizia que, de algum modo, Clausen apontaria para ele.

E, como se Deus também não estivesse muito empolgado com o que Clausen estava fazendo, foi exatamente o que aconteceu.

Três semanas depois, o inverno castigava Manhattan. Uma frente fria havia chegado do Canadá, fazendo as temperaturas caírem a quase zero e nuvens de vapor saírem constantemente dos bueiros até recaírem sobre as calçadas congeladas. Não que alguém parecesse se importar. Os resistentes cidadãos de Nova York demonstravam a indiferença de sempre a todas as coisas relacionadas ao clima, e noites de sexta-feira não podiam ser desperdiçadas de jeito nenhum. As pessoas trabalhavam muito durante a semana para desperdiçar uma noite, sobretudo quando havia motivos para comemorar. Nate Johnson e Alvin Bernstein já estavam comemorando havia uma hora, junto com dezenas de amigos e jornalistas – alguns da *Scientific American* – que haviam se reunido para homenagear Jeremy. A maioria já estava na fase agitada da noite, divertindo-se bastante, em grande parte porque jornalistas costumavam se preocupar com grana e era Nate quem estava pagando.

Nate era agente de Jeremy. Alvin, um operador de câmera autônomo, era o melhor amigo de Jeremy. Eles estavam reunidos no bar da moda do Upper West Side para comemorar a aparição de Jeremy no *Primetime* da ABC. As chamadas do programa haviam passado na televisão aquela semana – muitas delas mostrando a capa e a matéria escrita por Jeremy e a promessa de uma grande revelação –, e pedidos de entrevistas do mundo todo não paravam de chegar ao escritório de Nate. Mais cedo, naquela mesma tarde, a revista *People* havia ligado, e uma entrevista fora agendada para a manhã da segunda-feira seguinte.

Não houve tempo para reservar uma sala privada para a reunião, mas ninguém parecia se importar. Com o longo balcão de granito e luzes teatrais, o estabelecimento lotado parecia o lar dos ricos e bem-sucedidos. Enquanto os jornalistas da *Scientific American* tendiam a usar paletós esportivos de tweed com protetores de bolso e estavam agrupados em um canto, discutindo fótons, a maioria dos outros clientes parecia estar passando por lá após sair do trabalho em Wall Street ou na Madison Avenue: paletós de ternos italianos pendurados nas costas das cadeiras, gravatas Hermès afrouxadas, homens que não pareciam querer nada além de apreciar as mulheres que frequentavam o local e exibir seus relógios Rolex. Mulheres vindas direto do trabalho na área editorial e de publicidade vestiam saias de marcas famosas e saltos impossivelmente altos, bebericando martínis aromatizados e fingindo ignorar os homens. O próprio Jeremy estava de olho em uma ruiva alta do outro lado do bar que parecia estar olhando em sua direção. Ele ficou imaginando se ela o estava reconhecendo dos comerciais de televisão ou se apenas queria companhia. Ela se virou, aparentando desinteresse, mas logo voltou a olhar para ele. O olhar dela se demorou apenas um pouco mais dessa vez, e Jeremy ergueu o copo.

– Vamos, Jeremy, preste atenção – disse Nate, cutucando-o com o cotovelo. – Você está na TV! Não quer ver como se saiu?

Jeremy tirou os olhos da ruiva. Olhando para a tela, viu a si mesmo sentado de frente para Diane Sawyer. Estranho, pensou, era como estar em dois lugares ao mesmo tempo. Ainda não parecia muito real. Nada nas últimas três semanas parecia real, apesar de todos esses anos na mídia.

Na tela, Diane o descrevia como o "jornalista científico mais conceituado dos Estados Unidos". A matéria não apenas havia se transformado em tudo o que ele queria, mas Nate também estava conversando com o *Primetime Live* sobre Jeremy fazer matérias regulares para eles, com a possibilidade de reportagens especiais para o *Good Morning America*. Embora muitos jornalistas acreditassem que a televisão era menos importante que outras formas mais sérias de jornalismo, nada impedia que muitos deles, em segredo, a considerassem o Santo Graal – associando-a, desse modo, a muito dinheiro. Apesar dos cumprimentos, a inveja estava no ar, uma sensação tão estranha a Jeremy quanto uma viagem espacial. Afinal, jornalistas como ele não estavam exatamente no topo da hierarquia da mídia – até hoje.

– Ela acabou de dizer que você é conceituado? – perguntou Alvin. – Você escreve sobre o Pé Grande e a lenda de Atlantis!

– Psiu! – Nate disse com os olhos grudados na televisão. – Estou tentando escutar. Isso pode ser importante para a carreira do Jeremy.

Como seu agente, Nate estava sempre promovendo eventos que "podiam ser importantes para a carreira do Jeremy", simplesmente porque o trabalho como autônomo não era assim tão lucrativo. Anos antes, quando Nate estava começando, Jeremy havia submetido a proposta de um livro e os dois estavam trabalhando juntos até hoje, apenas porque se tornaram amigos.

– Não importa – disse Alvin, ignorando a repreensão.

Enquanto isso, piscando na tela atrás de Diane Sawyer e Jeremy estavam os momentos finais da participação do jornalista no programa vespertino, no qual ele havia fingido sofrer pela morte de seu irmão ainda na infância, um menino com quem Clausen alegava estar se comunicando em benefício de Jeremy.

– Ele está comigo. – Clausen podia ser ouvido anunciando. – Ele quer que você o deixe ir, Thad.

A imagem mudou para capturar a interpretação de Jeremy de um participante angustiado, seu rosto contorcido. Clausen fez um sinal positivo com a cabeça ao fundo, demonstrando empatia ou parecendo sofrer de prisão de ventre, dependendo da perspectiva.

– Sua mãe nunca desmontou o quarto dele... o quarto que você dividia com ele. Ela insistiu em mantê-lo intacto, e você ainda tinha que dormir lá – continuou Clausen.

– Sim – murmurou Jeremy.

– Mas você tinha medo de ficar lá e, num acesso de raiva, pegou algo dele, algo muito pessoal, e enterrou no jardim.

– Sim – Jeremy conseguiu dizer mais uma vez, como se estivesse emotivo demais para falar.

– Seu aparelho ortodôntico!

– Oooooohhhhh! – gritou Jeremy, levando as mãos ao rosto.

– Seu irmão o ama, mas você tem que perceber que ele agora está em paz. Ele não sente raiva de você...

– Ooooohhhhhhh! – gemeu Jeremy outra vez, contorcendo ainda mais o rosto.

No balcão, Nate assistia às imagens, concentrado e em silêncio. Alvin, por outro lado, estava rindo e ergueu o copo de cerveja.

– Esse cara merece um Oscar! – gritou.

– Foi bem impressionante, não foi? – brincou Jeremy, com um riso forçado.

– Ei, vocês dois, estou falando sério – disse Nate, sem esconder a irritação. – Conversem durante os comerciais.

– Não importa – repetiu Alvin. "Não importa" sempre foi a expressão favorita dele.

No *Primetime Live*, o vídeo que estava sendo transmitido escureceu e a câmera focalizou Diane Sawyer e Jeremy, sentados um de frente para o outro.

– Então nada do que Timothy Clausen disse era verdade? – perguntou Diane.

– Nada! – afirmou Jeremy. – Como você já sabe, meu nome não é Thad, e embora eu tenha cinco irmãos, estão todos vivos e bem.

Diane segurava uma caneta sobre um bloco de papel, como se fosse tomar notas.

– E como Clausen fez isso?

– Bem, Diane – começou Jeremy.

No bar, Alvin ergueu sua sobrancelha com piercing. Ele se aproximou de Jeremy.

– Você acabou de chamá-la de Diane? Como se fossem *amigos*?

– Vocês podem parar? – pediu Nate, ficando cada vez mais irritado.

Na tela, Jeremy continuava:

– O que Clausen faz não passa de uma variação do que as pessoas vêm fazendo há centenas de anos. Em primeiro lugar, ele é bom em analisar pessoas, e é especialista em fazer associações vagas e carregadas de emoção e em reagir a pistas dadas por membros da plateia.

– Sim, mas ele foi tão específico. Não só com você, mas com os outros participantes. Ele tinha nomes. Como faz isso?

Jeremy deu de ombros.

– Ele me ouviu falando sobre meu irmão Marcus antes do programa. Simplesmente inventei uma vida imaginária e a anunciei em alto e bom som.

– Como isso chegou aos ouvidos de Clausen?

– Golpistas como Clausen são conhecidos por utilizar uma variedade de truques, incluindo microfones e "ouvintes" pagos que circulam na área de espera antes do programa. Antes de me sentar, fiz questão de circular e puxar conversa com vários membros da plateia, observando se alguém demonstrava curiosidade fora do comum por minha história. E um homem me pareceu particularmente interessado.

Atrás dele, o vídeo foi substituído por uma fotografia ampliada que Jeremy havia tirado com uma pequena câmera escondida em seu relógio, um brinquedinho de espião com tecnologia avançada que ele logo pôs na conta da *Scientific American*. Jeremy adorava brinquedos tecnológicos. Quase tanto quanto adorava colocá-los na conta dos outros.

– O que estamos vendo aqui? – perguntou Diane.

Jeremy explicou:

– Esse homem estava na plateia, passando-se por visitante de Peoria. Tirei essa foto pouco antes do programa, quando estávamos conversando. Aproximem mais a imagem, por favor.

Na tela, a fotografia foi ampliada e Jeremy foi até ela.

– Está vendo o pequeno broche dos Estados Unidos em sua lapela? Não é apenas um enfeite. Na verdade, é um transmissor em miniatura que envia sinais a um gravador nos bastidores.

Diane franziu a testa.

– Como você sabe disso?

– Porque – disse Jeremy, erguendo uma sobrancelha – eu, por acaso, tenho um igualzinho.

No mesmo instante, Jeremy enfiou a mão no bolso do paletó e tirou um broche dos Estados Unidos idêntico, ligado a um longo e fino fio e a um transmissor.

– Esse modelo específico é produzido em Israel. – A voz de Jeremy podia ser ouvida sobre o close que câmera dava no dispositivo. – E é bem moderno. Ouvi dizer que é usado pela CIA, mas, é claro, não posso confirmar essa informação. O que posso dizer é que a tecnologia é muito avançada. Este pequeno microfone é capaz de captar conversas do outro lado de uma sala lotada e barulhenta e, com os sistemas de filtragem adequados, pode até mesmo isolá-las.

Diane inspecionou o broche com aparente fascinação.

– E você tem certeza de que era mesmo um microfone e não apenas um broche?

– Bem, como você sabe, já estou investigando o passado de Clausen há um tempo, e, uma semana após o programa, consegui obter algumas fotos.

Uma nova fotografia apareceu na tela. Embora um pouco granulada, era a imagem do mesmo homem que estava usando o broche dos Estados Unidos.

– Essa foto foi tirada na Flórida, em frente ao escritório de Clausen. Como pode ver, o homem está entrando. Seu nome é Rex Moore e, na verdade, é funcionário de Clausen. Trabalha para ele há dois anos.

– Ooohhhhh! – gritou Alvin, e o resto da transmissão, que já estava mesmo terminando, foi abafado quando os outros, invejosos ou não, começaram com gritos e assobios.

A bebida grátis havia cumprido sua função, e Jeremy foi inundado de cumprimentos após o fim do programa.

– Você foi incrível – disse Nate.

Aos 43 anos, ele era baixo, estava perdendo cabelo e costumava usar ternos um pouco apertados na cintura. Apesar de tudo, era a personificação da energia e, como a maioria dos agentes, estava sempre entusiasmado e muito otimista.

– Obrigado – falou Jeremy, virando o resto da cerveja.

– Isso vai ser importantíssimo para sua carreira – continuou Nate. – É seu passaporte para um emprego regular na televisão. Chega de se arrastar por trabalhos ruins em revistas, chega de ir atrás de histórias de OVNIs. Sempre falei que você foi feito para a TV com essa sua aparência.

– Você sempre disse isso – admitiu Jeremy, revirando os olhos como quem cita um sermão repetido com frequência.

– Estou falando sério. Os produtores do *Primetime* e do *GMA* não param de ligar, falando sobre usar você como colaborador regular nos programas. Você sabe, "o que essa notícia científica de última hora significa para você" e tudo mais. Um grande salto para um repórter de ciências.

– Eu sou jornalista. – Jeremy fungou. – E não repórter.

– Não importa – disse Nate, fazendo um gesto como se espantasse uma mosca. – Como eu sempre falei, sua aparência foi feita para a televisão.

– Tenho que admitir que Nate está certo – concordou Alvin, piscando um dos olhos. – Quero dizer... de que outra forma você poderia ser mais popular que eu com as damas, apesar de não ter personalidade? – Durante anos, Alvin e Jeremy frequentaram bares juntos, tentando caçar mulheres.

Jeremy riu. Alvin Bernstein, cujo nome parecia se referir a de um contador bem alinhado e de óculos – um dos inúmeros profissionais que usavam sapatos Florsheim e carregavam pastas de couro para o trabalho –, não se parecia com um Alvin Bernstein. Quando adolescente, ele tinha visto Eddie Murphy no stand-up *Delirious* e decidido adotar o estilo couro-total, um guarda-roupa que horrorizava Melvin, seu pai, adepto dos sapatos Florsheim e da pasta de couro. Por sorte, o couro parecia combinar bem com suas tatuagens. Alvin as considerava um reflexo de sua estética singular, e ele era singularmente estético nos dois braços, até as escápulas. Tudo isso complementado por orelhas cheias de piercings.

– Então ainda está planejando uma viagem ao sul para investigar aquela história de fantasma? – perguntou Nate. Jeremy podia ver com clareza as engrenagens girando em sua cabeça. – Depois da entrevista para a *People*, quero dizer...

Jeremy afastou os cabelos escuros dos olhos e fez sinal para o barman servir outra cerveja.

– É, acho que sim. Com ou sem o *Primetime*, ainda tenho contas para pagar e pensei em usar isso para minha coluna.

– Mas você manterá contato, não é? Não vai ser como daquela vez em que se infiltrou entre os Justos e Sagrados?

Ele se referia a uma matéria de seis mil palavras que Jeremy havia feito para a *Vanity Fair* sobre um culto religioso. Naquela ocasião, Jeremy praticamente cortara toda a comunicação por um período de três meses.

– Manterei contato – afirmou Jeremy. – Essa história não tem nada a ver com aquela. Devo sair de lá em menos de uma semana. "Luzes misteriosas no cemitério." Nada de mais.

– Ei, por acaso você precisa de um operador de câmera? – Alvin se intrometeu.

Jeremy olhou para ele.

– Por quê? Você quer ir?

– Claro. Ir para o sul no inverno, talvez conhecer uma bela sulista enquanto você banca tudo. Ouvi dizer que as mulheres lá de baixo são uma loucura, mas no bom sentido. Seriam umas férias exóticas.

– Você não tinha que gravar alguma coisa para o *Law & Order* semana que vem?

Por mais estranho que Alvin parecesse, sua reputação era impecável, e seus serviços costumavam ser muito requisitados.

– É, mas até o final da semana já estarei livre. E, veja só, se está realmente levando a sério essa coisa de televisão como Nate diz que devia estar, pode ser importante ter umas imagens boas dessas luzes misteriosas.

– Supondo que existam mesmo luzes para filmar.

– Você faz o trabalho preliminar e me avisa. Vou deixar a agenda em aberto.

– Mesmo se existir alguma luz, é uma história pouco importante – alertou Jeremy. – Ninguém da televisão terá interesse.

– Talvez não no mês passado – disse Alvin. – Mas depois de ver você hoje à noite, eles ficarão interessados, sim. Você sabe como funciona a televisão... todos aqueles produtores correndo atrás do próprio rabo, tentando encontrar a próxima grande atração. Se o *GMA* demonstra um interesse repentino, você sabe que o *Today* logo vai ligar e o *Dateline* baterá na porta. Nenhum produtor quer ficar de fora. É assim que eles são demitidos. A última coisa que querem é explicar aos executivos por que perderam o barco. Acredite em mim, eu trabalho na televisão. Conheço essas pessoas.

– Ele tem razão – concordou Nate. – Você nunca sabe o que vai acontecer em seguida, e pode ser uma boa ideia planejar de antemão. Ficou claro que você marcou presença hoje à noite. Não se engane. E, se conseguir filmar as luzes, pode ser exatamente o que o *GMA* ou o *Primetime* precisam para tomar a decisão.

Jeremy encarou seu agente com os olhos estreitos.

– Está falando sério? É uma história *de nada*. Resolvi fazer a matéria porque precisava dar um tempo depois do Clausen. Aquela matéria ocupou quatro meses da minha vida.

– E veja aonde o levou – observou Nate, colocando a mão no ombro de Jeremy. – Pode ser uma matéria bobinha, mas com imagens sensacionais e um bom pano de fundo, quem sabe o que a televisão vai achar?

Jeremy ficou em silêncio por um instante antes de, por fim, dar de ombros.

– Está bem – cedeu. Depois olhou para Alvin: – Saio na terça-feira. Veja se consegue chegar lá até a próxima sexta. Ligo antes disso com os detalhes.

Alvin pegou a cerveja e tomou um gole.

– Por Deus – falou, imitando o comediante Gomer Pyle. – Eu vou para a terra da canjica e da tripa de porco. E prometo não cobrar caro.

Jeremy riu.

– Já esteve lá no sul?

– Não. E você?

– Já visitei Nova Orleans e Atlanta – admitiu Jeremy. – Mas são cidades grandes, e cidades grandes são mais ou menos iguais em todo lugar. Para essa matérias, vamos para o sul de verdade. É uma cidadezinha na Carolina do Norte, um lugar chamado Boone Creek. Você precisa ver o site da cidade. Ele fala das azaleias e cornisos que florescem em abril e exibe com orgulho a foto do cidadão mais proeminente da cidade. Um cara chamado Norwood Jefferson.

– Quem? – perguntou Alvin.

– Um político. Ele foi representante da Carolina do Norte no Senado de 1907 a 1916.

– E daí?

– Exato – confirmou Jeremy com um gesto. Olhando para o outro lado do bar, notou, decepcionado, que a ruiva já tinha ido embora.

– Onde exatamente fica esse lugar?

– Bem entre o *meio do nada* e *"onde estamos mesmo?"*. Vou ficar hospedado em um lugar chamado Greenleaf Cottages, que a Câmara do Comércio descreve como pitoresco e rústico, mas ao mesmo tempo moderno. Ou seja lá o que isso signifique.

Alvin riu.

– Parece uma aventura.

– Não se preocupe com isso. Você vai se dar muito bem lá no sul, tenho certeza.

– Você acha?

Jeremy observou o couro, as tatuagens e os piercings.

– Ah, tenho certeza – disse Jeremy. – Acho até que vão querer adotá-lo.

2

———— ❧ ————

Na terça-feira, um dia depois de sua entrevista para a revista *People*, Jeremy chegou à Carolina do Norte. Era pouco depois do meio-dia; quando saiu de Nova York, o dia estava nublado e chuvoso, e a previsão era de mais neve. Aqui, com uma extensão de céu azul sobre ele, o inverno parecia bem distante.

De acordo com o mapa que havia comprado na loja de presentes do aeroporto, Boone Creek ficava no condado de Pamlico, centenas de quilômetros a sudoeste de Raleigh e – se a estrada servisse de indicativo – a uns zilhões de quilômetros do que ele considerava civilização. De ambos os lados, a paisagem era plana e esparsa, nem um pouco empolgante. As fazendas eram separadas por faixas finas de pinheiros-amarelos e, dado o pouco trânsito, Jeremy tinha que se segurar para não pisar fundo demais no acelerador por puro tédio.

Mas não foi de todo ruim, ele tinha que admitir. Bem, pelo menos a parte da direção. A leve vibração do volante, a rotação do motor e a sensação de aceleração eram conhecidas por aumentar a produção de adrenalina, principalmente em homens (ele chegou a escrever uma coluna sobre isso). No entanto, a vida na cidade grande fazia com que fosse supérfluo ter um carro e ele nunca foi capaz de justificar as despesas de possuir um. Em vez disso, era transportado de um lugar ao outro em metrôs lotados ou táxis que andavam aos trancos. Andar pela cidade era barulhento, frenético e, dependendo do taxista, às vezes arriscado. Mas como um nova-iorquino nascido e criado na cidade, havia muito tempo aprendera a aceitar isso como apenas mais um aspecto empolgante da vida no local que ele chamava de lar.

Seus pensamentos se voltaram para a ex-mulher. Maria teria adorado um passeio como esse, pensou. Nos primeiros anos de casamento, eles costumavam alugar um carro e ir para as montanhas ou para a praia, às vezes passando horas na estrada. Ela trabalhava na revista *Elle* quando se conheceram em uma festa da editora. Ao perguntar se ela queria ir com ele a um café ali perto, não fazia ideia de que ela acabaria se tornando a única mulher que amou. A princípio, achou que tivesse cometido um erro ao convidá-la para sair, simplesmente porque não pareciam ter nada em comum. Ela era petulante e emotiva, mas depois, quando se beijaram na frente do apartamento dela, Jeremy ficou hipnotizado.

Com o tempo, ele passou a apreciar sua personalidade exaltada, os instintos infalíveis sobre as pessoas e a forma como parecia aceitá-lo como um todo, sem julgamento, tanto o lado bom quanto o ruim. Um ano depois, casaram-se na igreja, cercados por amigos e parentes. Ele tinha 26 anos, ainda não era colunista da *Scientific American*, mas aos poucos construía sua reputação, e eles mal podiam pagar pelo apartamento que alugavam no Brooklyn. Na cabeça dele, era uma glória conjugal jovem e batalhadora. Na dela, ele às vezes suspeitava, o casamento deles era forte na teoria, mas construído sobre uma base instável. No início, o problema era simples: enquanto o trabalho dela a mantinha na cidade, Jeremy viajava em busca de uma grande história onde quer que ela estivesse. Com frequência, ficava fora por semanas e, embora ela tivesse garantido a ele que podia lidar com isso, deve ter percebido durante suas ausências que, na verdade, não podia. Logo após o segundo aniversário de casamento, enquanto ele se preparava para mais uma viagem, Maria se sentou ao lado dele na cama. Entrelaçando as mãos, ergueu os olhos castanhos de encontro aos dele.

– Isso não está dando certo – falou simplesmente, deixando as palavras no ar por um instante. – Você nunca está em casa e isso não é justo comigo. Não é justo conosco.

– Quer que eu me demita? – perguntou Jeremy, sentindo uma pequena bolha de pânico surgir dentro dele.

– Não, não quero que se demita. Mas talvez possa encontrar algo por aqui. Como no *Times*. Ou no *Post*. Ou no *Daily News*.

– Não vai ser assim para sempre – alegou ele. – É só por um tempo.

– Foi o que você disse há seis meses – argumentou ela. – Isso nunca vai mudar.

Olhando para trás, Jeremy sabia que devia ter visto aquilo como o aviso que de fato era, mas, na época, tinha uma matéria para escrever, uma reportagem sobre Los Alamos. Ela abriu um sorriso incerto quando ele lhe deu um beijo de despedida e, no avião, ele pensou rapidamente na expressão dela, mas, quando voltou, Maria parecia ter voltado a ser quem era, e eles passaram o fim de semana enroscados na cama. Ela começou a falar sobre ter um bebê e, apesar de seu nervosismo, Jeremy ficou empolgado com a ideia. Supôs que tinha sido perdoado, mas a armadura de proteção do relacionamento estava lascada, e rachaduras imperceptíveis apareciam a cada nova ausência. O rompimento final veio um ano mais tarde, um mês após a visita a um médico no Upper East Side, que apresentou-lhes um futuro que nenhum dos dois jamais havia previsto. Muito mais do que suas viagens, a visita havia prenunciado o fim do relacionamento, e até Jeremy sabia disso.

– Não posso ficar – disse-lhe Maria. – Eu quero, e parte de mim sempre vai amar você, mas não posso.

Ela não precisou dizer mais nada e, nos momentos silenciosos de autopiedade após o divórcio, ele às vezes se questionava se ela algum dia o havia amado de verdade. Eles podiam ter conseguido, dizia a si mesmo. Mas no fim, entendeu por que ela foi embora e não guardava mágoa. Agora eles até se falavam por telefone, embora ele não tenha conseguido comparecer ao casamento dela com um advogado que vivia em Chappaqua, três anos antes.

O divórcio tinha saído havia sete anos e, na verdade, era a única coisa triste de verdade que já lhe acontecera. Poucos podiam dizer algo assim, ele sabia. Nunca se feriu com gravidade, tinha uma vida social ativa e nenhum trauma de infância. Seus irmãos e as respectivas esposas, os pais, e mesmo os avós – todos os quatro na faixa dos 90 anos – eram saudáveis. Também eram próximos: alguns fins de semana por mês o crescente clã se reunia na casa de seus pais, que ainda moravam no Queens, no mesmo lugar onde Jeremy crescera. Ele tinha dezessete sobrinhos e sobrinhas, e, embora às vezes se sentisse deslocado nos compromissos familiares, pois estava solteiro em uma família de pessoas muito bem casadas, seus irmãos eram respeitosos o bastante para não questionar os motivos do divórcio.

E ele havia superado. Na maior parte do tempo, pelo menos. Às vezes, em viagens de carro como essa, sentia uma pontada de nostalgia pelo que podia ter acontecido. Mas era raro, e o divórcio não o deixara desiludido em relação às mulheres em geral.

Alguns anos antes, Jeremy acompanhara um estudo que analisava se a percepção de beleza era produto de normas culturais ou da genética. Para a pesquisa, pediram que mulheres atraentes e menos atraentes segurassem crianças pequenas, e a duração do contato visual entre as mulheres e as crianças foi comparada. O estudo mostrou uma correlação direta entre beleza e contato visual: as crianças fixaram o olhar por mais tempo nas mulheres atraentes, sugerindo que as percepções das pessoas em relação à beleza eram instintivas. A pesquisa recebeu destaque na *Newsweek* e na *Time*.

Ele quis escrever uma coluna criticando o estudo, em parte porque omitia algumas qualificações que ele considerava importantes. A beleza exterior podia chamar a atenção das pessoas à primeira vista – ele sabia que era tão suscetível quanto qualquer outro homem ao apelo de uma supermodelo –, mas sempre achou que inteligência e paixão fossem muito mais atraentes e importantes depois de um tempo. Era preciso mais do que um instante para decifrar essas características, e a beleza não tinha nada a ver com isso. Ela pode prevalecer por um tempo bem curto, mas a médio e longo prazo as normas culturais – principalmente aqueles valores e normas influenciados pela família – eram mais importantes. Seu editor, no entanto, considerou a ideia "subjetiva demais" e sugeriu que ele escrevesse algo sobre o uso excessivo de antibióticos na alimentação dos frangos, o que apresentava um potencial para transformar estreptococos na próxima peste bubônica. Fazia sentido, refletiu Jeremy com desgosto: o editor era vegetariano e sua esposa era ao mesmo tempo linda e radiante como o céu do Alasca no inverno.

Editores. Havia muito tempo ele concluíra que a maioria era hipócrita. Mas, como em grande parte das profissões, os hipócritas costumavam ser entusiasmados e ter jogo de cintura político – em outras palavras, sobreviventes corporativos –, o que significava que não apenas distribuíam as tarefas, mas também acabavam pagando as despesas.

Mas talvez, como Nate havia sugerido, em breve ele estaria fora dessa. Bem, não completamente. Alvin podia estar certo ao dizer que os produtores de televisão não eram muito diferentes dos editores, mas a TV pagava um salário decente, o que significava que ele poderia escolher seus projetos, em vez de ter que se virar o tempo todo. Maria estava certa ao contestar sua carga de trabalho tanto tempo antes. Em quinze anos, a quantidade de trabalho não mudou nada. Ah, as matérias podem ser mais importantes, ou ele pode ter mais facilidade para publicar suas reportagens por conta dos relacionamentos que construiu com o passar dos anos, mas nenhuma dessas coisas mudou o desafio essencial de sempre pensar em algo novo e original. Ele ainda tinha que escrever dezenas de colunas para a *Scientific American*, pelo menos uma ou duas grandes investigações, e mais ou menos uns quinze artigos menores por ano, alguns de acordo com o tema da estação. O Natal está chegando? Escreva uma história sobre o verdadeiro São Nicolau, que nasceu na Turquia, virou bispo de Mira e era conhecido por sua generosidade, pelo amor pelas crianças e pela preocupação com os marinheiros. É verão? Que tal uma matéria sobre o aquecimento global e o inegável aumento da temperatura nos últimos cem anos, o que previa consequências saarianas em todos os Estados Unidos, ou como o aquecimento global pode causar a próxima era do gelo e transformar os Estados Unidos em uma tundra gelada. O dia de Ação de Graças, por outro lado, era bom para contar a verdade sobre a vida dos peregrinos, que não se tratava apenas de jantares amigáveis com nativos, mas incluía a caça às bruxas de Salem, epidemias de varíola e uma tendência repugnante ao incesto.

Entrevistas com cientistas famosos e artigos sobre vários satélites ou projetos da NASA sempre eram respeitados e fáceis de emplacar em qualquer época do ano, assim como denúncias sobre drogas (lícitas e ilícitas), sexo, prostituição, jogos de azar, bebidas, casos de tribunal envolvendo pagamentos milionários e qualquer coisa que tivesse a ver com fenômenos sobrenaturais, a maioria das quais tinha pouca ou nenhuma relação com ciência e mais com charlatões como Clausen.

Ele tinha que admitir que o processo não chegava nem perto de como ele imaginava que seria uma carreira de jornalista. Em Columbia – ele fora o único dos irmãos a frequentar a faculdade e o primeiro de toda a família a se formar, fato que sua mãe nunca se cansava de repetir para qualquer estranho –, cursou graduação dupla em física e química, com intenção de se tornar professor universitário. Mas uma namorada que trabalhava no jornal da universidade o convenceu a escrever uma matéria – que dependia muito do uso de estatísticas – sobre a distorção nas notas do vestibular. Quando seu artigo gerou inúmeras manifestações de alunos, Jeremy se deu conta de que levava jeito para escrever. Ainda assim, sua opção de carreira não mudou até que seu pai foi enganado por um falso consultor financeiro que lhe roubou 40 mil dólares, pouco antes de Jeremy terminar a faculdade. Com a casa da família em risco – o pai era motorista de ônibus e trabalhou para o Port Authority até se aposentar –, Jeremy faltou à cerimônia de formatura para rastrear o golpista. Como se estivesse possuído, pesquisou registros judiciais e públicos, entrevistou colegas do trapaceiro e fez anotações detalhadas.

Como se fosse obra do destino, a promotoria de Nova York tinha peixes maiores do que um golpista chinfrim para pescar, então Jeremy confirmou mais uma vez suas fontes, resumiu as anotações e escreveu a primeira denúncia de sua vida. No fim, a casa foi salva e a revista *New York* publicou a matéria. O editor o convenceu de que a vida acadêmica não o levaria a lugar algum e, com uma mistura sutil de lisonja e retórica a respeito da busca do grande sonho, sugeriu que Jeremy escrevesse uma matéria sobre o Leffertex, um antidepressivo que passava pela terceira fase dos testes clínicos e era objeto de intensa especulação da mídia.

Jeremy aceitou a sugestão, trabalhando dois meses na matéria com seu próprio dinheiro. No fim, o artigo fez com que a farmacêutica suspendesse o medicamento. Depois disso, em vez de ir fazer mestrado no MIT, ele viajou para a Escócia para acompanhar cientistas que investigavam o Monstro do Lago Ness, primeira de suas matérias irrelevantes. Lá, esteve presente na confissão de leito de morte de um importante cirurgião que admitiu que a fotografia que havia tirado do monstro, em 1933 – a imagem que chamou a atenção do público para a lenda –, havia sido forjada por ele e por um amigo em uma tarde de domingo com a intenção de fazer uma pegadinha. O resto, como dizem, era história.

Ainda assim, quinze anos de matérias eram *quinze anos* de matérias, e o que ele havia recebido em troca? Tinha 37 anos, era solteiro e morava em um apartamento encardido, de um só quarto, no Upper West Side, e estava indo para Boone Creek, na Carolina do Norte, para investigar um caso de luzes misteriosas em um cemitério.

Ele balançou a cabeça, como sempre perplexo com o caminho que sua vida havia tomado. O grande sonho. Ainda estava por aí, e ele ainda tinha a paixão para alcançá-lo. Apenas agora havia começado a se perguntar se a televisão seria um modo de conseguir.

A história das luzes misteriosas se originou de uma carta que Jeremy havia recebido um mês antes. Quando a leu, logo pensou que daria uma boa matéria de Halloween. Dependendo do ângulo abordado, a *Southern Li-*

ving ou até mesmo a *Reader's Digest* poderiam se interessar em publicar na edição de outubro; se acabasse sendo mais literária e narrativa, talvez a *Harper's* ou a *New Yorker*. Por outro lado, se como Roswell, no Novo México, a cidade estivesse tentando se beneficiar com OVNIs, a matéria podia ser apropriada por um dos grandes jornais do Sul, que depois poderiam até vendê-la. Ou, se a mantivesse curta, poderia usá-la em sua coluna. Seu editor na *Scientific American*, apesar da *seriedade* com que considerava o conteúdo da revista, também tinha grande interesse em aumentar o número de assinantes e falava nisso sem parar. Ele sabia muito bem que o público adorava uma história de fantasma. Podia hesitar enquanto olhava para a foto da esposa e fingia avaliar os méritos, mas nunca deixara passar uma matéria como essa. Editores gostavam de coisas irrelevantes assim como qualquer pessoa, uma vez que os assinantes eram a sustentação desse negócio. E o irrelevante, era triste dizer, estava se tornando a base da mídia.

No passado, Jeremy havia investigado sete aparições de fantasmas; quatro acabaram indo parar em sua coluna de outubro. Algumas tinham sido bem comuns – visões espectrais que ninguém podia documentar cientificamente –, mas três delas envolviam *poltergeists*, supostos espíritos perversos capazes de mover objetos ou causar estragos. Segundo investigadores paranormais – o maior paradoxo que Jeremy já ouvira –, *poltergeists*, em geral, eram atraídos para uma pessoa em especial, e não para um lugar. Em cada ocasião que Jeremy havia investigado, incluindo aquelas bem documentadas pela mídia, a fraude tinha sido a causa dos acontecimentos misteriosos.

Mas, ao que parecia, as luzes de Boone Creek eram diferentes; previsíveis o bastante para que a cidade fosse capaz de promover um Passeio por Casas Históricas e Cemitério Assombrado, durante o qual, prometia o folheto, as pessoas veriam não apenas casas de meados da década de 1700, mas, se o clima permitisse, "os ancestrais angustiados de nossa cidade em sua marcha noturna entre este mundo e o além".

O folheto, com fotografias da organizada cidade e declarações melodramáticas, havia sido enviado a ele junto com a carta. Enquanto dirigia, Jeremy se lembrava da mensagem:

> *Caro Sr. Marsh,*
> *Meu nome é Doris McClellan, e há dois anos li uma matéria escrita por você na* Scientific American *sobre o fantasma que assombrava Bren-*

ton Manor em Newport, Rhode Island. Pensei em lhe escrever naquela época, mas, por algum motivo, não o fiz. Acredito que simplesmente me tenha escapado da memória, mas, com o que anda acontecendo em minha cidade, estimo que seja uma boa hora para falar sobre isso.

Não sei se já ouviu falar sobre o cemitério de Boone Creek, na Carolina do Norte, mas diz a lenda que o cemitério é assombrado por espíritos de ex-escravos. No inverno – de janeiro até o início de fevereiro –, luzes azuis parecem dançar sobre as lápides sempre que o nevoeiro desce. Alguns dizem que parecem luzes estroboscópicas, outros juram que são do tamanho de bolas de basquete. Eu já vi. Para mim, parecem globos espelhados que brilham. Bem, no ano passado uns sujeitos da Universidade Duke vieram investigar. Acho que eram meteorologistas, geólogos ou algo assim. Eles também viram as luzes, mas não conseguiram encontrar uma explicação e o jornal local fez uma grande matéria sobre todo o mistério. Talvez, se vier até aqui, você consiga compreender o que as luzes são de fato.

Se precisar de mais informações, ligue para mim no Herbs, um restaurante aqui da cidade.

O restante da carta fornecia mais informações para contato. Depois ele deu uma olhada no folheto da Associação Histórica local. Leu textos que descreviam as diversas casas do passeio, as informações a respeito do desfile e do baile na sexta-feira à noite, e se viu erguendo a sobrancelha para o anúncio de que, pela primeira vez, uma visita ao cemitério seria incluída no passeio nas noites de domingos. Atrás do folheto – cercados pelo que pareciam desenhos do Gasparzinho feitos à mão –, havia depoimentos de pessoas que tinham visto as luzes e um excerto do que parecia ser um artigo do jornal local. No centro, uma fotografia granulada de uma luz forte no que podia ou não ser o cemitério (o texto dizia que sim).

Não era exatamente Borley Rectory, uma casa vitoriana "assombrada" na margem norte do rio Stour, em Essex, Inglaterra –, a construção mal-assombrada mais famosa da história, onde estavam incluídos a "observação" de cavaleiros sem cabeça, canções estranhas tocadas no órgão e o soar de sinos –, mas era o suficiente para despertar seu interesse.

Como não conseguiu encontrar o artigo mencionado na carta – não havia arquivo no site do jornal local –, ele entrou em contato com vários departamentos da Universidade Duke e acabou encontrando o projeto de pesquisa original. Ele havia sido escrito por três alunos de pós-graduação e, embora tivesse os nomes e números de telefone, duvidava que teria por que ligar para eles. O relatório de pesquisa não tinha nenhum dos detalhes que ele esperava. Em vez disso, o estudo havia apenas documentado a existência das luzes e o fato de que o equipamento dos estudantes estava funcionando de maneira adequada, o que nem arranhava a superfície das informações a que precisava ter acesso. Além disso, se tinha aprendido algo nos últimos quinze anos, era a não confiar no trabalho de ninguém, apenas no seu.

Está vendo, esse era o segredo sujo sobre escrever para revistas. Enquanto todos os jornalistas podiam dizer que faziam sua própria pesquisa – e a maioria até fizesse *um pouco* –, eles ainda se apoiavam demais em opiniões e meias verdades publicadas no passado. Dessa forma, cometiam erros frequentes, em geral pequenos, às vezes grosseiros. *Todos* os artigos de *todas* as revistas tinham erros, e dois anos antes Jeremy havia escrito uma matéria sobre isso, expondo os hábitos menos louváveis de seus colegas de profissão.

Seu editor, no entanto, vetara a publicação. E nenhuma outra revista pareceu empolgada com a história.

Ele observava os carvalhos pela janela, imaginando se precisava mudar de carreira, e de repente desejou ter pesquisado mais sobre a história de fantasma. E se não houvesse luz nenhuma? E se a pessoa que escrevera a carta fosse uma charlatã? E se não tivesse lenda alguma em que basear o artigo? Ele balançou a cabeça. Não adiantava se preocupar. Além disso, era tarde demais. Ele já estava aqui, e Nate estava ocupado atendendo os telefones em Nova York.

No porta-malas, Jeremy tinha todos os itens necessários para caçar fantasmas (como revelado em *Caça-fantasmas de verdade!*, um livro que ele comprara originalmente como piada depois de uma noite de coquetéis). Ele tinha uma câmera Polaroid, uma 35mm, quatro filmadoras e tripés, gravador de áudio e microfones, detector de radiação de micro-ondas, detector eletromagnético, bússola, óculos de visão noturna, laptop e outras quinquilharias.

Precisava fazer tudo direito, afinal. Caçar fantasmas não era coisa para amadores.

Como se podia esperar, o editor havia reclamado do custo das enge-nhocas compradas recentemente, que sempre pareciam ser necessárias em investigações desse tipo. Jeremy lhe explicara que a tecnologia avançava depressa, e as engenhocas de ontem equivaliam a ferramentas de pedra, fantasiando sobre colocar na conta dele a mochila com fachos de laser que Bill Murray e Harold Ramis usaram no filme *Os Caça-Fantasmas*. Ele ado-raria ver a cara do editor ao ouvir isso. O cara ficara exaltado como um coelho cheio de anfetaminas antes de enfim autorizar a compra dos itens. Ele sem dúvida ficaria muito irritado se a história acabasse na televisão, e não em sua coluna.

Sorrindo ao se lembrar da expressão do editor, Jeremy passou por várias estações – rock, hip-hop, country, gospel – até sintonizar em uma rádio local que entrevistava dois pescadores que falavam com entusiasmo so-bre a necessidade de diminuir o peso permitido para a pesca do linguado. O locutor, que parecia interessado demais no assunto, era extremamente fanho. Os comerciais anunciavam a exposição de armas e moedas na Loja Maçônica em Grifton e as últimas mudanças de equipe na Nascar.

O trânsito se tornou mais intenso próximo a Greenville, e ele deu uma volta na região do centro, perto do campus da Universidade East Carolina. Cruzou o largo rio Pamlico, de águas salobras, e virou em uma estrada ru-ral. O asfalto estreitava-se à medida que a pista serpenteava pelo interior, apertado de ambos os lados por áridos campos invernais, bosques mais densos e uma ou outra casa de fazenda. Cerca de trinta minutos depois, notou que se aproximava de Boone Creek.

Depois do primeiro e único semáforo, o limite de velocidade caiu para 40 quilômetros por hora e, desacelerando, Jeremy observou a paisagem com desânimo. Além da meia dúzia de trailers encarapitados aleatoria-mente nas laterais da estrada e alguns cruzamentos, a faixa de asfalto era dominada por dois postos de gasolina caindo aos pedaços e a Leroy's Pneus. Leroy anunciava seu negócio com uma placa no alto de uma torre de pneus usados que, em qualquer outro lugar, seria considerada um risco para incêndios. Jeremy chegou ao outro extremo da cidade em um minuto, ponto em que o limite de velocidade voltou a aumentar. Ele parou o carro na beira da estrada.

Ou a Câmara de Comércio havia usado fotografias de alguma outra ci-dade em seu site, ou ele tinha deixado passar alguma coisa. Estacionou para verificar o mapa mais uma vez e, segundo a versão atualizada, estava em Boone Creek. Olhou pelo espelho retrovisor, imaginando onde ficava a cidade. As ruas calmas cercadas de árvores. As azaleias florescendo. As mulheres bonitas usando vestidos.

Enquanto tentava descobrir, viu o campanário branco de uma igreja acima da copa das árvores e decidiu descer uma das ruas transversais pelas quais havia passado. Depois de uma curva sinuosa, os arredores mudaram de repente e ele se viu dirigindo por uma cidade que podia ter sido graciosa e pitoresca um dia, mas agora parecia estar morrendo de velhice. Varandas decoradas com vasos de flores pendurados e bandeiras dos Estados Unidos não eram suficientes para esconder a tinta descascada e o mofo sob as calhas. Quintais eram sombreados por enormes árvores de magnólia, mas os arbustos de rododendros cuidadosamente podados escondiam apenas parte das fundações rachadas. De todo modo, o local parecia amigável o bastante. Alguns casais idosos vestindo suéteres e sentados em cadeiras de balanço na varanda acenaram para ele quando passou.

Só depois de vários acenos ele se deu conta de que eles não estavam acenando por achar que o conheciam, e sim porque as pessoas daqui acenavam para *qualquer um* que passasse de carro. Vagando de uma estrada para outra, Jeremy acabou encontrando a margem do rio, lembrando que a cidade havia se desenvolvido na confluência de Boone Creek com o rio Pamlico. Conforme passava pela área do centro, que sem dúvida algum dia fora uma próspera área de comércio, notou como a cidade parecia estar se extinguindo. Dispersos entre os espaços vazios e janelas fechadas com tábuas havia duas lojas de antiguidades, uma lanchonete antiquada, um bar chamado Lookilu e uma barbearia. A maioria dos estabelecimentos tinha nomes típicos e parecia existir havia décadas, mas lutavam em uma guerra perdida contra a extinção. A única evidência da vida moderna eram as camisetas em cores neon decoradas com slogans como *Eu sobrevivi aos fantasmas de Boone Creek!* penduradas na vitrine do que devia ser a versão sulista-rural de uma loja de departamentos.

Foi bem fácil encontrar o Herbs, onde Doris McClellan trabalhava. Ficava perto do fim da quadra, em um prédio vitoriano restaurado, cor de pêssego, da virada do século. Havia carros estacionados na frente e no pequeno estacionamento ao lado, coberto de cascalho, e dava para ver mesas por trás das janelas encortinadas e na varanda. Pelo que Jeremy podia ver, todas as mesas estavam ocupadas, então decidiu que seria melhor passar para falar com Doris depois que o movimento diminuísse.

Observou a localização da Câmara de Comércio, um pequeno prédio de tijolos nos limites da cidade, e voltou na direção da estrada. Por impulso, parou em um posto de gasolina.

Depois de tirar os óculos de sol, Jeremy abriu o vidro. O proprietário de cabelos grisalhos usava um macacão encardido e um boné da Nascar. Ele se levantou devagar e começou a caminhar na direção do carro, mascando o que Jeremy presumiu ser tabaco.

– Posso ajudar? – Seu sotaque era sulista e os dentes estavam manchados de marrom. O nome no crachá era TULLY.

Jeremy pediu indicações sobre como chegar ao cemitério, mas, em vez de responder, o homem ficou olhando para ele com atenção.

– Quem foi que morreu? – perguntou por fim.

Jeremy piscou.

– O quê?

– Não está indo pra um enterro? – perguntou o dono do posto.

– Não. Eu só queria conhecer o cemitério.

O homem assentiu.

– Bom, parece que está indo pra um enterro.

Jeremy olhou para as próprias roupas: uma jaqueta preta sobre blusa de gola alta preta, jeans pretos, sapatos pretos. O homem tinha razão.

– É que gosto de preto. Bem, sobre o caminho...

O homem levantou a aba do boné e falou devagar:

– Não gosto de enterros. Me fazem pensar que eu tinha que ir mais na igreja para acertar as coisas antes que seja tarde demais. Já sentiu isso?

Jeremy não sabia o que dizer. Não era uma pergunta que lhe fizessem com frequência, especialmente em resposta a um pedido de informação.

– Acho que não – arriscou dizer.

O dono do posto tirou um trapo do bolso e começou a limpar a graxa das mãos.

– Estou vendo que não é daqui. Você fala engraçado.

– Sou de Nova York – explicou Jeremy.

– Já ouvi falar, mas nunca fui lá. – O homem olhou para o Taurus. – Esse carro é seu?

– Não, é alugado.

Ele fez um gesto com a cabeça, sem dizer nada por um instante.

– Bom, mas sobre o cemitério... – insistiu Jeremy. – Pode me dizer como chegar lá?

– Acho que sim. Pra qual cemitério você quer ir?

– Acho que se chama Cedar Creek.

O proprietário ficou olhando para ele com curiosidade.

– Pra que você quer ir lá? Não tem nada pra ver lá. Tem uns cemitérios melhores do outro lado da cidade.

– Na verdade, só estou interessado nesse.

O homem não parecia tê-lo ouvido.

– Tem algum parente seu enterrado lá?

– Não.

– É um desses construtores importantes do norte? Talvez esteja querendo construir uns prédios ou um daqueles shoppings nas terras de lá?

Jeremy negou com a cabeça.

– Não, na verdade sou jornalista.

– Minha mulher gosta daqueles shoppings. Dos prédios também. Pode ser uma boa ideia.

– Ah! – exclamou Jeremy, imaginando o quanto essa conversa se prolongaria. – Gostaria de poder ajudar, mas não é meu ramo de trabalho.

– Precisa de gasolina? – perguntou o homem, indo para a traseira do carro.

– Não, obrigado.

Ele já estava desenroscando a tampa.

– Comum ou aditivada?

Jeremy se ajeitou no banco, pensando que o homem tinha o direito de trabalhar.

– Pode ser da comum.

Depois de ligar a bomba, o homem tirou o boné e passou a mão pelos cabelos enquanto voltava até a janela.

– Se tiver algum problema no carro, pode me procurar. Sei consertar os dois tipos de carro, e por um preço justo.

– Dois?

– Os de fora *e* os daqui – disse ele. – Achou que eu estava falando de quê? – Sem esperar resposta, o homem balançou a cabeça, como se Jeremy fosse um idiota. – Meu nome é Tully, aliás. E o seu?

– Jeremy Marsh.

– E você é urologista?

– Jornalista.

– Aqui na cidade não tem nenhum urologista. Mas tem uns em Greenville.

– Ah – disse Jeremy, sem se preocupar em corrigi-lo. – Bom, mas e o caminho para Cedar Creek...?

Tully coçou o nariz e olhou para a estrada antes de voltar a olhar para Jeremy.

– Bom, não vai dar pra ver nada agora. Os fantasmas só saem de noite, se é o que está procurando.

– O quê?

– Os fantasmas. Se não tem parente enterrado no cemitério, então deve estar aqui por causa dos fantasmas, né?

– Ouviu falar dos fantasmas?

– É claro que ouvi. Vi com meus próprio olhos. Mas, se quer comprar ingresso, vai ter que passar na Câmara de Comércio.

– Precisa de ingresso?

– Bom, você não pode sair entrando na casa dos outros, né?

Jeremy levou um tempo para compreender sua linha de raciocínio.

– Ah, está certo – disse por fim. – O Passeio por Casas Históricas e Cemitério Assombrado, não é?

Tully ficou olhando para Jeremy, como se ele fosse a pessoa mais ignorante da face da terra.

– Bom, é claro que estamos falando do passeio – disse ele. – Achou que eu estava falando de quê?

– Não sei bem – respondeu Jeremy. – Mas e o caminho...?

Tully balançou a cabeça.

– Certo, certo – falou, como se tivesse ficado irritado de repente.

Ele apontou na direção da cidade.

– O que você tem que fazer é voltar até o centro, aí seguir pela estrada principal até achar o retorno depois de uns 6 quilômetros de onde ela acabava antes. Virar para o oeste e continuar indo até chegar a uma bifurcação, depois seguir a estrada que passa pelas terras do Wilson Tanner. Virar para o norte de novo onde tinha o ferro-velho, ir reto mais um pouco, e o cemitério vai estar logo ali.

Jeremy fez um sinal positivo com a cabeça.

– Certo.

– Tem certeza de que entendeu tudo?

– Bifurcação, terras do Wilson Tanner, lugar onde era o ferro-velho – ele repetiu como um robô. – Obrigado pela ajuda.

– Sem problemas. Fico feliz em poder servir. São 7 dólares e 49 centavos.

– Aceita cartão de crédito?

– Não. Nunca gostei dessas coisas. Não gosto que o governo fique sabendo de tudo o que eu faço. Não é da conta de ninguém.

– Bem – disse Jeremy, pegando a carteira –, isso é um problema. Ouvi dizer que o governo tem espiões em todo lugar.

Tully assentiu.

– Aposto que é ainda pior para vocês, que são médicos. O que me lembra...

Tully continuou falando sem parar pelos quinze minutos seguintes. Jeremy tomou conhecimento das excentricidades do clima, dos decretos ridículos do governo e de como Wyatt – o dono do outro posto de gasolina – extorquiria Jeremy se ele fosse abastecer lá, já que adulterava a calibragem das bombas assim que o caminhão de abastecimento saía. Mas o que ele mais ouviu foi sobre o problema de Tully com sua próstata, o que o obrigava a levantar da cama pelo menos cinco vezes por noite para ir ao banheiro. Ele perguntou a opinião de Jeremy a respeito, uma vez que ele era urologista. Também perguntou sobre Viagra.

Depois de reabastecer a boca duas vezes com tabaco, um carro parou do outro lado da bomba, interrompendo a conversa. O motorista abriu o capô e Tully olhou lá dentro antes de manipular alguns fios e cuspir de lado. Ele prometeu que poderia consertar, mas disse que estava muito ocupado e por isso o homem teria que deixar o carro lá por, pelo menos, uma semana. O estranho já parecia esperar essa resposta e, um instante depois, estavam conversando sobre a Sra. Dungeness e o fato de um gambá ter entrado em sua cozinha na noite anterior e comido as frutas da fruteira.

Jeremy aproveitou a oportunidade para sair de fininho. Parou na loja de departamentos para comprar um mapa e um pacote de cartões-postais com os pontos turísticos de Boone Creek e logo estava dirigindo pela estrada sinuosa que levava para fora da cidade. Por mágica, encontrou tanto o retorno quanto a bifurcação, mas infelizmente passou direto pelas terras de Wilson Tanner. Voltando um pouco, ele enfim achou uma viela estreita de cascalho quase escondida por árvores enormes de ambos os lados.

Ao fazer a volta, ele sacolejou passando por vários buracos até a floresta ficar mais esparsa. À direita, passou por uma placa que dizia que ele estava se aproximando de Riker's Hill – local de uma das batalhas da Guerra Civil –, e alguns minutos depois parou diante do portão principal do Cemitério Cedar Creek. Ao fundo, destacava-se a colina de Riker's Hill. "Destacava--se" era maneira de dizer, claro, já que parecia ser a única colina desse lado do estado. Qualquer coisa pareceria se destacar por aqui. O local era tão plano quanto os linguados sobre os quais ouvira no rádio.

Cercado por colunas de tijolos e portões de ferro fundido enferrujado, o Cemitério Cedar Creek ficava em um pequeno vale, dando a impressão de que estava afundando lentamente. O local era sombreado por um grande número de carvalhos cobertos de musgo, mas a gigantesca magnólia no centro dominava tudo. Raízes saíam do troco e sobressaíam na terra como dedos com artrite.

Embora o cemitério parecesse um dia ter sido um local organizado e tranquilo para o descanso final, agora estava abandonado. O caminho de terra que partia do portão principal estava cheio de sulcos abertos pela chuva e coberto por folhas em decomposição. Os poucos canteiros com grama seca pareciam fora do lugar. Galhos caídos apoiavam-se aqui e ali, e o terreno irregular fazia Jeremy se lembrar de ondas rolando na direção da praia. Ervas daninhas brotavam perto das lápides, em sua maioria quebradas.

Tully tinha razão. Não havia muito o que ver. Mas, para um cemitério assombrado, era perfeito. Sobretudo um que podia acabar na televisão. Jeremy sorriu. Parecia que aquele lugar havia sido projetado em Hollywood.

Ele desceu do carro e esticou as pernas antes de pegar a câmera no porta--malas. A brisa estava fria, mas nem de perto era como o frio ártico de Nova York, e ele respirou fundo, desfrutando do perfume de pinho e capim-do-campo. No alto, nuvens deslizavam pelo céu e um falcão solitário circulava ao longe. Riker's Hill era pontuado por pinheiros e nos campos que se espalhavam desde sua base, Jeremy viu um celeiro para armazenamento de tabaco abandonado. Coberto de trepadeira, sem metade do telhado de latão e uma das paredes em ruínas, a construção pendia para o lado, como se qualquer brisa mais forte pudesse derrubá-la. Fora isso, não havia nenhum sinal de civilização.

Jeremy empurrou o portão enferrujado, que rangeu, e começou a percorrer o caminho de terra. Observou as lápides dos dois lados, surpreso pela falta de marcações, até se dar conta de que os entalhes originais, em sua maioria, haviam sido apagados pelo clima e pela passagem do tempo. Os poucos que conseguiu distinguir datavam do final de 1700. Adiante, uma cripta parecia ter sido invadida. O teto e as laterais haviam tombado; logo depois, outro monumento em ruínas surgiu no caminho. Mais criptas danificadas e monumentos arruinados foram aparecendo. Jeremy não viu nenhuma evidência de vandalismo proposital, apenas desgaste natural, embora grave. Também não viu nenhum indício de que alguém tivesse sido enterrado aqui nos últimos trinta anos, o que explicaria por que parecia abandonado.

À sombra da magnólia, ele parou, perguntando-se como seria esse lugar em uma noite com neblina. Provavelmente assustador, o que estimularia a imaginação das pessoas. Mas, se havia luzes inexplicáveis, de onde vinham? Ele imaginava que os "fantasmas" não passavam de luz refletida transformada em prisma por gotículas de água na neblina, mas não havia nenhum poste de luz no local e o cemitério não tinha iluminação. Também não viu sinal de nenhuma moradia em Riker's Hill que pudesse ser responsável pelo evento. Supôs que pudessem vir dos faróis dos carros, mas só havia aquela única estrada por perto, e as pessoas já teriam notado a conexão há muito tempo.

Ele precisaria arrumar um bom mapa topográfico da região, além do mapa de ruas que tinha acabado de comprar. Talvez encontrasse na biblioteca local. De todo modo, passaria lá para pesquisar a história da biblioteca e da própria cidade. Precisava saber quando as luzes foram vistas pela primeira vez; isso poderia lhe dar uma ideia de sua origem. É claro que também teria que passar algumas noites na cidade assombrada, se o tempo enevoado estivesse disposto a colaborar.

Passou um tempo caminhando pelo cemitério, tirando fotos. Essas não seriam para publicação; serviriam de comparação caso ele encontrasse fotos mais antigas do cemitério. Jeremy queria ver como ele havia se modificado ao longo dos anos, e poderia tirar algum proveito se soubesse quando

– ou por quê – os danos ocorreram. Ele tirou uma foto da magnólia também. Certamente era a maior que já vira. Seu tronco escuro estava ressecado e os galhos baixos teriam mantido ele e os irmãos ocupados por horas quando eram meninos. Isto é, se não estivessem cercados por mortos.

Enquanto passava os olhos sobre as fotos digitais para garantir que fossem suficientes, viu um movimento pelo canto de olho.

Olhando para a frente, viu uma mulher caminhando em sua direção. Vestindo jeans, botas e um suéter azul-claro que combinava com sua bolsa de lona, tinha cabelos castanhos que batiam de leve nos ombros. A pele com um toque moreno dispensava maquiagem, mas foi a cor de seus olhos que chamou a atenção de Jeremy: de longe, pareciam quase violeta. Independentemente de quem fosse, havia parado o carro bem atrás do dele.

Por um instante, imaginou se ela estaria se aproximando para pedir que ele saísse. Talvez o cemitério estivesse condenado e interditado. Ou talvez a visita tenha sido apenas uma coincidência.

Ela continuou caminhando na direção dele.

Pensando bem, uma coincidência bastante *atraente*. Jeremy endireitou o corpo enquanto guardava a câmera de volta no estojo. Deu um largo sorriso quando ela chegou perto.

– Olá – disse ele.

Logo após o comentário, ela diminuiu um pouco o passo, como se não o tivesse visto. Sua expressão parecia quase entretida, e ele esperava que ela parasse. Em vez disso, pensou tê-la ouvido rir ao passar direto por ele.

Com as sobrancelhas erguidas em reconhecimento, ele a observou indo embora. Ela não olhou para trás. Antes que pudesse se conter, Jeremy deu um passo atrás dela.

– Ei! – gritou.

Em vez de parar, ela apenas se virou e continuou andando de costas, com a cabeça inclinada com curiosidade. Mais uma vez, Jeremy viu sua expressão entretida.

– Sabe, você não devia ficar encarando assim – disse ela em voz alta. – Mulheres gostam de homens que sabem ser sutis.

Ela se virou outra vez, ajeitou a bolsa de lona sobre o ombro, e continuou. Ao longe, ele a ouviu rir de novo.

Jeremy ficou boquiaberto, sem saber como reagir.

Certo, então ela não estava interessada. Grande coisa. Ainda assim, a maioria das pessoas teria pelo menos respondido com um "olá". Talvez fosse coisa do sul. Talvez os homens dessem em cima dela o tempo todo e ela estivesse cansada disso. Ou talvez não quisesse ser interrompida enquanto fazia...

O quê?

Está vendo, esse era o problema do jornalismo, ele suspirou. A profissão o transformara em alguém muito curioso. Na verdade, não era da sua conta. Além disso, lembrou a si mesmo, estava em um cemitério. Ela devia estar aqui para visitar um falecido. As pessoas faziam isso o tempo todo, não faziam?

Ele franziu a testa. A única diferença era que na maioria dos cemitérios alguém cortava a grama de vez em quando, enquanto esse parecia São Francisco depois do terremoto de 1906. Ele imaginou que pudesse ir atrás dela para ver o que ia fazer, mas já havia falado com mulheres suficientes para se dar conta de que espionar podia parecer muito mais assustador do que encarar.

Jeremy se esforçou para não ficar olhando enquanto ela desaparecia atrás de um dos carvalhos, com a bolsa de lona balançando a cada passo gracioso.

Foi só depois que ela desapareceu que ele conseguiu se lembrar de que garotas bonitas não importavam no momento. Ele tinha um trabalho a fazer e seu futuro estava em jogo. Dinheiro, fama, televisão, blá-blá-blá. Certo, e depois? Ele já tinha visto o cemitério... podia verificar também uma parte dos arredores. Sentir um pouco o clima do lugar.

Voltou para o carro e entrou, satisfeito por não ter olhado para trás a fim de ver se ela o observava. Duas pessoas podiam jogar esse jogo. Pressupondo que ela se importasse com o que ele estava fazendo, claro, e ele tinha quase certeza de que não era o caso.

Um rápido olhar do banco do motorista provou que ele estava certo.

Deu a partida e acelerou com calma; ao se afastar do cemitério, não teve dificuldade em tirar a imagem da mulher da cabeça e se concentrar na tarefa que tinha que executar. Seguiu pela estrada para ver se outras vias – de cascalho ou pavimentadas – cruzavam com ela e ficou de olho em moinhos ou construções com telhado de latão, mas não encontrou nada. Nem mesmo algo simples como uma casa de fazenda.

Dando a volta, começou a retornar pelo mesmo caminho, procurando uma estrada que o levasse para o alto de Riker's Hill, mas, frustrado, acabou desistindo. Conforme foi se aproximando novamente do cemitério, se pegou refletindo sobre quem seria o dono dos campos que o cercavam, e se Riker's Hill ficava em terras públicas ou privadas. A prefeitura sem dúvida teria essa informação. O jornalista de olhar aguçado que havia dentro dele também acabou por notar que o carro da mulher não estava mais lá, o que gerou uma leve, embora surpreendente, pontada de decepção, que passou com a mesma velocidade com que aparecera.

Olhou no relógio; passava um pouco das duas horas e ele imaginou que o movimento da hora do almoço no Herbs devia estar terminando. Ele poderia muito bem falar com Doris. Talvez ela pudesse jogar alguma "luz" sobre a questão.

Sorriu consigo mesmo sem motivo, imaginando se a mulher que havia visto no cemitério riria dessa observação.

3

❦

Apenas algumas mesas da varanda ainda estavam ocupadas quando Jeremy chegou ao Herbs. Conforme subia os degraus até a porta principal, as conversas silenciavam e todos os olhares voltavam-se para ele. Apenas a mastigação continuava, e Jeremy se lembrou do modo curioso com que as vacas olhavam para alguém que se aproximava das cercas do pasto. Cumprimentou com a cabeça e acenou, como havia visto os velhos fazerem nas varandas.

Tirou os óculos de sol e entrou. As mesas pequenas e quadradas estavam espalhadas por dois salões, um de cada lado do restaurante, separados por uma escadaria. As paredes cor de pêssego eram neutralizadas por retoques brancos, dando ao lugar uma sensação caseira e interiorana. Olhando para os fundos, conseguiu ver parte da cozinha.

Mais uma vez, a mesma expressão dos clientes enquanto ele passava. Conversas cessavam. Olhares se desviavam. Ele cumprimentava com a cabeça e acenava, os olhos baixavam e o murmúrio das conversas era retomado. Essa coisa de acenar, pensou, era como ter uma varinha mágica.

Jeremy ficou mexendo nos óculos escuros, esperando que Doris estivesse ali, quando uma das garçonetes saiu da cozinha, sem pressa. Com 20 e poucos anos, era alta e bem magra e tinha o rosto alegre.

– Pode se sentar onde quiser, meu bem – disse ela. – Vou atender você em um minuto.

Depois de se acomodar perto de uma janela, observou a garçonete se aproximar. O nome no crachá era RACHEL. Jeremy pensou no fenômeno do crachá com nome na cidade. Será que todos os trabalhadores tinham um? Ficou imaginando se era algum tipo de regra. Como cumprimentar com a cabeça e acenar.

– Quer alguma coisa para beber, meu querido?

– Vocês têm cappuccino? – arriscou ele.

– Não, sinto muito. Mas temos café.

Jeremy sorriu.

– Pode ser café.

– Tudo bem. O cardápio está na mesa se quiser comer alguma coisa.

– Na verdade eu queria saber se Doris McClellan está.

– Ah, ela está nos fundos – disse Rachel, radiante. – Quer que eu vá chamar?

– Se não for incômodo.

Ela sorriu.

– Não é incômodo algum, querido.

Ele a viu seguir na direção da cozinha e passar pelas portas de vaivém. Logo depois, uma mulher que ele supôs ser Doris apareceu. Ela era o oposto de Rachel: baixa e robusta, com ralos cabelos brancos que já haviam sido loiros. Parecia ter uns 60 anos. Parando junto à mesa, pôs a mão no quadril e abriu um sorriso.

– Bem – disse ela, esticando a palavra –, você deve ser Jeremy Marsh.

Jeremy piscou.

– Você me conhece? – perguntou.

– É claro. Vi você no *Primetime* na sexta-feira. Imagino que tenha recebido minha carta.

– Recebi, obrigado.

– E está aqui para escrever uma matéria sobre os fantasmas?

Ele ergueu as mãos.

– É o que parece.

– Por que não me disse que estava vindo?

– Gosto de surpreender as pessoas. Às vezes fica um pouco mais fácil obter informações precisas.

Depois que a surpresa passou, Doris puxou uma cadeira.

– Se importa se eu me sentar? Acho que veio aqui para falar comigo.

– Não quero que arrume problemas com seu chefe se estiver em horário de trabalho.

Ela olhou para trás e gritou:

– Ei, Rachel! Acha que o chefe vai se importar se eu me sentar? Esse homem aqui quer falar comigo.

Rachel apareceu atrás das portas de vaivém. Jeremy viu que ela estava segurando um bule de café.

– Que nada, acho que não vai se importar nem um pouco – respondeu Rachel. – Ela adora conversar. Principalmente quando está com um cara bonito.

Doris se virou.

– Viu? – disse e acenou com a cabeça. – Sem problemas.

Jeremy sorriu.

– Parece um bom lugar para trabalhar.

– E é.

– Imagino que você seja a chefe.

– Culpada! – respondeu Doris. Seus olhos brilhavam de satisfação.

– Há quanto tempo está nesse ramo?

– Já faz quase trinta anos, abrindo para o café da manhã e para o almoço. Começamos a fazer comida saudável bem antes de ser popular, e temos as melhores omeletes dessas bandas. – Ela se aproximou um pouco. – Está com fome? Devia experimentar um de nossos sanduíches. É tudo fresco. Fazemos até o pão todos os dias. Pelo visto você não almoçou, e pela sua cara... – Ela hesitou, olhando-o por inteiro. – Aposto que adoraria o sanduíche de frango ao pesto. Leva verduras, tomate, pepino, e eu mesma criei a receita do molho.

– Não estou com muita fome.

Rachel chegou com duas xícaras de café.

– Bom, só para você saber... se eu vou contar uma história, gosto que seja durante uma boa refeição. E eu costumo demorar.

Jeremy se rendeu.

– O sanduíche de frango ao pesto parece ótimo.

Doris sorriu.

– Pode trazer dois Albemarles, Rachel?

– Claro. – Rachel olhou para ele com apreciação. – Por sinal, quem é o seu amigo? Nunca vi o rapaz por aqui.

– Este é Jeremy Marsh – respondeu Doris. – Ele é um jornalista famoso e está aqui para escrever uma reportagem sobre nossa bela cidade.

– Sério? –perguntou Rachel, parecendo interessada.

– Sim – respondeu Jeremy.

– Ah, graças a Deus – disse Rachel, dando uma piscadela. – Por um instante, achei que tivesse vindo para um velório.

Jeremy piscou enquanto Rachel se afastava.

Doris riu da expressão dele.

– O Tully passou aqui depois que você esteve lá pedindo informações – explicou. – Acho que ele imaginou que eu poderia ter algo a ver com a sua vinda e quis confirmar. Então ele repetiu toda a conversa que tiveram, e Rachel não deve ter resistido. Todo mundo achou esse comentário dele uma bobagem.

– Ah – murmurou Jeremy.

Doris chegou mais perto.

– Aposto que ele ficou um tempão falando sem parar.

– Um pouco.

– Ele sempre falou muito. Seria capaz de conversar com uma caixa de sapatos se não tivesse ninguém por perto, e juro que não sei como sua esposa, Bonnie, aguentou tanto tempo. Mas ela ficou surda há doze anos, então agora ele fala com os clientes. As pessoas acabam demorando mais para sair de lá do que um cubo de gelo para derreter no inverno. Eu até tive que o enxotar daqui hoje. Não dá para trabalhar com ele por perto.

Jeremy pegou o café.

– A mulher dele ficou surda?

– Acho que o bom Deus percebeu que ela já tinha se sacrificado o bastante. Abençoado seja seu coração.

Jeremy riu antes de tomar um gole.

– E por que ele acharia que foi você quem entrou em contato comigo?

– Sempre que alguma coisa diferente acontece, a culpa é minha. São os ossos do ofício, eu acho, por eu ser a médium da cidade e tal.

Jeremy apenas ficou olhando para ela, e Doris sorriu.

– Imagino que você não acredite em paranormalidade – observou.

– É, não mesmo – admitiu Jeremy.

Doris puxou o avental.

– Bem, na maior parte do tempo, eu também não. Quase todos são lunáticos. Mas algumas pessoas têm o dom.

– Então... você é capaz de ler minha mente?

– Não, nada disso – disse Doris, balançando a cabeça. – Pelo menos isso não acontece quase nunca. Tenho uma intuição muito boa a respeito das pessoas, mas ler mentes era uma coisa mais da minha mãe. Ninguém conseguia esconder nada dela. Ela sabia até o que eu pretendia comprar de presente no seu aniversário, o que tirava quase toda a graça. Mas o meu dom é diferente. Eu sou clarividente. E também consigo adivinhar o sexo de um bebê antes de nascer.

– Entendo.

Doris olhou para ele.

– Você não acredita em mim.

– Bem, digamos que você *seja* clarividente. Isso significa que você pode encontrar água e me dizer onde cavar um poço.

– É claro.

– E se eu lhe pedisse para fazer um teste, com controles científicos, sob supervisão rígida...

– Você mesmo poderia me supervisionar e, se tivesse que me encher de fios como uma árvore de Natal para garantir que eu não trapacearia, não haveria problema algum.

– Entendo – falou Jeremy, pensando em Uri Geller.

Ele estava tão seguro de seus poderes de telecinese que foi à televisão britânica em 1973, onde apareceu diante de cientistas e telespectadores no estúdio. Quando ele equilibrava uma colher entre os dedos, ambos os lados começavam a se curvar para baixo na frente dos observadores embasbacados. Só depois se descobriu que ele havia entortado as colheres várias vezes antes do programa, produzindo um desgaste no metal.

Doris parecia saber exatamente o que ele estava pensando.

– Olha só... você pode me testar quando quiser, como quiser. Mas não foi por isso que veio. Quer saber sobre os fantasmas, não é?

– Claro – concordou Jeremy, aliviado por ir direto ao ponto. – Você se importa se eu gravar?

– De modo algum.

Jeremy enfiou a mão no bolso da jaqueta e tirou um gravador pequeno. Colocou-o entre os dois e apertou alguns botões. Doris tomou um gole de café antes de começar.

– Certo, a história data da década de 1890, mais ou menos. Naquela época, ainda havia segregação racial na cidade, e a maioria dos negros vivia em um lugar chamado Watts Landing. Não sobrou nada da vila por causa do Hazel, mas na época...

– Um momento... Hazel?

– O furacão, 1954. Atingiu a costa perto da divisa com a Carolina do Sul. Deixou Boone Creek quase toda debaixo d'água, e o que restava de Watts Landing foi eliminado.

– Ah, certo. Desculpe. Continue.

– Bom, como eu estava dizendo, você não vai encontrar mais nada da vila, mas, perto da virada do século, acho que umas trezentas pessoas moravam lá. A maioria era descendente dos escravos que tinham vindo da Carolina do Sul durante a Guerra da Agressão Nortista, ou o que vocês ianques chamam de Guerra Civil.

Ela piscou e Jeremy sorriu.

– Então a Union Pacific apareceu com as estradas de ferro que, é claro, deveriam transformar esse lugar em uma grande área cosmopolita. Pelo menos foi o que prometeram. E a ferrovia que propuseram passava bem no meio do cemitério dos negros. Nesse tempo, a líder daquela cidade era uma mulher chamada Hettie Doubilet. Ela era caribenha, não sei de qual ilha, mas quando descobriu que teriam que desenterrar todos os corpos e transferi-los para outro lugar, ficou irritada e tentou fazer com que o condado tomasse alguma atitude para alterar a rota. Mas os governantes nem consideraram a ideia. Nem lhe deram oportunidade de expor seus argumentos.

Naquele instante, Rachel chegou com os sanduíches e colocou os dois pratos na mesa.

– Experimente – disse Doris. – Você está só pele e osso.

Jeremy pegou o sanduíche e deu uma mordida. Ele ergueu as sobrancelhas e Doris sorriu.

– Melhor do que qualquer coisa que se encontra em Nova York, não é?

– Sem dúvidas. Meus cumprimentos ao *chef*.

Ela olhou para ele quase faceira.

– Você é um charme, Sr. Marsh – falou, e Jeremy achou que, na juventude, Doris devia ter arrasado corações.

Ela prosseguiu com a história, como se nunca tivesse parado:

– Naquela época, muita gente era racista. Alguns ainda são, mas agora são minoria. Sendo do Norte, você deve achar que estou mentindo, mas não estou.

– Eu acredito em você.

– Não, não acredita. Ninguém do Norte acredita, mas isso não vem ao caso. Continuando a história, Hettie Doubilet ficou zangada com o pessoal do condado e, diz a lenda que, quando foi impedida de entrar no gabinete do prefeito, ela jogou uma maldição sobre nós, os brancos. Ela disse que, se os túmulos de seus ancestrais fossem violados, os dos nossos seriam violados também. Que os ancestrais de seu povo vagariam pela terra em busca de um lugar para descansar e espezinhariam Cedar Creek durante a jornada, e, no final, o cemitério inteiro seria engolido. Naturalmente, ninguém deu atenção ao que ela disse naquela dia.

Doris deu uma mordida no sanduíche.

– Bem, resumindo, os negros levaram os corpos, um a um, para outro cemitério, a estrada de ferro foi construída e, depois disso, como Hettie dissera, o Cemitério Cedar Creek começou a se deteriorar. Pequenas coisas primeiro. Algumas lápides quebradas, como se tivessem havido ações de vândalos. O pessoal do condado, achando que a turma de Hettie era responsável, colocou guardas. Mas continuou acontecendo, independentemente de quantos guardas colocassem. E, no decorrer dos anos, foi piorando. Você foi até lá, não foi?

Jeremy confirmou.

– Então viu o que aconteceu. Parece que aquele lugar está afundando, exatamente como Hettie disse, não é? Bem, alguns anos depois, as luzes começaram a aparecer. E desde então, as pessoas passaram a acreditar que eram os espíritos dos escravos passando por lá.

– Então ninguém mais usa o cemitério?

– Não, o lugar foi abandonado no final da década de 1970, mas, mesmo antes disso, a maioria das pessoas preferia ser enterrada em outros cemitérios próximos da cidade por conta do que estava acontecendo com aquele. O condado agora é dono do terreno, mas ninguém cuida. Ninguém faz nada lá há vinte anos.

– Alguém já foi verificar por que o cemitério parece estar afundando?

– Não tenho certeza, mas acho que sim. Muitos cidadãos poderosos tinham ancestrais enterrados no cemitério, e a última coisa que queriam era ver o túmulo dos avós destruído. Sem dúvida queriam uma explicação, e ouvi histórias de que um pessoal de Raleigh veio ver o que estava acontecendo.

– Está falando dos estudantes da Duke?

– Ah, não, não foram eles, querido. Eram apenas garotos, e vieram no ano passado. Estou falando de muito antes. Mais ou menos na época em que os estragos começaram.

– Mas você não sabe o que descobriram?

– Não. Sinto muito. – Ela fez uma pausa e seus olhos ganharam um brilho travesso. – Mas acho que faço ideia.

Jeremy ergueu as sobrancelhas.

– E...?

– Água – disse ela simplesmente.

– Água?

– Sou clarividente, lembra? Sei onde tem água. E posso dizer com certeza de que aquele terreno está afundando porque tem água embaixo. Isso é fato.

– Entendo – disse Jeremy.

Doris riu.

– Você é uma graça, Sr. Marsh. Sabia que fica todo sério quando alguém diz algo em que não quer acreditar?

– Não. Ninguém nunca me disse isso.

– Bem, pois é verdade. E eu acho bonitinho. Minha mãe aproveitaria bem o dia com você. É tão fácil de ler.

– Então no que estou pensando?

Doris hesitou.

– Bem, como eu disse, meus dons são diferentes dos de minha mãe. Ela poderia ler você como um livro. Além disso, não quero assustá-lo.

– Vá em frente. Me assuste.

– Tudo bem – disse ela, olhando-o demoradamente. – Pense em alguma coisa que eu não teria como saber. E, lembre-se, meu dom não é ler mentes. Eu só capto... indícios de vez em quando, e apenas se os sentimentos forem fortes de verdade.

– Está bem – concordou Jeremy, entrando na brincadeira. – Mas você percebe que está sendo evasiva?

– Ah, calma. – Doris esticou os braços. – Deixe-me segurar suas mãos, está bem?

Jeremy concordou.

– Claro.

– Agora pense em algo pessoal que eu não teria como saber.

– Certo.

Ela apertou a mão dele.

– É sério! No momento você está apenas brincando comigo.

– Tudo bem – disse ele. – Vou pensar em algo.

Jeremy fechou os olhos. Ele pensou no motivo que levou Maria a deixá--lo e, por um longo instante, Doris não disse nada. Em vez disso, só ficou olhando para ele, como se tentasse fazer com que dissesse alguma coisa.

Ele já tinha passado por isso antes. Inúmeras vezes. Sabia que não devia dizer nada e, como ela continuou em silêncio, soube que a tinha nas mãos. Ela se sacudiu de repente – nada surpreendente, Jeremy pensou, uma vez que fazia parte do show – e, logo em seguida, soltou suas mãos.

Jeremy abriu os olhos e a fitou.

– E aí?

Doris estava olhando para ele de um jeito estranho.

– Nada – disse ela.

– Ah... Acho que não está nas cartas de hoje, não é?

– Como eu disse, sou clarividente. – Ela sorriu quase como se pedisse desculpas. – Mas posso afirmar com certeza que você não está grávido.

Ele riu.

– Tenho que admitir que você tem razão.

Ela sorriu para ele e depois olhou na direção da mesa. Voltou a levantar os olhos.

– Sinto muito. Eu não devia ter feito isso. Foi inconveniente.

– Não tem problema – falou ele, sincero.

– Não – insistiu ela. Olhou nos olhos dele e pegou em sua mão outra vez. Apertou-a de leve. – Sinto muito.

Jeremy não soube ao certo como reagir quando ela voltou a pegar sua mão, mas ficou impressionado pela compaixão em sua expressão.

E ele ficou com uma sensação intimidante de que ela havia conjecturado mais sobre sua história pessoal do que jamais poderia saber.

Habilidades psíquicas, premonições e intuições são apenas um produto da interação entre experiência, bom senso e conhecimento acumulado. A maioria das pessoas subestima demais a quantidade de informações que adquire em toda uma vida, e o cérebro humano é capaz de correlacionar instantaneamente a informação de um modo que nenhuma outra espécie – ou máquina – é capaz.

O cérebro, no entanto, aprende a descartar a grande maioria das informações que recebe, uma vez que, por razões óbvias, não é fundamental se lembrar de tudo. Naturalmente, algumas pessoas têm uma memória melhor do que outras, um fato que se apresenta com frequência em situações de teste, e a capacidade de desenvolver a memória é bem documentada. Mas até mesmo o pior dos alunos se lembra de 99,99% de tudo o que vivencia. No entanto, é aquele 0,01% que, com frequência, distingue uma pessoa da outra.

Para alguns, se manifesta na capacidade de memorizar trivialidades, se sobressair como doutores ou interpretar de maneira precisa dados financeiros, como um bilionário dos fundos de comércio a prazo. Para outras pessoas, trata-se de uma capacidade de interpretar os outros; e essas pessoas – que apresentam uma capacidade inata de evocar lembranças, e têm bom senso e experiência para codificar tudo de maneira rápida e precisa – manifestam uma habilidade considerada, aos olhos dos outros, como sobrenatural.

Mas o que Doris fez foi... de algum modo além de tudo aquilo. Jeremy pensou. Ela sabia. Ou pelo menos essa foi sua primeira inclinação até recuar para a explicação lógica para o que havia acontecido.

E, na verdade, nada havia acontecido, lembrou a si mesmo. Doris não disse nada; foi apenas o modo como olhou para ele que o fez achar que ela havia entendido aquelas coisas que não teria como saber. E aquela crença partia *dele*, não de Doris.

A ciência tinha as verdadeiras respostas, mas ainda assim Doris parecia uma boa pessoa. E daí se ela acreditava em suas habilidades? Para ela, provavelmente parecia sobrenatural.

Mais uma vez, ela parecia tê-lo interpretado quase de imediato.

– Bem, acho que acabei de confirmar que sou louca, não é?

– Na verdade, não – disse Jeremy.

Ela pegou o sanduíche.

– Bem, não importa, como deveríamos estar desfrutando dessa bela refeição, talvez fosse melhor apenas conversarmos por enquanto. Tem algo que queira saber?

– Me conte sobre a cidade de Boone Creek – pediu ele.

– Como o quê?

– Ah, qualquer coisa. Acho que, já que ficarei aqui por alguns dias, posso muito bem saber um pouco mais sobre o lugar.

Eles passaram a meia hora seguinte conversando... bem, nada muito importante, até onde Jeremy podia ver. Ainda mais do que Tully, Doris parecia saber de tudo o que acontecia na cidade. Não devido a suas supostas habilidades – o que ela mesma admitiu –, mas porque, em cidades pequenas, as informações corriam na mesma velocidade com que crianças tomavam suco de ameixa.

Doris falou sem parar. Ele ficou sabendo quem estava saindo com quem, com quem era difícil trabalhar e por quê, e que o pastor da Igreja Pentecostal local estava tendo um caso com uma de suas paroquianas. O mais importante, pelo menos segundo Doris, era nunca ligar para o Reboque do Trevor caso seu carro quebrasse, pois Trevor provavelmente estaria bêbado, não importava a hora do dia.

– O homem é uma ameaça nas estradas – declarou Doris. – Todo mundo sabe, mas como ele é filho do xerife, ninguém faz nada. Mas suponho que você não se surpreenderia. O xerife Wanner tem seus próprios problemas, levando em consideração as dívidas de jogo.

– Ah. – Foi a resposta de Jeremy, como se estivesse por dentro de todos os acontecimentos da cidade. – Faz sentido.

Por um instante, nenhum dos dois disse nada. Durante a trégua, ele olhou no relógio.

– Imagino que você tenha que ir – sugeriu Doris.

Ele pegou o gravador, desligou-o e o guardou de volta no bolso da jaqueta.

– Acho que sim. Eu queria passar na biblioteca antes de fechar, para ver o que ela tem a oferecer.

– Bem, o almoço é por minha conta. Não é sempre que recebemos um visitante famoso.

– Uma rápida aparição no *Primetime* não torna ninguém famoso.

– Sei disso. Mas estava me referindo à sua coluna.

– Você lê?

– Todo mês. Meu marido, abençoado seja seu coração, costumava fazer uns consertos na oficina e amava a revista. Depois que ele faleceu, não tive coragem de cancelar a assinatura. Acabei continuando de onde ele parou. Você é um sujeito muito inteligente.

– Obrigado.

Ela se levantou da mesa e começou a conduzi-lo até a porta do restaurante. Os clientes que restavam, apenas alguns a essa altura, levantaram os olhos para observá-los. Não é preciso dizer que haviam escutado todas as palavras, e assim que Jeremy e Doris saíram, começaram a murmurar uns com os outros. Aquilo, todos decidiram, era empolgante.

– Ela disse que ele apareceu na televisão? – perguntou alguém.

– Acho que o vi em um desses programas de entrevistas.

– Certamente não é médico – acrescentou outro. – Ouvi quando ele falou de um artigo de revista.

– Queria saber como Doris o conhece. Vocês conseguiram ouvir essa parte?

– Bem, ele me pareceu gente boa.

– Achei-o deslumbrante – acrescentou Rachel.

Enquanto isso, Jeremy e Doris pararam na varanda, sem saber do burburinho que haviam causado lá dentro.

– Imagino que vá se hospedar no Greenleaf, não é? – disse Doris. Quando Jeremy confirmou, ela continuou: – Sabe onde fica? É meio longe, em uma área mais remota.

– Eu tenho um mapa – informou Jeremy, tentando passar a imagem de que estava preparado. – Tenho certeza de que conseguirei encontrar. Mas que tal me dizer onde fica a biblioteca?

– É claro. É só virar a esquina. – Ela apontou para o fim da rua. – Está vendo aquele prédio de tijolinhos? Aquele com os toldos azuis?

Jeremy assentiu.

– Vire à esquerda e siga até a próxima placa de "pare". Na primeira rua depois da placa, vire à direita. A biblioteca fica na esquina, indo reto. É um grande prédio branco. Costumava ser a casa Middleton, que pertenceu a Horace Middleton antes do condado comprá-la.

– Eles não construíram uma nova biblioteca?

– Estamos em uma cidade pequena, Sr. Marsh. Além disso, a casa é bem grande. Você vai ver.

Jeremy estendeu a mão.

– Obrigado. Você foi ótima. E o almoço estava delicioso.

– Eu faço o possível.

– Se importaria se eu voltasse com mais perguntas? Você parece ter uma compreensão muito boa das coisas.

– Sempre que quiser conversar, é só aparecer. Estou sempre disponível. Mas vou pedir que não escreva nada que nos faça parecer um bando de caipiras. Muita gente, inclusive eu, ama esse lugar.

– Eu só escrevo a verdade.

– Eu sei. Foi por isso que entrei em contato com você. Tem um rosto confiável e tenho certeza de que vai colocar um ponto final nessa lenda de uma vez por todas, como deve ser feito.

Jeremy ergueu as sobrancelhas.

– Você não acredita que existam fantasmas em Cedar Creek?

– Ah, minha nossa, não! Eu *sei* que não tem espírito nenhum ali. Digo isso há anos, mas ninguém me dá ouvidos.

Jeremy olhou para ela com curiosidade.

– Então por que me pediu para vir?

– Porque as pessoas não sabem o que está acontecendo e vão continuar acreditando até encontrarem uma explicação. Sabe, desde aquele artigo no jornal sobre o pessoal da Duke, o prefeito vem promovendo a ideia como um louco, e estranhos estão vindo de todos os lugares esperando ver as luzes. Para ser sincera, isso está causando muitos problemas... o lugar já está deteriorado e os danos estão piorando.

Ela hesitou por um instante antes de continuar:

– Naturalmente, o xerife não vai fazer nada a respeito dos adolescentes que ficam por lá ou dos estranhos que perambulam sem nada na cabeça. Ele e o prefeito são companheiros de caça e, além disso, quase todo mundo acha que promover os fantasmas é uma boa ideia. Mas eu não. Desde que a tecelagem e a mina fecharam, a cidade vem se esgotando, e acho que eles acreditam que essa ideia representa algum tipo de salvação.

Jeremy olhou para o seu carro, depois de volta para Doris, pensando no que ela havia acabado de dizer. Fazia todo o sentido, mas...

– Você percebeu que está modificando a versão da história que escreveu na carta?

– Não – disse ela. – Não estou. Eu só disse que existiam luzes misteriosas no cemitério, creditadas a uma antiga lenda, que a maioria das pessoas acreditava que fantasmas estavam envolvidos e que os garotos da Duke não conseguiram descobrir do que se tratava. Tudo isso é verdade. Leia a carta outra vez, se não acredita em mim. Eu não minto, Sr. Marsh. Posso não ser perfeita, mas não minto.

– Então por que quer que eu acabe com a credibilidade da história?

– Porque não está certo – disse ela, como se a resposta fosse óbvia. – As pessoas estão sempre vagando por aí, turistas vêm para acampar... não é muito respeitoso com os falecidos, mesmo que o cemitério esteja abandonado. Quem está enterrado lá merece descansar em paz. E combinar isso a algo lucrativo como o Passeio por Casas Históricas é absolutamente errado. Mas não passo de uma voz na multidão.

Jeremy pensou no que ela dissera enquanto enfiava as mãos no bolso.

– Posso ser sincero? – perguntou ele.

Ela assentiu e Jeremy ficou alternando o peso do corpo entre um pé e outro.

– Se acredita que sua mãe era médium e que você é capaz de adivinhar onde existe água e o sexo de bebê, me parece que...

Ele hesitou e Dóris o encarou.

– Que eu seria a primeira a acreditar em fantasmas?

Jeremy confirmou com a cabeça.

– Bem, na verdade eu acredito. Só não acho que eles estejam lá no cemitério.

– Por que não?

– Porque eu estive lá e não sinto a presença de espíritos.

– Então você pode fazer isso também?

Ela deu de ombros, sem responder.

– Posso ser sincera com você agora?

– Claro.

– Um dia você vai descobrir alguma coisa que não pode ser explicada pela ciência. E quando isso acontecer, sua vida vai mudar de formas que nem pode imaginar.

Ele sorriu.

– É uma promessa?

– Sim – disse ela. – É sim. – Doris fez uma pausa, olhado nos olhos dele. – E tenho que admitir que gostei muito do nosso almoço. Não é sempre que tenho a companhia de um jovem tão charmoso. Quase conseguiu me fazer sentir jovem de novo.

– Também gostei muito.

Ele se virou para ir embora. As nuvens haviam aparecido enquanto eles comiam. O céu, embora não estivesse feio, parecia dizer que o inverno queria chegar, e Jeremy puxou o colarinho enquanto caminhava até o carro.

– Sr. Marsh? – Doris o chamou.

Ele se virou.

– Pois não?

– Mande um "oi" para Lex por mim.

– Lex?

– É – disse ela. – No balcão da biblioteca. É por quem você deve perguntar.

Jeremy sorriu.

– Pode deixar.

4

---◆---

A biblioteca era uma enorme construção gótica completamente diferente de qualquer outro prédio da cidade. Para Jeremy, parecia ter sido arrancada de uma colina na Romênia e deixada em Boone Creek em uma aposta de bêbados.

O prédio ocupava a maior parte do quarteirão e seus dois andares eram adornados por janelas altas e estreitas. O telhado era bastante inclinado e havia uma porta de madeira arqueada na frente, com duas aldrabas enormes. Edgar Allan Poe teria adorado esse lugar, mas, apesar da arquitetura de casa mal-assombrada, os habitantes da cidade haviam feito o possível para fazê-lo ficar um pouco mais convidativo. O exterior de tijolos – que sem dúvida um dia tinham sido vermelhos – havia sido pintado de branco, venezianas pretas foram instaladas para emoldurar as janelas, e canteiros de amores-perfeitos contornavam a entrada e circundavam o mastro da bandeira. Uma placa amigável, com inscrição dourada em itálico, dava a todos as boas-vindas à BIBLIOTECA DE BOONE CREEK. Ainda assim, a aparência geral era dissonante. Jeremy pensou que era mais ou menos como visitar a casa elegante de um menino rico na cidade e ser recebido na porta pelo mordomo com bexigas e uma pistola de água.

Na antessala amarela e iluminada – pelo menos o prédio era coerente em sua incoerência –, ficava um balcão em *L* com a parte mais comprida estendendo-se para os fundos do imóvel, onde Jeremy viu uma grande sala envidraçada dedicada às crianças. À esquerda ficavam os banheiros, e à direita, atrás de outra parede de vidro, havia o que parecia ser a área principal. Jeremy acenou para a senhora que estava atrás do balcão. Ela sorriu e retribuiu o aceno antes de devolver o livro que estava lendo. Jeremy empurrou as pesadas portas de vidro e entrou na área principal, orgulhoso por estar entendendo como as coisas funcionavam por ali.

Quando entrou, no entanto, sentiu uma onda de decepção. Sob as fortes luzes fluorescentes, havia apenas seis estantes de livros, relativamente próximas umas das outras, em uma sala que não era muito maior do que seu apartamento. Nos dois cantos mais próximos havia computadores ultrapassados e, mais à direita, um espaço para leitura que abrigava um pequeno acervo de periódicos. Quatro mesas pequenas estavam espalhadas pela sala, e ele viu apenas três pessoas percorrendo as estantes, incluindo um senhor que usava aparelho auditivo, empilhando livros nas prateleiras. Olhando ao redor, Jeremy começava a suspeitar de que já havia comprado um número maior de livros na vida do que havia na biblioteca.

Ele foi até o balcão de informações, mas, como já podia prever, não havia ninguém atrás dele. Parou ali, esperando por Lex. Virando-se para poder se apoiar, imaginou que Lex devia ser o senhor de cabelos brancos que guardava os livros, mas o homem não fez nenhum movimento em sua direção.

Olhou para o relógio. Dois minutos depois, olhou de novo.

Mais dois minutos se passaram e, depois de Jeremy pigarrear alto, o homem enfim o notou. Jeremy fez um gesto positivo com a cabeça e acenou para garantir que o homem soubesse que ele precisava de ajuda, mas, em vez de ir até ele, o senhor retribuiu o aceno e voltou a empilhar livros. Sem dúvida estava tentando ficar longe de qualquer movimentação. A eficiência sulista era lendária, Jeremy observou. Muito impressionante esse lugar.

No pequeno e cheio escritório no andar de cima da biblioteca, ela olhava pela janela. Sabia que ele viria. Doris havia ligado no momento em que ele saíra do Herbs e contara sobre o homem vestido de preto que havia chegado de Nova York e estava na cidade para escrever sobre os fantasmas no cemitério.

Ela balançou a cabeça. Presumiu que ele tinha dado ouvidos a Doris. Quando ela encasquetava com uma coisa, costumava ser muito persuasiva, sem se preocupar com as possíveis reações adversas que um artigo como esse poderia causar. Ela já tinha lido as matérias do Sr. Marsh e sabia exatamente como ele agia. Não bastaria provar que não havia fantasma algum – e disso ela não tinha dúvidas –, pois o Sr. Marsh não pararia por aí. Valendo-se de seu charme, entrevistaria as pessoas, faria com que se abrissem e depois faria uma seleção antes de distorcer a verdade como bem entendesse. Assim que terminasse a crítica mordaz que apresentaria em forma de reportagem, pessoas em todo o país considerariam todos os habitantes da cidade crédulos, tolos e supersticiosos.

Ah, não! Ela não gostava nem um pouco da presença dele ali.

Fechou os olhos, torcendo distraidamente mechas de seus cabelos escuros entre os dedos. Mas também não gostava de gente perambulando pelo cemitério. Doris estava certa: era desrespeitoso, e desde que aqueles garotos da Duke tinham vindo e o artigo saíra no jornal, as coisas *estavam* saindo do controle. Por que o assunto não podia ser esquecido? Aquelas luzes estavam por ali havia décadas e, embora todos soubessem sobre elas, ninguém se importava de verdade. É claro que de vez em quando algumas pessoas iam dar uma olhada – em geral aqueles que bebiam na Lookilu, ou adolescentes –, mas... Camisetas? Canecas? Cartões-postais de gosto duvidoso? Misturar aquilo ao Passeio por Casas Históricas?

Ela não entendia bem o verdadeiro interesse por trás do fenômeno. Por que era tão importante aumentar o turismo da região? Sem dúvida, o dinheiro era um atrativo, mas ninguém morava em Boone Creek porque queria ficar rico. Bem, pelo menos a maioria. Sempre existia alguns dispostos a ganhar uma graninha, a começar pelo prefeito. Mas acreditava que a maioria das pessoas vivia ali pelas mesmas razões que ela: a admiração que sentia quando o sol poente transformava o rio Pamlico em uma fita dourada, porque conhecia seus vizinhos e confiava neles, porque as pessoas podiam deixar os filhos correrem por aí durante a noite sem se preocupar que algo ruim fosse acontecer a eles. Em um universo que ficava mais agitado a cada minuto, Boone Creek era uma cidade que nem ao menos tentava acompanhar o mundo moderno, e era isso que a tornava especial.

Era por isso que ela estava ali, afinal. Adorava todos os aspectos da cidade: o cheiro de pinheiro e sal nas manhãs de início de primavera, as noites sufocantes de verão que faziam sua pele brilhar, a vermelhidão ardente das folhas de outono. Mas, acima de tudo, adorava as pessoas e não conseguia se imaginar vivendo em outro lugar. Confiava nelas, conversava com elas, *gostava* delas. Muitos de seus amigos, é claro, não pensavam da mesma forma e, depois de saírem de lá para fazer faculdade, nunca mais voltaram. Ela também havia passado um tempo fora, mas, mesmo nessa época, sempre soubera que voltaria; e acabou sendo uma coisa boa, uma vez que esteve preocupada com a saúde de Doris nos últimos dois anos. E ela também sabia que seria bibliotecária, assim como sua mãe fora, na esperança de transformar a biblioteca em algo digno de orgulho para a cidade.

Não, não era o mais glamouroso dos empregos, nem pagava bem. A biblioteca era um trabalho em andamento, mas as primeiras impressões eram decepcionantes. O andar de baixo abrigava apenas literatura de ficção contemporânea, enquanto no andar de cima ficavam ficção clássica e não ficção, títulos adicionais de autores contemporâneos e coleções especiais. Ela duvidava que o Sr. Marsh notaria que a biblioteca se estendia pelos dois andares, uma vez que o acesso às escadas ficava nos fundos do prédio, perto da sala infantil. Uma das desvantagens de se fazer uma biblioteca em uma antiga residência era o fato de a arquitetura não ter sido projetada para o trânsito do público. Mas ela estava satisfeita com o lugar.

Sua sala, no andar de cima, era quase sempre tranquila e ficava perto de sua parte preferida da biblioteca. Uma pequena sala ao lado abrigava os títulos raros, livros que ela havia garimpado em vendas de garagem, doações e visitas a livrarias e distribuidores de todo o estado, projeto iniciado por sua mãe. Ela também tinha uma coleção crescente de mapas e manuscritos históricos, alguns dos quais datavam de antes da Guerra de Independência dos Estados Unidos. Essa era sua paixão. Ela estava sempre à procura de algo especial, e não via problema em usar charme, artimanhas ou apenas implorar para conseguir o que queria. Quando não funcionava, enfatizava a questão da dedução de impostos e – por ter trabalhado duro para cultivar contatos com advogados tributaristas e imobiliários do sul do país – frequentemente recebia itens antes que outras bibliotecas sequer ficassem sabendo de sua existência. Embora ela não tivesse os recursos da Universidade Duke, da Wake Forest ou da Universidade da Carolina do Norte, sua pequena biblioteca era considerada uma das melhores do estado, senão do país.

E era assim que ela a via agora. *Sua* biblioteca, como se esta fosse *sua* cidade. E, nesse exato momento, havia um estranho esperando por ela, um estranho que queria escrever uma matéria que podia não ser muito boa para a *sua* gente.

Ah, ela bem que o tinha visto chegar. Ela o viu sair do carro e dar a volta pela frente. Balançou a cabeça, reconhecendo quase de imediato o homem confiante e insolente da cidade grande. Ele era apenas mais um em uma longa fila de pessoas que vinham de lugares mais exóticos, que acreditavam ter um entendimento mais profundo de como era o mundo real. Pessoas que alegavam que a vida podia ser muito mais empolgante, mais gratificante, se ao menos você saísse desta cidadezinha. Alguns anos atrás, ela havia se apaixonado por alguém que acreditava nessas coisas e se recusava a ser outra vez levada por tais ideias.

Um cardeal pousou do lado de fora do peitoril da janela. Ela ficou observando o pássaro, esvaziando a cabeça, depois suspirou. Certo, resolveu, talvez fosse melhor ir falar com o Sr. Marsh, de Nova York. Afinal, ele estava esperando por ela. Ele tinha vindo de longe e a hospitalidade sulista – assim como seu trabalho – a obrigava a ajudá-lo a encontrar o que precisava. O mais importante, de qualquer modo, era que poderia ficar de olho nele. Poderia filtrar as informações de modo que ele entendesse que a vida naquela cidade também tinha sua parte boa.

Ela sorriu. Sim, poderia lidar com o Sr. Marsh. Além disso, tinha que admitir que ele era bem bonito, mesmo não sendo confiável.

Jeremy Marsh parecia estar ficando entediado.

Andava por um dos corredores, de braços cruzados, observando os títulos contemporâneos. De vez em quando franzia a testa, como se perguntasse a si mesmo por que não conseguia encontrar nada de Dickens, Chaucer ou Austen. Caso ele perguntasse sobre isso, ela tentou imaginar qual seria sua reação se respondesse com um: "Quem?" Conhecendo-o – e ela prontamente admitiu que não o conhecia nem um pouco, mas estava fazendo uma suposição – ele devia apenas ficar olhando para ela sem saber o que dizer, como quando a vira no cemitério mais cedo. Homens, pensou. Sempre previsíveis.

Ela puxou o suéter, procrastinando por um último instante antes de ir até ele. Seja profissional, lembrou a si mesma, você está em uma missão.

– Acho que deve estar procurando por mim – anunciou, forçando um sorriso.

Jeremy levantou os olhos ao ouvir a voz dela e, por um momento, pareceu paralisado. Então, subitamente, sorriu ao reconhecê-la. Pareceu amigável o bastante – suas covinhas eram uma graça –, mas o sorriso era um pouco ensaiado e não bastava para contrabalancear a confiança em seus olhos.

– Você é Lex? – perguntou ele.

– É apelido de "Lexie". Lexie Darnell. É assim que Doris me chama.

– Você é a bibliotecária?

– Quando não estou passeando em cemitérios e ignorando homens que ficam me encarando, tento ser.

– Ah é? – disse ele, tentando arrastar as palavras como Doris fazia.

Ela sorriu e passou por ele para endireitar alguns livros na prateleira que ele havia examinado

– Essa tentativa de sotaque não deu certo, Sr. Marsh – afirmou. – Parece que você está experimentando letras em uma palavra-cruzada.

Ele riu com facilidade, sem se deixar abater pelo comentário dela.

– Você acha? – perguntou.

Um conquistador, ela pensou. Continuou a ajeitar os livros.

– E então, como posso ajudá-lo, Sr. Marsh? Suponho que esteja procurando informações a respeito do cemitério?

– Pelo visto minha reputação é conhecida.

– Doris me ligou para dizer que você estava vindo.

– Ah... Eu devia ter imaginado. Ela é uma mulher interessante.

– Ela é minha avó.

Jeremy ergueu as sobrancelhas. Não era interessante?

– Ela falou sobre nosso agradável almoço? – perguntou ele.

– Eu não perguntei. – Ela prendeu o cabelo atrás da orelha, notando que a covinha que ele tinha era do tipo que fazia as crianças terem vontade de colocar o dedo. Não que se importasse, é claro. Terminou de arrumar os livros e o encarou, mantendo o tom de voz estável: – Acredite se quiser, mas estou bastante ocupada no momento. Tenho vários documentos para terminar hoje. Que tipo de informação está procurando?

Ele deu de ombros.

– Qualquer coisa que possa me ajudar com a história do cemitério e da cidade. Quando as luzes começaram a aparecer? Qualquer estudo que tenha sido feito no passado. Qualquer história que mencione as lendas. Mapas antigos. Informações sobre Riker's Hill e a topografia. Registros históricos.

Coisas assim. – Ele fez uma pausa, analisando mais uma vez aqueles olhos cor de violeta. Eram realmente exóticos. E lá estava ela, bem ao lado dele, e não indo embora. Também achava isso interessante. – Tenho que admitir, é meio espantoso, não é? – disse ele, apoiando-se na estante ao lado dela.

Ela o encarou.

– O quê?

– Encontrar você no cemitério e agora aqui. A carta de sua avó, que me trouxe à cidade. É muita coincidência, não acha?

– Não pensei em nada disso.

Jeremy não seria dissuadido. Quase nunca era, em especial quando as coisas eram interessantes.

– Bem, como não sou daqui, talvez você possa me dizer o que as pessoas fazem para relaxar por estas bandas. Tem algum lugar para tomar um café? Ou comer alguma coisa? – Ele fez uma pausa. – Um pouco mais tarde, talvez, quando você sair?

Tentando entender se havia escutado direito, ela piscou.

– Está me chamando para sair?

– Só se estiver disponível.

– Acho que terei que recusar – disse ela, recuperando a compostura. – Mas obrigada pelo convite.

Lex não desviou os olhos até que ele enfim levantou as mãos.

– Certo, tudo bem – disse Jeremy com tranquilidade. – Mas ninguém pode ser culpado por tentar. – Sorriu, voltando a exibir as covinhas. – Agora, seria possível começar a pesquisa? Se não estiver muito ocupada com os documentos, quero dizer... Posso voltar amanhã, se for mais conveniente.

– Quer começar com alguma coisa em particular?

– Eu pretendia ler o artigo que saiu no jornal local. Ainda não tive a oportunidade. Você por acaso teria uma cópia?

Ela confirmou.

– Deve estar em microfichas. Estamos trabalhando com o jornal há uns dois anos, então não deve ser difícil encontrar.

– Ótimo. E informações sobre a cidade como um todo?

– Estão no mesmo lugar.

Ele olhou em volta por um instante, se perguntando para onde deveria ir. Ela seguiu na direção da antessala.

– Por aqui, Sr. Marsh. Vai encontrar o que precisa no andar de cima.

– Existe outro andar?

Ela se virou, falando por sobre o ombro.

– Se me acompanhar, eu lhe mostro.

Jeremy precisou andar rápido para não ficar para trás.

– Você se importa se eu fizer uma pergunta?

Ela abriu a porta principal e hesitou.

– De modo algum – respondeu com a expressão inalterada.

– Por que estava no cemitério hoje?

Em vez de responder, ela apenas ficou olhando para ele, ainda com a mesma expressão.

– Bem, eu só estava curioso – continuou Jeremy. – Tenho a impressão de que poucas pessoas vão lá.

Ela continuou sem dizer nada e, com o silêncio, Jeremy ficou ainda mais curioso e, por fim, incomodado.

– Não vai dizer nada? – insistiu.

Ela sorriu e, surpreendendo-o, piscou antes de passar pela porta.

– Eu disse que podia perguntar, Sr. Marsh. Não disse que responderia.

Enquanto ela caminhava na frente dele, Jeremy não conseguiu fazer nada além de ficar olhando. Ah, ela era incrível, não era? Confiante, bonita e charmosa ao mesmo tempo, e tudo isso *depois* que ele a chamou para sair.

Talvez Alvin estivesse certo, pensou. Talvez houvesse algo nas belas sulistas que podiam deixar um homem louco.

Eles foram até a antessala, passaram pela sala de leitura infantil, e Lexie o conduziu para o andar de cima. Parando no alto da escada, Jeremy olhou em volta.

Então *havia* mais do que algumas estantes bambas cheias de livros novos. Muito mais. E muito da sensação do estilo gótico também, até mesmo o cheiro de poeira e o clima de biblioteca particular. Com paredes cobertas de painéis de carvalho, piso de mogno e cortinas bordô, o salão fundo e amplo contrastava completamente com a área do andar de baixo. Havia várias poltronas estofadas e imitações de luminárias da Tiffany nos cantos. Ao longo da parede mais afastada ficava uma lareira de pedra e, acima dela, um quadro. As janelas, apesar de estreitas, proporcionavam luz suficiente para dar ao lugar a sensação de uma residência.

– Agora entendi – comentou Jeremy. – O andar de baixo era apenas um tira-gosto. É aqui que fica o que interessa.

Ela assentiu.

– A maior parte de nossos visitantes vem em busca de títulos recentes de autores famosos, então organizei a área térrea para a conveniência deles. A sala de baixo é pequena porque lá costumavam ficar nossos escritórios antes de mudarmos.

– Onde ficam os escritórios agora?

– Ali – disse ela, apontando para depois da última estante. – Ao lado da sala de livros raros.

– Uau! – exclamou ele. – Estou impressionado.

Ela sorriu.

– Venha, vou mostrar tudo primeiro e falar sobre o lugar.

Durante os minutos seguintes, eles conversaram enquanto vagavam por entre as estantes. Ele ficou sabendo que a casa havia sido construída em 1874 por Horace Middleton, um capitão que fez fortuna transportando madeira e tabaco. Ele a construíra para a esposa e os sete filhos que, infelizmente, nunca moraram lá. Pouco antes da construção ficar pronta, sua esposa faleceu e ele resolveu se mudar para Wilmington com a família. A casa ficou vazia durante anos, depois foi ocupada por outra família até os anos 1950, quando enfim foi vendida para a Associação Histórica, que depois a vendeu ao condado para ser utilizada como biblioteca.

Jeremy ouviu tudo com atenção. Eles caminhavam devagar e Lexie interrompia a própria história para apontar alguns de seus livros preferidos. Jeremy logo percebeu que ela havia lido muito mais do que ele, sobretudo em se tratando dos clássicos. Mas até que fazia sentido. Por que alguém seria bibliotecário se não amasse livros? Como se soubesse o que ele estava pensando, ela fez uma pausa e apontou para a placa de uma das estantes.

– Essa seção aqui deve conter o que procura, Sr. Marsh.

Ele olhou para a placa e viu as palavras: sobrenatural/feitiçaria. Ele diminuiu o passo, mas não parou, aproveitando para observar alguns dos títulos, incluindo um sobre as profecias de Michel de Nostredame. Nostradamus, como é mais conhecido, publicou uma centena de previsões excepcionalmente vagas em 1555, em um livro chamado *Centúrias*, o primeiro dos dez que escreveu durante toda a vida. Das milhares de profecias que Nostradamus publicou, apenas umas cinquenta ainda são citadas, resumindo-se a meros cinco por cento de sucesso.

Jeremy enfiou as mãos nos bolsos.

– Posso dar umas indicações, se quiser.

– Claro. Não sou tão orgulhosa para admitir que preciso de ajuda.

– Já leu esses livros?

– Não. Para falar a verdade, não tenho nenhum interesse no assunto. Bem, eu folheio os livros quando chegam, olhando as imagens e dando uma lida nas conclusões para ver se são adequados, mas só.

– É uma boa ideia – disse ele. – Talvez seja a melhor coisa a fazer.

– Mas é incrível. Tem gente aqui na cidade que não quer que eu mantenha nenhum livro desses. Principalmente os de feitiçaria. Acham que são má influência para os jovens.

– E são. É tudo mentira.

Ela sorriu.

– Pode até ser, mas a questão não é essa. Eles querem que os livros sejam retirados porque acreditam que é realmente possível invocar o mal e que os garotos que lerem essas coisas podem, sem querer, inspirar Satã a invadir nossa cidade.

Jeremy assentiu.

– A juventude impressionável do Cinturão Bíblico. Faz sentido.

– Mas não escreva o que eu disse. Sabe que estamos conversando *em off* aqui, certo?

Ele levantou dois dedos.

– Palavra de escoteiro.

Por alguns instantes, caminharam em silêncio. O sol de inverno mal podia penetrar nas nuvens cinzentas, e Lexie parou diante de algumas luminárias para acendê-las. Um brilho amarelado espalhou-se pela sala. Quando ela se inclinou, ele sentiu o rastro floral de seu perfume.

Jeremy se aproximou distraidamente do retrato que ficava acima da lareira.

– Quem é essa?

Lexie parou, seguindo o olhar dele.

– Minha mãe.

Jeremy lançou-lhe uma olhar interrogativo e Lexie respirou fundo.

– Depois do incêndio na primeira biblioteca, em 1964, minha mãe se encarregou de encontrar um novo prédio e iniciar um novo acervo, uma vez que todos na cidade haviam considerado que isso seria impossível. Ela tinha apenas 22 anos, mas passou muito tempo convencendo autoridades do condado e do estado a direcionarem fundos, promoveu venda de bolos e passou de porta em porta nos estabelecimentos locais, suplicando até que eles cedessem e fizessem um cheque. Levou anos, mas ela enfim conseguiu.

Enquanto ela falava, Jeremy se viu alternando o olhar entre Lexie e o retrato. Havia uma semelhança que ele devia ter notado de cara. Sobretudo os olhos. Embora a cor violeta o tivesse impressionado logo à primeira vista, agora que estava mais perto, notou que os olhos de Lexie tinham um toque de azul-claro que lembrava a cor da bondade. Por mais que o retrato tivesse tentado capturar aquele tom extraordinário, não chegou nem perto da realidade.

Quando Lexie terminou de contar a história, prendeu uma mecha de cabelo atrás da orelha. Ela parecia fazer muito aquilo, ele notou. Devia ser um tique nervoso. E isso significava, claro, que ele a estava deixando nervosa. Considerou uma coisa boa.

Jeremy pigarreou.

– Ela parece uma mulher fascinante – falou. – Adoraria conhecê-la.

O sorriso de Lexie vacilou um pouco, como se houvesse mais a dizer. Mas, em vez de continuar, balançou a cabeça.

– Sinto muito. Acho que já falei demais. Você está aqui a trabalho e estou tomando seu tempo. – Ela apontou com a cabeça para a sala de livros raros. – É melhor eu mostrar também onde você vai ficar confinado pelos próximos dias.

– Acha que vai demorar?

– Você queria referências históricas e o artigo, não é? Adoraria dizer que todas as informações foram indexadas, mas não é verdade. Terá uma pesquisa tediosa a fazer.

– Não há tantos livros para examinar, não é?

– Não são apenas livros, embora tenhamos muitos que podem ser úteis. Meu palpite é que encontrará parte das informações que necessita nos diários. Fiz questão de reunir o máximo que pude com pessoas que viviam na região, e a coleção já é relativamente grande. Tenho até alguns que datam do século XVII.

– Por acaso não tem o de Hettie Doubilet, tem?

– Não. Mas tenho alguns que pertenceram a pessoas que moravam em Watts Landing, e até mesmo o de alguém que viu um historiador amador no local. Não permitimos que sejam tirados da biblioteca, no entanto, e você vai levar um tempo para olhar tudo. Alguns nem são muito legíveis.

– Mal posso esperar – disse ele. – Eu *vivo* para pesquisas tediosas.

Ela sorriu.

– Posso apostar que é muito bom nisso.

Jeremy a olhou com malícia.

– Ah, sou sim. Sou bom em muitas coisas.

– Sem dúvida, Sr. Marsh.

– Jeremy. Pode me chamar de Jeremy.

Ela arqueou uma sobrancelha.

– Não sei se é uma boa ideia.

– Ah, é uma ótima ideia – insistiu ele. – Confie em mim.

Ela riu. Sempre pronto para atacar, esse aí.

– É uma oferta tentadora. De verdade. E estou lisonjeada. Mas, ainda assim, não o conheço o suficiente para confiar em você, Sr. Marsh.

Jeremy observou com satisfação quando ela se virou, pensando que já havia conhecido mulheres desse tipo. Mulheres que usavam a sagacidade para manter os homens afastados em geral eram meio cortantes, mas, de certo modo, no caso dela era quase... bem, charmoso e agradável. Talvez fosse o sotaque. O modo como cantava as palavras provavelmente lhe permitia convencer um gato a nadar no rio.

Não, ele se corrigiu, não era apenas o sotaque. Ou a sagacidade, da qual gostava. Nem mesmo os impressionantes olhos e o modo como ficava bem de jeans. Certo, isso ajudava, mas havia algo mais. Era... o quê? Ele não a conhecia, não sabia nada sobre ela. Pensando bem, Lexie não dissera muito sobre si mesma. Falou bastante de livros e da mãe, mas ele não sabia mais nada sobre ela.

Estava na cidade para escrever um artigo, mas com uma sensação repentina e penetrante, deu-se conta de que preferia passar as próximas horas com Lexie. Queria caminhar com ela pelo centro de Boone Creek ou, melhor ainda, jantar em um restaurante romântico e afastado, onde os dois pudessem ficar sozinhos e se conhecer melhor. Ela era misteriosa e ele gostava de mistérios. Mistérios sempre levavam a surpresas, e enquanto a seguia até a sala de livros raros, não conseguiu deixar de pensar que essa viagem ao sul havia acabado de se tornar muito mais interessante.

A sala de livros raros era pequena, devia ter sido um quarto, e era dividida por uma parede baixa de madeira que ia de um lado ao outro. As paredes haviam sido pintadas de bege, o rodapé era branco e o piso de madeira maciça estava desgastado, mas em bom estado. Atrás da parede havia estantes altas cheias de livros; em um canto ficava uma caixa com tampa de vidro que parecia um baú do tesouro, com uma televisão e um videocassete ao lado, certamente para fitas referentes à história da Carolina do Norte. Na parede oposta à porta havia uma janela e, sob ela, uma antiga escrivaninha de madeira. Uma pequena mesa com uma máquina de microficha estava à direita de Jeremy, e Lexie apontou para ela. Aproximando-se da escrivaninha, ela abriu a última gaveta, depois voltou com uma caixinha de papelão.

Colocando a caixa na mesa, remexeu nas chapas transparentes e puxou uma. Debruçando-se sobre ela, ligou a máquina e inseriu a transparência, movimentando-a até o artigo ficar centralizado. Mais uma vez, ele sentiu um rastro do perfume de Lexie e, um minuto depois, o artigo estava na sua frente.

– Pode começar por aqui – disse ela. – Vou dar uma olhada para ver se encontro mais material para você.

– Você encontrou bem rápido – comentou ele.

– Não foi tão difícil. Eu me lembrava da data do artigo.

– Impressionante.

– Na verdade, não. Saiu no dia do meu aniversário.

– Vinte e seis?

– Mais ou menos por aí. Agora eu vou ver o que mais consigo encontrar. – Ela se virou e seguiu na direção da porta de vaivém.

– Vinte e cinco? – gritou ele.

– Bom chute, Sr. Marsh. Mas não estou jogando.

Ele riu. Sem dúvida, a semana seria interessante.

Jeremy voltou sua atenção ao artigo e começou a ler. Estava escrito exatamente como ele esperava – pesando no exagero e no sensacionalismo, com arrogância suficiente para sugerir que todos que viviam em Boone Creek sempre souberam que o lugar era muito especial.

Não descobriu quase nenhuma novidade. O artigo falava sobre a lenda original, descrevendo-a mais ou menos da mesma forma que Doris havia feito, embora com uma ou outra variação. No artigo, Hettie fora falar com os membros do conselho do condado e não com o prefeito, e era da Louisiana, não do Caribe. O interessante foi que ela supostamente jogou a maldição do lado de fora da prefeitura, o que causou um tumulto, e então foi presa. Quando os guardas foram soltá-la na manhã seguinte, descobriram que ela não estava lá, havia desaparecido. Depois disso, o xerife se recusou a tentar prendê-la outra vez por temer que ela jogasse uma maldição em sua família também. Mas todas as lendas eram assim: as histórias eram passadas de um para o outro e um pouco alteradas para ficarem mais convincentes. E, ele tinha que admitir, a parte do desaparecimento era interessante. Ele teria que descobrir se ela fora mesmo presa e se de fato escapara.

Jeremy olhou para trás. Ainda nenhum sinal de Lexie.

Voltando a olhar para a tela, percebeu que poderia acrescentar mais coisas ao que Doris havia contado sobre Boone Creek e movimentou a placa de vidro onde estava a microficha, observando as outras matérias que iam aparecendo. Havia notícias de uma semana inteira em um total de quatro páginas – o jornal saía às terças-feiras – e ele logo se informou sobre o que a cidade tinha a oferecer. Era interessantíssimo de se ler, a menos que se quisesse saber o que acontecia em outros lugares do mundo ou qualquer outra coisa capaz de manter seus olhos abertos. Ele leu sobre um jovem que fez um trabalho de jardinagem na frente do prédio dos veteranos de guerra para se graduar no escotismo, sobre a inauguração de uma nova lavanderia na rua principal e o resumo de uma assembleia municipal em que o assunto principal era decidir se deviam ou não colocar uma placa de *Pare* na Leary Point Road. Dois dias de cobertura de primeira página foram dedicados a um acidente de automóvel, no qual dois habitantes locais ficaram apenas levemente feridos.

Jeremy se recostou na cadeira.

Então a cidade era bem o que ele esperava. Estagnada, calma e especial do jeito que todas as pequenas comunidades alegavam ser, mas nada além disso. Era o tipo de cidade que continuava a existir mais por força do hábito do que por qualquer qualidade singular e desapareceria nas décadas seguintes conforme a população fosse envelhecendo. Não havia futuro ali, não a longo prazo, pelo menos...

– Lendo sobre nossa empolgante cidade? – perguntou ela.

Ele deu um salto, surpreso por não ter ouvido Lexie chegar por trás e se sentindo estranhamente triste pelas condições das coisas ali.

– Sim. E ela é empolgante, tenho que admitir. Aquele escoteiro foi incrível. Nossa.

– Jimmie Telson. Ele é mesmo um ótimo garoto. Só tira notas boas e joga basquete muito bem. Seu pai morreu ano passado, mas ele ainda assim faz trabalho voluntário na cidade, mesmo com um emprego de meio-período na Pete's Pizza. Temos muito orgulho dele.

– Estou convencido.

Ela sorriu, pensando: "É claro que está."

– Aqui está – disse ela, colocando uma pilha de livros ao lado dele. – Isso deve ser suficiente para começar.

Ele passou os olhos em cerca de uma dúzia de títulos.

– Achei que tivesse dito que seria melhor usar os diários. Todos esses são de história geral.

– Eu sei. Mas não quer entender o período em que os diários foram escritos?

Ele hesitou.

– Acho que sim – admitiu.

– Muito bem. – Lexie puxou distraidamente a manga do suéter. – E eu encontrei um livro de histórias de fantasma que pode ser de seu interesse. Tem um capítulo que fala de Cedar Creek.

– Isso é ótimo.

– Bem, então vou deixá-lo começar. Volto daqui a pouco para ver se precisa de mais alguma coisa.

– Você não vai ficar?

– Não. Como falei, tenho trabalho a fazer. Agora, pode ficar aqui ou usar uma das mesas na área principal. Mas agradeceria se não tirasse os livros desse andar. Nenhum deles pode sair da biblioteca.

– Eu não me atreveria.

– Bem, se me der licença, Sr. Marsh, tenho mesmo que ir. E lembre-se de que, apesar da biblioteca ficar aberta até as sete, a sala de livros raros fecha às cinco.

– Até para os amigos?

– Não, os amigos eu deixo ficar mais tempo se quiserem.

– Então vejo você às sete?

– Não, Sr. Marsh. Vejo você às cinco.

Ele riu.

– Talvez amanhã você me deixe ficar até mais tarde.

Ela levantou as sobrancelhas sem responder, depois deu alguns passos em direção à porta.

– Lexie?

Ela se virou.

– Pois não?

– Você foi de grande ajuda até agora. Obrigado.

Ela deu um sorriso adorável e espontâneo.

– De nada.

Jeremy passou as horas seguintes lendo atentamente sobre a cidade. Folheou os livros um a um, atendo-se às fotografias e seções que julgava apropriadas.

A maior parte das informações cobria a história dos primórdios da cidade, e ele anotava o que achava que era importante no bloco ao seu lado. Naturalmente, a essa altura ainda não tinha muita certeza do que era relevante; era cedo demais para dizer, por isso, as anotações logo ocuparam algumas páginas.

Sabia por experiência própria que o melhor jeito de abordar uma história como essa era começar pelo que sabia, então... do que ele tinha certeza? Que o cemitério havia sido utilizado por mais de cem anos sem ninguém ter visto luzes misteriosas. Que as luzes apareceram pela primeira vez havia cerca de cem anos e desde então se tornaram regulares, mas apenas quando havia nevoeiro. Que muitas pessoas já as tinham visto, o que significava que era improvável que fossem apenas produto da imaginação. E, é claro, que o cemitério agora estava afundando.

Então, mesmo depois de algumas horas, ele não ficou sabendo muito mais do que sabia no início. Como a maioria dos mistérios, tratava-se de um quebra-cabeça com muitas peças que não se encaixavam. A lenda, incluindo ou não a maldição que Hettie jogou na cidade, não passava de uma tentativa de conectar algumas peças de forma compreensível. No entanto, como tinha por base algo falso, isso significava que algumas peças – independentemente de quais fossem – estavam sendo negligenciadas ou ignoradas. E isso queria dizer, é claro, que Lexie estava certa. Ele teria que ler tudo para não deixar passar nada.

Sem problemas. Essa era a parte agradável, na verdade. Procurar pela verdade costumava ser mais divertido do que escrever a conclusão, e ele se viu mergulhado no assunto. Descobriu que Boone Creek havia sido fundada em 1729, o que fazia dela uma das cidades mais antigas do estado, e também ficou sabendo que, por um longo tempo, não era muito mais do que uma vila de comércio às margens do rio Pamlico e do riacho Boone. Mais tarde, tornou-se um pequeno porto do sistema hidroviário, e a utilização de barcos a vapor em meados dos anos de 1800 acelerou o crescimento da cidade. Quase no fim do século XIX, o grande avanço das estradas de ferro chegou à Carolina do Norte e florestas foram derrubadas enquanto inúmeras pedreiras eram abertas. Mais uma vez, a cidade foi afetada por conta de sua localização como uma espécie de porta de passagem para os Outer Banks. Depois disso, a cidade manteve a tendência de altos e baixos acompanhando a economia do restante do estado, embora a população tenha se mantido estável por volta de 1930. No censo mais recente, a população do condado havia diminuído, o que não o surpreendia nem um pouco.

Ele também leu o relato sobre o cemitério no livro de histórias de fantasma. Nessa versão, Hettie amaldiçoou a cidade, mas não por causa dos corpos no cemitério, e sim porque se recusou a sair da frente e andar pelo meio da estrada quando a esposa de um dos conselheiros se aproximou na direção oposta. No entanto, por ser considerada praticamente uma figura mística em Watts Landing, escapou da prisão, então alguns dos cidadãos mais racistas decidiram resolver o assunto com as próprias mãos e causaram muitos estragos no cemitério dos negros. Em um momento de raiva, Hettie amaldiçoou o Cemitério Cedar Creek e jurou que seus ancestrais o pisoteariam até que a terra o engolisse por inteiro.

Jeremy recostou na cadeira, pensando. Três versões bastante diferentes da mesma lenda. Ficou imaginando o que aquilo significava.

Curiosamente, o autor do livro – A. J. Morrison – havia acrescentado um posfácio declarando que o Cemitério Cedar Creek havia de fato começado a afundar. Segundo análises, seu solo havia afundado cerca de 50 centímetros; o autor não forneceu nenhuma explicação.

Jeremy verificou a data de publicação. O livro havia sido escrito em 1954, e, pela aparência atual do cemitério, ele imaginava que já tivesse afundado pelo menos mais um metro desde então. Fez uma anotação para verificar se conseguia encontrar pesquisas daquele período, assim como outras mais recentes.

Ainda assim, enquanto absorvia essas informações, não conseguia deixar de olhar para trás de vez em quando, diante da remota possibilidade de Lexie voltar.

Do outro lado da cidade, na parte lisa do campo, indo para o décimo quarto buraco e com o celular apertado junto à orelha, o prefeito tentava prestar atenção na voz do outro lado da linha, apesar da estática. O sinal era ruim nessa parte do condado, e ele se perguntou se segurar o taco de ferro número cinco sobre a cabeça o ajudaria a entender o que estava sendo dito.

– Ele estava no Herbs? Hoje na hora do almoço? Você disse *Primetime Live*?

Ele assentiu, fingindo não notar que seu parceiro de golfe, que fingia ver onde sua última bola tinha ido parar, havia acabado de chutar a bola de trás de uma árvore para uma posição melhor.

– Encontrei! – gritou o outro e começou a se preparar para a tacada.

O parceiro do prefeito fazia coisas assim o tempo todo, o que, sinceramente, não o incomodava muito, uma vez que acabara de fazer o mesmo. Seria impossível manter seu *handicap* três de outra forma.

Enquanto isso, quando a ligação estava chegando ao fim, o parceiro mandou a bola para o meio das árvores outra vez.

– Droga! – gritou. O prefeito o ignorou.

– Bem, é mesmo interessante – disse o prefeito, com a mente girando cheia de possibilidades. – E fico muito feliz por ter me ligado. Cuide-se. Tchau.

Ele desligou o telefone bem na hora em que o parceiro se aproximava.

– Espero ter conseguido uma boa posição com essa tacada.

– Eu não me preocuparia demais – disse o prefeito, considerando o acontecimento repentino na cidade. – Tenho certeza de que vai acabar parando exatamente onde você quer.

– Quem era ao telefone?

– O destino. E, se fizermos tudo direito, talvez a nossa salvação.

Duas horas depois, quando o sol estava desaparecendo atrás da copa das árvores e as sombras começavam a se estender pela janela, Lexie colocou a cabeça na sala de livros raros.

– Como foi?

Olhando para trás, Jeremy sorriu. Afastando-se da mesa, passou a mão no cabelo.

– Foi bom – respondeu. – Aprendi muita coisa.

– Já tem a resposta mágica?

– Não, mas estou chegando mais perto. Posso sentir.

Ela entrou na sala.

– Fico feliz. Mas, como já disse, costumo fechar essa sala às cinco para poder atender as pessoas que chegam depois do trabalho.

Ele se levantou.

– Sem problemas. Estou ficando um pouco cansado mesmo. O dia foi longo.

– Vai voltar amanhã de manhã, certo?

– É o que pretendo. Por quê?

– Bem, normalmente devolvo tudo às estantes no fim do dia.

– Seria possível manter a pilha como está por enquanto? Tenho certeza de que terei que rever a maioria dos livros.

Ela pensou por um instante.

– Acho que não tem problema. Mas preciso avisar que, se não aparecer logo cedo, vou achar que o julguei mal.

Ele acenou com a cabeça, parecendo solene.

– Prometo que não vou deixá-la esperando. Não sou esse tipo de cara.

Ela revirou os olhos. Oh, céus, pensou. Ele é mesmo persistente. Isso precisava admitir.

– Deve dizer isso a todas as garotas, Sr. Marsh.

– Não – contestou ele, apoiando-se na escrivaninha. – Na verdade, sou muito tímido. Praticamente um eremita. Quase nunca saio.

Ela deu de ombros.

– Não era o que eu imaginava. Sendo um jornalista da cidade grande, achei que fosse um conquistador.

– E isso a incomoda?

– Não.

– Ótimo. Porque, como sabe, primeiras impressões podem enganar.

– Ah, percebi isso logo de cara.

– Percebeu?

– Claro – disse ela. – Quando cruzei com você no cemitério, achei que estivesse lá para um funeral.

5

Quinze minutos mais tarde, depois de seguir por uma estrada de asfalto que deu lugar a mais uma estrada de cascalho – eles gostavam mesmo de cascalho por ali –, Jeremy estacionava o carro em um pântano, bem em frente a uma placa pintada à mão sinalizando o Greenleaf Cottages. O que o fez lembrar que nunca devia confiar nas promessas da Câmara de Comércio local.

Definitivamente não era um lugar moderno. Não teria sido moderno nem trinta anos antes. No total, havia seis pequenos bangalôs às margens do rio. Com pintura descascando, paredes de tábuas e telhados de zinco, o acesso a eles era feito por pequenas trilhas de terra que saíam de um bangalô central, que ele presumiu ser a sede. Era pitoresco, ele tinha que admitir, mas o tom rústico devia significar que havia mosquitos e crocodilos, e nenhuma das duas coisas o deixava muito entusiasmado para se hospedar ali.

Enquanto decidia se devia mesmo se dar ao trabalho de se registrar – havia passado por alguns hotéis de rede em Washington, a uns quarenta minutos de distância de Boone Creek –, ouviu o som de um motor subindo a estrada e viu um Cadillac bordô vindo em sua direção, sacudindo desenfreadamente ao passar pelos buracos. Surpreendendo-o, estacionou na vaga bem ao lado de seu carro, espalhando algumas pedras ao frear.

Um homem acima do peso, quase careca, saiu fazendo barulho e parecendo meio agitado. Usava calças verdes de poliéster e um suéter azul de gola alta, o que fazia parecer que tinha se vestido no escuro.

– Sr. Marsh?

Jeremy ficou perplexo.

– Pois não?

O homem deu a volta no carro às pressas. Tudo que dizia respeito a ele parecia acontecer com rapidez.

– Bem, fico feliz por tê-lo alcançado antes que se registrasse! Queria ter a chance de falar com você! Não consigo expressar como estamos empolgados com sua visita à cidade!

Ele parecia sem fôlego quando estendeu a mão e cumprimentou Jeremy vigorosamente.

– Conheço você? – perguntou Jeremy.

– Não, não, claro que não. – O homem riu. – Sou o prefeito Tom Gherkin. Pode me chamar de Tom. – Ele riu outra vez. – Só queria fazer uma visita rápida para lhe dar as boas-vindas à nossa bela cidade. Desculpe minha aparência. Eu o teria recebido no gabinete, mas vim direto do campo de golfe quando soube que estava aqui.

Jeremy o observou, ainda um pouco chocado. Pelo menos isso explicava aquelas roupas.

– Você é o prefeito?

– Desde 1994. É um tipo de tradição familiar. Meu pai, Owen Gherkin, foi prefeito por 24 anos. Tinha grande interesse na cidade, meu pai. Sabia tudo que havia para saber sobre esse lugar. É claro que ser prefeito é apenas emprego de meio-período por aqui. É mais um cargo honorário. Sou mais um homem de negócios, se quer saber. Sou dono da loja de departamentos e da estação de rádio no centro. Clássicos. Gosta dos clássicos?

– É claro – disse Jeremy.

– Bom, bom. Percebi isso no momento em que bati os olhos em você. Pensei: "Esse é um homem que aprecia boa música." Não suporto a maioria dessas coisas novas que o pessoal chama de música hoje em dia. Elas me dão dor de cabeça. A música deveria acalmar a alma. Entende o que quero dizer?

– É claro – repetiu Jeremy, tentando acompanhar.

O prefeito riu.

– Sabia que entenderia. Bem, como disse, não tenho como expressar o quanto estamos entusiasmados por você estar aqui para escrever uma matéria. É exatamente do que nossa bela cidade precisa. Quero dizer... quem não gosta de uma boa história de fantasmas, certo? Deixa o pessoal bem empolgado por aqui, com certeza. Primeiro o pessoal da Duke, depois o jornal local. E agora um jornalista da cidade grande. A notícia está se espalhando, e isso é bom. Ora, ainda na semana passada recebemos o telefonema de um grupo do Alabama que estava pensando em passar um tempo aqui nesse fim de semana para participar do Passeio por Casas Históricas.

Jeremy balançou a cabeça, tentando desacelerar as coisas.

– Mas como sabia que eu estava aqui?

O prefeito Gherkin, em um gesto amigável, pôs a mão em seu ombro e, quando Jeremy se deu conta, estavam indo na direção do bangalô central.

– As notícias correm, Sr. Marsh. Espalham-se com rapidez. Sempre foi assim, sempre será. É parte do charme deste lugar. Isso, e a beleza natural. Temos alguns dos melhores locais para pesca e caça de patos no estado, sabia? As pessoas vêm de todos os lugares, até uns famosos, e a maioria pousa bem aqui em Greenleaf. Isto aqui é um pedacinho do paraíso, se quer saber. Seu próprio e tranquilo bangalô, lá no meio da natureza. Ora, ouvirá os pássaros e os grilos a noite toda. Aposto que faz você ver aqueles hotéis em Nova York de um jeito todo diferente.

– Isso é verdade, com certeza – admitiu Jeremy. O homem definitivamente era um político.

– E não se preocupe com as cobras.

Jeremy arregalou os olhos.

– Cobras?

– Estou certo de que ouviu a respeito, mas tenha em mente que toda aquela situação aqui no ano passado foi apenas um mal-entendido. Tem um pessoal que não tem uma gota de bom senso. Mas, como eu disse, não se preocupe com elas. As cobras em geral não saem até o verão de todo jeito. Claro que não vai sair cutucando os arbustos e tal à procura delas. Essas jararacas podem ser traiçoeiras.

– Hum... – murmurou Jeremy, tentando invocar uma resposta em meio à visão que havia sido projetada em sua mente. Ele odiava cobras. Mais do que odiava mosquitos e crocodilos. – Na verdade, eu estava pensando...

O prefeito Gherkin suspirou alto o bastante para interromper sua resposta e olhou ao redor, como se tentasse deixar claro para Jeremy o quanto estava gostando da paisagem natural.

– Então me diga, Jeremy... se importa se eu chamar você de Jeremy?

– Não.

– Isso é muito gentil de sua parte. Muito gentil. Então, Jeremy, estava me perguntando se você acha que algum daqueles programas de televisão pode vir no rastro de sua história aqui.

– Não faço ideia.

– Bem, porque, se vierem, estenderemos o tapete vermelho. Vamos mostrar para eles a genuína hospitalidade do sul. Ora, vamos botá-los bem aqui em Greenleaf, de graça. E, claro, eles vão ter uma baita de uma história para contar. Bem melhor que aquela sua no *Primetime*. O que temos aqui é a história legítima.

– Você entende que sou, em primeiro lugar, um colunista? Normalmente, não tenho nada a ver com televisão...

– Não, claro que não. – O prefeito Gherkin deu uma piscadela, duvidando. – Apenas faça o seu trabalho e vejamos o que vai acontecer.

– É sério – insistiu Jeremy.

Ele piscou de novo.

– Claro que é.

Jeremy não sabia muito bem o que dizer para dissuadi-lo – sobretudo porque o homem podia estar *certo* – e, um instante depois, o prefeito Gherkin abriu a porta do escritório. Se é que podia chamar o lugar assim.

Parecia não ter passado por nenhuma reforma no último século, e as paredes de madeira o faziam lembrar do que poderia encontrar em uma cabana feita de troncos. Logo atrás do instável balcão havia um achigã pendurado na parede; em cada canto, ao longo das paredes, e sobre o arquivo e o balcão, criaturas empalhadas: castores, coelhos, esquilos, gambás e um texugo. No entanto, diferentemente da maioria que já tinha visto, todos estavam posicionados como se estivessem acuados e tentando se defender. As bocas foram moldadas como se rosnassem, os corpos arqueados, os dentes e as garras expostos. Jeremy ainda assimilava as imagens quando viu um urso em um canto e pulou de susto. Como os outros animais, suas patas estavam estendidas em posição de ataque. O lugar era o Museu de História Natural transformado em filme de terror e espremido em um armário.

Atrás do balcão, um homem enorme e barbudo estava sentado com os pés para cima, com uma televisão à sua frente. A imagem era embaçada, com linhas verticais correndo pela tela a cada dois segundos, tornando quase impossível ver o que passava.

O homem se levantou e mostrou-se muito mais alto do que Jeremy. Devia ter no mínimo 2 metros de altura, e seus ombros eram mais largos que os do urso empalhado no canto. Vestindo uma jardineira e camisa xadrez, ele pegou uma prancheta e a pôs sobre o balcão.

Apontou para Jeremy e para a prancheta. Ele não sorriu; para todos os efeitos, parecia que não queria nada além de arrancar os braços de Jeremy e usá-los para espancá-lo, para depois pendurá-lo na parede.

Gherkin, como era de se esperar, riu. Jeremy reparou que o homem ria muito.

– Não se preocupe nem um pouco com ele, Jeremy – tranquilizou o prefeito. – O Jed aqui não é muito de falar com estranhos. Apenas preencha o formulário e estará a caminho de seu próprio quartinho no paraíso.

Jeremy olhava para Jed com os olhos arregalados, pensando que se tratava da pessoa mais assustadora que já tinha visto na vida.

– Ele não só é dono de Greenleaf e participa do conselho municipal, mas também é o taxidermista local – prosseguiu Gherkin. – Seu trabalho não é incrível?

– Incrível – disse Jeremy, forçando um sorriso.

– Se atirar em qualquer coisa por aqui, venha até o Jed. Ele não vai passar a perna em você.

– Tentarei me lembrar disso.

De repente o prefeito se animou.

– Você caça, né?

– Não muito, para falar a verdade.

– Bem, talvez dê tempo de mudar isso enquanto está aqui. Mencionei que a caça aos patos aqui é espetacular, não?

Enquanto Gherkin falava, Jed bateu seu enorme dedo na prancheta mais uma vez.

– Jed, não tente intimidar o hóspede – advertiu Gherkin. – Ele é de Nova York. É jornalista da cidade grande, então trate-o bem. – O prefeito Gherkin voltou sua atenção a Jeremy: – E, Jeremy, só para que você saiba, a cidade ficará feliz em pagar por sua estadia aqui.

– Isso não é necessário...

– Nem mais uma palavra – disse ele, sem considerar a recusa. – A decisão já foi tomada por quem manda aqui. – Ele piscou. – Que, por sinal, sou eu. Mas é o mínimo que podemos fazer por um hóspede tão ilustre.

– Bem, obrigado.

Jeremy pegou a caneta. Começou a preencher o formulário de registro, sentindo os olhos de Jed sobre ele e com medo do que aconteceria se mudasse de ideia sobre se hospedar ali. Gherkin debruçou-se sobre seu ombro.

– Já disse como estamos empolgados por você estar na cidade?

Do outro lado da cidade, em um bangalô branco com venezianas azuis em uma rua tranquila, Doris refogava bacon, cebola e alho enquanto um pacote de macarrão fervia em outra boca do fogão. Lexie picava tomates e cenouras sobre a pia, lavando conforme terminava. Depois de sair da biblioteca, ela passou na casa de Doris, como costumava fazer algumas vezes durante a semana. Embora sua casa ficasse perto, ela jantava com frequência com a avó. É difícil abandonar velhos hábitos...

No peitoril da janela, o rádio tocava jazz, e à exceção da conversa superficial típica de familiares, nenhuma das duas falava muito. Para Doris, o motivo era seu longo dia de trabalho. Desde que tivera um ataque cardíaco dois anos antes, ela se cansava com mais facilidade, mesmo que não quisesse admitir. Para Lexie, o motivo era Jeremy Marsh, embora soubesse, por experiência, que não devia falar com Doris sobre isso. Ela sempre teve grande interesse por sua vida pessoal, e Lexie havia aprendido que era melhor evitar o assunto sempre que possível.

Lexie sabia que sua avó não fazia por mal. Doris simplesmente não entendia como alguém na casa dos 30 anos ainda não havia se estabelecido, e chegou a um ponto em que era frequente se perguntar em voz alta por que Lexie ainda não havia se casado. Por mais perspicaz que fosse, Doris era de outros tempos; casou-se aos 20 e passou os 44 anos seguintes com um homem que adorava até sua morte, três anos antes. Lexie foi criada por seus avós, no fim das contas, e podia resumir muito bem todos os volteios de Doris em alguns pensamentos simples: já era hora de ela encontrar um cara legal, sossegar, mudar para uma casa de cerca branca e ter bebês.

Lexie sabia que essa convicção de Doris não era tão estranha. Por aqui era isso que se esperava das mulheres. E quando era sincera consigo mesma, ela às vezes também desejava ter uma vida assim. Pelo menos na teoria. Mas queria primeiro encontrar o homem certo, alguém que a inspirasse, o tipo de cara que teria orgulho de chamar de *seu marido*. Era nesse ponto que discordava de Doris. A avó parecia pensar que um homem respeitável e digno, com um bom emprego, era tudo que uma mulher sensata deveria esperar. E talvez no passado essas fossem todas as qualidades que alguém *poderia* esperar. Mas Lexie não queria ficar com alguém só porque ele era gentil e respeitável e tinha um bom emprego. Talvez suas expectativas não fossem realistas, mas Lexie também queria sentir-se apaixonada por ele. Não importava o quanto um homem fosse gentil ou responsável, se ela não sentisse nenhuma paixão. Não conseguia evitar o pensamento de que estaria se "acomodando" com alguém, e não queria se acomodar. Isso não seria justo com ela nem com ele. Ela queria um homem que fosse ao mesmo tempo sensível e gentil, mas que também fosse capaz de deixá-la encantada. Queria alguém que se oferecesse para massagear seus pés depois de um dia longo na biblioteca, mas que também desafiasse sua inteligência. Alguém romântico, é claro, o tipo de homem que compraria flores para ela sem motivo algum.

Não era pedir muito, era?

De acordo com as revistas *Glamour*, *Ladies' Home Journal* e *Good Housekeeping* – todas recebidas pela biblioteca –, era. Nelas, parecia que todo artigo afirmava que era responsabilidade total da mulher manter vivo o entusiasmo de um relacionamento. Mas um relacionamento não deveria ser exatamente isso? Um *relacionamento*? Duas pessoas fazendo todo o possível para manter uma a outra satisfeitas?

Veja, esse era o problema com muitos dos casais que ela conhecia. Em qualquer casamento, havia um delicado equilíbrio entre fazer o que você queria e fazer o que seu companheiro queria, e enquanto tanto o marido quanto a esposa estivessem fazendo o que o outro queria, não havia nenhum problema. Os problemas surgiam quando uma pessoa começava a fazer o que queria sem respeitar a outra. Um marido de repente decide que precisa de mais sexo e procura isso fora do casamento; uma esposa decide que precisa de mais afeto e acaba fazendo exatamente a mesma coisa. Um bom casamento, como qualquer parceria, significava subordinar as necessidades de uma pessoa às de outra, esperando que ela fizesse o mesmo. E enquanto ambos estiverem cumprindo sua parte do acordo, tudo estará uma maravilha.

Mas sem sentir paixão alguma por seu marido, é possível esperar por isso? Ela não tinha certeza. Doris, é claro, tinha uma resposta pronta. "Confie em mim, querida, isso passa depois dos primeiros anos", dizia, apesar de que, pelo menos na cabeça de Lexie, seus avós tenham tido um tipo de relação de dar inveja a qualquer um. Seu avô era um daqueles homens naturalmente românticos. Até o fim, abria a porta do carro para Doris e segurava sua mão quando andavam pela cidade. Ele havia sido dedicado e fiel a ela. Estava claro que a adorava e comentava com frequência sobre a sorte que tivera em encontrar uma mulher como Doris. Depois que ele se foi, parte de Doris também começou a morrer. Primeiro o ataque cardíaco, agora a artrite que se agravava; como se sempre tivessem sido feitos um para o outro. Juntando isso tudo ao conselho de Doris, o que se concluía? Que a avó apenas tivera a sorte de ter encontrado um homem como ele? Ou que ela viu algo no marido desde o início, algo que confirmou que era o homem certo para ela?

E o mais importante: por que diabos Lexie estava pensando em casamento outra vez?

Provavelmente porque estava na casa de Doris, a casa onde cresceu depois que seus pais morreram. Preparar o jantar com ela naquela cozinha era reconfortante em sua familiaridade, e ela se lembrou de ter crescido pensando que um dia viveria em uma casa como aquela. Madeira gasta pelo tempo; um telhado de zinco que ecoava o som da chuva, fazendo parecer que toda a chuva do mundo caía ali; janelas antigas, com molduras que haviam sido pintadas tantas vezes que era quase impossível abri-las. E de fato morava em uma casa como aquela. Mais ou menos. À primeira vista, pareceria que sua casa e a de Doris eram similares – foram construídas na mesma época –, mas ela nunca conseguiu reproduzir os aromas. Os cozidos das tardes de domingo, o cheiro dos lençóis secos ao sol sobre as camas, o leve cheiro de coisa velha da cadeira de balanço na qual seu avô relaxara por anos. Aromas como aqueles refletiam uma forma de vida acalmada pelo conforto ao longo dos anos, e sempre que abria a porta dali, era inundada por vívidas memórias da infância.

Naturalmente, sempre imaginara que teria sua própria família a esta altura, talvez até filhos, mas não deu certo. Dois relacionamentos chegaram perto: a longa relação com Avery, que havia começado na faculdade, e, depois, outra com um jovem de Chicago que fora visitar o primo em Boone Creek durante o verão. Ele era o clássico homem multitalentoso: falava quatro línguas, passou um ano estudando na Escola de Economia de Londres e pagou seus estudos com uma bolsa por jogar beisebol. O Sr. Multitalentos era charmoso e exótico, e ela logo se apaixonou. Achou que ele ficaria por ali, que aprenderia a amar o lugar tanto quanto ela, mas acordou em uma manhã de sábado e descobriu que ele estava voltando para Chicago. Sem ao menos se dar ao trabalho de se despedir.

Depois disso não acontecera muita coisa, na verdade. Teve outros namoricos que duraram seis meses mais ou menos, e nenhum sobre o qual continuar pensando. Um foi com um médico local, outro com um advogado; ambos a pediram em casamento, mas, de novo, ela não havia sentido a mágica, a empolgação, ou o que quer que devesse sentir para saber que não precisava procurar mais. Nos últimos anos, os encontros foram em menor número e mais espaçados, a não ser que considerasse Rodney Hopper, vice-xerife da cidade. Eles saíram mais de uma dezena de vezes, uma vez por mês, em média, sempre que havia um evento beneficente ao qual ela se animasse a ir. Como ela, Rodney havia nascido e crescido ali e, quando eram crianças, costumavam brincar juntos na gangorra atrás da Igreja Episcopal. Desde então, ele vinha sofrendo e esperando por ela e já a convidara várias vezes para tomar um drinque na Taverna Lookilu. Ela às vezes se perguntava se não devia apenas aceitar os convites e sair com ele regularmente, mas Rodney... bem, ele era um pouco interessado demais em pescaria e caça e em levantar pesos, e não era interessado o bastante em livros ou em qualquer coisa que acontecesse no resto do mundo. Era um cara legal, entretanto, e ela imaginava que daria um bom marido. Mas não para ela.

Então aonde isso a levava?

Para a casa de Doris, três vezes por semana, pensou, esperando pelas inevitáveis perguntas sobre sua vida amorosa.

– E então, o que achou dele? – indagou Doris, como se tivessem combinado.

Lexie não conseguiu evitar o sorriso.

– Quem? – perguntou, bancando a inocente.

– Jeremy Marsh. Sobre quem achou que eu estava falando?

– Não faço ideia. Por isso perguntei...

– Pare de evitar o assunto. Ouvi dizer que ele passou algumas horas na biblioteca.

Lexie deu de ombros.

– Ele pareceu ser bem gentil. Ajudei-o a encontrar alguns livros para começar sua pesquisa, e foi só.

– Não conversou com ele?

– É claro que conversamos. Como você disse, ele passou algum tempo lá.

Doris esperava que Lexie continuasse, mas como a neta não o fez, soltou um suspiro.

– Bem, gostei dele – disse Doris, espontaneamente. – Pareceu ser um perfeito cavalheiro.

– Ah, ele foi – concordou Lexie. – Perfeito.

– Pelo tom, não me parece sincera.

– O que mais quer que eu diga?

– Bem, ele ficou encantado com sua personalidade espirituosa?

– Por que diabos isso faz diferença? Ele só vai ficar alguns dias na cidade.

– Já contei como conheci seu avô?

– Muitas vezes – disse Lexie, lembrando-se bem da história.

Eles se conheceram em um trem a caminho de Baltimore. Ele era de Grifton e ia fazer uma entrevista de emprego, um emprego que nunca aceitaria, escolhendo, em vez disso, ficar com ela.

– Então sabe que é mais provável que conheça alguém quando menos espera.

– Você sempre diz isso.

Doris piscou.

– Só porque acho que você precisa continuar ouvindo.

Lexie trouxe a tigela de salada para a mesa.

– Não precisa se preocupar comigo. Estou feliz. Amo meu trabalho, tenho bons amigos, tenho tempo para ler, correr e fazer as coisas de que gosto.

– E não se esqueça de que também é abençoada com a minha presença.

– É claro – confirmou Lexie. – Como pude me esquecer disso?

Doris deu uma risadinha e voltou ao refogado. Por um momento, a cozinha ficou em silêncio, e Lexie soltou um suspiro de alívio. Pelo menos tinha acabado e, ainda bem, Doris não a havia pressionado demais. Agora, pensou, podiam ter um jantar agradável.

– Eu o achei muito bonito – comentou Doris.

Lexie não disse nada. Em vez disso, pegou pratos e talheres e foi em direção à mesa. Talvez fosse melhor fingir que não estava ouvindo.

– E, para seu conhecimento, há mais a respeito dele do que sabe – continuou. – Ele não é como você imagina.

Foi a forma como disse aquilo que fez Lexie hesitar. Ela ouvira aquele tom de voz muitas vezes no passado – quando quis sair com amigos do colégio e Doris a convenceu a desistir; quando quis viajar para Miami alguns anos antes, apenas para ser convencida a não ir. No primeiro caso, os amigos com quem queria sair se envolveram em um acidente de automóvel; no segundo, houve uma série de tumultos na cidade, que se espalharam até o hotel onde planejava ficar.

Ela sabia que a avó às vezes pressentia coisas. Não tanto quanto a mãe dela. Mas, apesar de Doris quase nunca se explicar muito, Lexie tinha plena consciência de que o que ela pressentia sempre era verdade.

Totalmente alheio aos telefones que tocavam por toda a cidade para as pessoas conversarem sobre sua presença, Jeremy estava deitado na cama, sob a coberta, assistindo ao noticiário local à espera da previsão do tempo, desejando ter seguido seu impulso inicial e se hospedado em outro hotel. Não tinha dúvida de que, se tivesse feito isso, não estaria cercado pelas obras de Jed, que lhe davam arrepios.

O homem sem dúvida tinha tempo de sobra.

E muitas balas. Ou chumbinhos. Ou a frente de uma picape. Ou o que quer que usasse para matar todos aqueles animais. Em seu quarto, havia doze criaturas. Com exceção de um segundo urso empalhado, representantes de todas as espécies da Carolina do Norte lhe faziam companhia. Se Jed tivesse mais um urso, sem dúvida também o colocaria ali.

Tirando isso, o quarto não era tão ruim, contanto que não estivesse esperando uma conexão de internet de alta velocidade, aquecer o quarto sem utilizar a lareira, serviço de quarto, TV a cabo, ou mesmo fazer uma ligação em um telefone com teclado. Ele não via um telefone de disco havia quanto tempo? Dez anos? Até sua mãe se rendera ao mundo moderno, neste caso.

Mas não Jed. Não mesmo. O bom e velho Jed obviamente tinha suas próprias ideias sobre o que era importante na acomodação de seus hóspedes.

Se havia uma coisa decente sobre aquele quarto, no entanto, era a bela varanda coberta que ficava nos fundos, de frente para o rio. Tinha até uma cadeira de balanço, e Jeremy cogitou se sentar lá fora por um tempo, até se lembrar das cobras. O que o fez se perguntar sobre que tipo de mal-entendido Gherkin estava falando. Não tinha gostado de ouvir aquilo. Devia ter perguntado mais a respeito, como também devia ter perguntado onde conseguiria mais lenha para a lareira. O lugar estava absolutamente gelado, mas ele tinha a estranha suspeita de que Jed não atenderia o telefone se tentasse ligar para perguntar. Além disso, Jed o assustava.

Bem naquele momento, o meteorologista apareceu no noticiário. Depois de se esticar, Jeremy pulou para fora da cama para aumentar o volume. Movimentando-se com a maior rapidez possível, tremeu de frio enquanto ajustava a TV, e então voltou a se enfiar debaixo da coberta.

O meteorologista imediatamente deu lugar aos comerciais. Típico.

Ele ficou imaginando se devia ir ao cemitério, mas queria saber se haveria nevoeiro. Senão, retomaria seu descanso. O dia tinha sido longo. Começou no mundo moderno, voltou cinquenta anos no tempo, e agora dormia em meio ao gelo e à morte. Não era algo que acontecia todos os dias.

E, é claro, havia Lexie. Lexie, a misteriosa. Lexie, que flertava, desistia e flertava de novo.

Ela *estava* flertando, não estava? A forma como continuava lhe chamando de Sr. Marsh? O fato de ter fingido formar um conceito sobre ele quase imediatamente? O comentário sobre o funeral? Sem dúvida estava flertando.

Não estava?

O meteorologista apareceu outra vez, parecendo recém-saído da faculdade. O cara não podia ter mais de 23 ou 24 anos e, sem dúvida, aquele era seu primeiro emprego. Ele tinha aquele olhar de "assustado porém entusiasmado". Mas pelo menos parecia competente. Não se atrapalhou com as palavras, e Jeremy soube quase de imediato que não deixaria o quarto. Esperava-se céu limpo durante a noite, e o homem também não mencionou nada sobre a possibilidade de nevoeiro para o dia seguinte.

Típico, pensou.

6

━━━ ❧ ━━━

Na manhã seguinte, depois de tomar banho sob um filete de água morna, Jeremy vestiu uma calça jeans, um suéter e uma jaqueta de couro marrom e foi até o Herbs, que parecia ser o lugar mais popular da cidade para se tomar café da manhã. No balcão, notou o prefeito Gherkin conversando com alguns homens de terno, e Rachel estava ocupada atendendo as mesas. Jed estava sentado no fundo do salão, parecendo uma montanha. Tully, sentado a uma das mesas do meio com três outros homens, falava mais do que todos, como já era de se esperar. As pessoas cumprimentavam Jeremy e acenavam para ele enquanto passava por entre as mesas, e o prefeito ergueu sua xícara de café em uma saudação.

– Bem, bom dia, Sr. Marsh – disse o prefeito Gherkin. – Pensando em coisas positivas para falar sobre nossa cidade, eu espero?

– Com certeza está – intrometeu-se Rachel.

– Espero que tenha encontrado o cemitério – falou Tully, arrastando as palavras. Ele se aproximou dos outros em sua mesa. – É esse o médico de que falei.

Jeremy retribuiu os acenos e cumprimentos, tentando evitar ser puxado para uma conversa. Nunca tinha sido uma pessoa matutina. Além disso, não havia dormido bem. Frio e morte, aliados a pesadelos com cobras, podiam fazer isso com uma pessoa. Ele se sentou em uma mesa de canto com sofá, e Rachel foi até lá com eficiência, carregando um bule de café.

– Nada de funeral hoje? – brincou ela.

– Não. Resolvi optar por trajes mais casuais.

– Café, querido?

– Por favor.

Ela encheu a xícara até a borda.

– Gostaria do prato especial de hoje? O pessoal está elogiando muito.

– Qual é o especial?

– Omelete à moda da Carolina.

– É claro – concordou ele, sem fazer ideia do que era. Mas, com o estômago roncando, qualquer coisa parecia boa.

– Com aveia e pãozinho?

– Por que não?

– Volto em alguns minutos, querido.

Jeremy começou a bebericar o café enquanto lia o jornal do dia anterior. Todas as quatro páginas, incluindo uma grande matéria de capa sobre uma tal Sra. Judy Roberts, que havia acabado de celebrar o centésimo aniversário, marco alcançado por 1,1 por cento da população. Junto com o artigo havia uma foto dos funcionários da casa de repouso segurando um bolinho com uma única vela no alto, enquanto a Sra. Roberts aparecia deitada na cama atrás deles, parecendo em coma.

Ele olhou pela janela, perguntando-se por que estava perdendo tempo com o jornal local. O *USA Today* era vendido do lado de fora, e ele vasculhava os bolsos em busca de trocados quando um policial uniformizado se sentou à sua frente.

O homem parecia ao mesmo tempo zangado e muito em forma; seus bíceps repuxavam as costuras da camisa e ele usava óculos de sol espelhados que já tinham saído de moda... havia uns vinte anos, Jeremy estimava, logo depois que o seriado *CHiPs* saiu do ar. A mão estava sobre o coldre, bem em cima de uma arma. Na boca, um palito de dentes que ele movimentava de um lado para o outro. Não disse nada, preferindo apenas encará-lo, dando a Jeremy tempo suficiente para analisar o próprio reflexo.

Era, Jeremy tinha que admitir, um pouco intimidante.

– Posso ajudar? – perguntou.

O palito de dente começou a ir de um lado para o outro novamente. Jeremy fechou o jornal, tentando imaginar o que estava acontecendo.

– Jeremy Marsh? – entoou o oficial.

– Sim?

– Foi o que pensei.

Sobre o bolso da camisa do policial, Jeremy notou uma placa brilhante com um nove gravado. Outro crachá.

– E você deve ser o xerife Hopper?

– *Vice-xerife* Hopper – corrigiu-o o homem.

– Desculpe – disse Jeremy. – Fiz algo errado, policial?

– Não sei. Fez?

– Não que eu saiba.

O vice-xerife Hopper começou a movimentar o palito outra vez.

– Pretende ficar por aqui por um tempo?

– Apenas uma semana, mais ou menos. Estou aqui para escrever um artigo...

– Sei por que está aqui – interrompeu Hopper. – Só achei que seria melhor confirmar. Gosto de falar com os estranhos que pretendem passar um tempo na cidade.

Ele colocou ênfase na palavra "estranho", dando a Jeremy a sensação de que se tratava de uma espécie de crime. Não tinha certeza se algum tipo de resposta dispersaria a hostilidade, então se ateve ao óbvio:

– Ah.

– Ouvi dizer que pretende passar um bom tempo na biblioteca.

– Bem... acho que preciso...

– Huumm – murmurou o vice-xerife, interrompendo-o novamente.

Jeremy pegou a xícara de café e tomou um gole, ganhando tempo.

– Sinto muito, vice-xerife Hopper, mas não estou entendendo muito bem o que está acontecendo aqui.

– Huumm – repetiu Hopper.

– Você não está perturbando nosso visitante, está, Rodney? – gritou o prefeito do outro lado do salão. – Ele é um visitante especial, está aqui para atrair interesse para o folclore local.

O vice-xerife Hopper não recuou nem tirou os olhos de Jeremy. Por algum motivo, parecia extremamente zangado.

– Só estou conversando com ele, prefeito.

– Bem, deixe o homem tomar o café da manhã em paz – repreendeu-o Gherkin, indo na direção da mesa. Fez um gesto com a mão: – Venha até aqui, Jeremy. Quero que conheça algumas pessoas.

O vice-xerife Hopper fez cara feia quando Jeremy levantou e seguiu na direção do prefeito Gherkin.

Quando chegou perto, o prefeito lhe apresentou duas pessoas; um era o quase desnutrido advogado do condado, o outro, um corpulento médico que trabalhava na clínica da cidade. Ambos pareciam estar avaliando Jeremy da mesma forma que o vice-xerife Hopper havia feito. Formulando um julgamento. Enquanto isso, o prefeito continuou falando sobre como a visita de Jeremy à cidade era empolgante. Aproximando-se dos outros dois, fez um gesto conspiratório com a cabeça.

– Pode até ir parar no *Primetime* – sussurrou.

– Sério? – perguntou o advogado. Jeremy calculava que o cara podia passar facilmente por esqueleto.

– Bem, como estava tentando explicar ao prefeito ontem...

O prefeito Gherkin deu um tapa nas costas de Jeremy, interrompendo-o:

– Muito empolgante. Grande exposição na TV.

Os outros concordaram, com uma expressão formal.

– E, falando sobre a cidade – o prefeito continuou de repente –, gostaria de convidá-lo para um jantarzinho informal hoje à noite, com alguns amigos mais próximos. Nada extravagante, é claro, mas, já que vai ficar por uns dias, gostaria que tivesse a oportunidade de conhecer o pessoal daqui.

Jeremy levantou as mãos.

– Isso não é necessário...

– Bobagem – disse o prefeito Gherkin. – É o mínimo que podemos fazer. E, lembre-se, algumas dessas pessoas que estou convidando viram aqueles fantasmas, e você vai poder atormentar o cérebro delas. As histórias podem causar pesadelos.

Ele ergueu as sobrancelhas; o advogado e o médico o olhavam com expectativa. Quando Jeremy hesitou, o prefeito aproveitou para concluir:

– Que tal umas 19h?

– Sim... claro. Acho que pode ser – concordou Jeremy. – Onde vai ser o jantar?

– Eu aviso mais tarde. Imagino que estará na biblioteca, certo?

– Provavelmente.

O prefeito ergueu as sobrancelhas.

– Então imagino que já tenha conhecido nossa ótima bibliotecária, a Srta. Lexie?

– Sim, conheci.

– Ela é impressionante, não é?

Havia um quê de possibilidades no modo como ele se expressou, algo parecido com uma conversa de vestiário.

– Ela foi muito prestativa – disse Jeremy.

O advogado e o médico sorriram, mas, antes que a conversa se aprofundasse, Rachel apareceu deslizando, um pouco perto demais. Segurando um prato, cutucou Jeremy com o cotovelo.

– Venha, querido. Estou com o seu café da manhã bem aqui.

Jeremy olhou para o prefeito.

– Fique à vontade – disse Gherkin, acenando.

Jeremy a seguiu de volta à sua mesa. Felizmente, o vice-xerife Hopper já tinha saído. Rachel colocou o prato na frente de Jeremy.

– Bom apetite. Pedi para capricharem, já que é para uma visita de Nova York. Eu amo aquele lugar!

– Já esteve lá?

– Bem, não. Mas sempre quis ir. Parece tão... glamouroso e empolgante.

– Você devia ir. Não tem nenhum lugar igual no mundo.

Ela sorriu, parecendo envergonhada.

– Por quê, Sr. Marsh... é um convite?

Jeremy ficou boquiaberto. Hein?

Rachel, por sua vez, não pareceu notar sua expressão.

– Olha que eu posso aceitar – gorjeou. – E ficaria feliz em lhe mostrar o cemitério qualquer noite que queira. Costumo sair às três da tarde.

– Vou manter isso em mente – murmurou Jeremy.

Durante os vinte minutos seguintes, enquanto Jeremy comia, Rachel passou dezenas de vezes pela mesa, completando meio centímetro de sua xícara de café por vez, sorrindo para ele sem parar.

Jeremy foi até o carro, recuperando-se do que devia ter sido um café da manhã sossegado.

Vice-xerife Hopper. Prefeito Gherkin. Tully. Rachel. Jed.

Era muita coisa ter que lidar com toda uma cidade pequena antes de tomar café.

No dia seguinte, compraria um café em outro lugar. Não sabia ao certo se valia a pena ir ao Herbs, apesar da comida deliciosa. E, tinha que admitir, era ainda melhor do que ele pensava. Como Doris dissera no dia anterior, tinha sabor de coisa fresca, como se os ingredientes tivessem vindo da fazenda naquela manhã.

Ainda assim, o café do dia seguinte seria em outro lugar. Mas também não podia ser do posto de gasolina de Tully, presumindo que houvesse café lá. Não queria ficar preso em uma conversa sem fim quando tinha outras coisas para fazer.

Parou no meio de um degrau, espantado. Minha nossa, refletiu, já estou pensando como um morador local.

Balançou a cabeça e tirou a chave do bolso enquanto caminhava na direção do carro. Pelo menos o café da manhã tinha terminado. Olhando para o relógio, viu que já eram quase nove horas. Ótimo.

Lexie olhava pela janela de sua sala no exato momento em que Jeremy Marsh parou o carro no estacionamento da biblioteca.

Jeremy Marsh. Ele continuava a invadir seus pensamentos, mesmo quando ela tentava trabalhar. E olhe para ele agora. Tentando se vestir de maneira mais casual para se misturar ao pessoal da cidade, ela imaginou. E, de certa forma, quase conseguiu.

Mas bastava daquilo. Tinha trabalho a fazer. Sua sala estava cheia de estantes abarrotadas: livros empilhados de todas as formas possíveis, na vertical e na horizontal. Havia um ficheiro cinza no canto, e sua mesa e cadeira eram tipicamente funcionais. Pouca coisa ali era decorativa, por pura falta de espaço. A papelada acumulava-se em todos os lugares: cantos, sob a janela, sobre a cadeira extra que ficava em outro canto. Grandes pilhas também tomavam conta de sua mesa, que abrigava tudo o que considerava urgente.

O orçamento era feito no fim do mês, e ela prcisava olhar vários catálogos de editoras antes de fazer o pedido semanal. Outro item da lista era encontrar um palestrante para o almoço dos Amigos da Biblioteca em abril, e deixar tudo preparado para o Passeio por Casas Históricas – do qual a biblioteca fazia parte, uma vez que já tinha sido uma casa histórica –, e mal sobrava tempo para respirar. Tinha dois funcionários em tempo integral, mas havia aprendido que as coisas funcionavam melhor se não delegasse. Os funcionários eram bons para recomendar títulos recentes e ajudar estudantes a encontrar o que procuravam, mas, da última vez que deixou um deles decidir quais livros comprar, acabou com seis títulos diferentes sobre orquídeas, pois essa era a flor preferida de uma funcionária. Mais cedo, depois de se sentar diante do computador, havia tentado estabelecer um esquema para organizar sua agenda, mas não chegou a lugar algum. Por mais que tentasse de tudo para silenciar a mente, ela acabava voltando a Jeremy Marsh. Lexie não queria pensar nele, mas Doris tinha falado o bastante para aguçar sua curiosidade.

Ele não é como você imagina.

O que isso deveria significar? Na noite anterior, quando pressionou Doris, a avó se calou como se não tivesse dito nada. Não voltou a mencionar a vida amorosa de Lexie nem Jeremy Marsh. Em vez disso, mudaram de assunto: o que aconteceu no trabalho, o que se passava com pessoas conhecidas, como o Passeio por Casas Históricas estava sendo organizado para o fim de semana. Doris era presidente da Associação Histórica, e o Passeio era um dos maiores eventos do ano, embora não necessitasse de muito planejamento. Quase sempre, a mesma dezena de casas era escolhida, além de quatro igrejas e a biblioteca. Enquanto a avó tagarelava, Lexie continuava pensando em sua afirmação.

Ele não é como você imagina.

E o que ela imaginava? Um tipo da cidade grande? Um conquistador? Alguém em busca de um caso rápido? Alguém que faria piada com a cidade assim que fosse embora? Alguém disposto a encontrar uma história a qualquer custo, mesmo se acabasse magoando alguém?

E por que ela se importava? Ele só ficaria ali por alguns dias, depois iria embora e tudo voltaria ao normal. Ainda bem.

Ah, e já havia escutado as fofocas pela manhã. Na padaria, onde parou para comprar um *muffin*, ouviu algumas mulheres falando sobre ele, dizendo que ele tornaria a cidade famosa, que os negócios melhorariam. Assim que a viram, encheram-na de perguntas em relação a ele e deram opiniões sobre se ele encontraria ou não a fonte das luzes misteriosas.

Algumas pessoas do lugar, afinal, realmente acreditavam que eram causadas por fantasmas. Mas outras, não. O prefeito Gherkin, por exemplo. Não, ele tinha uma perspectiva diferente, considerava a investigação de Jeremy uma espécie de jogo. Se Jeremy Marsh não conseguisse encontrar a causa, seria bom para a economia da cidade, e era nisso que o prefeito estava apostando. Afinal, o prefeito Gherkin sabia de algo que poucos sabiam.

Pessoas estudavam o mistério havia anos. Não apenas os alunos da Duke. Além dos historiadores locais – que pareciam ter chegado a uma explicação plausível, na opinião de Lexie –, pelo menos dois outros grupos ou indivíduos de fora haviam investigado a questão no passado, sem sucesso. O prefeito Gherkin tinha, na verdade, convidado os alunos da Duke para visitar o cemitério, na esperança de que também não descobrissem. E certamente a movimentação de turistas havia aumentado desde então.

Ela imaginou que podia ter mencionado isso ao Sr. Marsh no dia anterior. Mas, como ele não perguntou, ela não disse nada. Estava ocupada demais tentando evitar suas investidas e deixando claro que não estava interessada nele. Ah, ele tentava ser charmoso... bem, certo, ele *era* charmoso a seu modo, mas isso não mudava o fato de que ela não tinha intenção de deixar as emoções a dominarem. Tinha até ficado um pouco aliviada quando do ele fora embora no dia anterior.

E depois Doris fez aquele comentário ridículo, que basicamente significava que ela achava que Lexie *devia* conhecê-lo melhor. Mas o que a consumia era saber que Doris não teria dito nada a menos que tivesse certeza. Por alguma razão, via algo especial em Jeremy.

Às vezes ela odiava as premonições de Doris.

Naturalmente, não precisava dar ouvidos à avó. Afinal, ela já havia tido um relacionamento com um "visitante estranho" e não pretendia seguir esse caminho outra vez. Apesar da resolução, não podia negar que aquilo tudo a deixara meio balançada. Enquanto refletia, ouviu a porta de sua sala abrir com um rangido.

– Bom dia – disse Jeremy, passando a cabeça pelo vão. – Pensei ter visto uma luz acesa aqui.

Girando a cadeira, ela notou que ele segurava a jaqueta no ombro.

– Olá – ela o cumprimentou com educação. – Eu só estava tentando adiantar um pouco do trabalho.

Ele levantou a jaqueta.

– Sabe onde posso colocar isto? Não tem muito espaço na escrivaninha da sala de livros raros.

– Pode me dar, eu guardo. Tenho uns ganchos atrás da porta.

Entrando na sala, ele entregou a jaqueta a Lexie. Ela a pendurou ao lado da sua no cabide atrás da porta. Jeremy deu uma olhada no escritório.

– Então é aqui que fica a sala de operações, hein? Onde tudo acontece?

– É aqui – confirmou ela. – Não tem muito espaço, mas é suficiente para o que precisa ser feito.

– Gostei de seu sistema de arquivos – disse ele, apontando para as pilhas de papel na mesa. – É o mesmo que uso em casa.

Ela deixou escapar um sorriso enquanto ele dava um passo na direção de sua mesa e olhava pela janela.

– A vista é ótima também. Nossa, dá para ver tudo até a casa ao lado. E o estacionamento também.

– Bem, seu humor parece impetuoso hoje.

– Como podia ser diferente? Dormi em um quarto gelado cheio de animais mortos. Ou melhor, quase não dormi. Fiquei ouvindo uns barulhos estranhos na mata.

– Fiquei pensando se você ia mesmo gostar do Greenleaf. Ouvi dizer que é rústico.

– A palavra "rústico" não faz jus ao lugar. E, depois, o que aconteceu de manhã. Metade da cidade apareceu para o café.

– Imagino que tenha ido ao Herbs – observou ela.

– Sim. Notei que você não estava lá.

– Não. É muito cheio. Gosto de um pouco de sossego para começar o dia.

– Você devia ter me avisado.

Ela sorriu.

– Você devia ter perguntado.

Ele riu, e Lexie apontou para a porta.

Acompanhando-o até a sala de livros raros, percebeu que ele estava de bom humor, apesar do cansaço, mas ainda não era o suficiente para confiar nele.

– Por acaso você conhece o vice-xerife Hopper? – perguntou Jeremy.

Lexie olhou para ele, surpresa.

– Rodney?

– Acho que é esse o nome. Qual é o problema dele? Parecia um pouco irritado com minha presença na cidade.

– Ah, ele é inofensivo.

– Não foi o que me pareceu.

Ela deu de ombros.

– Ele deve ter ficado sabendo que você está passando um tempo aqui na biblioteca. É meio superprotetor com essas coisas. Ele foi apaixonado por mim durante anos.

– Pode falar coisas boas ao meu respeito?

– Acho que sim.

Ainda esperando outra resposta espirituosa, ele levantou a sobrancelha diante da agradável surpresa.

– Obrigado.

– Sem problemas. Só não me dê motivos para me arrepender.

Continuaram em silêncio até a sala de livros raros. Ela o conduziu para dentro, acendendo a luz.

– Andei pensando em seu projeto, e tem uma coisa que devia saber.

– O quê?

Ela contou a ele sobre as duas investigações anteriores ao cemitério e acrescentou:

– Se me der alguns minutos, posso encontrá-las para você.

– Eu gostaria muito. Mas por que não mencionou nada ontem?

Ela sorriu sem responder.

– Deixe-me adivinhar – disse ele. – Porque eu não perguntei?

– Sou apenas uma bibliotecária, não leio mentes.

– Como sua avó. Ah, espere, ela é clarividente, não é?

– Na verdade, é, sim. E também consegue prever o sexo dos bebês antes de nascerem.

– Foi o que ouvi dizer – afirmou Jeremy.

Os olhos dela queimaram.

– É verdade, Jeremy. Acredite ou não, ela pode fazer essas coisas.

Ele riu para ela.

– Você acabou de me chamar de Jeremy?

– Sim. Mas não precisa fazer alarde. Você me pediu, lembra?

– Lembro, *Lexie*.

– Não precisa exagerar – disse ela, mas, enquanto falava, Jeremy notou que ela o fitou por um tempo um pouco maior do que o usual e gostou disso.

Gostou muito.

7

J eremy passou o resto da manhã debruçado sobre uma pilha de livros e os dois arquivos que Lexie havia encontrado. O primeiro, escrito em 1958 por um professor de folclore da Universidade da Carolina do Norte e publicado no *Journal of the South*, parecia ter a intenção de servir de resposta ao relato de A. J. Morrison sobre a lenda. O artigo fez algumas citações à obra de Morrison, resumiu a história e relatou a estadia do professor no cemitério por um período de uma semana. Em quatro noites, testemunhou as luzes. Pareceu ter feito ao menos uma tentativa preliminar de encontrar a causa: contou o número de casas nos arredores (havia dezoito no espaço de 1,5 quilômetro a partir do cemitério e, curiosamente, nenhuma em Riker's Hill) e também anotou o número de carros que passaram no intervalo de dois minutos da aparição das luzes. Em duas ocasiões, a duração foi de menos de um minuto. Nas duas outras, no entanto, nenhum carro passou, o que parecia eliminar a possibilidade de que os faróis fossem a fonte dos "fantasmas".

O segundo artigo era apenas um pouco mais informativo. Publicado em uma edição de 1969 da *Coastal Carolina*, pequena revista extinta em 1980, reportava o fato de o cemitério estar afundando e os danos resultantes. O autor também mencionou a lenda e a proximidade com a colina Riker's Hill e, embora não tenha visto as luzes (sua visita ocorreu durante os meses de verão), ele recorreu em grande medida a relatos de testemunhas oculares antes de especular inúmeras possibilidades, todas já conhecidas por Jeremy.

A primeira eram plantas em decomposição que às vezes pegavam fogo, exalando vapores conhecidos como gás natural. Em uma região costeira como esta, Jeremy sabia que a ideia não podia ser completamente descartada, embora a considerasse improvável, já que as luzes apareciam em noites frias e enevoadas. Também podiam ser "luzes de terremoto", que são descargas elétricas atmosféricas geradas pela movimentação e desgaste de rochas nas profundezas da crosta terrestre. A teoria dos faróis de automóveis foi mais uma vez sugerida, assim como a ideia de luzes estelares refratadas e bioluminescência – brilho fosforescente emitido por certos fungos ou madeira em putrefação. Algas, dizia o artigo, também eram capazes de emitir esse brilho. O autor ainda mencionou a possibilidade de efeito de Nova Zembla, pelo qual raios de luz são refratados por camadas de ar adjacentes de diferentes temperaturas, dando a impressão de estarem brilhando. Oferecendo uma última possibilidade, o autor concluiu que poderia ser Fogo-de-Santelmo, fenômeno criado por descargas elétricas em objetos pontiagudos que ocorrem durante tempestades.

Em outras palavras, o autor dissera que podia ser qualquer coisa.

Apesar de inconclusivo, os artigos ajudaram Jeremy a clarear seus pensamentos. Em sua opinião, as luzes tinham tudo a ver com a geografia. A colina que ficava atrás do cemitério parecia ser o ponto mais alto em qualquer direção, e o cemitério afundado deixava o nevoeiro mais denso naquela área em particular. Tudo isso significava luz refratada ou refletida.

Ele só precisava identificar a fonte e, para isso, era necessário descobrir quando as luzes foram vistas pela primeira vez. Não um período genérico, mas uma data precisa, assim poderia determinar o que estava acontecendo na época. Se a cidade tivesse passado por uma mudança drástica mais ou menos no mesmo período – um novo projeto arquitetônico, uma nova fábrica, ou algo do tipo –, talvez ele pudesse descobrir a causa. Se realmente visse as luzes – e não estava contando com isso –, seu trabalho seria ainda mais simples. Se elas aparecessem à meia-noite, por exemplo, e ele não visse nenhum carro passando, poderia então analisar a área, observando a localização das casas ocupadas com luminárias acesas nas janelas, a proximidade da estrada, ou até mesmo o tráfego fluvial. Barcos, ele suspeitava, eram uma possibilidade, se fossem grandes o bastante.

Examinando a pilha de livros uma segunda vez, ele fez anotações adicionais a respeito das mudanças na cidade no decorrer dos anos, com ênfase especial às mudanças na virada do século.

Conforme passavam as horas, a lista crescia. No início do século XX, houve uma miniexplosão imobiliária que durou de 1907 a 1914, durante a qual o extremo norte da cidade cresceu. O pequeno porto foi ampliado em 1910, novamente em 1916, e mais uma vez em 1922; combinado às pedreiras e minas de fósforo, a escavação foi extensiva. A estrada de ferro foi iniciada em 1898 e ramais ferroviários continuaram a ser implantados em várias áreas do condado até 1912. Uma ponte sobre o rio foi finalizada em 1904 e, de 1908 a 1915, três grandes fábricas foram construídas: uma têxtil, uma de papel e uma mina de fósforo. Das três, apenas a fábrica de papel ainda estava em operação – a têxtil tinha fechado havia quatro anos, e a mina, em 1987 –, então isso parecia eliminar as outras duas possibilidades.

Ele voltou a analisar os fatos, certificou-se de que estavam corretos e reempilhou os livros para que Lexie pudesse devolvê-los às estantes. Ele recostou na cadeira, espreguiçou-se para espantar a rigidez do corpo e olhou para o relógio. Já era quase meio-dia. De modo geral, achou que aquelas poucas horas haviam sido bem proveitosas e olhou para a porta aberta às suas costas.

Lexie não havia voltado para ver como ele estava. Ele até gostava do fato de não conseguir decifrá-la e, por um instante, desejou que ela morasse na cidade grande, ou pelo menos mais perto. Seria interessante ver como as coisas teriam se desenvolvido entre eles. Logo em seguida, ela apareceu à porta.

– E aí? – perguntou Lexie. – Como está indo?

Jeremy se virou.

– Bem. Obrigado.

Ela vestiu a jaqueta.

– Olhe, eu estava pensando em dar uma saída para comprar alguma coisa para almoçar. Gostaria que eu trouxesse algo para você?

– Você vai ao Herbs? – perguntou ele.

– Não. Se você achou que estava cheio no café da manhã, devia ver como fica no almoço. Mas eu poderia passar lá na volta e pedir alguma coisa para viagem.

Ele hesitou apenas por um segundo.

– Bem, será que eu não poderia acompanhar você a esse lugar aonde vai? Seria bom para esticar as pernas. Fiquei sentado aqui a manhã toda e adoraria conhecer um lugar novo. Talvez você possa me mostrar um pouco a região. – Ele fez uma pausa. – Se não tiver problema, é claro.

Ela quase disse não, mas logo ouviu as palavras de Doris e seus pensamentos ficaram confusos. Devo ou não? Apesar de saber que provavelmente não devia – muito obrigada por isso, Doris –, ela disse:

– É claro. Mas preciso voltar em mais ou menos uma hora, então não sei se poderei ajudar muito.

Ele pareceu quase tão surpreso quanto ela. Levantou-se e a acompanhou até o lado de fora.

– Qualquer coisa ajuda – falou. – A preencher as lacunas, sabe. É importante saber o que acontece em um lugar como este.

– Em nossa cidadezinha jeca, você quer dizer?

– Eu não disse que a cidade era jeca. Essas são as suas palavras.

– É. Mas o pensamento é seu, não meu. Eu amo este lugar.

– Eu sei – concordou ele. – Por que outro motivo moraria aqui?

– Porque não é Nova York, para começar.

– Você já esteve lá?

– Eu morava em Manhattan. Na 69, oeste.

Ele quase tropeçou.

– Fica a poucas quadras de onde eu moro.

Ela sorriu.

– Mundo pequeno, não é?

Andando depressa, Jeremy se esforçou para acompanhar o ritmo dela, que se aproximava das escadas.

– Você está brincando, não está?

– Não – respondeu ela. – Morei lá com meu namorado por quase um ano. Ele trabalhava na Morgan Stanley e eu fazia estágio na biblioteca da Universidade de Nova York.

– Não posso acreditar nisso...

– Em quê? Que morei em Nova York e decidi ir embora? Ou que morei perto da sua casa? Ou com meu namorado?

– Tudo. Ou melhor, nada. – Ele estava tentando assimilar a ideia dessa bibliotecária de cidade pequena vivendo em seu bairro. Notando sua expressão, ela não conseguiu conter o riso.

– Vocês são todos iguais, sabia?

– Quem?

– As pessoas que moram na metrópole. Você passa a vida inteira achando que não tem no mundo um lugar tão especial quanto Nova York e que nenhum outro lugar tem algo a oferecer.

– Você está certa – admitiu Jeremy. – Mas é só porque o resto do mundo não chega nem aos pés.

Olhando para ele, Lexie fez uma cara que dizia claramente: *Você não acabou de dizer o que eu acho que disse, não é?*

Ele deu de ombros, agindo com inocência.

– Bem, qual é... Greenleaf Cottages não pode se comparar ao Four Seasons ou ao Plaza, pode? Quero dizer... você tem que concordar com isso.

Ela ficou furiosa com o comportamento presunçoso dele e começou a andar ainda mais rápido. Naquele exato momento, concluiu que Doris não sabia do que estava falando.

Jeremy, no entanto, continuou insistindo:

– Vamos... admita. Você sabe que estou certo, não sabe?

A esta altura, haviam chegado à entrada da biblioteca e ele estava segurando a porta para ela. Atrás deles, a senhora que trabalhava na recepção os observava com atenção. Lexie segurou a língua até chegar ao lado de fora, então se virou para ele.

– As pessoas não vivem em hotéis – retrucou. – Vivem em comunidades. E é isso que temos aqui. Uma comunidade. Onde as pessoas se conhecem e se preocupam umas com as outras. Onde crianças podem brincar à noite sem se preocupar com estranhos.

Ele levantou as mãos.

– Ei – disse –, não me entenda mal. Eu amo comunidades. Cresci em uma. Conhecia todas as famílias do bairro pelo nome, porque eles moravam lá havia anos. Alguns ainda moram, então, acredite, sei exatamente qual é a importância de conhecer os vizinhos, e sei como é importante os pais saberem o que os filhos estão fazendo e com quem estão andando. Era assim comigo. Mesmo quando eu estava fora, os vizinhos ficavam de olho. Meu argumento é que Nova York tem isso também, dependendo da região. Se morar no meu bairro, vai ver muitos jovens profissionais em movimento. Mas, se visitar Park Slope, no Brooklyn, ou Astoria, no Queens, verá crianças brincando nos parques, jogando basquete e futebol, fazendo as mesmas coisas que as crianças daqui fazem.

– Como se você já tivesse pensado nas coisas por esse ponto de vista.

Ela se arrependeu da severidade em seu tom de voz no instante em que atacou Jeremy. Ele, no entanto, pareceu não se importar.

– Já pensei, sim. E, pode acreditar, se eu tivesse filhos, não teria o mesmo estilo de vida que tenho hoje. Tenho um monte de sobrinhos e sobrinhas que vivem na cidade grande, e todos moram em bairros com muitas outras crianças e pessoas que tomam conta delas. Em vários aspectos, é muito parecido com este lugar.

Ela não disse nada, imaginando se ele estava mesmo dizendo a verdade.

– Olhe – continuou ele –, não estou querendo brigar. Mas sou da opinião de que as crianças ficam bem desde que os pais sejam presentes, independentemente de onde moram. Não é como se as cidades monopolizassem os valores. Sem dúvida, se eu investigasse, encontraria muitas crianças com problemas aqui também. Crianças são crianças, não importa onde vivam. – Ele sorriu, tentando sinalizar que não havia levado as palavras dela para o lado pessoal. – Além disso, nem sei direito como começamos a falar de crianças. A partir de agora, prometo não tocar mais nesse assunto. E eu só estava tentando dizer que fiquei impressionado por você ter morado em Nova York, e a poucas quadras da minha casa. – Ele parou. – Trégua?

Ela ficou olhando para ele antes de enfim dar um suspiro. Talvez estivesse certo. Não, ela sabia que ele estava certo. E, admitiu, havia sido ela a responsável por exagerar as coisas. Pensamentos confusos podiam fazer isso com uma pessoa. Em que estava se metendo?

– Trégua – concordou. – Com uma condição.

– Qual?

– Você vai ter que dirigir. Não vim de carro.

Ele pareceu aliviado.

– Deixe-me pegar a chave.

Nenhum dos dois estava com muita fome, então Lexie levou Jeremy a uma mercearia e eles saíram alguns minutos depois com um pacote de biscoitos, algumas frutas, diversos tipos de queijo e duas garrafas de suco.

No carro, Lexie colocou as sacolas no chão.

– Tem algo específico que queira conhecer? – perguntou.

– Riker's Hill. Tem alguma estrada que leva até o alto?

Ela assentiu.

– Não é bem uma estrada. Era originalmente utilizada para transportar madeira, mas agora é usada pelos caçadores de cervos. E é bem acidentada... não sei se você vai querer subir com o seu carro.

– Não tem problema. O carro é alugado. Além disso, estou me acostumando com as estradas ruins daqui.

– Certo. Mas depois não diga que não avisei.

Eles não falaram muito enquanto seguiam para fora da cidade, passando pelo Cemitério Cedar Creek e atravessando uma pequena ponte. A estrada logo foi cercada por bosques cada vez mais densos dos dois lados. O céu azul tinha dado lugar a uma extensão de cinza, fazendo Jeremy se lembrar de tardes de inverno muito mais ao norte. De vez em quando, bandos de estorninhos batiam em revoada quando o carro passava, movimentando-se em sincronia como se estivessem presos por um fio.

Lexie ficou incomodada com o silêncio, então começou a descrever a região: empreendimentos imobiliários que nunca se tornaram realidade, o nome das árvores, Cedar Creek, quando pode ser visto por entre a mata. Riker's Hill aproximava-se à esquerda, parecendo sombria e proibida com a pouca luz.

Jeremy havia dirigido nessa direção depois de sua primeira visita ao cemitério e dado a volta mais ou menos nessa altura. Havia sido apenas um ou dois minutos cedo demais, descobriu, pois ela pediu para ele entrar na intersecção seguinte, que parecia ser um contorno rumo à parte de trás da colina. Inclinando-se para a frente, espiou pelo para-brisas.

– A entrada é logo ali na frente. Acho melhor ir mais devagar.

Jeremy obedeceu, e, como Lexie continuou observando, olhou para ela, notando um leve franzido entre as sobrancelhas.

– Certo... ali – disse ela, apontando.

Lexie tinha razão: não era bem uma estrada. Cascalho e buracos, mais ou menos como a entrada do Greenleaf, só que pior. Saindo da estrada principal, o carro começou a pular e sacudir. Jeremy diminuiu ainda mais a velocidade.

– Riker's Hill é propriedade do estado?

Ela confirmou.

– O estado comprou de uma das grandes madeireiras, Weyerhaeuser, Georgia-Pacific, ou algo do tipo, quando eu era pequena. Faz parte da história local, sabe. Mas não é um parque, nem nada parecido. Acho que já houve planos de transformá-lo em área de acampamento, mas o governo nunca chegou a colocar em prática.

Pinheiros se aproximavam conforme a estrada ficava mais estreita, mas a via pareceu melhorar à medida que foram subindo, seguindo um padrão quase ziguezagueado até o alto. De vez em quando, dava para ver uma trilha, que ele supunha ser usada por caçadores.

No devido tempo, as árvores começaram a ficar mais escassas e o céu mais visível. Ao se aproximarem do cume, a vegetação pareceu mais desgastada e, depois, praticamente devastada. Dezenas de árvores cortadas pela metade; menos de um terço parecia estar de pé ainda. A subida ficou menos íngreme, depois se aplanou quando se aproximaram do topo. Jeremy parou o carro. Lexie fez sinal para ele desligar o motor, e eles saltaram.

Lexie cruzou os braços enquanto caminhavam. O ar parecia mais frio aqui em cima, a brisa era invernal e cortante. O céu também parecia mais próximo; as nuvens não eram mais indistintas, mas se retorciam e enrolavam assumindo formas nítidas. Lá embaixo, dava para ver a cidade, telhados aglomerados e dispostos ao longo de estradas retas, uma das quais levava ao Cemitério Cedar Creek. Logo depois da cidade, o velho rio salobro parecia ferro fluido. Ele avistou tanto a ponte da estrada quanto uma pitoresca ponte ferroviária que se erguia bem atrás dela enquanto um gavião-de-cauda-vermelha sobrevoava em círculos. Olhando com atenção, Jeremy conseguia distinguir a pequena forma da biblioteca e até mesmo identificar onde ficava o Greenleaf, embora os bangalôs estivessem perdidos nos arredores.

– A vista é incrível – disse por fim.

Lexie apontou para o limite da cidade e o ajudou a direcionar o olhar.

– Está vendo aquela casinha bem ali? Mais para o lado, perto do lago? É onde eu moro. E ali? É a casa da Doris. Foi onde cresci. Às vezes, quando eu era pequena, ficava olhando para a colina, imaginando que podia me ver aqui em cima, olhando para baixo.

Ele sorriu. A brisa emaranhou os cabelos dela. Lexie prosseguiu:

– Na adolescência, meus amigos e eu às vezes subíamos aqui e ficávamos durante horas. No verão, o calor faz as luzes das casas piscarem, parecendo estrelas. E os vaga-lumes... bem, são tantos em junho que chega a parecer que tem outra cidade no céu. Todo mundo sabia sobre esse lugar, mas nunca ficava muito cheio. Sempre foi como um lugar secreto que meus amigos e eu podíamos compartilhar.

Ela fez uma pausa, dando-se conta de que estava sentindo um nervosismo estranho. Mas não conseguia entender por quê.

– Eu me lembro de uma vez que uma grande tempestade era esperada. Minhas amigas e eu fizemos um dos meninos nos trazer até aqui de caminhonete. Sabe, uma daquelas coisas com pneus enormes, capazes de descer o Grand Canyon se for preciso. Nós viemos até aqui para ver os raios, na esperança de ver as luzes brilhando no céu. Não paramos para considerar que estávamos no ponto mais alto em todas as direções. Quando a tempestade começou, foi linda. Iluminou o céu, às vezes com um brilho irregular, outras como se fosse uma luz estroboscópica, e nós contávamos os segundos em voz alta até ouvir o trovão. Você sabe, para ver a que distância estava o raio. Mas, quando vimos, a tempestade estava em cima de nós. O vento soprava com tanta força que a caminhonete balançava, e a chuva impedia que víssemos qualquer coisa. Daí os raios começaram a acertar as árvores à nossa volta. Relâmpagos gigantescos desciam do céu e caíam tão perto que o chão tremia, e o topo dos pinheiros explodia em faíscas.

Enquanto ela falava, Jeremy a analisava. Era o máximo que havia contado sobre sua vida desde que se conheceram, e ele tentou imaginar como era a vida dela naquela época. Quem ela era no ensino médio? Uma popular líder de torcida? Ou uma menina estudiosa que passava os intervalos na biblioteca? É verdade, isso era passado – bem, quem se importava com o ensino médio? –, mas mesmo nesse momento, com ela perdida em lembranças, ele não conseguia identificar quem Lexie havia sido.

– Aposto que ficaram morrendo de medo – comentou. – Relâmpagos podem passar de 25 mil graus Celsius, sabia? – Ele olhou para ela. – É cinco vezes mais quente que a superfície do sol.

Ela sorriu, entretida.

– Eu não sabia disso. Mas tem razão. Acho que nunca fiquei tão assustada em toda a minha vida.

– E o que aconteceu?

– A tempestade passou, como sempre acontece. E quando nos recompusemos, voltamos para casa. Mas lembro que Rachel apertou minha mão com tanta força que deixou marcas de unha em minha pele.

– Rachel? Você não está falando da garçonete do Herbs, está?

– Sim, ela mesma. – Cruzando os braços, Lexie olhou para ele. – Por quê? Ela deu em cima de você hoje de manhã?

Ele ficou alternando o peso do corpo entre um pé e outro.

– Bem, eu não diria que foi bem isso. Ela apenas me pareceu um pouco... atirada.

Lexie riu.

– Isso não me surpreende. Ela... bem, ela é a Rachel. Foi minha melhor amiga durante a infância e a adolescência, e ainda penso nela como uma espécie de irmã. Acho que isso nunca vai mudar. Mas depois que saí da cidade para fazer faculdade e fui morar em Nova York... bem, já não era a mesma coisa quando voltei. Ficou diferente, por falta de outra palavra melhor. Não me entenda mal... ela é uma garota adorável, é muito divertido ficar perto dela, e não tem um pingo de maldade no coração, mas...

Lexie deixou a frase no ar. Jeremy olhou para ela com atenção.

– Você vê o mundo de outro modo agora? – sugeriu.

Ela suspirou.

– É, acho que é isso.

– Acho que acontece com todo mundo que cresce – respondeu Jeremy. – Você descobre quem é, o que quer, e então percebe que as pessoas que conhece desde que nasceu não enxergam as coisas como você. E guarda as lembranças maravilhosas, mas se vê seguindo adiante. É perfeitamente normal.

– Eu sei. Mas, em uma cidade desse tamanho, é um pouco difícil fazer isso. São poucas as pessoas na faixa dos 30 e menos ainda as que estão solteiras. O mundo é meio pequeno por aqui.

Ele concordou antes de abrir um sorriso.

– Trinta?

De repente, ela lembrou que ele tinha tentado adivinhar sua idade no dia anterior.

– É – disse ela, dando de ombros. – Acho que estou envelhecendo.

– Ou permanecendo jovem – rebateu ele. – É isso que penso a meu respeito, por sinal. Sempre que fico preocupado por estar envelhecendo, começo a usar as calças meio caídas, mostrando o elástico da cueca, uso o boné com a aba para trás e ando pelo shopping ouvindo rap.

Ela soltou um riso involuntário ao pensar na imagem. Apesar do ar gelado, sentiu-se aquecida ao reconhecer, de maneira inesperada, porém inevitável, que estava apreciando a companhia dele. Ainda não sabia ao certo se gostava dele – na verdade, tinha quase certeza que não – e, por um instante, lutou para conciliar os dois sentimentos. O que significava, é claro, que era melhor evitar a questão como um todo. Ela colocou o dedo sobre o queixo.

– É, eu entendo. Você parece dar muita importância ao estilo pessoal.

– Sem dúvida. Na verdade, ontem mesmo as pessoas ficaram particularmente impressionadas com meu guarda-roupa, incluindo você.

Ela riu e, no silêncio que se seguiu, olhou para ele.

– Eu diria que você viaja muito a trabalho, não é? – perguntou.

– Acho que umas quatro ou cinco vezes por ano, cada uma com duração de algumas semanas.

– Já esteve em uma cidade como esta?

– Não. Não exatamente. Cada lugar que visito tem seus próprios encantos, mas posso dizer com toda sinceridade que nunca estive em um lugar como este. E você? Além de Nova York, é claro.

– Eu estudei na Universidade da Carolina do Norte, em Chapel Hill, e passei bastante tempo em Raleigh. E também fui a Charlotte, quando estava no ensino médio. Nosso time de futebol chegou ao campeonato estadual no meu último ano, então quase todo mundo da cidade foi para lá. Nosso comboio de carros passou de 6 quilômetros na estrada. E Washington, D.C., em uma viagem de campo quando eu era pequena. Mas nunca fui para o exterior, nem nada parecido.

Ao mesmo tempo em que falava, sabia como sua vida parecia pequena aos olhos dele. Jeremy, como se lesse sua mente, esboçou um sorriso.

– Você ia gostar da Europa. As catedrais, o interior deslumbrante, os bistrôs e as praças. O estilo de vida relaxado... Acho que ia se encaixar muito bem.

Lexie baixou os olhos. Era um pensamento gentil, mas...

Esse era o problema. O *mas*. Sempre havia um *mas*. A vida tinha a tendência desagradável de fazer com que as oportunidades incomuns fossem escassas. Simplesmente não era uma realidade para a maioria das pessoas. Como ela. Não teria como levar Doris, ou ficar muito tempo afastada da biblioteca. E por que raios ele estava lhe dizendo tudo aquilo? Para mostrar que era mais cosmopolita que ela? Bem, Lexie pensou, sinto informar, mas já sei disso.

Ainda assim, enquanto digeria aqueles pensamentos, outra voz se intrometeu dizendo que ele estava tentando elogiá-la. Parecia dizer que sabia que ela era diferente, mais cosmopolita do que ele esperava. Que ela se encaixaria em qualquer lugar.

– Eu sempre quis viajar – admitiu Lexie, tentando abafar as vozes conflitantes em sua cabeça. – Deve ser muito bom ter essa oportunidade.

– É sim, às vezes. Mas, acredite ou não, o que mais gosto é de conhecer gente nova. E quando penso nos lugares que conheci, vejo mais rostos do que coisas.

– Agora você está falando como um romântico.

Ah, era difícil resistir a esse tal Jeremy Marsh. Primeiro o conquistador e agora o grande altruísta; viajado, mas com os pés no chão; cosmopolita, mas consciente das coisas que importavam de fato. Não importava quem conhecesse ou onde estivesse, a ela não restavam dúvidas de que ele tinha uma capacidade inata de fazer os outros – sobretudo as mulheres – sentirem certa afinidade com ele. O que, é claro, levava diretamente à primeira impressão que ela teve dele.

– Talvez eu seja um romântico – disse ele, encarando-a.

– Sabe do que eu gostava em Nova York? – perguntou ela, mudando de assunto.

Jeremy a fitou com expectativa.

– Eu gostava de ter sempre alguma coisa acontecendo. Sempre havia gente com pressa pelas calçadas, táxis passando a qualquer hora. Sempre havia algum lugar para ir, algo para ver, um novo restaurante para experimentar. Era empolgante, ainda mais para alguém que cresceu aqui. Praticamente como ir a Marte.

– Por que você não ficou?

– Acho que até poderia. Mas não era o lugar certo para mim. Eu diria que o motivo que me fez ir para lá se perdeu. Fui para ficar com uma pessoa.

– Ah! – exclamou Jeremy. – Então você foi para lá atrás dele?

Ela confirmou.

– Nós nos conhecemos na faculdade. Ele parecia tão... não sei... perfeito, acho. Tinha crescido em Greensboro, vinha de boa família, era inteligente. E muito bonito também. O bastante para fazer qualquer mulher ignorar sua intuição. Ele olhou para mim e, quando vi, já estava indo atrás dele na cidade grande. Não pude evitar.

Jeremy ficou constrangido.

– Foi isso mesmo?

Ela sorriu por dentro. Os homens nunca gostaram de ouvir sobre a beleza de outros homens, principalmente se o relacionamento foi sério.

– Foi tudo ótimo durante mais ou menos um ano. Nunca ficamos noivos. – Ela parecia perdida nos pensamentos, mas logo soltou um suspiro.

– Aceitei um estágio na biblioteca da Universidade de Nova York, Avery foi trabalhar em Wall Street, e um dia eu o encontrei na cama com uma colega de trabalho. Isso me fez perceber que ele não era o cara certo, então fiz as malas na mesma noite e voltei para cá. Depois disso, nunca mais o vi.

A brisa ficou mais forte, parecendo quase um assobio conforme corria encosta acima, carregando um leve cheiro de terra.

– Está com fome? – perguntou ela, querendo mudar de assunto. – É agradável visitar esse lugar com você, mas costumo ficar irritada quando não como.

– Estou faminto – disse ele.

Eles voltaram para o carro e dividiram o almoço. Jeremy abriu o pacote de biscoitos no banco da frente. Notando que a vista não era muito boa, ligou o motor, fez uma manobra ao redor do cume e então – posicionando o carro no ângulo certo – voltou a estacionar com vista para a cidade.

– Daí você voltou para cá, começou a trabalhar na biblioteca e...

– É isso. É o que venho fazendo nos últimos sete anos.

Ele fez as contas, estimando que ela devia ter 31.

– Teve outro namorado desde então?

Com o copo de salada de frutas apoiado entre as pernas, ela pegou um pedaço de queijo e o colocou sobre um biscoito. Ficou pensando se deveria responder, então decidiu – que se dane, ele vai embora mesmo.

– Ah, sim. Alguns de vez em quando. – Contou a ele sobre o advogado, o médico e, recentemente, Rodney Hopper. Não mencionou o Sr. Multitalentos.

– Bem... que bom. Você parece estar feliz – afirmou ele.

– Estou – disse ela, apressando-se em concordar. – Você não está?

– Na maior parte do tempo. De vez em quando enlouqueço, mas acho que é normal.

– E é nessas horas que começa a usar as calças meio caídas?

– Exatamente. – Ele deu um sorriso. Pegou um punhado de biscoitos, equilibrou alguns sobre a perna e começou a cobri-los com queijo. Levantou os olhos, parecendo sério. – Você se importa se eu fizer uma pergunta pessoal? Não é obrigada a responder, é claro. Não vou levar a mal, de verdade. Só estou curioso.

– Mais pessoal do que o que já contei sobre meus ex-namorados?

Ele deu de ombros, tímido, e ela teve uma visão repentina de como ele devia ser quando criança: rosto fino e sem marcas, franja reta, camisa e jeans sujos por brincar na rua.

– Vá em frente. Pode perguntar.

Ele ficou olhando fixo para a tampa de sua salada de frutas enquanto falava, subitamente relutante em olhar nos olhos dela.

– Quando chegamos aqui em cima, você apontou para a casa de sua avó. E disse que cresceu lá.

Ela confirmou. Já esperava essa pergunta.

– Isso mesmo – disse ela.

– Por quê?

Ela olhou pela janela; por força do hábito, procurou a estrada que levava para fora da cidade. Quando encontrou, falou devagar:

– Meus pais estavam voltando de Buxton, perto dos Outer Banks. Foi lá que eles se casaram, e tinham uma casinha de praia na região. É meio difícil de acessar daqui, mas minha mãe jurava que era o lugar mais lindo do mundo, então meu pai comprou um barco pequeno para que não precisassem usar a balsa para chegar lá. Era o refúgio deles, para onde os dois podiam escapar, sabe. Tem um lindo farol que dá para ver da varanda, e, de vez em quando, eu também vou até lá, como eles costumavam fazer, só para fugir de tudo.

Os lábios dela formaram um pequeno e discreto sorriso antes de continuar.

– Bem, estavam voltando à noite, cansados. Mesmo sem a balsa, são algumas horas para chegar lá, e a hipótese mais provável é que meu pai tenha dormido ao volante e o carro caiu da ponte. Na manhã seguinte, quando a polícia encontrou o veículo e conseguiu puxá-lo, os dois já estavam mortos.

Jeremy ficou em silêncio por um longo instante.

– Isso é terrível – disse por fim. – Quantos anos você tinha?

– Três. Estava na casa da Doris naquela noite, e no dia seguinte ela foi ao hospital com o meu avô. Quando voltaram, eles me disseram que eu ia morar com eles daquele dia em diante. E foi o que aconteceu. Mas é estranho; quero dizer... eu sei o que aconteceu, mas nunca me pareceu muito real. Nunca senti que me faltava nada enquanto crescia. Para mim, meus avós eram como os pais de todo mundo, só que eu os chamava pelo primeiro nome. – Ela sorriu. – Isso foi ideia deles, por sinal. Acho que não queriam que eu os visse mais como avós, já que estavam me criando, mas também não eram meus pais.

Quando ela terminou, olhou para ele, notando a forma como os ombros pareciam preencher o suéter e observando as covinhas mais uma vez.

– Agora é minha vez de fazer perguntas – disse ela. – Já falei demais e sei que minha vida deve ser tediosa comparada à sua. Não essa parte dos meus pais, é claro, mas pelo fato de eu morar aqui.

– Não é nem um pouco tediosa. É interessante. Mais ou menos como... ler um livro novo, virar as páginas e encontrar algo inesperado.

– Bela metáfora.

– Achei que fosse gostar.

– E quanto a você? Por que quis ser jornalista?

Durante os minutos seguintes, ele contou a ela sobre os anos de faculdade, os planos de se tornar professor e as reviravoltas que o levaram a este momento.

– Você disse que tem cinco irmãos?

Ele confirmou.

– Cinco irmãos mais velhos. Sou o caçula da família.

– Por algum motivo, não imagino você com irmãos.

– Por quê?

– Você me passa a impressão de ser filho único.

Ele balançou cabeça.

– É uma pena você não ter herdado a mediunidade do restante da família.

Ela sorriu e desviou os olhos. Ao longe, gaviões-de-cauda-vermelha sobrevoavam a cidade. Ela colocou a mão na janela, sentindo a pressão fria do vidro junto à pele.

– Duzentas e quarenta e sete – falou.

Ele a olhou.

– O quê?

– É o número de mulheres que visitaram Doris para descobrir o sexo de seus bebês. Quando era criança, eu as via sentadas na cozinha se consultando com minha avó. E é engraçado, até hoje eu me lembro de achar que todas tinham a mesma aparência: um brilho nos olhos, uma pele resplandecente e uma empolgação genuína. É verdadeiro esse mito de que mulheres grávidas brilham, e eu me lembro de querer ser exatamente como elas quando crescesse. Doris conversava com elas um pouco, para ter certeza de que queriam saber, depois segurava a mão delas e ficava em silêncio de repente. Muitas nem aparentavam estar grávidas, e, alguns segundos depois, ela dava o veredicto. – Lexie soltou um leve suspiro. – Ela acertou todas. Duzentas e quarenta e sete mulheres a procuraram e ela acertou as 247 vezes. Doris registrou o nome delas em um livro e anotou tudo, incluindo a data da visita. Você pode ir lá ver se quiser. Ela ainda tem o livro na cozinha.

Jeremy ficou olhando para ela. Impossível, pensou, era uma coincidência estatística. Uma coincidência que forçava os limites da verossimilhança, mas ainda assim uma coincidência. E seu caderno de anotações, é claro, só mostraria os palpites que se revelaram certos.

– Sei o que está pensando – disse ela. – Mas pode conferir com o hospital também. Ou com as mulheres. E pode perguntar a quem quiser para confirmar se ela errou alguma vez. Não errou. Até mesmo os médicos da região vão dizer logo de cara que Doris tinha um dom.

– Já parou para pensar que talvez ela conhecesse a pessoa que fazia as ultrassonografias?

– Não tem nada a ver com isso – insistiu Lexie.

– Como pode ter tanta certeza?

– Porque foi nesse momento que ela parou. Quando a tecnologia enfim chegou à cidade. Não havia mais nenhum motivo para as pessoas irem falar com ela, uma vez que elas mesmas podiam ver a imagem do bebê. A visita das mulheres começou a diminuir depois disso, e então virou uma coisa aleatória. Agora são uma ou duas por ano, em geral gente do interior, que não tem plano de saúde. Acho que dá para dizer que as habilidades dela não estão muito em alta ultimamente.

– E a clarividência?

– A mesma coisa. Por aqui não tem muita demanda por alguém com as habilidades dela. Todo o leste do estado fica em cima de um enorme reservatório de água. Dá para abrir um poço em qualquer lugar por aqui e encontrar água. Mas, quando ela era criança, em Cobb County, Georgia, os fazendeiros iam até a casa dela implorando por sua ajuda, principalmente nos períodos de seca. Mesmo não tendo mais do que oito ou nove anos, ela sempre encontrava água.

– Interessante – disse Jeremy.

– Estou vendo que ainda não acredita.

Ele mudou de posição no assento.

– Tem uma explicação em algum lugar. Sempre tem.

– Não acredita em nenhum tipo de magia?

– Não.

– Que triste! – exclamou ela. – Porque às vezes é real.

Ele sorriu.

– Bem, talvez encontre algo que me faça mudar de ideia enquanto estiver por aqui.

Ela também sorriu.

– Já encontrou. Só é teimoso demais para acreditar.

Depois de terminarem o almoço improvisado, Jeremy engatou a marcha do carro e desceu a colina. As rodas da frente pareciam cair em todos os sulcos mais profundos. Os amortecedores rangiam e chiavam e, quando chegaram lá embaixo, os ossinhos dos dedos de Jeremy já estavam brancos sobre o volante.

Seguiram a mesma estrada para voltar. Passando pelo Cemitério Cedar Creek, os olhos de Jeremy foram atraídos para o alto de Riker's Hill; apesar da distância, conseguia identificar o local onde havia estacionado.

– Temos tempo para ver mais alguns lugares? Adoraria dar uma passada na marina, na fábrica de papel e talvez na ponte ferroviária.

– Temos tempo – disse ela. – Desde que não demoremos muito. Todos esses locais ficam mais ou menos na mesma área.

Dez minutos depois, seguindo as instruções dela, ele parou o carro outra vez. Estavam no limite do centro, a algumas quadras do Herbs, perto do calçadão que acompanhava a margem do rio. O rio Pamlico tinha quase dois quilômetros de largura e fluía com muita fúria; as corredeiras formavam ondas espumentas conforme precipitavam-se rio abaixo. Do outro lado do rio, perto da ponte ferroviária, a fábrica de papel – uma estrutura gigantesca – soltava fumaça pelas chaminés. Jeremy se alongou ao sair do carro e Lexie cruzou os braços. Suas bochechas começaram a corar por causa do frio.

– Está esfriando ou é apenas minha imaginação? – perguntou.

– Está bem frio – concordou ele. – Parece mais frio do que lá no alto, mas talvez tenhamos nos acostumado com o aquecedor do carro.

Jeremy se apressou para alcançá-la quando ela saiu andando na direção do calçadão. Lexie enfim diminuiu o passo e parou, apoiando-se na grade enquanto Jeremy olhava para a ponte ferroviária, sobre o rio, bem no alto para permitir a passagem de barcos grandes, e feita de vigas cruzadas, assemelhando-se a uma ponte suspensa.

– Não sabia a que distância você queria chegar – disse ela. – Se tivéssemos mais tempo, eu o levaria até a fábrica do outro lado do rio, mas acho que consegue ter uma vista melhor daqui. – Ela apontou para a outra ponta da cidade. – A marina fica ali, perto da estrada. Está vendo onde aqueles veleiros estão atracados?

Jeremy confirmou com a cabeça. Por alguma razão, esperava algo grandioso.

– Barcos grandes podem atracar aqui?

– Acho que sim. Alguns iates grandes de New Bern às vezes param por uns dias.

– E barcas?

– Acho que até poderiam. O rio é dragado para possibilitar a passagem de barcas transportadoras de madeira, mas elas normalmente param do outro lado. Bem ali. – Ela apontou para o que parecia uma pequena baía. – Dá para ver algumas bem carregadas.

Ele seguiu a direção do olhar dela, depois se virou, coordenando as localizações. Com Riker's Hill ao longe, a ponte ferroviária e a fábrica pareciam perfeitamente alinhadas. Coincidência? Ou era irrelevante? Ele ficou olhando na direção da fábrica de papel, tentando entender se o topo das chaminés ficava iluminado à noite. Teria que verificar isso.

– Toda a madeira é transportada de barca, ou eles também usam a ferrovia?

– Nunca prestei atenção para dizer a verdade. Mas sem dúvida é algo fácil de descobrir.

– Sabe quantos trens utilizam a ponte?

– Também não tenho certeza. Às vezes ouço o apito à noite e já tive que parar mais de uma vez no cruzamento para esperar o trem passar, mas não posso afirmar com certeza. Mas sei que os trens levam muitos carregamentos da fábrica. Inclusive é lá que eles param.

Jeremy acenava com a cabeça e olhava para a ponte.

Lexie sorriu e continuou:

– Sei o que está pensando. Acha que a luz do trem brilha ao passar pela ponte, e talvez isso esteja causando as luzes, não é?

– Isso me passou pela cabeça.

– Não é isso – falou ela, balançando a cabeça.

– Tem certeza?

– À noite, o trem para no pátio da fábrica de papel, para os vagões serem carregados no dia seguinte. Então a luz da locomotiva brilha do outro lado, na direção *oposta* a Riker's Hill.

Ele considerou isso ao se juntar a ela na grade. O vento fazia seus cabelos voarem e parecerem selvagens. Ela colocou as mãos nos bolsos da jaqueta.

– Dá para entender por que você gostou de crescer aqui – comentou ele.

Ela se virou para poder voltar a encostar na grade e ficou olhando na direção do centro da cidade – as lojinhas alinhadas e enfeitadas com bandeiras do Estados Unidos, um poste de barbearia, um pequeno parque aninhado no fim do calçadão de madeira. Transeuntes entravam e saíam dos estabelecimentos, carregando sacolas. Apear do frio, ninguém parecia ter pressa.

– Olha, é bem parecido com Nova York, não posso negar.

Ele riu.

– Não foi isso que eu quis dizer. Acho que meus pais teriam adorado criar os filhos em um lugar assim. Com grandes gramados verdes e florestas para brincar. E até um rio para nadar nos dias mais quentes. Deve ter sido... idílico.

– Ainda é. E é isso que as pessoas dizem sobre morar aqui.

– Você parece ter prosperado aqui.

Por um instante, ela pareceu quase triste.

– É, mas saí para fazer faculdade. Muitas pessoas por aqui nunca conseguem sair. O condado é pobre, e a cidade vem batalhando desde que a fábrica de tecidos e a mina de fósforo fecharam. Além disso, muitos pais não consideram muito importante ter uma boa educação. Às vezes é bem difícil convencer alguns garotos que a vida proporciona algo além de um emprego na fábrica de papel do outro lado do rio. Eu moro aqui porque quero. Fiz essa escolha. Mas muitas dessas pessoas simplesmente ficam porque é impossível sair.

– Isso acontece em qualquer lugar. Nenhum dos meus irmãos fez faculdade, então eu meio que fugi da regra, pois tinha facilidade para aprender.

Meus pais são trabalhadores e moraram a vida toda no Queens. Meu pai era motorista de ônibus, funcionário da prefeitura. Passou quarenta anos atrás do volante até enfim se aposentar.

Ela pareceu interessada.

– Que engraçado. Ontem imaginei que fosse do Upper East Side. Você sabe, com porteiro cumprimentando pelo nome, colégio particular, jantares com cinco pratos diferentes, um mordomo anunciando os visitantes.

Ele se contorceu fingindo estar horrorizado.

– Primeiro diz que sou filho único e agora isso? Estou começando a achar que você me considera mimado.

– Não, não mimado... apenas...

– Melhor nem dizer – falou ele, levantando a mão. – Prefiro não saber. Principalmente porque não é verdade.

– Como você sabe o que eu ia dizer?

– Porque você já revelou duas de suas impressões, e nenhuma delas foi muito favorável.

Os cantos da boca de Lexie se elevaram discretamente.

– Desculpe. Não foi minha intenção.

– Foi sim! – disse ele com um sorriso. Virou-se e apoiou as costas na grade também. A brisa açoitou seu rosto. – Mas não se preocupe, não vou levar para o lado pessoal. Bem, já que não sou nenhum riquinho mimado.

– Não. Você é um jornalista objetivo.

– Exatamente.

– Mesmo se recusando a abrir a mente para qualquer coisa misteriosa.

– Exatamente.

Ela riu.

– E quanto ao suposto mistério das mulheres? Não acredita nisso?

– Ah, isso eu sei que é verdade – disse ele, pensando nela em particular. – Mas é diferente de acreditar na possiblidade da fusão a frio.

– Por quê?

– Porque as mulheres são um mistério subjetivo, não objetivo. Não se pode medir nada relativo a elas em termos científicos, embora, é claro, existam diferenças genéticas entre os gêneros. Os homens só consideram as mulheres misteriosas porque não se dão conta de que homens e mulheres enxergam o mundo de forma diferente.

– Ah, é?

– Claro. Remonta à evolução e às melhores maneiras de preservar as espécies.

– E você é especialista nisso?

– Tenho certo conhecimento da área, sim.

– Então se considera um especialista em mulheres também?

– Não exatamente. Sou tímido, lembra?

– Ahã, lembro. Apenas não acredito.

Ele cruzou os braços.

– Deixe-me ver... você acha que tenho problema com compromisso?

Ela olhou para ele.

– Acho que isso resume tudo.

Ele riu.

– O que posso dizer? O jornalismo investigativo é um mundo glamouroso e existem legiões de mulheres que querem fazer parte dele.

Ela revirou os olhos.

– Ah, faça-me o favor! – exclamou. – Até parece que é um astro de cinema ou cantor de uma banda de rock. Você escreve para a *Scientific American*.

– E?

– Bem, posso ser do sul, mas, ainda assim, não imagino sua revista inundada de tietes.

Ele olhou para ela, triunfante.

– Acho que você acabou de se contradizer.

Ela arqueou a sobrancelha.

– Você se acha muito esperto, não é, Sr. Marsh?

– Ah, então agora voltamos ao "Sr. Marsh"?

– Talvez. Ainda não decidi. – Ela prendeu uma mecha de cabelo esvoaçante atrás da orelha. – Mas está esquecendo que não precisa ter tietes para... se dar bem. Só tem que frequentar os lugares certos e usar seu charme.

– E você me acha charmoso?

– Eu diria que algumas mulheres devem achar.

– Mas não você.

– Não estamos falando de mim. Estamos falando de você, e no momento está fazendo de tudo para mudar de assunto. O que deve significar que estou certa, mas você não quer admitir.

Ele a encarou com admiração.

– Você é muito esperta, Srta. Darnell.

Ela assentiu.

– Já me disseram isso.

– E charmosa. – Ele fez questão de acrescentar.

Ela sorriu para ele, depois desviou os olhos. Olhou para o calçadão, depois para o outro lado da rua, para a cidade, então para o céu, e suspirou. Ela não responderia ao elogio, decidiu. Contudo, sentiu que estava ruborizando.

Como se conseguisse ler sua mente, Jeremy mudou de assunto.

– E esse fim de semana – começou. – Como é?

– Você não vai estar aqui? – perguntou ela.

– Provavelmente sim. Pelo menos durante uma parte dele. Mas fiquei curioso para saber o que você achava.

– Além de enlouquecer a vida de muitas pessoas durante alguns dias? – perguntou. – Ele é... necessário nessa época do ano. O Dia de Ação de Graças e o Natal passam correndo, depois não tem mais nada no calendário até a primavera. E, nesse meio-tempo, o clima está frio, cinzento e chuvoso... então, anos atrás, o conselho municipal resolveu fazer o Passeio por Casas Históricas. Desde então, foram acrescentando mais festividades na esperança de transformar em um fim de semana especial. Esse ano é o cemitério, ano passado foi o desfile, no ano anterior incluíram um baile na sexta-feira à noite. Agora está se tornando parte da tradição da cidade, e muitos dos habitantes aguardam ansiosamente pela data. – Ela olhou para ele. – Por mais provinciano e pouco memorável que possa parecer, até que é bem divertido.

Observando-a, Jeremy levantou as sobrancelhas, lembrando-se do baile do folheto.

– Vai ter baile? – perguntou, fingindo ignorância.

Ela confirmou.

– Na sexta à noite. No celeiro de tabaco do Meyer, no centro. É uma festa e tanto, com banda ao vivo e tudo mais. É a única noite do ano em que a Taverna Lookilu fica praticamente vazia.

– Bem, se por acaso eu for, talvez você possa dançar comigo.

Ela sorriu e olhou para ele com um olhar quase sedutor.

– Vou lhe fazer uma proposta. Se você resolver o mistério até lá, eu danço com você.

– Promete?

– Prometo. Mas o acordo é que resolva o mistério primeiro.

– Muito bem – disse ele. – Mal posso esperar. E quando chegar a hora do Lindy Hop ou do foxtrote... – Ele balançou a cabeça, respirando fundo. – Bem, eu só espero que você consiga me acompanhar.

Ela riu.

– Vou fazer o possível.

Cruzando os braços, Lexie viu o sol tentar, e não conseguir, aparecer no céu escuro.

– Hoje à noite – disse ela.

Ele franziu a testa.

– Hoje à noite?

– Você vai ver as luzes hoje à noite. Se for ao cemitério.

– Como você sabe?

– O nevoeiro está chegando.

Ele acompanhou o olhar dela.

– Como sabe? Não vejo diferença alguma.

– Olhe do outro lado do rio, atrás de mim. O topo das chaminés da fábrica de papel já está escondido pelas nuvens.

– Sim, claro... – concordou ele, sem conseguir entender.

– Vire e olhe. Você vai ver.

Ele olhou para trás e voltou a olhar para a frente, depois repetiu o movimento, analisando os contornos da fábrica de papel.

– Você tem razão.

– É claro que tenho.

– Acho que você espiou quando eu não estava olhando, não é?

– Não. Eu simplesmente soube.

– Ah. Um daqueles mistérios irritantes de novo?

Ela se afastou da grade.

– Se é assim que quer chamar... Mas vamos. Está ficando tarde e preciso voltar para a biblioteca. Tenho que ler para as crianças em quinze minutos.

Quando voltavam para o carro, Jeremy notou que o cume de Riker's Hill também estava escondido. Ele sorriu, pensando: então foi assim que ela descobriu. Viu ali, deduziu que estivesse acontecendo a mesma coisa também do outro lado do rio. Espertinha.

– Bem, me diga – falou ele, fazendo o possível para esconder o sorriso afetado –, já que tem tantos talentos ocultos, como pode ter tanta certeza de que as luzes vão aparecer hoje à noite?

Ela demorou um instante para responder.

– Eu simplesmente sei.

– Bem, acho que está resolvido então. É melhor eu ir para lá, não é? – Assim que disse essas palavras, lembrou-se do jantar para o qual fora convidado e recuou.

– O que foi? – perguntou ela, confusa.

– Ah, o prefeito está organizando um jantar com algumas pessoas que acha que devo conhecer. Uma reunião informal, ou algo do tipo.

– Para você?

Ele sorriu.

– O quê? Ficou impressionada?

– Não, apenas surpresa.

– Por quê?

– Porque não fiquei sabendo.

– Só me avisaram hoje de manhã.

– Ainda assim, é surpreendente. Mas eu não me preocuparia em perder as luzes, mesmo indo ao jantar do prefeito. Elas só aparecem mais tarde. Você terá muito tempo.

– Tem certeza?

– Quando *eu* vi, era pouco antes da meia-noite.

Ele parou de repente.

– Espere... você viu? Não tinha mencionado.

Ela sorriu.

– Você não perguntou.

– Você vive falando isso.

– Bem, Sr. jornalista, é só porque você vive se esquecendo de perguntar.

8

❧

Do outro lado da cidade, no Herbs, o vice-xerife Rodney Hopper ruminava sobre sua xícara de café, imaginando onde Lexie e aquele... garotão da cidade tinham ido.

Ele queria surpreender Lexie na biblioteca e levá-la para almoçar, de modo que o Garotão da Cidade soubesse exatamente qual era a situação. Talvez ela até o deixasse acompanhá-la até o carro enquanto o outro observava com inveja.

Ah, ele sabia muito bem o que o Garotão da Cidade via em Lexie. Era impossível não ver, pensou Rodney. Ela era a mulher mais bonita da cidade, talvez do estado. Aliás, talvez até do mundo todo.

Em geral, não teria se preocupado com nenhum homem fazendo pesquisa na biblioteca e não ficou preocupado no início. Mas logo começou a ouvir todo mundo sussurrando sobre o novo forasteiro, então quis dar uma olhada. E estavam certos: bastou olhar uma vez para o Garotão da Cidade para perceber que ele tinha aquele visual da *cidade*. As pessoas que iam fazer pesquisa na biblioteca costumavam ser mais velhas e ter a aparência de professores distraídos, com óculos de grau, má postura e hálito de café. Mas não esse cara; não, ele parecia recém-saído do salão de beleza da Della. Mas mesmo isso não o teria incomodado tanto, exceto pelo fato de que agora estava por aí com Lexie, perambulando pela cidade, só os dois.

Rodney fechou a cara. E onde eles estavam?

Não estavam no Herbs. Nem na lanchonete Pike's. Não, ele dera uma olhada nos estacionamentos e não encontrou nada. Imaginou que poderia ter entrado e perguntado, mas a notícia se espalharia, e ele não achava que seria boa ideia. Todos os seus amigos já o provocavam quando o assunto era Lexie, principalmente quando ele mencionava que iam sair de novo. Diziam para ele esquecê-la, que ela só estava saindo com ele para ser gentil, mas ele sabia que não era bem assim. Ela sempre aceitava seus convites, não aceitava? Ele pensava nisso. Bem, na maior parte do tempo, pelo menos. Nunca o beijava depois, mas isso não vinha ao caso. Ele era paciente e o momento chegaria. Sempre que saíam, chegavam um pouco mais perto de algo mais sério. Ele sabia. Podia *sentir*. Seus amigos estavam apenas com inveja.

Esperava que Doris tivesse alguma ideia, mas ela também não estava lá. Foi ao contador, disseram, mas deve voltar logo. O que, claro, não ajudava em nada, uma vez que sua hora de almoço já estava quase no fim, e ele não podia ficar esperando. Além disso, provavelmente negaria qualquer coisa. Ele havia escutado que ela gostava do Garotão da Cidade, e, bem... não era ótimo?

– Com licença, querido? – disse Rachel. – Você está bem?

Rodney levantou os olhos e a viu parada ao lado da mesa com o bule de café.

– Não foi nada, Rachel. É só mais um daqueles dias.

– Os bandidos estão chateando você de novo?

Rodney assentiu.

– Acho que dá para dizer que sim.

Ela sorriu. Estava muito bonita, mas Rodney não pareceu notar. Havia muito tempo tinha passado a vê-la como uma irmã.

– Bem, vai passar – tranquilizou-o.

Ele concordou.

– Acho que você tem razão.

Ela fechou a boca. Às vezes ficava preocupada com Rodney.

– Tem certeza de que não dá tempo de comer alguma coisa? Sei que está com pressa e posso dizer para prepararem algo rápido.

– Não. Estou sem fome. E tenho um pouco de proteína em pó no carro para mais tarde. Vou ficar bem. – Ele esticou o braço com a xícara. – Mas aceito mais um pouco de café.

– É para já – disse ela, servindo-o.

– Ei, por acaso viu se Lexie passou por aqui? Talvez para pegar algo para viagem?

Ela balançou a cabeça.

– Não vi Lexie hoje. Já procurou na biblioteca? Posso ligar para lá se for importante.

– Não, não é muito importante.

Ela ficou rodeando a mesa, como se pensando no que dizer em seguida.

– Vi você sentado com Jeremy Marsh hoje cedo.

– Quem? – perguntou Rodney, tentando parecer inocente.

– O jornalista de Nova York. Não lembra?

– Ah, sim. Só achei que devia me apresentar.

– Ele é um cara bonito, não é?

– Não reparo se outros homens são bonitos – resmungou ele.

– Bem, ele é. Eu poderia ficar olhando para ele o dia todo. Ai, aquele cabelo... Tenho vontade de passar os dedos pelos fios. Todo mundo está falando dele.

– Ótimo – murmurou Rodney, sentindo-se pior.

– Ele me convidou para ir a Nova York – gabou-se Rachel.

Com isso, Rodney se animou, imaginando se tinha mesmo escutado direito.

– Convidou?

– Bem, mais ou menos. Ele disse que eu deveria visitar a cidade, e mesmo não dizendo com todas as palavras, acho que queria que fizesse uma visita a *ele*.

– Sério? Isso é ótimo, Rachel.

– O que você achou dele?

Rodney ficou se mexendo no assento.

– Não conversamos muito.

– Ah, pois devia. Ele é interessante e muito inteligente. E aquele cabelo... Eu já falei do cabelo?

– Já – respondeu Rodney.

Ele tomou outro gole de café, tentando fazer hora até tirar suas conclusões. O jornalista tinha mesmo convidado Rachel para ir a Nova York? Ou Rachel se convidara? Ele não tinha certeza. Entendia que o Garotão da Cidade pudesse tê-la achado atraente, e ele definitivamente era do tipo que cantaria uma mulher, mas... mas... Rachel tendia a exagerar e Lexie e o Garotão da Cidade estavam perambulando juntos, sabe-se lá por onde. Algo não fazia sentido.

Ele começou a se levantar.

– Bem, ouça, se encontrar a Lexie, diga que passei por aqui, está bem?

– É claro. Quer que eu coloque seu café em um copo descartável para viagem?

– Não, obrigado. Meu estômago já está começando a doer.

– Ah, coitadinho. Acho que temos remédio para má digestão lá nos fundos. Quer que eu pegue para você?

– Para ser sincero, Rach – falou ele, estufando o peito e tentando voltar a demonstrar autoridade –, acho que não vai ajudar.

Do outro lado da cidade, no escritório do contador, o prefeito Gherkin se apressou para alcançar Doris.

– Exatamente a mulher que eu estava procurando – gritou.

Doris se virou e viu o prefeito se aproximar, usando jaqueta vermelha e calça xadrez. Ela não pôde evitar se questionar se o homem era daltônico, pois quase sempre se vestia de maneira ridícula.

– Em que posso ajudar, Tom?

– Bem, como pode ou não ter ouvido por aí, estamos organizando uma noite especial para nosso visitante, Jeremy Marsh – disse ele. – Ele vai escrever uma grande reportagem, você sabe, e...

Doris finalizou a história em sua cabeça, dizendo as palavras para si mesma junto com ele: "Você sabe como isso pode ser importante para a cidade."

– Ouvi dizer. E seria bom sobretudo para os seus negócios.

– Estou pensando em toda a comunidade – defendeu-se ele. – Passei a manhã inteira tentando organizar as coisas para dar tudo certo. Mas estava esperando que você pudesse nos ajudar com algo para comer.

– Quer que eu forneça os alimentos?

– Não de graça, é claro. A cidade ficaria feliz em reembolsar as despesas. Pretendemos servir o jantar na velha Fazenda Lawson, do lado da cidade. Já falei com o pessoal de lá, e eles disseram que ficariam felizes em nos deixar usar o espaço. Acho que será uma reunião pequena, e poderia servir como pontapé inicial para o Passeio por Casas Históricas. Até já falei com o jornal, e uma repórter pretende passar por lá...

– Quando pretende fazer esse jantar? – perguntou ela, interrompendo-o.

Por um momento, ele pareceu desnorteado com a interrupção.

– Bem, hoje à noite, é claro... mas como eu estava dizendo...

– Hoje à noite? – interrompeu Doris outra vez. – Você quer que eu sirva a comida de uma de suas reuniõezinhas *hoje à noite*?

– É por uma boa causa, Doris. Sei que é um pouco de falta de consideração da minha parte jogar isso em cima de você, mas as coisas estão acontecendo, e temos que agir depressa para tirar vantagem. Nós dois sabemos que você é a única que poderia dar conta de algo assim. Não precisa ser nada sofisticado, é claro. Pensei no seu frango ao pesto especial, mas não em forma de sanduíche...

– E por acaso Jeremy Marsh está sabendo disso?

– É claro que sim. Falei com ele hoje de manhã e ele me pareceu bastante empolgado com a ideia.

– Sério? – perguntou ela, aproximando-se, com ar de dúvida.

– E eu queria que a Lexie fosse também. Sabe como ela é importante para o pessoal da cidade.

– Duvido que ela queira. Lexie odeia fazer essas coisas, a menos que sejam absolutamente necessárias. E não me parece o caso.

– Você pode ter razão. Mas, de todo modo, como estava dizendo, eu gostaria de aproveitar a noite de hoje para dar início ao fim de semana.

– Não está se esquecendo de que sou contra a ideia de usar o cemitério como atração turística?

– De jeito nenhum – disse ele. – Eu me lembro exatamente do que você me disse. Mas quer que sua voz seja ouvida, não quer? Se não aparecer, não haverá ninguém para defender o seu lado.

Doris ficou olhando para o prefeito Gherkin por um longo instante. Aquele homem sem dúvida sabia onde pressionar. Além disso, tinha um bom argumento. Se ela não fosse, podia imaginar o que Jeremy acabaria escrevendo se só pudesse recorrer ao prefeito e ao conselho municipal. Tom estava certo: ela era a única capaz de dar conta de algo assim em tão pouco tempo. Ambos sabiam que ela estava se preparando para o passeio do fim de semana e já tinha muita coisa pronta na cozinha.

– Está bem – cedeu. – Eu cuido disso. Mas nem pense que vou servir toda essa gente. Vai ser no estilo bufê, e vou me sentar à mesa com as outras pessoas.

O prefeito Gherkin sorriu.

– Eu não pretendia mesmo que fosse diferente, Doris.

O vice-xerife Rodney Hopper estava sentado em seu carro na frente da biblioteca, decidindo se entrava ou não para falar com Lexie. Dava para ver o carro do Garotão da Cidade no estacionamento, o que significava que já tinham voltado de onde quer que tivessem ido. Dava para ver também as luzes da sala de Lexie brilhando pela janela.

Ele podia imaginar Lexie sentada, lendo, com as pernas sobre a cadeira e os joelhos dobrados, torcendo aquelas mechas de cabelo enquanto folheava um livro. Queria falar com ela, mas sabia que não tinha um bom motivo. Ele nunca passava na biblioteca só para conversar, porque, sinceramente, não tinha muito certeza se ela gostaria disso. Ela nunca havia sugerido em tom casual que ele aparecesse pra vê-la e, sempre que Rodney desviava a conversa para esse lado, Lexie mudava de assunto. De certo modo, fazia sentido, uma vez que ela estaria em horário de trabalho, mas, ao mesmo tempo, ele sabia que encorajá-lo a visitar teria sido outro pequeno passo em seu relacionamento.

Ele viu uma figura passar pela janela e ficou se perguntando se o Garotão da Cidade estava na sala com ela.

Seria a cereja no bolo, não seria? Primeiro almoçam juntos – algo que ele próprio e Lexie nunca haviam feito –, e agora uma visita amigável no trabalho. Ele fez cara feia só de pensar nisso. Em menos de um dia, o Garotão da Cidade tinha ido direto ao ponto. Bem, talvez ele tivesse que ter mais uma conversinha com ele. Soletrar as palavras para ele, de modo que o Garotão da Cidade entendesse exatamente qual era a situação.

É claro, isso significaria que havia uma *situação* com Lexie, e, no momento, ele não tinha muita certeza disso. No dia anterior, estava satisfeito com o relacionamento. Bem, certo, talvez não cem por cento satisfeito. Preferiria que as coisas estivessem andando um pouco mais rápido, mas isso não vinha ao caso. A questão era que no dia anterior ele sabia que não havia concorrência, mas agora os dois estavam lá em cima, provavelmente rindo e fazendo piadas, se divertindo muito. E aqui estava Rodney, do lado de fora, olhando para eles.

Por outro lado, talvez Lexie e o Garotão da Cidade não estivessem juntos na sala. Talvez Lexie estivesse fazendo... bem, coisas de bibliotecária, enquanto o Garotão da Cidade estava encurvado no canto, lendo algum livro embolorado. Talvez Lexie estivesse apenas sendo gentil, já que o cara era visitante. Ele ficou pensando sobre isso e logo concluiu que fazia sentido. Raios, todo mundo se esforçara para fazer o cara se sentir bem-vindo, certo? E o prefeito estava liderando o ataque. Pela manhã, quando tinha o Garotão da Cidade bem onde queria, no momento em que ia estabelecer os limites, o prefeito (o prefeito!) ajudou o cara a se safar. E, pronto! O Garotão da Cidade e Lexie estão colhendo flores e observando arco-íris juntos.

Mas talvez não.

Ele odiava não saber o que estava acontecendo e, quando estava se preparando para entrar, seus pensamentos foram interrompidos por uma batidinha no vidro. Levou um instante para o rosto entrar em foco.

O prefeito. O Sr. *Interrupção na Hora Errada*. Já era a segunda vez.

Rodney baixou o vidro e o frio invadiu o carro. O prefeito Gherkin se debruçou, apoiando-se sobre as mãos.

– Exatamente o homem que eu estava procurando – falou. – Estava passando por aqui e, quando vi você, me ocorreu que vamos precisar de um representante da força policial hoje à noite.

– Para quê?

– Para o jantarzinho, é claro. Para Jeremy Marsh, nosso distinto visitante. Hoje, na Fazenda Lawson.

Rodney piscou.

– Está brincando, não está?

– De jeito nenhum. Na verdade, pedi para o Gary fazer uma chave da cidade para ele agora mesmo.

– Uma chave da cidade – repetiu Rodney.

– Você não deve contar a ninguém, claro. A ideia é fazermos uma surpresa. Mas como está ficando mais oficial, eu apreciaria muito a sua presença hoje à noite. Faria tudo parecer um pouco mais... cerimonioso. Gostaria que ficasse ao meu lado quando eu entregasse a chave.

Rodney estufou um pouco o peito, lisonjeado. Ainda assim, não havia chance alguma de sequer considerar fazer algo desse tipo.

– Acho que é uma tarefa mais apropriada para o meu chefe, não é?

– Bem, claro. Mas nós dois sabemos que ele está caçando nas montanhas. E como você está responsável por tudo na ausência dele, é uma dessas coisas que acaba caindo no seu colo.

– Não sei, Tom. Teria que chamar alguém para me cobrir. É uma pena, mas acho que não vou conseguir.

– É mesmo uma pena. Mas eu entendo. Dever é dever.

Rodney soltou um suspiro de alívio.

– Obrigado.

– Mas tenho certeza de que a Lexie adoraria ver você.

– Lexie?

– É claro. Ela administra a biblioteca, e isso faz dela uma das personalidades que comparecerão. Por sinal, estava justamente passando para contar a ela. Mas sem dúvida ela vai gostar de interagir com nosso convidado, mesmo se você não estiver lá. – O prefeito endireitou as costas. – Mas tudo bem, como já disse, eu entendo.

– Espere! – falou Rodney, pensando rápido, tentando se recuperar. – Você disse que é hoje à noite, certo?

O prefeito confirmou.

– Não sei no que estava pensando, mas acho que Bruce já está escalado, então posso dar um jeito.

O prefeito sorriu.

– Fico feliz em saber. Agora deixe-me entrar para falar com a Srta. Darnell. Você não pretendia entrar para falar com ela, pretendia? Eu não me importo de esperar.

– Não – respondeu Rodney. – Só diga a ela que nos vemos mais tarde.

– Tudo bem, vice-xerife.

Depois de pegar um material adicional para Jeremy e dar uma passada rápida em sua sala, Lexie foi ler para cerca de vinte crianças, algumas no colo das mães. Ela estava sentada no chão, lendo o terceiro livro. A sala estava barulhenta como sempre. Em uma mesa baixa ao lado, havia biscoitos e refresco; no outro canto, algumas crianças menos concentradas brincavam com alguns dos muitos brinquedos que ela deixava nas estantes. Algumas outras pintavam com o dedo sobre uma mesa improvisada que ela havia projetado. A sala era decorada em cores vivas – as estantes pareciam giz de cera, sem nenhum tema aparente além da vivacidade. Apesar dos protestos de alguns voluntários mais velhos – que queriam que as crianças ficassem sentadas, em silêncio, enquanto ouviam as histórias –, Lexie desejava que elas se divertissem na biblioteca. Queria que ficassem empolgadas para ir lá, mesmo que fosse preciso lançar mão de brinquedos, jogos e uma sala nem um pouco silenciosa. No decorrer dos anos, ela podia citar dezenas de crianças que ficaram brincando por um ano ou mais antes de descobrirem o gosto pelas histórias, mas não se importava. Desde que continuassem comparecendo.

Mas hoje, enquanto lia, sentiu a cabeça voltar ao almoço que havia compartilhado com Jeremy. Embora não pudesse ser descrito como um encontro, praticamente passara essa sensação, o que fez com que o momento fosse um pouco desconcertante. Recapitulando, ela se deu conta de que havia revelado muito mais sobre si mesma do que pretendia, e tentou se lembrar de como aquilo tinha acontecido. Ele não ficou bisbilhotando. Apenas aconteceu. Mas por que ela ainda estava perdendo tempo com isso?

Lexie não gostava de pensar em si mesma como uma pessoa neurótica, mas essa análise interminável não era do seu feitio. Além disso, repetiu para si mesma que aquilo não havia sido um encontro, e sim um passeio guiado. No entanto, por mais que tentasse impedir, a imagem de Jeremy continuava aparecendo de maneira inesperada: o sorriso um pouco torto, a expressão divertida diante das coisas que ela disse. Ela não conseguia deixar de se perguntar o que ele havia pensado da vida dela na cidade, sem mencionar o que havia pensado dela. Até corou quando ele disse que a considerava charmosa. O que foi aquilo? Talvez, pensou, tenha sido porque falei demais sobre meu passado e acabei ficando vulnerável.

Ela fez uma anotação mental para que isso não se repetisse. Mas mesmo assim...

Não tinha sido tão ruim, admitiu. O simples fato de falar com alguém novo, alguém que não conhecesse todo mundo nem soubesse tudo o que estava acontecendo na cidade, era revigorante. Ela já tinha quase esquecido como isso podia ser especial. E ele a surpreendera. Doris estava certa, pelo menos em parte. Ele não era como ela havia imaginado. Era mais inteligente do que ela pensava, e mesmo tendo a mente fechada para a possibilidade de mistério, compensava com o bom humor no que dizia respeito às diferentes crenças e estilos de vida dos dois. Ele zombava de si mesmo também, o que era interessante.

Enquanto ela continuava a ler para as crianças – ainda bem que o livro não era complicado –, sua mente se recusava a parar de girar.

Certo, então ela gostava de Jeremy. Admitia isso. E, para dizer a verdade, queria passar mais tempo com ele. Mas mesmo essa percepção não mudava a pequena voz em sua cabeça que a alertava para não se magoar. Era preciso pisar com cuidado nesse terreno, pois – por mais que parecessem se dar bem – Jeremy Marsh de fato a magoaria se ela permitisse.

Jeremy estava debruçado sobre uma série de mapas de rua de Boone Creek, alguns datando da década de 1850. Quanto mais antigos, mais detalhes escritos pareciam apresentar, e ele observou como a cidade havia mudado de uma década para a outra. Fez anotações adicionais. De uma vila inerte aninhada entre dezenas de estradas, a cidade havia continuado a se expandir.

O cemitério, como ele já sabia, ficava entre o rio e Riker's Hill. E, o mais importante, ele havia percebido que uma linha traçada entre Riker's Hill e a fábrica de papel passava diretamente pelo cemitério. A distância total era de quase 5 quilômetros, e ele sabia que a refração de luz podia ter esse alcance, mesmo em noites de nevoeiro. Ficou imaginando se a fábrica não funcionava em um terceiro turno, o que exigiria manter o lugar bastante iluminado, inclusive à noite. Com uma camada adequada de nevoeiro e iluminação suficiente, tudo poderia ser explicado de uma só tacada.

Parando para pensar, ele se deu conta de que devia ter notado a relação da linha reta entre a fábrica de papel e Riker's Hill quando esteve lá em cima. Em vez disso, ficou entretido com a vista, observando a cidade e aproveitando o tempo com Lexie.

Ele ainda tentava entender a mudança repentina em seu comportamento. No dia anterior, não queria saber dele, e hoje... bem, hoje era um novo dia, não era? E o problema é que ele não conseguia parar de pensar nela, e não só como costumava pensar nas mulheres – visualizando as roupas empilhadas ao pé da cama. Não conseguia se lembrar da última vez que isso acontecera. Talvez com Maria, mas já fazia muito tempo. Uma vida toda antes, quando ele era uma pessoa totalmente diferente. Mas hoje a conversa tinha sido tão natural, tão tranquila, que apesar de precisar terminar de analisar os mapas, tudo o que queria fazer era conhecê-la melhor.

Estranho, pensou, e antes de se dar conta do que estava acontecendo, levantou-se da escrivaninha e começou a descer as escadas. Sabia que ela estava lendo para as crianças e não tinha a mínima intenção de atrapalhar, mas sentiu uma vontade repentina de vê-la.

Ele desceu, deu a volta e seguiu na direção de uma das paredes de vidro. Levou apenas um instante para localizar Lexie sentada no chão, cercada de crianças.

Ela lia com animação, e ele sorriu diante das expressões que fazia: os olhos arregalados, o "O" que fazia com a boca, a forma como se inclinava para a frente para enfatizar algo que acontecia na história. As mães tinham sorrisos no rosto. Algumas crianças estavam totalmente imóveis; outras pareciam ter formiga nas calças.

– Ela é impressionante, não é?

Jeremy se virou, surpreso.

– Prefeito Gherkin. O que está fazendo aqui?

– Ué, vim falar com você, é claro. E com a Srta. Lexie também. Sobre o jantar de hoje à noite. Está quase tudo pronto. Acho que vai ficar bastante impressionado.

– Tenho certeza que sim – disse Jeremy.

– Mas, como eu estava dizendo, ela é impressionante, não é?

Jeremy não disse nada e o prefeito piscou antes de continuar:

– Vi como você olha para ela. Os olhos entregam o homem. Sempre dizem a verdade.

– O que quer dizer com isso?

O prefeito sorriu.

– Bem, eu não sei. Por que você não me diz?

– Não tenho nada para dizer.

– É claro que não.

Jeremy balançou a cabeça.

– Veja, Sr. Prefeito... Tom...

– Ah, não se preocupe. Eu só estava brincando. Mas me deixe falar um pouco sobre nosso jantarzinho de hoje à noite.

O prefeito Gherkin disse a Jeremy o nome do lugar, depois forneceu instruções, que, como era de se esperar, eram compostas por marcos locais. Sem dúvida, Tully havia lhe ensinado tudo o que sabia, pensou Jeremy.

– Acha que vai conseguir encontrar? – perguntou o prefeito quando terminou de explicar.

– Tenho um mapa – respondeu Jeremy.

– Isso pode ajudar, mas tenha em mente que aquelas estradas secundárias podem ficar meio escuras. É fácil se perder se não tomar cuidado. Talvez seja bom considerar a ideia de ir com alguém que conheça o lugar.

Quando Jeremy olhou para ele com curiosidade, Gherkin se virou intencionalmente para o vidro.

– Acha que devo convidar a Lexie ? – perguntou Jeremy.

Os olhos do prefeito brilharam.

– Você que sabe. Se acha que ela vai aceitar. Muitos homens a consideram a joia da cidade.

– Acho que ela aceitaria – disse Jeremy, com mais esperança do que certeza.

O prefeito parecia duvidar.

– Acho que pode estar superestimando sua capacidade. Mas, se tem tanta certeza, acho que posso ir embora. Sabe, vim convidá-la para o jantar, mas já que você vai cuidar disso, vejo vocês à noite.

O prefeito se virou para sair, e, alguns minutos mais tarde, Jeremy observou Lexie terminar a leitura. Ela fechou o livro e os pais se levantaram. Ele sentiu uma onda nervosa de adrenalina. A sensação o surpreendeu. Quando foi a última vez que isso aconteceu?

Algumas mães chamaram as crianças que não prestavam atenção e, momentos depois, Lexie saía da sala infantil com o grupo. Quando ela viu Jeremy, foi até ele.

– Acho que você está pronto para começar a ler os diários – presumiu.

– Se tiver tempo para pegá-los – disse ele. – Ainda vou demorar um pouco com os mapas. Mas tem outra coisa também.

– Ah é? – Ela inclinou um pouco a cabeça.

Enquanto falava, ele notou que sentia um frio na barriga. Estranho.

– O prefeito passou aqui para me falar do jantar de hoje à noite na Fazenda Lawson, e ele acha que não vou conseguir encontrar o lugar sozinho, então sugeriu que eu levasse alguém que soubesse onde é. E, como você é praticamente a única pessoa que conheço na cidade, queria saber se gostaria de me acompanhar.

Por um longo instante, Lexie não disse nada.

– Típico – falou por fim.

A resposta pegou Jeremy desprevenido.

– Perdão?

– Ah, não estou falando de você. É o prefeito e o jeito como ele faz as coisas. Ele sabe que eu tento evitar esse tipo de evento sempre que possível, a menos que tenha alguma relação com a biblioteca. Ele imaginou que eu fosse recusar se ele pedisse, então deu um jeito de fazer você me convidar. E aqui está você. E aqui estou eu.

Jeremy ficou confuso com a ideia, tentando se lembrar de como exatamente tinha sido a conversa, mas só conseguindo recuperar alguns fragmentos. Quem havia sugerido que fosse com Lexie? Ele ou o prefeito?

– Por que de repente me sinto no meio de uma novela?

– Porque você está. Se chama: viver em uma cidadezinha do sul.

Jeremy parou, parecendo duvidar.

– Acha mesmo que o prefeito planejou isso tudo?

– Tenho certeza. Ele pode não parecer muito mais esperto do que um saco de grama, mas tem um talento especial para convencer as pessoas a fazerem o que ele quer e ainda pensarem que a ideia foi delas. Por que acha que ainda está hospedado no Greenleaf?

Jeremy enfiou as mãos no bolso, pensativo.

– Bem, só para esclarecer, você não é obrigada a ir. Tenho certeza de que consigo encontrar o lugar sozinho.

Ela colocou as mãos na cintura e olhou para ele.

– Está me desconvidando?

Jeremy ficou paralisado, sem saber o que responder.

– Bem, só achei que, já que o prefeito...

– Quer que eu vá com você ou não? – perguntou ela.

– Quero, mas se você não...

– Então convide de novo.

– O quê?

– Me convide para ir ao jantar com você hoje à noite. Por vontade própria desta vez, e não use a desculpa de não saber o caminho. Diga algo como: "Eu gostaria muito de levar você ao jantar hoje. Posso passar para buscá-la mais tarde?"

Ele a olhou, tentando descobrir se ela estava falando sério.

– Quer que eu diga com essas palavras?

– Se não fizer isso, ainda terá sido ideia do prefeito e eu não vou. Mas, se me convidar, tem que querer, então use o tom certo.

Jeremy estava inquieto como um adolescente tenso.

– Eu gostaria muito de levar você ao jantar hoje. Posso passar para buscá-la mais tarde?

Ela sorriu e pôs a mão sobre o braço dele.

– Ah, Sr. Marsh – falou bem devagar. – Eu adoraria.

Minutos depois, Jeremy estava vendo Lexie pegar os diários em uma caixa fechada na sala de livros raros, ainda com a cabeça girando. As mulheres de Nova York não falavam com ele daquele jeito. Ele não tinha certeza se ela fora sensata, insensata, ou algo entre os dois. *Convide de novo e use o tom certo.* Que tipo de mulher fazia aquilo? E por que ele achava tão... convincente?

Ele não sabia e, de repente, a matéria e a oportunidade de trabalhar na televisão não passavam de meros detalhes. Em vez disso, ao olhar para Lexie, só conseguia pensar em como sua mão estava quente quando a apoiou gentilmente sobre seu braço.

9

Mais tarde naquela mesma noite, conforme o nevoeiro ficava mais denso, Rodney Hopper concluiu que a Fazenda Lawson parecia preparada para receber um show de um grande astro da música.

Ele passou os últimos vinte minutos direcionando o trânsito para vagas de estacionamento e observando, sem acreditar, a procissão que caminhava entusiasmada na direção da porta. A essa altura, já tinha visto os doutores Benson e Tricket, o dentista Albert, todos os oito membros do conselho municipal, incluindo Tully e Jed, o prefeito e os funcionários da Câmara de Comércio, todo o corpo docente da escola, os nove membros do conselho do condado, os voluntários da Associação Histórica, três contadores, toda a equipe do Herbs, o barman da Lookilu, o barbeiro, e até Toby, cujo trabalho era desentupir fossas, mas que, ainda assim, estava extremamente elegante. A Fazenda Lawson não ficava tão cheia nem na época do Natal, quando o lugar era decorado à perfeição e gratuito para o público na primeira sexta-feira de dezembro.

Essa noite não era a mesma coisa. Não se tratava de uma comemoração em que amigos e conhecidos se reuniam para desfrutar da companhia uns dos outros antes da agitação e da correria do feriado. Essa era uma festa em homenagem a alguém que não tinha nada a ver com a cidade e não ligava a mínima para este lugar. Ainda pior, embora Rodney estivesse aqui para cumprir uma função oficial, de repente se deu conta de que não precisava ter se preocupado em passar a camisa e polir os sapatos, já que duvidava que Lexie notaria.

Ele sabia de tudo. Depois que Doris voltou ao Herbs para começar a cozinhar, o prefeito havia passado por lá e mencionado a terrível notícia sobre Jeremy e Lexie. Logo em seguida, Rachel ligou para contar a ele. Rachel, ele pensou, era muito gentil, e sempre seria. Ela sabia o que ele sentia por Lexie e não o perturbava como muitos outros. De qualquer modo, ele teve a impressão de que ela também não estava muito animada com a ideia de os dois irem juntos. Mas Rachel sabia esconder seus sentimentos melhor do que ele e, no momento, Rodney desejava estar em outro lugar. Tudo o que dizia respeito a essa noite fazia com que se sentisse um idiota.

Sobretudo o modo como a cidade toda se comportava. Em sua avaliação, o pessoal daqui não ficava tão empolgado com o futuro da cidade desde que o *Raleigh News & Observer* enviara um repórter para fazer uma matéria sobre Jumpy Walton, que tentava construir uma réplica do avião dos irmãos Wright, em que pretendia voar para comemorar o centenário da aviação em Kitty Hawky. Jumpy, que sempre teve alguns parafusos soltos, havia muito tempo alegava estar quase terminando a réplica, mas, quando abriu as portas do celeiro, orgulhoso, para mostrar em que pé estava, o repórter se deu conta de que ele não tinha a mínima ideia do que estava fazendo. No celeiro, a réplica parecia uma versão gigantesca e deformada de um frango de arame farpado e madeira compensada.

E agora a cidade apostava na existência de fantasmas no cemitério e achava que o Garotão da Cidade traria o mundo para sua porta por causa deles. Rodney duvidava muito. Além disso, sinceramente não lhe interessava se o mundo viria ou não, desde que Lexie continuasse fazendo parte da *sua* vida.

Do outro lado da cidade, mais ou menos no mesmo horário, Lexie saía na varanda de sua casa enquanto Jeremy chegava com um pequeno buquê de flores do campo. Belo toque, ela pensou e esperou que ele não percebesse como se sentia exausta poucos minutos atrás.

Ser mulher às vezes era um desafio, e o dessa noite havia sido mais difícil do que a maioria. Primeiro, é claro, havia a questão de ser ou não um encontro de verdade. Estava mais próximo de um encontro do que aquilo que haviam feito na hora do almoço, mas não era exatamente um jantar romântico a dois, e ela não tinha certeza nem se devia ter concordado com algo assim. Depois tinha toda a questão da imagem e de como ela queria ser vista, não apenas por Jeremy, mas por todos os outros que os veriam juntos. Acrescente o fato de que ela se sentia mais confortável de jeans e não tinha nenhuma intenção de usar um decote, e tudo ficou tão confuso que ela acabou jogando a toalha. No final, decidiu adotar uma aparência profissional: calça marrom e uma blusa marfim.

Mas ali estava ele exibindo seu visual de Johnny Cash, como se não tivesse parado para refletir sobre essa noite.

– Você encontrou o lugar – observou Lexie.

– Não foi tão difícil – disse Jeremy. – Você me mostrou onde morava quando estávamos em Riker's Hill, lembra? – Ele entregou as flores a ela. – Aqui. São para você.

Ela sorriu ao pegar o buquê, com uma aparência absolutamente adorável. Sensual também, claro. Mas "adorável" parecia mais apropriado.

– Obrigada. Como foi a pesquisa com os diários?

– Tudo bem. Nada muitos espetacular nos que olhei até agora.

– Tenha paciência – disse ela com um sorriso. – Quem sabe o que vai encontrar? – Ela levou o buquê ao nariz. – As flores são lindas, por sinal. Me dê um segundo para colocá-las em um vaso, pegar um sobretudo e já estarei pronta para ir.

– Eu espero aqui.

Alguns minutos depois, no carro, eles atravessavam a cidade na direção oposta ao cemitério. Enquanto o nevoeiro ficava cada vez mais denso, Lexie conduziu Jeremy pelas estradas secundárias até chegarem a uma entrada longa e sinuosa, pontuada de ambos os lados por carvalhos que pareciam ter sido plantados séculos antes. Embora não conseguisse ver a casa, diminuiu a velocidade ao se aproximar de uma cerca-viva alta, que presumiu circundar uma rotatória. Debruçou-se sobre o volante, imaginando para que lado deveria virar.

– Acho melhor pensar em parar aqui – sugeriu Lexie. – Duvido que encontre vaga mais perto... além disso, você vai ter que conseguir sair mais tarde, quando precisar.

– Tem certeza? Não dá nem para ver a casa ainda.

– Confie em mim. Por que acha que eu trouxe o sobretudo?

Ele refletiu por um instante antes de concluir: Por que não? E, um segundo depois, estavam caminhando pela entrada, Lexie fazendo o possível para manter o casaco fechado. Acompanharam a curva da cerca-viva e, de repente, a antiga mansão georgiana apareceu diante deles em toda sua glória.

A casa, no entanto, não foi a primeira coisa que Jeremy notou. O que viu primeiro foram os carros. Um monte deles, estacionados de forma aleatória, com a frente apontada em todas as direções, como se planejassem uma fuga rápida. Inúmeros outros circulavam por todo aquele caos, piscando luzes de freio ou tentando se espremer em espaços pequenos demais.

Jeremy parou, olhando fixamente para a cena.

– Achei que isso fosse um jantarzinho informal com amigos.

Lexie fez um gesto positivo com a cabeça.

– Essa é a versão do prefeito de uma reuniãozinha. Precisa lembrar que ele conhece praticamente o condado inteiro.

– E você sabia que seria assim?

– É claro.

– Por que não me disse?

– Como eu sempre digo, você vive se esquecendo de perguntar. E, além disso, pensei que soubesse.

– Como eu poderia saber que ele estava planejando algo assim?

Ela sorriu, olhando na direção da casa.

– É bem impressionante, não é? Não que eu ache que você mereça.

Ele resmungou, achando graça.

– Sabia que comecei a gostar de verdade desse seu charme sulista?

– Obrigada. E não se preocupe com a noite de hoje. Não vai ser tão estressante quanto está pensando. As pessoas são amigáveis e, na dúvida, apenas se lembre de que é o convidado de honra.

Doris devia ser a mais organizada e eficiente banqueteira do mundo, pensou Rachel, já que tudo isso tinha sido preparado sem nenhum tropeço e com bastante tempo de sobra. Em vez de ter que servir comida a noite toda, andava no meio da multidão, usando seu melhor vestido de festa, imitação de Chanel, quando avistou Rodney chegando à varanda.

Com o uniforme bem passado, ela achou que ele parecia uma autoridade, como um fuzileiro naval em um daqueles pôsteres antigos da Segunda Guerra Mundial que havia no prédio dos veteranos na rua principal. A maior parte dos vice-xerifes armazenavam asinhas de frango e cerveja de mais na área da cintura, mas Rodney malhava na academia que havia montado na garagem. Ele deixava a porta aberta e às vezes ela parava na volta do trabalho para conversar um pouco com ele, como velhos amigos. Quando crianças, haviam sido vizinhos, e a mãe de Rachel tinha foto dos dois tomando banho juntos na banheira. A maioria dos velhos amigos não podia dizer isso.

Ela pegou um batom na bolsa e passou nos lábios, ciente da queda que tinha por ele. Ah, eles haviam seguido caminhos diferentes por um tempo, mas nos últimos anos as coisas estavam mudando. Dois verões antes, acabaram se sentando perto um do outro na Lookilu, e ela notou a expressão dele enquanto assistia ao noticiário sobre um garoto que tinha morrido em um trágico incêndio em Raleigh. Ver seus olhos se encherem de lágrimas diante da morte de um estranho a havia afetado de uma maneira inesperada. Percebeu a mesma coisa na última Páscoa, quando o Departamento de Polícia patrocinou a caça aos ovos oficial da cidade, na Loja Maçônica, e ele a puxou de lado para contar quais foram alguns dos lugares mais difíceis em que escondera os doces. Parecia mais empolgado do que as crianças, um contraste engraçado com seus bíceps salientes, e ela se lembrava de ter pensado que ele seria o tipo de pai que daria orgulho a qualquer esposa.

Recapitulando, concluiu que foi naquele momento que se deu conta de que seus sentimentos em relação a Rodney haviam mudado. Não que tivesse se apaixonado por ele, mas percebeu que as possibilidades não eram nulas. Não que fossem prováveis. Rodney era louco por Lexie. Sempre tinha sido, sempre seria, e havia muito tempo Rachel chegara à conclusão de que nada nunca mudaria o que ele sentia por ela. Em algumas situações, não era fácil, e havia momentos em que aquilo não a incomodava nem um pouco, mas admitia que ultimamente os instantes em que não se sentia incomodada eram cada vez menos numerosos e mais espaçados.

Passando pelo meio da multidão, desejou não ter falado de Jeremy Marsh na hora do almoço. Devia saber o que estava incomodando Rodney. A essa altura, parecia que toda a cidade falava de Lexie e Jeremy, a começar pelo dono da mercearia que havia vendido o almoço a eles, e os rumores se espalharam como fogo assim que o prefeito fez seu anúncio. Ela ainda gostaria de ir à Nova York, mas, ao repassar a conversa que tivera com Jeremy, aos poucos percebeu que ele só devia ter falado por falar, e não feito um convite. Às vezes ela via coisas que não existiam.

Mas Jeremy Marsh era tão... perfeito.

Culto, inteligente, charmoso, famoso e, o melhor de tudo, não era da cidade. Rodney não tinha como competir, e ela suspeitava de que ele sabia disso. Mas Rodney, por outro lado, *estava* aqui e não pretendia ir embora, o que era uma espécie de vantagem. E, ela precisava admitir, ele era responsável e bonito, à sua maneira.

– Oi, Rodney – cumprimentou Rachel, sorrindo.

Rodney olhou para trás.

– Ah, oi, Rach. Como você está?

– Bem, obrigada. Que festança, né?

– Está tudo ótimo – disse ele, sem esconder o sarcasmo na voz. – Como está lá dentro?

– Tudo certo. Acabaram de colocar a faixa.

– Faixa?

– Claro. A faixa de boas-vindas à cidade. O nome dele em azul, com letras grandes e tudo mais.

Rodney suspirou.

– Ótimo – repetiu.

– Você precisa ver o que mais o prefeito preparou para ele. Não é só a faixa e o jantar, ele mandou fazer a chave da cidade.

– Ouvi dizer.

– E os Mahi-Mahis também estão aqui – continuou ela, referindo-se ao quarteto da barbearia. Moradores da cidade, cantavam juntos havia 43 anos e, mesmo com dois membros fazendo uso de andador e um sendo obrigado a cantar com olhos fechados devido a um tique nervoso, continuavam sendo a atração mais popular em um raio de quase 200 quilômetros.

– Maravilha – disse Rodney de novo.

O tom de voz dele a fez parar pela primeira vez para pensar.

– Acho que você não quer saber de nada disso, não é?

– Não, não quero mesmo.

– Por que você veio, então?

– Tom acabou me convencendo. Um dia vou descobrir o que ele pretende antes que possa abrir a boca.

– Não vai ser tão ruim. Bem, você viu como as pessoas estão hoje. Todo mundo quer falar com ele. Não dá para ele se enfiar em um canto com a Lexie, nem nada parecido. Aposto que nem vão conseguir trocar mais que dez palavras a noite toda. E, só para avisar, guardei um prato de comida pra você, caso não tenha tempo de comer nada.

Rodney hesitou por um instante, depois sorriu. Rachel sempre cuidava dele.

– Obrigada, Rach. – Pela primeira vez prestou atenção nas roupas que ela estava usando, pousando os olhos sobre as pequenas argolas douradas em suas orelhas. Então acrescentou: – Você está bonita hoje.

– Obrigada.

– Quer me fazer um pouco de companhia?

Ela sorriu.

– Gostaria muito.

Jeremy e Lexie passaram por entre o aglomerado de carros estacionados. Sua respiração se condensava no ar, conforme se aproximavam da mansão. Nos degraus à sua frente, Jeremy viu vários casais parando na porta antes de entrar e levou apenas um segundo para reconhecer Rodney Hopper. Rodney viu Jeremy ao mesmo tempo, e seu sorriso se transformou em uma careta. Mesmo de longe, ele parecia grande, ciumento e, o mais importante, armado – e nenhuma dessas coisas deixava Jeremy muito confortável.

Lexie acompanhou o olhar dele.

– Ah, não se preocupe com Rodney. Você está comigo.

– É com isso que estou preocupado – disse ele. – Estou com a sensação de que ele não está nada feliz de nos ver chegando juntos.

Ela sabia que Jeremy estava certo, mas ficou satisfeita ao ver que Rachel estava ao lado do vice-xerife. Rachel sempre dava um jeito de manter Rodney calmo, e Lexie achava havia muito tempo que ela era a mulher perfeita para ele. No entanto, ainda não encontrara um jeito de dizer isso para ele sem magoá-lo. Não era o tipo de coisa que dava para falar no meio de uma dança no Baile Beneficente do Shriners, era?

– Se acha que vai se sentir melhor, deixe que eu falo com eles – sugeriu ela.

– Estava contando com isso.

Rachel ficou radiante quando viu os dois subindo os degraus.

– Olá, vocês dois! – disse. Quando se aproximaram, ela estendeu o braço para pegar no casaco de Lexie. – Adorei sua roupa, Lex.

– Obrigada, Rachel. E você está linda também.

Jeremy não disse nada, preferindo olhar para as unhas da mão enquanto tentava evitar o olhar rancoroso que Rodney lançava em sua direção. No silêncio repentino, Rachel e Lexie olharam uma para a outra. Interpretando a deixa de Lexie, Rachel tomou a dianteira.

– E olhe só para você, Sr. Jornalista Famoso – falou num tom cantado. – Só de olhar para você, o coração de todas as moças vai ficar palpitando a noite toda. – Ela abriu um sorriso largo. – Não queria ter que pedir, Lexie, mas você se importaria se eu o acompanhasse até lá dentro? Sei que o prefeito está esperando.

– De jeito nenhum – respondeu Lexie, sabendo que precisava de um minuto a sós com Rodney. Ela acenou para Jeremy com a cabeça. – Podem ir, eu entro em um minuto.

Rachel segurou o braço de Jeremy e, antes mesmo que ele se desse conta, estava sendo levado.

– Por acaso já esteve em uma fazenda sulista tão bonita quanto esta? – perguntou Rachel.

– Acho que não – respondeu Jeremy, imaginando se havia sido atirado aos lobos. Quando passaram, Lexie agradeceu a Rachel em voz baixa, e a outra deu uma piscadinha.

Lexie se virou para Rodney.

– Não é o que você está pensando – começou a dizer e Rodney levantou as mãos para impedir que ela continuasse.

– Olhe, você não precisa explicar. Eu já vi isso antes, lembra?

Ela sabia que ele estava se referindo ao Sr. Multitalentos, e seu primeiro instinto foi dizer que ele estava errado. Queria dizer a ele que não deixaria os sentimentos correrem soltos dessa vez, mas sabia que já fizera essa promessa antes. Foi o que disse a Rodney, afinal, quando ele tentou, educadamente, alertá-la de que o Sr. Multitalentos não tinha nenhuma intenção de ficar na cidade.

– Gostaria de saber o que dizer – afirmou ela, odiando o tom de culpa em sua voz.

– Você não precisa dizer nada.

Ela sabia disso. Eles não eram um casal, nem nunca haviam sido, mas tinha a estranha sensação de estar confrontando um ex-marido depois de um divórcio recente, quando as feridas ainda estavam abertas. Mais uma vez, desejou que ele partisse para outra, mas uma pequena voz a lembrava de que havia feito sua parte para deixar a fagulha acesa nos últimos anos, mesmo que, para ela, tivesse mais a ver com segurança e conforto do que com qualquer intenção romântica.

– Bom, só para que saiba, estou ansiosa para que as coisas voltem ao normal por aqui – declarou Lexie.

– Eu também.

Ninguém disse nada por um instante. Diante do silêncio, Lexie olhou para o lado, desejando que Rodney demonstrasse os sentimentos com um pouco mais de sutileza.

– Rachel está muito bonita, não está?

Rodney ficou de queixo caído antes de olhar para Lexie de novo. Pela primeira vez, ela viu um sorriso discreto.

– É – concordou ele. – Está, sim.

– Ela ainda está saindo com o Jim? – perguntou Lexie, referindo-se ao cara da empresa de dedetização. Tinha visto os dois juntos na caminhonete verde com um inseto gigante em cima indo jantar em Greenville na época das festas.

– Não, eles terminaram. Só saíram uma vez. Rachel disse que o carro dele tinha cheiro de inseticida e ela ficou espirrando a noite inteira.

Apesar da tensão, Lexie riu.

– Parece uma daquelas coisas que só acontecem com a Rachel.

– Ela já superou. Nem ficou chateada. Sabe, ela cai do cavalo, mas não tem medo de voltar a montar.

– Às vezes acho que ela deveria escolher cavalos melhores. Ou pelo menos um que não tenha insetos gigantes sobre o carro.

Ele riu, como se estivesse pensando a mesma coisa. Seus olhares se encontraram por alguns segundos, então Lexie desviou os olhos. Prendeu uma mecha de cabelo atrás da orelha.

– Bem, acho que é melhor eu entrar.

– Eu sei – disse ele.

– Você não vem?

– Ainda não sei. Não pretendia ficar muito tempo. Além disso, ainda estou em horário de trabalho. O condado é bem grande para uma pessoa, e Bruce é o único em campo no momento.

Ela concordou.

– Bem, se não nos virmos de novo, cuide-se, está bem?

– Pode deixar. Até mais.

Ela começou a se dirigir para a porta.

– Ei, Lexie?

Ela se virou.

– O quê?

Ele engoliu em seco.

– Você também está muito bonita.

O jeito triste com que ele disse aquilo quase partiu seu coração, e ela baixou os olhos por um instante.

– Obrigada.

Rachel e Jeremy se mantiveram discretos, movimentando-se pelos cantos da multidão conforme ela mostrava a ele os retratos de vários membros da família Lawson, que apresentavam semelhanças impressionantes, não apenas entre uma geração e outra, mas também entre pessoas de gêneros diferentes. Os homens tinham qualidade afeminadas, e as mulheres tendiam a ser meio masculinas, fazendo parecer que o artista utilizara o mesmo modelo andrógeno.

Mas ele apreciava o fato de Rachel mantê-lo ocupado e fora de perigo, mesmo se recusando a soltar seu braço. Podia ouvir as pessoas falando sobre ele, mas ainda não estava pronto para se misturar, mesmo que a coisa toda o deixasse um pouco lisonjeado. Nate não tinha sido capaz de reunir um décimo desse número de pessoas para assistir à sua aparição na TV, e teve que oferecer bebida de graça como chamariz para aquelas que compareceram.

Mas não aqui. Não em uma cidadezinha do interior, onde as pessoas jogavam bingo, boliche, e assistiam a reprises do seriado *Matlock* na TNT. Ele não via tanto cabelo azul e poliéster desde... bem, desde nunca, e enquanto refletia sobre toda a situação, Rachel apertou seu braço para chamar sua atenção.

– Prepare-se, querido. É hora do show.

– Perdão?

Ela olhou para a comoção crescente atrás deles.

– Olá, prefeito Tom, como está? – perguntou Rachel, voltando a abrir aquele sorriso de artista de cinema.

O prefeito Gherkin parecia ser a única pessoa no salão que transpirava. Sua careca refletia a luz e, se por acaso ficou surpreso ao ver Jeremy com Rachel, não demonstrou.

– Rachel! Você está linda como sempre, e já vi que estava compartilhando o ilustre passado dessa bela casa com o nosso convidado aqui.

– Estava fazendo possível – disse ela.

– Muito bem, muito bem, fico feliz em saber. – Eles conversaram mais um pouco antes de Gherkin tocar no assunto principal: – Odeio ter que pedir isso, já que estava sendo muito gentil ao mostrar o estabelecimento a ele, mas poderia nos dar licença? – perguntou, apontando para Jeremy. – As pessoas estão agitadas para o início do evento.

– É claro – respondeu ela.

E no segundo seguinte, o prefeito já havia substituído a mão de Rachel pela sua própria e começou a conduzir Jeremy pelo meio da multidão.

Conforme passavam, as pessoas faziam silêncio e iam abrindo caminho, como o mar Vermelho se abrindo para Moisés. Outros ficavam encarando com os olhos arregalados ou esticavam o pescoço para ver melhor. Entre muitos "ohs" e "ahs", sussurravam em voz alta que aquele devia ser *ele*.

– Não tenho palavras para expressar como estamos felizes por finalmente ter chegado – disse o prefeito Gherkin, falando de canto de boca e continuando a sorrir para a multidão. – Por um minuto, estava começando a me preocupar.

– Talvez seja melhor esperarmos a Lexie – sugeriu Jeremy, tentando impedir que suas bochechas ficassem vermelhas. Tudo isso, principalmente ser escoltado pelo prefeito como uma rainha do baile, era um pouco interiorano *demais*, sem mencionar que era meio bizarro.

– Já falei com a Lexie, e ela vai nos encontrar lá.

– Lá onde?

– Bem, você vai conhecer o resto do conselho municipal, é claro. Já conheceu Jed e Tully e os rapazes que lhe apresentei hoje pela manhã, mas faltam alguns. E os membros do conselho também. Como eu, eles estão muito impressionados com sua visita. Muito impressionados. E não se preocupe, estão com todas as histórias de fantasmas na ponta da língua. Você trouxe o gravador, não trouxe?

– Está no meu bolso.

– Ótimo, ótimo. Fico feliz em saber, e... – Pela primeira vez ele tirou os olhos da multidão e olhou para Jeremy. – Imagino que vá ao cemitério hoje...

– Pretendo ir, e falando nisso, gostaria de me certificar...

O prefeito continuou andando como se não o tivesse ouvido, enquanto acenava para as pessoas.

– Bem, como prefeito, sinto que é minha obrigação dizer que não precisa se preocupar com aqueles fantasmas. Ah, são uma visão e tanto, é claro. O bastante para fazer um elefante desmaiar. Mas até agora ninguém se machucou, à exceção de Bobby Lee Howard, e bater naquela placa na estrada teve menos a ver com o que ele viu e mais com o fato de ter bebido doze latas de cerveja antes de dirigir.

– Ah – murmurou Jeremy, começando a imitar o prefeito e acenando para as pessoas. – Vou tentar me lembrar disso.

Lexie estava à espera dele quando Jeremy foi conhecer o conselho municipal. Ele soltou um suspiro de alívio ao vê-la chegar ao seu lado enquanto era apresentado para a elite do poder da cidade. A maioria foi bastante amigável – embora Jed tenha ficado com os braços cruzados e a testa franzida –, mas ele não conseguia deixar de observar Lexie pelo canto de olho. Ela parecia distraída, e ele ficou imaginando o que havia acontecido entre ela e Rodney.

Jeremy não teve a chance de descobrir, nem mesmo relaxar, pelas três horas seguintes, uma vez que o restante da noite foi semelhante a uma convenção política à moda antiga. Depois do encontro com o conselho – cada um dos membros, excluindo Jed, parecia ter sido preparado pelo prefeito, garantindo que aquela "podia ser a maior reportagem de todos os tempos" e lembrando a ele que "turismo é importante para a cidade" –, Jeremy foi levado ao palco, enfeitado com uma faixa que dizia: BEM-VINDO, JEREMY MARSH!

Tecnicamente, não era um palco, mas uma longa mesa de madeira coberta com uma toalha de mesa roxa. Jeremy precisou usar uma cadeira para subir, assim como Gherkin, e confrontar um mar de rostos estranhos olhando para ele. Assim que a multidão se aquietou, o prefeito fez um prolixo discurso elogiando Jeremy por seu profissionalismo e honestidade, como se os dois se conhecessem havia anos. Além disso, Gherkin não só mencionou a aparição no *Primetime Live* – que suscitou os sorrisos e acenos de sempre, assim como mais alguns "ohs" e "ahs" –, como uma série de artigos de destaque que ele havia escrito, incluindo uma matéria para a *Atlantic Monthly* sobre a pesquisa relativa a armas biológicas conduzida em Fort Detrick. Jeremy pensou que, por mais que às vezes parecesse um idiota, o homem tinha feito o dever de casa e definitivamente sabia fazer elogios. No fim do discurso, Jeremy recebeu a chave da cidade e os Mahi-Mahis – que estavam sobre outra mesa, próxima a uma parede adjacente – cantaram três músicas: "Carolina in My Mind", "New York, New York", e, talvez a mais apropriada, o tema do filme *Os caça-fantasmas*.

Para surpresa de Jeremy, os Mahi-Mahis até que eram bons, embora ele não tivesse ideia de como conseguiram subir na mesa. A multidão os adorava, e, por um instante, ele se viu sorrindo e se divertindo. Quando estava no palco, Lexie piscou para ele, o que só fez tudo ficar ainda mais surreal.

Depois, o prefeito o conduziu para um canto, onde se sentou numa confortável cadeira antiga colocada na frente de uma mesa antiga. Com o gravador ligado, Jeremy passou o resto da noite ouvindo uma série de histórias sobre encontros com fantasmas. O prefeito organizou uma fila, e as pessoas ficaram conversando, animadas, enquanto esperavam sua vez de falar com ele, como se estivesse dando autógrafos.

Infelizmente, a maioria das histórias começaram a ficar confusas. Todos que estavam na fila alegavam ter visto as luzes, mas cada um as descrevia de uma forma. Alguns juravam que pareciam pessoas, outras diziam que eram como luzes estroboscópicas. Um homem descreveu como uma fantasia de Halloween, sem tirar, nem pôr. A descrição mais original foi a de um cara chamado Joe, que disse que já tinha visto as luzes mais de meia dúzia de vezes e afirmou com autoridade que eram iguais à placa luminosa de um supermercado que ficava na Route 54, perto de Vanceboro.

Ao mesmo tempo, Lexie sempre estava na área falando com várias pessoas, e de vez em quando seus olhares se encontravam enquanto os dois conversavam com outros. Como se estivessem compartilhando uma piada interna, ela sorria com as sobrancelhas levantadas, como se perguntasse: *Viu no que se meteu?*

Lexie, Jeremy refletiu, não era como nenhuma mulher que ele havia namorado recentemente. Ela não escondia o que estava pensando, não tentava impressioná-lo, nem era influenciada por nada que ele tivesse conquistado no passado. Em vez disso, parecia avaliá-lo como era hoje, agora, sem usar o passado nem o futuro contra ele.

Ele se deu conta de que essa era uma das razões de ter se casado com Maria. Não fora apenas a onda estonteante de emoções que sentiu quando fizeram amor pela primeira vez que o fascinara – e sim as coisas simples que o convenceram de que ela era a escolhida. Sua falta de pretensão perto dos outros, a dureza com que o confrontava quando ele fazia algo errado, a paciência com que o escutava quando ele ficava andando de um lado para outro lutando com algum problema complicado. E, embora ele e Lexie não tivessem compartilhado nenhum fundamento diário da vida, não conseguia deixar de pensar que lidaria bem com isso se realmente quisesse.

Jeremy percebeu que ela sentia uma afeição sincera pelas pessoas daqui, e parecia estar de fato interessada no que estavam dizendo. Seu comportamento sugeria que ela não tinha motivo algum para se apressar ou interromper a conversa de alguém nem tinha nenhuma inibição de rir alto quando algo a divertia. De vez em quando ela se aproximava para abraçar alguém, e, ao se afastar, pegava nas mãos das pessoas e sussurrava algo nos moldes de: "Estou muito feliz por rever você." O fato de Lexie não parecer pensar em si mesma como diferente, nem ao menos notar que os outros obviamente o faziam, fazia Jeremy se lembrar de uma tia que sempre fora a pessoa mais popular nas festas de família, só porque concentrava toda sua atenção nos outros.

Alguns minutos depois, quando levantou da mesa para esticar as pernas, Jeremy viu Lexie indo em sua direção com um leve traço de sedução na forma como movimentava os quadris. E enquanto a observava, houve um momento, apenas um instante, em que a cena parecia não estar acontecendo no presente, mas no futuro – como se estivesse em mais um jantarzinho de uma longa série em uma cidadezinha do sul, no meio do nada.

10

Quando a noite se aproximava do fim, Jeremy estava na varanda com o prefeito Gherkin, e Doris estava um pouco mais afastada.

– Espero que esta noite tenha correspondido às suas expectativas – disse o prefeito – e que você tenha conseguido ver com os próprios olhos que ótima oportunidade essa história representa.

– Foi ótimo, obrigado. Mas não precisava ter tido todo esse trabalho – comentou Jeremy.

– Bobagem – respondeu Gherkin. – É o mínimo que podemos fazer. Além disso, queria que você visse do que esta cidade é capaz quando se foca em alguma coisa. Pode imaginar o que poderíamos fazer para o pessoal da televisão? Naturalmente, você vai provar um pouco mais do gostinho do lugar no fim de semana. O clima de cidade pequena, a sensação de voltar no tempo enquanto caminha pelas casas. É diferente de tudo o que pode imaginar.

– Não tenho dúvidas – concordou Jeremy.

Gherkin sorriu.

– Bem, veja só, tenho que cuidar de algumas coisas lá dentro. O trabalho de um prefeito nunca termina, você sabe.

– Eu entendo. E muito obrigado por isto – disse Jeremy, levantando a chave da cidade.

– Ah, não tem de quê. Você merece. – Ele estendeu a mão para Jeremy. – Mas não fique pensando que vai conseguir abrir o cofre do banco com essa chave. É mais um gesto simbólico.

Jeremy sorriu e Gherkin apertou sua mão. Depois que o prefeito desapareceu salão adentro, Doris e Lexie se aproximaram de Jeremy com sorrisos amarelos no rosto. Apesar disso, Jeremy notou que Doris parecia exausta.

– Você e seu jeito malandro da cidade – comentou a senhora.

– Perdão?

– É que você devia ter escutado como algumas dessas pessoas estão falando de você – brincou Doris. – Acho que tenho sorte de poder dizer que o conheci antes.

Jeremy sorriu, parecendo encabulado.

– Isso foi meio insano, não foi?

– Nem me fale. Meu grupo de leitura da Bíblia falou a noite inteira sobre como você é bonito. Algumas queriam levá-lo para casa, mas felizmente consegui convencê-las do contrário. Além disso, acho que os maridos não iam gostar nem um pouco.

– Eu agradeço.

– Você comeu bem? Acho que consigo pegar um pouco de comida, se estiver com fome.

– Não, estou satisfeito. Obrigado.

– Tem certeza? Sua noite está apenas começando, não é?

– Vou ficar bem – ele garantiu a ela. Em silêncio, olhou em volta, notando que o nevoeiro havia ficado ainda mais denso. – Por falar nisso, acho que é melhor eu me apressar. Odiaria perder minha grande chance de entrar em contato com o sobrenatural.

– Não se preocupe. Não vai perder as luzes – disse Doris. – Elas só aparecem mais tarde, então ainda tem algumas horas. – Surpreendendo Jeremy, ela se aproximou e lhe deu um abraço cansado. – Só queria lhe agradecer por ter se disposto a conhecer todo mundo. Nem todo estranho é tão bom ouvinte quanto você.

– Sem problemas. Eu gostei muito.

Depois que ela o soltou, Jeremy voltou sua atenção para Lexie, pensando que ter sido criada por Doris devia ser como ter sido criado pela mãe dele.

– Está pronta para ir?

Lexie assentiu, mas ainda sem dizer nenhuma palavra a ele. Em vez disso, beijou Doris no rosto, disse que a veria no dia seguinte e, um segundo depois, Jeremy e Lexie estavam indo para o carro, fazendo o cascalho estalar de leve sob seus pés. Ela parecia estar olhando para longe, sem ver nada. Depois de alguns passos em silêncio, Jeremy bateu de leve seu ombro no dela.

– Você está bem? Está meio quieta.

Ela balançou a cabeça, olhando para ele.

– Só estou pensando em Doris. A noite de hoje a deixou exausta. Mesmo que talvez não devesse, eu me preocupo com ela.

– Ela parecia ótima.

– É, ela disfarça bem. Mas precisa aprender a ir mais devagar. Teve um ataque cardíaco há alguns anos, mas gosta de fingir que nada aconteceu. E depois disso, ainda terá um fim de semana bem agitado.

Jeremy não sabia o que dizer; a ideia de que Doris não tinha uma saúde de ferro nunca havia lhe passado pela cabeça.

Lexie notou seu desconforto e sorriu.

– Mas ela se divertiu, tenho certeza. Nós duas conseguimos conversar com muita gente que não víamos havia muito tempo.

– Achei que, por aqui, todo mundo se encontrasse o tempo todo.

– E nos encontramos. Mas as pessoas são ocupadas, não é sempre que têm mais do que apenas alguns minutos para conversar entre um compromisso e outro. Mas hoje foi agradável. – Ela olhou para ele. – E Doris estava certa. As pessoas *amaram* você.

Ela pareceu quase chocada com confissão, e Jeremy enfiou as mãos no bolso.

– Bem, você não devia ter ficado surpresa. Eu sou uma pessoa fácil de amar, sabia?

Ela revirou os olhos, mais de brincadeira do que por irritação. Atrás deles, a casa ia desaparecendo ao longe conforme contornavam a cerca-viva.

– Ei, sei que não é da minha conta, mas como foi a conversa com Rodney?

Ela hesitou, mas por fim deu de ombros.

– Tem razão. Não é da sua conta.

Ele ficou esperando um sorriso, mas não encontrou nenhum.

– Bom, só perguntei porque fiquei pensando se você acharia melhor eu fugir da cidade sob a proteção da escuridão para que ele não possa esmagar minha cabeça com as próprias mãos.

Isso provocou um sorriso.

– Você vai ficar bem. Além disso, partiria o coração do prefeito se fosse embora. Nem todo visitante ganha uma festa como essa e recebe a chave da cidade.

– É a primeira vez. Normalmente só recebo correspondências ofensivas.

Ela soltou uma risada melódica. Sob a luz da lua, suas feições eram indecifráveis, e ele se lembrou de como estava animada no meio do pessoal da cidade.

Chegando ao carro, ele abriu a porta para ela. Ao entrar, ela roçou nele de leve, e Jeremy se perguntou se ela teria feito aquilo em resposta ao modo como ele batera com o ombro nela antes, ou se ao menos havia notado. Depois de dar a volta no carro, se posicionou atrás do volante, pôs a chave na ignição, mas hesitou antes de dar a partida.

– O que foi?

– Só estava pensando... – disse ele, sem terminar a frase.

As palavras pareciam pairar dentro do carro, e ela assentiu.

– Acho que ouvi um rangido.

– Estranho. Eu estava tentando dizer... sei que está ficando tarde, mas gostaria de ir comigo ao cemitério?

– Para o caso de você ficar com medo?

– Algo do tipo.

Ela olhou para o relógio e pensou: Ah, minha nossa...

Não devia ir. Não devia mesmo. Já havia aberto a porteira ao acompanhá-lo ao jantar, e passar as próximas horas sozinha com ele abriria ainda mais. Sabia que nada bom poderia resultar disso, e não havia um único motivo para dizer *sim*. Mas antes que pudesse se conter, as palavras já estavam saindo:

– Eu teria que passar em casa antes para vestir roupas mais confortáveis.

– Tudo bem – concordou ele. – Sou totalmente a favor de você vestir roupas mais confortáveis.

– Aposto que sim – disse ela.

– Mas não comece a tomar liberdades – falou Jeremy, fingindo estar ofendido. – Acho que não nos conhecemos o suficiente para isso.

– Essa fala é minha.

– Achei mesmo que tinha ouvido em algum lugar.

– Bem, arrume seu próprio material da próxima vez. E, só para avisar, não quero que fique tendo ideias engraçadinhas a respeito de hoje à noite.

– Eu não tenho ideias engraçadinhas. Sou totalmente desprovido de humor.

– Sabe muito bem do que estou falando.

– Não. – Ele tentou parecer inocente. – Do que está falando?

– Apenas dirija, pode ser? Ou posso mudar de ideia.

– Certo, certo. – Ele girou a chave. – Nossa, às vezes você é tão controladora.

– Obrigada. Já me disseram que é uma das minhas melhores qualidades.

– Quem?

– Quer mesmo saber?

O Taurus rodou pelas ruas enevoadas. As luzes amarelas dos postes só faziam a noite parecer mais sombria. Assim que pararam na frente da casa de Lexie, ela abriu a porta.

– Espere aqui – falou, prendendo uma mecha de cabelo atrás da orelha. – Volto em alguns minutos.

Ele sorriu, gostando do fato de ela estar nervosa.

– Precisa da minha chave da cidade para abrir a porta? Ficaria feliz em emprestá-la a você.

– Não comece a se achar especial, Sr. Marsh. Minha mãe também tem a chave da cidade.

– Voltamos com essa coisa de "Sr. Marsh"? E eu achando que estávamos nos dando bem.

– Estou começando a achar que essa noite lhe subiu à cabeça.

Ela desceu do carro e fechou a porta na tentativa de ter a última palavra. Jeremy riu, achando-a muito parecida com ele. Incapaz de resistir, pressionou o botão na porta para baixar o vidro. Debruçou-se no assento.

– Ei, Lexie?

Ela se virou.

– O quê?

– Já que pode fazer frio esta noite, sinta-se à vontade para pegar uma garrafa de vinho.

Ela pôs as mãos na cintura.

– Para quê? Para você me dobrar com álcool?

Ele deu um sorriso.

– Só se você não se importar.

Ela estreitou os olhos, mas, como antes, parecia mais estar brincando do que ofendida.

– Não tenho vinho em casa, Sr. Marsh, mas eu diria *não* de qualquer modo.

– Você não bebe?

– Não muito. Agora, espere aqui – pediu, apontando para a entrada. – Vou vestir uma calça jeans.

– Prometo nem *tentar* espiar pela janela.

– Ótima ideia. Eu certamente teria que contar ao Rodney se você fizesse uma coisa tão idiota.

– Não parece nada bom.

– Acredite – disse ela, tentando parecer séria –, não seria memo.

Jeremy a observou enquanto entrava, certo de que nunca havia conhecido uma mulher como ela.

Quinze minutos depois, pararam na frente do Cemitério Cedar Creek. Ele havia inclinado o carro de modo que os faróis apontassem para o cemitério, e a primeira coisa que lhe veio à mente foi que até o nevoeiro parecia diferente aqui. Era denso e impenetrável em alguns lugares, porém mais fino em outros, e a mais leve brisa provocava discretos espirais distorcidos, quase como se estivessem vivos. Os galhos baixos da árvore de magnólia não passavam de sombras escurecidas, e os túmulos desmoronados contribuíam para o efeito assustador. Estava tão escuro que Jeremy não conseguia nem sequer discernir um mísero pedaço da lua no céu.

Com o carro parado, ele abriu o porta-malas. Ao espiar lá dentro, os olhos de Lexie se arregalaram.

– Parece que você tem material para construir uma bomba aí dentro.

– Que nada. É só um monte de coisas legais. Homens adoram seus brinquedinhos, você sabe.

– Achei que você teria apenas uma câmera de vídeo, ou algo do tipo.

– Eu tenho. Umas quatro.

– Por que precisa de quatro?

– Para filmar todos os ângulos, é claro. E se os fantasmas estiverem andando na direção oposta, por exemplo? Posso não captar os rostos.

Ela ignorou o comentário.

– E o que é aquilo? – perguntou, apontando para uma caixa eletrônica.

– Um detector de radiação de micro-ondas. E aquele ali – disse ele, apontando para outro item – é mais ou menos parecido. Ele detecta atividade eletromagnética.

– Está brincando!

– Não. Está no manual oficial dos caça-fantasmas. É comum encontrar atividade espiritual aumentada em áreas com alta concentração de energia, e isso vai ajudar a detectar um campo energético anormal.

– Já gravou um campo energético anormal?

– Para falar a verdade, já. Em uma suposta casa assombrada, veja só! Infelizmente, não tinha nada a ver com fantasmas. O forno de micro-ondas do dono não estava funcionando direito.

– Ah – murmurou ela.

Ele a fitou.

– Agora você está roubando minhas falas.

– Foi a única coisa que me ocorreu. Desculpe.

– Tudo bem. Eu deixo você usar.

– Por que você tem tudo isso?

– Porque, quando eliminar a possibilidade de fantasmas, tenho que utilizar tudo que investigadores de paranormalidade utilizam. Não quero ser acusado de deixar passar nada, e essas pessoas têm suas regras. Além disso, parece mais impressionante quando alguém lê que você usou um detector eletromagnético. Pensam que você sabe o que está fazendo.

– E você sabe?

– Claro. Eu já disse, tenho o manual oficial.

Ela riu.

– E como eu posso ajudar? Precisa que eu ajude a carregar essas coisas?

– Vamos usar tudo. Mas, se achar que é trabalho para homem, tenho certeza de que posso levar tudo sozinho enquanto você fica fazendo as unhas, ou algo assim.

Ela puxou uma das filmadoras, pendurou no ombro e pegou mais uma.

– Certo, Sr. Machão, em que direção?

– Depende. Onde acha que devemos nos estabelecer? Como já viu as luzes, talvez tenha alguma ideia.

Ela apontou com a cabeça na direção da magnólia, para onde ela estava indo da primeira vez que ele a viu no cemitério.

– Ali – disse ela. – É onde você vai ver as luzes.

Era no ponto diretamente em frente a Riker's Hill, embora a colina estivesse escondida pelo nevoeiro.

– Elas sempre aparecem no mesmo lugar?

– Não faço ideia. Mas estavam ali quando eu as vi.

Durante a hora seguinte, enquanto Lexie o filmava com uma das câmeras, Jeremy montou todos os equipamentos. Dispôs as outras três câmeras formando um grande triângulo, apoiando-as sobre tripés, encaixando lentes com filtros especiais em duas delas, e ajustando o zoom até toda a área estar coberta. Testou os controles remotos de laser, depois começou a montar o equipamento de áudio. Quatro microfones foram presos a árvores próximas, e um quinto foi colocado perto do centro, onde havia posicionado os detectores eletromagnético e de radiação, além do gravador central.

Enquanto verificava se tudo estava funcionando direito, ouviu Lexie chamar:

– Ei, como estou?

Ele se virou e a viu usando óculos de visão noturna, parecendo uma espécie de inseto.

– Muito sensual. Acho que acabou de definir seu estilo.

– Esse troço é perfeito. Dá para ver tudo.

– Está vendo algo com que eu precise me preocupar.

– Além de alguns pumas e ursos, você parece estar sozinho.

– Bom, estou quase terminando aqui. Só preciso espalhar um pouco de farinha e desenrolar o barbante.

– Farinha? Tipo farinha de trigo?

– É para garantir que ninguém mexa no equipamento. A farinha é para poder verificar pegadas e o barbante para eu saber se alguém está se aproximando.

– Isso é bem inteligente. Mas você sabe que estamos sozinhos aqui, não sabe?

– Nunca dá para ter certeza.

– Ah, eu tenho certeza. Mas pode fazer suas coisas e eu mantenho a câmera apontada na direção certa. Está indo muito bem, por sinal.

Ele riu enquanto abria o saco de farinha e começava a polvilhar uma fina camada em volta das câmeras. Fez o mesmo em torno dos microfones e de outros equipamentos, depois amarrou o barbante a um galho e formou um grande quadrado ao redor de toda a área, como se isolasse uma cena de crime. Passou um segundo barbante cerca de 60 centímetros mais para baixo, depois pendurou alguns sininhos nele. Quando enfim terminou, voltou até onde estava Lexie.

– Eu não sabia que tinha tanta coisa pra fazer – disse ela.

– Acho que você está desenvolvendo um novo nível de respeito por mim, não é?

– Na verdade, não. Só estava puxando conversa.

Ele sorriu e apontou com a cabeça na direção do automóvel.

– Vou desligar as luzes do carro. E, com sorte, nada disso terá sido em vão.

Quando ele desligou o motor, o cemitério ficou todo preto e ele esperou os olhos se ajustarem. Infelizmente, isso não aconteceu, pois o cemitério provou ser mais escuro do que uma caverna. Depois de tatear o caminho até o portão como um explorador cego, tropeçou em uma raiz exposta logo na entrada e quase caiu.

– Posso pegar meus óculos de visão noturna? – gritou.

– Não – respondeu ela. – Como eu disse, esse troço é perfeito. Além disso, você está indo bem.

– Mas não consigo ver nada.

– Não tem nada na sua frente nos próximos passos. Apenas ande em linha reta.

Ele caminhou para a frente devagar, com os braços esticados, e parou.

– E agora?

– Você está na frente de um túmulo, então se mova para a esquerda. – Ela parecia animada demais, pensou Jeremy.

– Esqueceu de dizer "o mestre mandou".

– Quer que eu o ajude ou não?

– Quero muito os meus óculos – ele quase implorou.

– Vai ter que vir pegar.

– Você podia muito bem vir me buscar.

– Podia, mas não vou. É muito mais divertido ver você perambulando como um zumbi. Agora, vá para esquerda. Eu digo quando parar.

O jogo continuou dessa forma até que ele finalmente encontrou o caminho e voltou para o lado dela. Quando ele se sentou, ela tirou os óculos, sorrindo.

– Aqui está – falou.

– Nossa, obrigado.

– De nada. Fico feliz em ajudar.

Durante a meia hora seguinte, Lexie e Jeremy repassaram os acontecimentos da festa. Estava muito escuro para ele decifrar o rosto dela, mas gostava de sentir a proximidade na escuridão envolvente.

Mudando o assunto da conversa, ele disse:

– Conte sobre quando viu as luzes. Já ouvi a história de todo mundo.

Embora sua expressão não passasse de sombras, Jeremy teve a impressão de que ela estava sendo puxada de volta no tempo, para um acontecimento que não tinha certeza de que queria relembrar.

– Eu tinha oito anos – falou, com voz suave. – Por algum motivo, comecei a ter pesadelos com meus pais. Doris tinha uma foto do casamento deles na parede, e eles sempre apareciam assim nos meus sonhos: minha mãe vestida de noiva e meu pai de smoking. Só que dessa vez eles ficaram presos no carro antes de cair no rio. Era como se olhasse para eles de fora do carro, e dava para ver o pânico e o medo no rosto dos dois conforme a água enchia o veículo. E minha mãe tinha uma expressão muito triste no rosto, como se soubesse que era o fim, e de repente o carro começava a afundar mais rápido, e eu ficava olhando de cima, vendo-o descer.

Sua voz estava estranhamente desprovida de emoção, e ela suspirou.

– Eu acordava gritando. Nem sei quantas vezes aconteceu... agora fica tudo borrado em uma única e grande lembrança, mas deve ter durado tempo o bastante para Doris perceber que não se tratava apenas de uma fase. Suponho que outros pais teriam levado seu filho a um terapeuta, mas Doris... bem, ela apenas me acordou tarde da noite e disse para eu me vestir e pegar uma jaqueta quente. Quando vi, ela havia me trazido para cá. Disse que ia me mostrar algo maravilhoso... Eu me lembro que era uma noite como a de hoje, então Doris pegou minha mão para que eu não tropeçasse. Desviamos dos túmulos e ficamos sentadas um tempo, até as luzes aparecerem. Pareciam quase vivas. Tudo ficou muito brilhante... até que desapareceram. Então voltamos para casa.

Jeremy quase conseguiu ouvir Lexie dar de ombros.

– Mesmo sendo nova, entendi o que havia acontecido e, quando voltamos para casa, não consegui dormir, porque tinha acabado de ver os fantasmas dos meus pais. Era como se tivessem vindo me visitar. Depois disso, parei de ter pesadelos.

Jeremy ficou em silêncio.

Ela se aproximou.

– Acredita em mim?

– Sim. Acredito. Sua história, entre as que ouvi hoje, seria aquela da qual me lembraria, mesmo se não conhecesse você.

– Bem, só para avisar, preferia que minha experiência não fosse parar em seu artigo.

– Tem certeza? Pode ficar famosa.

– Dispenso. Estou testemunhando em primeira mão como um pouco de fama pode arruinar uma pessoa.

Ele riu.

– Já que estamos conversando *em off*, posso perguntar se essas lembranças são parte do motivo de ter concordado em vir comigo hoje à noite? Ou foi porque queria desfrutar de minha brilhante companhia?

– Bem, sem dúvida não foi o último motivo citado – disse ela, mas sabia que estava mentindo. Achou que ele também tinha percebido, mas, na breve pausa após sua observação, sentiu que suas palavras o haviam atingido. – Desculpe.

– Tudo bem – falou ele, desconsiderando. – Lembre-se de que cresci com cinco irmãos mais velhos. Insultos eram obrigatórios em uma família como a nossa, então estou acostumado.

Ela endireitou as costas.

– Certo, respondendo à sua pergunta... talvez eu quisesse ver as luzes de novo. Para mim, sempre foram uma fonte de conforto.

Jeremy pegou um graveto do chão e o jogou de lado.

– Sua avó foi muito esperta. Por fazer o que fez, quero dizer...

– Ela é muito esperta.

– Admito meu erro – disse ele, e, nesse mesmo momento, Lexie se mexeu ao seu lado, como se estivesse se esticando para ver ao longe.

– Acho que é bom ligar o equipamento – falou.

– Por quê?

– Porque elas estão vindo. Não sente?

Ele estava prestes a fazer um comentário sobre ser "à prova de fantasmas" quando se deu conta de que conseguia ver não apenas Lexie, mas as câmeras. E também, percebeu, o caminho até o carro. *Estava* mesmo ficando mais claro, não estava?

– Ei – insistiu ela. – Está perdendo uma grande chance aqui.

Ele estreitou os olhos, tentando se certificar de que estavam lhe pregando uma peça, depois apontou o controle remoto para as três câmeras. Ao longe, as luzes vermelhas acenderam. Ainda assim, era tudo o que podia fazer para processar o fato de que algo realmente parecia estar acontecendo.

Olhou em volta, procurando carros ou casas iluminadas, e, quando voltou a olhar para as câmeras, concluiu que não estava vendo coisas. Não só as câmeras estavam visíveis, mas ele podia ver também o detector eletromagnético no centro do triângulo. Pegou os óculos de visão noturna.

– Não vai precisar disso – comentou Lexie.

Ele os colocou mesmo assim, e o mundo passou a ter um brilho esverdeado e fosforescente. Quando a luz aumentou de intensidade, o nevoeiro começou a girar e se distorcer, assumindo diferentes formas.

Ele olhou no relógio: eram 23:44:10, e anotou para se lembrar. Ficou se perguntando se a lua havia se elevado de maneira repentina – duvidava, mas verificaria a fase quando voltasse para o seu quarto no Greenleaf.

Mas esses eram pensamentos secundários. O nevoeiro, como Lexie havia previsto, continuava a clarear, e ele baixou os óculos por um minuto, notando a diferença entre as imagens. Ainda estava ficando mais claro, mas a mudança parecia mais significativa com os óculos. Ele mal podia esperar para comparar as imagens gravadas lado a lado. Mas no momento, tudo o que podia fazer era ficar olhando para a frente, dessa vez sem os óculos.

Prendendo a respiração, observou o nevoeiro se tornar cada vez mais prateado, até virar um amarelo claro, depois um branco opaco e, por fim, um brilho quase ofuscante. Por um instante, apenas por um instante, quase todo o cemitério ficou visível – como um campo de futebol iluminado antes do grande jogo – e porções da luz enevoada começaram a revolver formando um pequeno círculo antes de se espalharem de repente, como uma estrela explosiva. Por um momento, Jeremy imaginou ter visto formas de pessoas ou coisas, mas logo a luz começou a recuar, como se estivesse sendo puxada por um fio de volta para o centro. Antes que pudesse se dar conta, as luzes haviam desaparecido e o cemitério tinha ficado escuro outra vez.

Ele piscou, como se precisasse se certificar de que aquilo havia de fato acontecido, depois voltou a olhar para o relógio. Tudo tinha ocorrido em 22 segundos, do início ao fim. Embora soubesse que deveria se levantar para verificar o equipamento, houve um breve instante em que só conseguiu ficar olhando para o lugar onde os fantasmas de Cedar Creek haviam feito sua aparição.

Fraude, erros honestos e coincidência eram as explicações mais comuns para eventos considerados sobrenaturais, e até então todas as investigações de Jeremy haviam recaído em uma dessas três categorias. A primeira tendia a prevalecer em situações nas quais havia alguma chance de lucro. William Newell, por exemplo, que alegou ter encontrado os restos mortais petrificados de um gigante em sua fazenda em Nova York, em 1869, uma estátua conhecida como Gigante de Cardiff, se enquadrava nessa categoria. Timothy Clausen, o guia espiritual, era outro exemplo.

Mas a fraude também abrangia aqueles que queriam apenas ver quantas pessoas eram capazes de enganar, não por dinheiro, mas só para ver se era possível. Doug Bower e Dave Chorley, fazendeiros ingleses que criaram o fenômeno conhecido como "círculos nas plantações", foram exemplo disso; o cirurgião que fotografou o Monstro do Lago Ness, em 1933, foi outro. Em ambos os casos, a farsa foi originalmente executada como uma "pegadinha", mas o interesse do público aumentou tão depressa que se tornou difícil confessar.

Erros honestos, por outro lado, eram só isso mesmo. Um balão meteorológico é confundido com um disco voador, um urso é confundido com o Pé Grande, uma descoberta arqueológica que, por fim, foi levada para sua localização atual centenas ou milhares de anos depois da sedimentação original. Em casos como esses, as testemunhas veem algo, mas a mente extrapola a visão e se transforma em algo bem diferente.

A coincidência englobava quase todo o resto e não passava de uma função de probabilidade matemática. Por mais improvável que um acontecimento possa parecer, contanto que seja teoricamente possível, é muito provável que aconteça em algum momento, em algum lugar, com alguém. Considere, por exemplo, o romance *Futilidade*, de Morgan Robertson, publicado em 1898 – catorze anos antes do *Titanic* –, que contava a história do enorme e majestoso navio de passageiros que saiu de Southampton em sua primeira viagem e foi partido ao meio por um iceberg e cujos passageiros ricos e famosos foram, em sua maioria, condenados no gelado oceano Atlântico devido à falta de barcos salva-vidas. Por ironia, o nome do navio era *Titan*.

Mas o que aconteceu aqui não se enquadra muito bem em nenhuma daquelas categorias. Para Jeremy, as luzes não pareciam fraude, nem coincidência, e ainda assim não se tratava de um erro honesto. Havia uma explicação em algum lugar, mas, sentado no cemitério no calor do momento, não tinha ideia do que podia ser.

Durante todo o acontecimento, Lexie havia permanecido sentada e não disse uma palavra.

– Bem? – perguntou ela por fim. – O que acha?

– Ainda não sei – admitiu Jeremy. – Eu vi uma coisa, isso é certo.

– Já viu algo parecido?

– Não. Na verdade, é a primeira vez que vejo algo que, mesmo remotamente, me parece misterioso.

– É incrível, não é? – disse ela com voz suave. – Já tinha quase me esquecido de como era bonito. Já ouvi falar de aurora boreal e me perguntei várias vezes se seria parecida com isso.

Jeremy não respondeu. Na cabeça, recriou as luzes, pensando que o modo como cresciam em intensidade fazia com que se lembrasse de faróis de carros ao fazer uma curva. Deviam ser causadas por algum tipo de veículo em movimento, pensou. Olhou na direção da estrada, esperando algum carro passar, mas não ficou totalmente surpreso com a ausência deles.

Lexie o deixou sentado em silêncio por um minuto e quase conseguiu ver as engrenagens girando. Por fim, inclinou-se para a frente e o cutucou com o braço para recuperar sua atenção.

– E então? – perguntou. – O que faremos agora?

Jeremy balançou a cabeça, voltando a olhar para ela.

– Tem alguma rodovia por aqui? Ou alguma outra estrada grande?

– Só aquela que você usou para vir, que passa pela cidade.

– Hum – murmurou ele, franzindo a testa.

– O que foi? Nada de "ah" dessa vez?

– Ainda não. Mas estou quase lá. – Apesar da escuridão total, ele achou que podia vê-la sorrindo. – Por que tenho a impressão de que você já sabe o que está causando as luzes?

– Eu não sei – disse ela, fingindo modéstia. – Por quê? Você sabe?

– É só uma impressão que tive. Sou bom em decifrar pessoas. Um cara chamado Clausen me contou seus segredos.

Ela riu.

– Bem, então você já sabe o que eu penso.

Ela deu a ele um instante para descobrir e se aproximou. Seus olhos eram misteriosamente sedutores e, embora a cabeça dele devesse estar em outro lugar, mais uma vez teve um vislumbre de uma imagem dela na festa, de como estava linda.

– Não se lembra da minha história? – sussurrou ela. – Eram meus pais. Provavelmente queriam conhecer você.

Talvez tenha sido o tom de órfã que usou quando ao dizer isso – ao mesmo tempo triste e resiliente –, mas um pequeno nó se formou em sua garganta, e ele teve que se esforçar para não pegá-la nos braços naquele instante, na esperança de mantê-la por perto para sempre.

Meia hora depois, após guardar o equipamento, chegaram à casa dela.

Nenhum dos dois falou muito no caminho e, quando chegaram à porta, Jeremy se deu conta de que, enquanto dirigia, havia passado muito mais tempo pensando em Lexie do que nas luzes. Não queria que a noite terminasse. Ainda não.

Hesitante na frente da porta, Lexie levou a mão à boca, bocejando e soltando uma risada constrangida.

– Desculpe por isso – falou. – Não costumo ficar acordada até essa hora.

– Não tem problema – disse ele, encarando-a. – Eu me diverti muito esta noite.

– Eu também – respondeu ela com sinceridade.

Jeremy deu um pequeno passo à frente e, quando ela percebeu que ele estava tentando beijá-la, fingiu mexer em algo no casaco.

– Acho que podemos encerrar a noite, então – sugeriu, esperando que ele captasse a indireta.

– Tem certeza? – perguntou ele. – Podíamos assistir às fitas aqui se você quiser. Talvez você pudesse me ajudar a entender o que as luzes são de verdade.

Ela desviou os olhos, com uma expressão melancólica.

– Por favor, não estrague tudo – sussurrou ela.

– Estragar o quê?

– Isso... tudo... – Ela fechou os olhos, tentando reunir os pensamentos. – Nós dois sabemos por que você quer entrar, mas, mesmo se eu quisesse, não deixaria. Então, por favor, não peça.

– Eu fiz algo errado?

– Não. Você não fez nada errado. Eu tive um dia ótimo, maravilhoso. Na verdade, foi o melhor dia que tive em um bom tempo.

– Então qual é o problema?

– Você está de marcação cerrada desde que chegou aqui, e nós sabemos o que vai acontecer se eu deixar você entrar por aquela porta. Mas depois você vai embora. E, quando for, eu ficarei magoada. Então para que começar uma coisa que não tem intenção de terminar?

Se fosse com outra pessoa, ele teria dito algo irreverente ou mudado de assunto até descobrir outro modo de entrar. Mas, ao olhar para ela na varanda, não conseguiu formar as palavras. E, o que era mais estranho, nem teve vontade.

– Você tem razão – admitiu, forçando um sorriso. – Vamos encerrar a noite. É melhor mesmo eu tentar descobrir de onde vêm essas luzes.

Por um instante, ela duvidou que tivesse escutado direito, mas, quando ele deu um pequeno passo para trás, olhou nos olhos dele.

– Obrigada.

– Boa noite, Lexie.

Ela acenou com a cabeça e, depois de uma pausa, virou-se para a porta. Jeremy considerou como uma deixa para que saísse, e desceu da varanda enquanto Lexie tirava as chaves do bolso da jaqueta. Ela estava colocando a chave na porta quando ouviu a voz dele vindo de trás.

– Ei, Lexie?

No nevoeiro, ele não passava de um borrão.

– Sim?

– Sei que pode não acreditar, mas a última coisa que quero é magoar você ou fazer qualquer outra coisa para que se arrependa de ter me conhecido.

Embora tenha dado um breve sorriso ao ouvir seu comentário, ela se virou sem dizer nada. A falta de resposta valia por mil palavras e, pela primeira vez na vida, Jeremy não ficou apenas decepcionado consigo mesmo, mas de repente desejou ser uma pessoa completamente diferente.

11

Os pássaros gorjeavam, o nevoeiro começava a diminuir e um guaxinim corria pela varanda do bangalô quando o celular de Jeremy tocou. A luz cinzenta do início da manhã passava pelas cortinas rasgadas, batendo em seus olhos como o soco de um pugilista.

Uma rápida olhada no relógio revelou que eram oito horas, cedo demais para falar com quem quer que fosse, especialmente depois de passar a noite acordado. Estava ficando velho para noites como aquela e encolheu-se antes de buscar o telefone, tateando.

– É melhor que seja importante – resmungou.

– Jeremy? É você? Onde esteve? Por que não ligou? Estava tentando encontrá-lo!

Nate, reconheceu Jeremy, voltando a fechar os olhos. Meu Deus, Nate.

Enquanto isso, Nate continuava a falar. Ele devia ser um parente distante do prefeito. Ponha os dois em um quarto, conecte-os a um gerador enquanto conversam e serão capazes de fornecer energia ao Brooklyn por um mês.

– Você disse que manteria contato!

Jeremy se esforçou para se sentar na beira da cama, apesar de seu corpo estar dolorido.

– Desculpe, Nate. Andei ocupado e o sinal não é muito bom aqui.

– Tem que me manter informado! Tentei ligar para você ontem o dia inteiro, mas só caía na caixa postal. Não imagina o que está acontecendo. Há produtores de todos os lados atrás de mim, com ideias que você pode querer discutir. E as coisas realmente estão andando. Um deles sugeriu que faça uma reportagem sobre essas dietas de proteína. Sabe, aquelas que dizem que dá para comer quanto bacon e bife quiser e ainda perder peso.

Jeremy balançou a cabeça, tentando acompanhar.

– Espere! O que está dizendo? Quem quer que eu fale sobre qual dieta?

– O *Good Morning America*. De quem achou que eu estava falando? Eu disse que retornaria a ligação, claro, mas achei que se daria bem nisso.

Nate às vezes fazia a cabeça de Jeremy doer, e ele esfregou a testa.

– Não estou interessado em falar sobre novas dietas, Nate. Sou um jornalista científico, não a Oprah.

– Então dê sua cara à reportagem. É o que você faz, certo? E dietas têm algo a ver com química e ciência. Estou certo ou estou certo? Droga, sabe que estou certo, e você me conhece. Quando estou certo, estou certo. Além disso, estou apenas dando algumas ideias...

– Vi as luzes – interrompeu Jeremy.

– Quer dizer, se tem algo melhor, podemos conversar. Mas estou por conta própria aqui, e essa coisa da dieta pode ser um jeito de...

– Vi as luzes – repetiu Jeremy, levantando a voz.

Desta vez Nate o escutou.

– Quer dizer as luzes do cemitério? – perguntou.

Jeremy continuou esfregando as têmporas.

– Sim, essas mesmo.

– Quando? Por que não me ligou? Isso me dá alguma coisa para trabalhar. Ah, *por favor*, diga que filmou.

– Filmei, mas ainda não vi as fitas, então não sei como ficou.

– Então as luzes são reais?

– São. Mas acho que também descobri de onde elas vêm.

– Então não são reais...

– Escute, Nate, estou cansado, então ouça por um segundo, está bem? Fui ao cemitério na noite passada e vi as luzes. E, para ser sincero, pelo modo como aparecem, entendo por que algumas pessoas acreditam que sejam fantasmas. Há uma lenda muito interessante vinculada a elas, e a cidade tem até uma excursão planejada para o fim de semana para ganhar dinheiro em cima disso. Mas, depois de deixar o cemitério, fui procurar pela fonte das luzes e tenho certeza de que encontrei. Tudo que preciso fazer é entender como e por que acontece, mas também tenho alguns palpites sobre isso e, se tudo der certo, descobrirei até o fim do dia.

Nate, por um raro momento, não tinha nada a dizer. Como o profissional treinado que era, entretanto, recuperou-se depressa.

– Tudo bem, tudo bem, só me dê um momento para decidir a melhor forma de usar isso. Estou pensando no pessoal da televisão...

Em quem mais estaria pensando?, perguntou-se Jeremy.

– Tudo bem, que tal isto? – continuou Nate. – Abrimos com a lenda, meio que criando o clima. Cemitério enevoado, close em alguns túmulos, talvez uma tomada rápida de um corvo parecendo agourento, você narrando em *off*.

O homem era o mestre dos clichês hollywoodianos, e Jeremy olhou mais uma vez para o relógio, pensando que era cedo demais para isso.

– Estou cansado, Nate. Que tal o seguinte: pense a respeito e me conte mais tarde, tudo bem?

– Sim, sim. Posso fazer isso. É para isso que estou aqui, certo? Facilitar sua vida. Ei, acha que devo ligar para o Alvin?

– Ainda não tenho certeza. Deixe-me ver as fitas primeiro, depois converso com Alvin e vejo o que ele acha.

– Certo – respondeu Nate, aumentando o tom da voz com o entusiasmo. – Bom plano, boa ideia! E são ótimas notícias! Uma autêntica história de fantasmas! Eles vão adorar! Eu disse que estavam empolgados com essa história, não disse? Acredite, falei para eles que você a conseguiria e que não teria interesse em falar sobre a última dieta da moda. Mas agora que temos uma moeda de troca, vão ficar loucos. Mal posso esperar para contar a eles, e... ei, ligo para você em algumas horas, então certifique-se de que seu telefone estará ligado. As coisas podem estar rolando rápido...

– Tchau, Nate. Falo com você mais tarde.

Jeremy voltou para a cama e cobriu a cabeça com o travesseiro, mas vendo que era impossível voltar a dormir, soltou um gemido, se levantou e foi ao banheiro, fazendo o máximo para ignorar os bichos empalhados que pareciam observar cada movimento seu. Ainda assim, estava se acostumando com eles e, enquanto tirava a roupa, pendurou a toalha na pata de um texugo, pensando que poderia aproveitar a conveniente pose do animal.

Entrando no chuveiro, abriu o registro o máximo possível e ficou debaixo do único filete de água por vinte minutos, até sua pele ficar enrugada. Só então começou a sentir-se vivo novamente. Dormir menos de duas horas fazia aquilo com as pessoas.

Depois de vestir o jeans, pegou as fitas e foi para o carro. A névoa pairava sobre a estrada como gelo seco no palco de um show de rock, e o céu tinha o mesmo tom feio do dia anterior, fazendo-o suspeitar de que as luzes voltariam a aparecer à noite, o que não só era bom sinal para os turistas que viriam para o fim de semana, mas também significava que devia ligar para Alvin. Mesmo que as gravações estivessem boas, Alvin fazia mágica com a câmera, e capturaria imagens que, sem dúvida, fariam o dedo do Nate inchar de tanto fazer ligações.

O primeiro passo, entretanto, seria ver o que tinha conseguido filmar, mesmo que fosse só para verificar se filmou *alguma* coisa. Como esperado, não havia nenhum videocassete no Greenleaf, mas ele tinha visto um na sala de livros raros e, enquanto dirigia pela tranquila estrada que levava para a cidade, imaginou como Lexie reagiria quando ele chegasse lá. Voltaria a ser distante e profissional? Os bons sentimentos do dia que passaram juntos permaneceriam? Ou ela se lembraria apenas dos últimos momentos na varanda, quando ele forçou demais a barra? Não fazia ideia do que aconteceria, embora tivesse passado a maior parte da noite tentando adivinhar.

Tudo bem, havia achado a fonte das luzes. Como a maioria dos mistérios, não fora tão difícil de deduzir, sabendo o que deveria procurar, e uma rápida olhada em um site patrocinado pela NASA eliminou a única outra possibilidade. A lua não poderia ser a causa das luzes. Ela estava em sua fase nova, encoberta pela sombra da Terra, e ele tinha uma leve suspeita de que as luzes misteriosas só apareciam nesta fase em particular. Fazia sentido: sem luar, mesmo os mais sutis traços de luz ficariam muito mais claros, principalmente quando refletidos nas gotículas de água de um nevoeiro.

Mas, enquanto estava parado naquele ar frio com a resposta ao seu alcance, só conseguia pensar em Lexie. Parecia impossível que só a conhecesse havia dois dias. Não fazia sentido. É claro, Einstein afirmara que o tempo é relativo, e ele supunha que isso poderia ser uma explicação. Como era o velho ditado sobre a relatividade? Um minuto com uma bela mulher passa em um instante, e um minuto com a mão na boca do fogão dura uma eternidade? É, pensou, era isso. Ou quase isso.

Arrependeu-se mais uma vez de seu comportamento na varanda, desejando pela centésima vez que tivesse captado a deixa dela quando pensou em beijá-la. Ela expôs com clareza seus sentimentos e ele ignorou. O Jeremy normal já teria se esquecido de tudo aquilo, descartando o acontecido como um ato inconsequente. Por algum motivo, desta vez não estava sendo tão fácil assim.

Embora já tivesse participado de muitos encontros e não se transformado exatamente em um ermitão depois que Maria o deixara, quase nunca havia passado por essa coisa de ficar o dia inteiro falando com alguém. Em geral, era apenas um jantar, ou sair para beber, e conversa suficiente para perder as inibições antes da parte boa. Parte dele sabia que já era tempo de crescer no que dizia respeito aos relacionamentos, talvez até tentar se acalmar e levar o tipo de vida de seus irmãos. Eles e suas esposas, é claro, concordariam. Compartilhavam da opinião unânime de que ele deveria conhecer melhor uma mulher antes de tentar dormir com ela, e um deles chegou a armar um encontro com uma vizinha divorciada que pensava da mesma forma. Ela, é claro, recusou um segundo encontro, em grande parte por conta de seus avanços no primeiro. Nos últimos anos, parecia mais fácil não conhecer bem as mulheres para mantê-las no domínio dos eternos estranhos, onde ainda podiam projetar nele esperança e potencial.

E esse era o problema. Não havia esperança, nem potencial. Pelo menos, não para o tipo de vida em que acreditavam seus irmãos e cunhadas, ou até mesmo, ele suspeitava, para o que Lexie desejava. Ter se divorciado de Maria provava isso. Lexie era uma garota de cidade pequena, com sonhos de cidade pequena, e não seria o bastante ser fiel e responsável e ter coisas em comum. A maioria das mulheres queria algo mais, um estilo de vida que não seria capaz de dar a elas. Não porque não quisesse, nem porque adorasse a vida de solteiro, mas simplesmente porque era impossível. A ciência podia responder a muitas perguntas, resolver muitos problemas, mas não conseguia mudar esta realidade em especial. E a realidade era que Maria o deixara porque ele não era, nem poderia ser, o tipo de marido que ela queria.

É claro que ele não admitiria essa verdade dolorosa para ninguém. Nem para seus irmãos, nem para seus pais, nem para Lexie. E, em geral, mesmo nos momentos mais solitários, nem para si mesmo.

Apesar de a biblioteca já estar aberta quando Jeremy chegou, Lexie ainda não estava lá, e ele sentiu uma ponta de decepção ao abrir a porta do escritório e encontrá-lo vazio. No entanto, ela havia passado lá mais cedo: a sala de livros raros estava destrancada e, quando acendeu a luz, ele viu um bilhete na mesa, junto dos mapas topográficos que havia mencionado.

Estou resolvendo alguns problemas pessoais. Sinta-se à vontade para usar o videocassete.
Lexie

Nenhuma menção sobre o dia ou a noite anterior, nem quanto a querer vê-lo de novo. Nem mesmo um sinal de afeto acima da assinatura. Não era exatamente frio como bilhetes costumam ser, mas também não era caloroso.

Talvez ele estivesse vendo coisas de mais. Ela talvez estivesse com pressa hoje, ou havia escrito pouco porque planejava voltar logo. Disse que era pessoal e, em se tratando de mulheres, isso poderia significar qualquer coisa, de uma consulta médica até comprar um presente de aniversário para uma amiga. Não tinha como adivinhar.

Além disso, ele tinha trabalho a fazer. Nate o aguardava e sua carreira estava em jogo. Jeremy obrigou-se a se concentrar em encontrar o fim da história.

Os gravadores de áudio não captaram nenhum som incomum, e os detectores de micro-ondas e de campo eletromagnético não registraram a menor variação de energia. As fitas, contudo, captaram tudo que vira na noite anterior, e ele assistiu às imagens meia dúzia de vezes, de todos os ângulos. As câmeras com capacidade especial de filtrar a luz mostraram a névoa brilhante com nitidez. Embora as gravações fossem boas o bastante para ilustrar sua coluna, estavam longe da qualidade exigida pela televisão. Quando vistas em tempo real, tinham um ar de vídeo caseiro, que lembrava as filmagens malfeitas usadas como provas de outros eventos sobrenaturais. Ele anotou que deveria comprar uma câmera melhor, independentemente de quanto seu editor pudesse reclamar.

Mas mesmo que as gravações não tivessem a qualidade que esperava, ao observar a forma como as luzes mudaram durante os 22 segundos em que permaneceram visíveis, ele teve certeza de que de fato encontrara a resposta. Ejetou as fitas, examinou os mapas topográficos e calculou a distância de Riker's Hill até o rio. Comparou as fotografias que tirou do cemitério a fotos encontradas em livros sobre a história da cidade e chegou ao que presumia ser uma estimativa bem precisa sobre o grau de afundamento do cemitério. Embora não tivesse conseguido achar mais nenhuma informação sobre a lenda de Hettie Doubilet – os registros do período não traziam nada sobre esse assunto –, ligou para o departamento de águas do estado para falar sobre a reserva subterrânea naquela região e para o departamento de minas, que tinha informação sobre as escavações feitas no início do século. Depois disso, jogou algumas palavras em uma ferramenta de busca na internet para encontrar as escalas de horários de que precisava e, por fim, após esperar por dez minutos, conversou com um tal Sr. Larsen, da fábrica de papel, que se mostrou disposto a ajudar como pudesse.

E, assim, todas as peças haviam enfim se juntado de uma forma que ele conseguiria usar para provar sua teoria.

A verdade sempre esteve diante de todos. Como acontece com a maioria dos mistérios, a solução era simples e fez com que imaginasse como ninguém havia percebido antes. A não ser, é claro, que alguém tenha percebido, o que abria um novo ângulo para a história.

Nate sem dúvida ficaria entusiasmado, mas, apesar do sucesso naquela manhã, Jeremy não se sentia muito realizado. Em vez disso, tudo que passava pela sua cabeça era que Lexie não estava por perto para parabenizá-lo ou provocá-lo. Sinceramente, não se importava com a reação dela, desde que estivesse aqui, e se levantou para olhar mais uma vez sua sala.

Parecia igual a como estava no dia anterior. Documentos ainda empilhados na mesa, livros espalhados a esmo e o protetor de tela do computador rabiscava e apagava desenhos coloridos. A secretária eletrônica, piscando para avisar que havia mensagens, ficava ao lado de um vaso de planta.

Ainda assim, não conseguia afastar a sensação de que, sem Lexie, pouco importava se a sala estivesse completamente vazia.

12

❧

– Meu amigo! – Alvin gritou ao telefone. – A vida está sendo boa para você aí no sul?

Apesar da estática no celular de Jeremy, Alvin parecia extraordinariamente animado.

– Estou bem. Liguei para ver se você ainda gostaria de vir até aqui para me ajudar.

– Já estou separando o equipamento – respondeu o outro, parecendo meio sem fôlego. – Nate me ligou há mais ou menos uma hora e me contou. Vou encontrar você no Greenleaf hoje à noite. Nate fez a reserva. Mas, de qualquer modo, meu voo sai em algumas horas. E, acredite, mal posso esperar. Mais uns dias nesta coisa e eu ia enlouquecer.

– Do que está falando?

– Não está lendo os jornais nem assistindo ao noticiário?

– É claro. Ainda falta uma edição do *Boone Creek Weekly*.

– Hein?

– Deixe para lá – disse Jeremy. – Não é importante.

– Bem, está tendo uma nevasca horrível desde que você viajou – informou-lhe Alvin. – Do nível do Polo Norte, onde nem mesmo o nariz do Rudolph pode ajudar. Manhattan está praticamente enterrada. Você saiu daqui bem na hora. Desde que viajou, é o primeiro dia que os voos voltaram mais ou menos ao normal. Tive que mexer alguns pauzinhos para conseguir uma passagem. Como pode não saber disso?

Enquanto Alvin explicava, Jeremy digitava no computador, acessando o site de previsão do tempo na internet. No mapa nacional, a região nordeste era um cobertor branco.

Quem poderia imaginar?

– Acho que estive ocupado demais.

– Acho que esteve se escondendo, isso sim – disse Alvin. – Mas espero que ela valha a pena.

– Do que está falando?

– Nem tente disfarçar. Somos amigos, lembra? Nate estava em pânico porque não conseguia encontrá-lo, você não anda lendo os jornais nem assistindo ao noticiário. Nós dois sabemos o que isso significa. Sempre fica assim quando conhece alguém.

– Escute, Alvin...

– Ela é bonita? Aposto que é linda, não é? Você sempre se dá bem. Isso me irrita.

Jeremy hesitou antes de responder, mas por fim cedeu. Se Alvin estava indo para lá, iria mesmo descobrir em breve.

– Sim, ela é bonita. Mas não é nada do que você está pensando. Somos apenas amigos.

– Ah, é claro – concordou Alvin, rindo. – A sua definição de amizade é um pouco diferente da minha.

– Não dessa vez – disse Jeremy.

– Ela tem irmã? – perguntou Alvin, ignorando o comentário.

– Não.

– Mas tem amigas, certo? E lembre-se de que não estou interessado na amiga feia...

Jeremy sentiu sua dor de cabeça piorando e, com um quê de irritação na voz, disse:

– Não estou com paciência para isso, está bem?

Alvin ficou quieto do outro lado da linha.

– Ei, o que está acontecendo? – perguntou. – Só estou brincando.

– Algumas das suas piadas não são nada engraçadas.

– Você gosta dela, não é? Gosta muito.

– Já falei que somos apenas amigos.

– Não acredito. Você está se apaixonando.

– Não.

– Ei, cara. Conheço você, então nem tente negar. E acho ótimo. Estranho, mas ótimo. Infelizmente, vou ter que desligar se quiser pegar meu avião. O trânsito está terrível, como pode imaginar. Mal posso esperar para ver a mulher que enfim o domou.

– Ela não me domou – protestou Jeremy. – Por que não me escuta?

– Escuto, sim. Acontece que também escuto o que você não está dizendo.

– Ah, não importa. Quando você chega?

– Acho que umas sete horas. Vejo você mais tarde. E, por sinal, diga *oi* a ela por mim. Diga que estou morrendo de vontade de conhecê-la... *e* de conhecer a amiga dela...

Jeremy desligou antes que Alvin tivesse a chance de terminar e, como se quisesse enfatizar seu argumento, enfiou o telefone de volta no bolso.

Era por isso que mantinha o telefone desligado. Deve ter sido uma decisão subconsciente, baseada no fato de que seus dois amigos tendiam a ser irritantes às vezes. Primeiro Nate, o Coelho da Duracell, e sua busca interminável pela fama. E agora isso.

Alvin não tinha a mínima ideia do que estava falando. Eles podiam ser amigos, podiam ter passado muitas sextas-feiras tomando cerveja e olhando para as mulheres, podiam até ter passado horas tendo conversas profundas sobre a vida, e Alvin podia até acreditar que estava certo. Mas não estava, simplesmente porque não podia estar.

Os fatos, afinal, falavam por si. Para começar, Jeremy não amava uma mulher havia anos e, embora muito tempo tivesse se passado, ele ainda conseguia se lembrar do que sentira na época. Tinha certeza de que reconheceria o sentimento e, para ser sincero, não o reconhecia. E por ter acabado de conhecer a mulher, toda a ideia parecia absurda. Nem mesmo sua mãe italiana, extremamente emotiva, acreditava que o amor verdadeiro pudesse surgir da noite para o dia. Como seus irmãos e cunhadas, ela também desejava que ele se casasse e formasse uma família, mas, se aparecesse na porta da casa dela dizendo que conhecera alguém havia dois dias e sabia que era a mulher certa, a mãe bateria nele com uma vassoura, xingaria em italiano, e o arrastaria para a igreja, certa de que ele havia cometido pecados graves que precisavam ser confessados.

Sua mãe conhecia os homens. Tinha se casado com um, criado seis meninos, e podia dizer que já vira de tudo. Sabia muito bem como os homens tendiam a pensar quando se tratava de mulheres, e embora contasse com o bom senso, e não com a ciência, era totalmente precisa no julgamento de que era impossível o amor surgir em apenas alguns dias. O amor podia ser *ativado* depressa, mas o verdadeiro amor precisava de tempo para se transformar em algo forte e permanente. Ele era, acima de tudo, baseado no comprometimento, na dedicação e na crença de que passar anos com uma pessoa criaria algo maior que a soma do que os dois poderiam conquistar separados. Apenas o tempo, no entanto, podia mostrar se a escolha fora acertada.

O desejo, por sua vez, podia surgir quase instantaneamente, e por isso sua mãe teria batido nele. Para ela, a descrição do desejo era simples: duas pessoas veem que são compatíveis, a atração cresce, e o instinto ancestral de preservar a espécie se manifesta. Tudo isso significava que, enquanto o desejo era uma possibilidade, ele não podia *amar* Lexie.

Então era isso. Caso encerrado. Alvin estava errado, Jeremy estava certo e, mais uma vez, a verdade havia sido revelada.

Ele sorriu com satisfação por um instante, até que começou a franzir a testa.

Mas ainda assim...

Bem, acontece que também não parecia desejo. Pelo menos não naquela manhã. Porque, ainda mais do que querer abraçá-la ou beijá-la, ele ansiava apenas por vê-la outra vez. Por passar um tempo com ela. Conversar com ela. Queria vê-la revirando os olhos quando ele dissesse algo ridículo, queria sentir a mão dela sobre seu braço como no dia anterior. Queria observá-la prendendo, com nervosismo, mechas de cabelo atrás da orelha enquanto lhe contava sobre sua infância. Queria perguntar a ela sobre seus sonhos e esperanças para o futuro, conhecer seus segredos.

Mas essa não era a parte estranha. A parte estranha era não conseguir perceber uma motivação oculta em seus impulsos. Certo, não se recusaria se ela quisesse dormir com ele, mas, mesmo que não acontecesse, interagir com ela seria suficiente.

No fundo, lhe faltava apenas uma motivação oculta. Já tinha tomado a decisão de nunca mais colocar Lexie na posição em que a pusera na noite anterior. Ela fora muito corajosa, ele achou, ao dizer o que dissera. Mais corajosa do que ele. Afinal, nos dois dias desde que se conheceram, ele nem havia conseguido dizer a ela que já fora casado.

Mas, se não podia ser amor, e não parecia ser desejo, o que era? Carinho? Ele *gostava* dela? Claro que sim, mas essa palavra também não parecia abranger direito o que sentia. Era um tanto... vaga e pouco profunda. As pessoas *gostavam* de sorvete. As pessoas *gostavam* de assistir à televisão. Não significava nada, e não chegava perto de explicar por que, pela primeira vez, ele sentia o ímpeto de contar a alguém sobre seu divórcio. Seus irmãos não sabiam a verdade, nem seus pais. Mas, por algum motivo, não conseguia tirar da cabeça o desejo de que Lexie soubesse. E, no momento, ele não sabia onde ela estava.

Dois minutos mais tarde, o telefone de Jeremy tocou e ele reconheceu o número na tela. Embora não estivesse com vontade, sabia que precisava atender, ou Nate teria um derrame.

– Alô? O que está acontecendo?

– Jeremy! – gritou Nate. Com a estática, Jeremy mal podia ouvi-lo. – Boas-novas! Você não vai acreditar em como andei ocupado. Está uma coisa de louco! Você tem uma teleconferência com a ABC às duas da tarde!

– Ótimo.

– Espere. Não consigo ouvir você. O sinal está péssimo.

– Desculpe...

– Jeremy! Ainda está aí? A ligação está cortando!

– Sim, Nate, estou aqui...

– Jeremy? – berrou Nate, sem ouvir sua resposta. – Ei, se ainda estiver me ouvindo, precisa ir a um telefone público e me ligar. Às duas da tarde! Sua carreira depende disso! Todo o seu futuro depende disso!

– Sim, entendi.

– Ah, isso é ridículo – falou Nate, praticamente sozinho. – Não consigo escutar uma palavra do que está dizendo. Aperte algum botão se estiver me ouvindo.

Jeremy pressionou o 6.

– Ótimo! Fantástico! Duas da tarde! E seja você mesmo! Exceto pela parte sarcástica. Essas pessoas parecem meio tensas...

Jeremy desligou o telefone, imaginando quanto tempo Nate levaria para perceber que ele não estava mais na linha.

Jeremy esperou. Depois esperou mais um pouco.

Ficou andando pela biblioteca, passou pela sala de Lexie, olhou pela janela procurando o carro dela, com uma crescente sensação de desconforto à medida que o tempo ia passando. Era apenas um pressentimento, mas a ausência dela durante a manhã não parecia normal. Contudo, ele fez o que pôde para se convencer do contrário. Disse a si mesmo que logo ela chegaria, e depois poderia rir dessa sensação estranha. Ainda assim, agora que tinha acabado a pesquisa – à exceção de encontrar possíveis relatos nos diários, que ainda não tinha terminado de ler –, não sabia ao certo o que fazer em seguida.

O Greenleaf estava descartado – ele não queria passar mais tempo lá do que precisava, embora estivesse começando a gostar dos ganchos para toalhas. Alvin só chegaria à noite, e a última coisa que queria era ficar vagando pela cidade, correndo o risco de ser abordado pelo prefeito Gherkin. Ele também não queria ficar o dia inteiro na biblioteca.

Realmente desejava que Lexie tivesse sido um pouco mais específica em seu bilhete sobre quando voltaria. Ou mesmo para onde fora. Ele não conseguiu entender o recado mesmo depois de ler pela terceira vez. A falta de detalhes teria sido algo involuntário ou proposital? Nenhuma das possibilidades fazia com que se sentisse melhor. Ele precisava sair dali; era difícil não pensar no pior.

Depois de juntar suas coisas, desceu as escadas e parou na recepção. A voluntária idosa estava enterrada em um livro. Diante dela, ele pigarreou. Quando ela levantou os olhos, ficou radiante.

– Olá, Sr. Marsh – cumprimentou. – Vi que chegou mais cedo, mas parecia preocupado, então não quis atrapalhar. Em que posso ajudar?

Jeremy arrumou as anotações debaixo do braço, tentando parecer o mais casual possível.

– Sabe onde está a Srta. Darnell? Recebi um recado dizendo que ela havia saído e gostaria de saber se ela avisou quando voltaria.

– Engraçado – disse a senhora. – Lexie estava aqui quando cheguei. – Ela verificou o calendário sobre a mesa. – Ela não tem nenhuma reunião marcada, e não estou vendo mais nenhum compromisso. Já olhou na sala dela? Talvez tenha se trancado lá dentro. Às vezes faz isso quando o trabalho começa a acumular.

– Já olhei – respondeu ele. – Saberia me dizer se ela tem celular?

– Não tem, disso eu tenho certeza. Ela me disse que, quando está por aí, a última coisa que deseja é que alguém a encontre.

– Bem... obrigado mesmo assim.

– Posso ajudar com alguma coisa?

– Não – respondeu ele. – Eu só precisava da ajuda dela para a minha reportagem.

– Sinto muito não poder ajudar.

– Não tem problema.

– Já pensou em procurar no Herbs? Ela pode estar ajudando Doris a preparar as coisas para o fim de semana. Ou talvez tenha ido para casa. Lexie é meio imprevisível. Aprendi a não me surpreender com nada que ela faz.

– Obrigado. Mas, se ela chegar, pode avisar que estou atrás dela?

Mais agitado do que nunca, Jeremy saiu da biblioteca.

Antes de ir para o Herbs, Jeremy passou pela casa de Lexie, notando as cortinas fechadas e o fato de o carro dela não estar lá. Embora não houvesse nada de errado com a cena, aquilo mais uma vez lhe pareceu, de certa forma, *errado,* e o desconforto que sentia só aumentou enquanto voltava para a cidade pela estrada.

O movimento matutino no Herbs já havia arrefecido, e o restaurante estava no período meio morto entre o café da manhã e o almoço, em que as mesas do turno anterior pasavam por uma faxina e as coisas estavam sendo preparadas para o turno seguinte. Havia quatro vezes mais funcionários do que clientes restantes, e ele levou apenas um minuto para ver que Lexie também não estava lá. Rachel limpava uma mesa e acenou com um pano quando o viu.

– Bom dia, querido – falou, se aproximando. – Está um pouco tarde, mas acho que podemos preparar um café da manhã se estiver com fome.

Jeremy pôs a chave do carro no bolso.

– Não, obrigado. Não estou com fome. Mas você sabe se Doris está por aqui? Queria falar com ela se não estiver ocupada.

– Voltou para falar com ela, é? – Ela sorriu e apontou para trás com a cabeça. – Ela está lá nos fundos. Vou dizer que você está aqui. E, por sinal, foi uma festança a de ontem. As pessoas ficaram falando a seu respeito a manhã toda, e o prefeito passou aqui para ver se você estava bem. Acho que ficou decepcionado por não encontrá-lo.

– Eu gostei muito.

– Quer um café ou um chá enquanto espera?

– Não, obrigado.

Rachel desapareceu nos fundos do restaurante e, um minuto depois, Doris veio secando as mãos no avental. Seu rosto estava sujo de massa, mas mesmo de longe dava para ver as bolsas sob seus olhos, e ela parecia se movimentar mais devagar do que de costume.

– Desculpe estar desse jeito – disse ela, apontando para si mesma. – Você me pegou na hora de misturar a massa. A festa de ontem à noite atrasou um pouco os preparativos para o fim de semana e vou ter que correr para dar conta antes da multidão aparecer amanhã.

Lembrando-se do que Lexie dissera, ele perguntou:

– Quantas pessoas estão esperando para o fim de semana?

– Quem vai saber? Normalmente algumas centenas vêm para o passeio, às vezes um pouco mais. O prefeito estava esperando cerca de mil este ano, mas é sempre um palpite no escuro prever quantos virão para o café da manhã e para o almoço.

– Se o prefeito estiver certo, vai ser um aumento e tanto este ano.

– Bem, não leve a estimativa dele ao pé da letra. Tom costuma ser otimista demais. Ele precisa criar uma sensação de urgência para que tudo fique pronto a tempo. Além disso, mesmo que não participe do passeio, o pessoal gosta de vir para o desfile do sábado. O Shriners vai estar passando com os carros por aqui, você sabe, e as crianças adoram ver essas coisas. E vai ter uma fazendinha para elas esse ano também, o que é novidade.

– Parece ótimo.

– Seria melhor se não fosse no meio do inverno. O Festival de Pamlico sempre atrai as maiores multidões, mas é em junho, e normalmente temos um desses parques de diversões itinerantes. Esses fins de semana podem ser ótimos ou péssimos para os negócios. Sem falar no estresse. São dez vezes o que estou passando agora.

Ele sorriu.

– A vida por aqui não para de me surpreender.

– Não tire conclusões precipitadas. Tenho uma estranha sensação de que você adoraria morar aqui.

Até parecia que ela o estava testando, e ele não soube como responder. Atrás deles, Rachel limpava uma mesa enquanto tagarelava com a cozinheira do outro lado do salão. As duas riam de alguma coisa que a outra dissera.

– Fico feliz por ter passado por aqui – disse Doris. – Lexie comentou que contou sobre o meu caderno. Ela me falou que é provável que você não tenha acreditado em uma palavra, mas pode dar uma olhada se quiser. Está na minha sala, lá nos fundos.

– Eu gostaria muito – falou Jeremy. – Ela me contou que você fez um belo registro.

– Fiz o possível. Não deve estar nos seus padrões, nunca achei que alguém fosse ler, além de mim.

– Tenho certeza de que ficarei surpreso. Mas, falando na Lexie, ela é parte do motivo de eu ter vindo aqui. Você a viu por aí? Não estava na biblioteca hoje.

Doris assentiu.

– Ela passou lá em casa hoje de manhã. Foi quando eu soube que deveria trazer o caderno. Ela me disse que vocês viram as luzes ontem à noite.

– Vimos.

– E?

– São incríveis, mas, como você disse, não eram fantasmas.

Ela olhou para ele, satisfeita.

– E imagino que você já tenha descoberto tudo, ou não estaria aqui.

– Acho que sim.

– Bom para você. – Ela apontou para trás. – Desculpe, mas não posso conversar mais agora. Estou meio ocupada. Vou pegar o caderno para você. Quem sabe... você pode querer escrever uma matéria sobre meus incríveis poderes depois.

– Nunca se sabe – concordou ele. – Pode ser.

Enquanto Jeremy a via desaparecer cozinha adentro, ficou refletindo sobre a conversa. Havia sido bastante agradável, mas curiosamente impessoal. E ele notou que Doris não havia respondido sua pergunta sobre o paradeiro de Lexie. Nem ao menos arriscado um palpite, o que parecia sugerir que – por alguma razão – via o assunto como algo proibido. O que não era bom. Ele levantou os olhos e a viu se aproximando de novo. Estava com o mesmo sorriso de antes no rosto, mas dessa vez ele sentiu um embrulho no estômago.

– Agora, se tiver qualquer dúvida sobre isto – disse Doris, entregando o caderno a ele –, pode me ligar. E fique à vontade para tirar cópias, se quiser, mas me devolva antes de ir embora. É muito especial para mim.

– Farei isso – prometeu.

Ela permaneceu em silêncio na frente dele, e Jeremy teve a impressão de que era sua forma de dizer que a conversa havia chegado ao fim. Ele, por outro lado, não estava disposto a desistir tão depressa.

– Ah, só mais uma coisa – ele disse.

– Pois não?

– Tudo bem se eu devolver o caderno para Lexie? Se eu por acaso a vir hoje?

– Tudo bem – concordou Doris. – Mas, em todo caso, também estarei aqui.

Ao captar o que ela estava querendo dizer, o embrulho em seu estômago aumentou.

– Ela falou algo sobre mim? – perguntou ele. – Quando vocês se encontraram hoje de manhã?

– Não muito. Mas ela disse que você provavelmente passaria aqui.

– Ela parecia bem?

– Lexie – começou Doris, falando devagar, como se escolhesse as palavras com cuidado – é difícil de decifrar às vezes, então não sei. Mas tenho certeza de que ela ficará bem se é o que está perguntando.

– Ela estava zangada comigo?

– Não, disso eu tenho certeza. Ela definitivamente não estava zangada.

Esperando mais alguma coisa, Jeremy não disse nada. Diante do silêncio, Doris respirou fundo. Pela primeira vez desde que se conheceram, ele notou sua idade pelas linhas ao redor dos olhos.

– Gosto de você, Jeremy, sabe disso – disse ela com voz suave. – Mas está me colocando numa situação difícil. Precisa entender que sou leal a certas pessoas, e Lexie é uma delas.

– E o que isso significa? – perguntou ele, sentindo a garganta ficar seca.

– Significa que sei o que você quer e o que está me perguntando, mas não posso responder. Só posso dizer que, se Lexie quisesse que você soubesse onde ela está, teria contado.

– Eu vou vê-la outra vez? Antes de ir embora?

– Não sei – respondeu Doris. – Acho que isso depende dela.

Com esse comentário, a mente dele começou a absorver o fato de que ela tinha mesmo ido embora.

– Não entendo por que ela faria algo assim.

Doris deu um sorriso triste.

– Sim, acho que entende.

Ela foi embora.

Como um eco, as palavras ficavam se repetindo. Atrás do volante, a caminho do Greenleaf, Jeremy tentou analisar os fatos com distanciamento. Não entrou em pânico. Nunca entrava em pânico. Independentemente do quanto estivesse devastado, do quanto quisesse pressionar Doris por informações sobre o paradeiro ou o estado de espírito de Lexie, apenas agradeceu a ajuda dela e foi para o carro, como se não esperasse outra coisa.

Além disso, lembrou a si mesmo, não havia motivo para entrar em pânico. Nada terrível havia acontecido com ela. Em resumo, ela apenas não queria mais vê-lo. Talvez ele devesse ter previsto. Criara muita expectativa com relação a Lexie, mesmo depois de ela ter deixado bem claro, desde o início, que não estava interessada.

Ele balançou a cabeça, pensando que já era de se esperar que ela tivesse ido embora. Por mais moderna que fosse em certos aspectos, era tradicional em outros e devia estar cansada de ter que lidar com suas investidas. Provavelmente era mais fácil sair da cidade do que explicar seus argumentos a alguém como ele.

Então, como ele ficava? Ou ela voltaria, ou não. Se voltasse, sem problemas. Mas se não voltasse... bem, era aí que a realidade começava a ficar complicada. Ele podia ficar quieto e aceitar sua decisão ou tentar ir atrás dela. Se tinha uma coisa que fazia muito bem era encontrar pessoas. Utilizando registros públicos, conversas amigáveis e os sites certos na internet, ele aprendia a seguir uma trilha de migalhas de pão até a porta da casa de qualquer um. No entanto, duvidava que essas coisas fossem necessárias. Afinal, ela já lhe dera a resposta de que precisava, e ele tinha certeza de que sabia exatamente para onde Lexie fora. O que significava que *poderia* lidar com a questão da forma que quisesse.

Seus pensamentos cessaram outra vez.

Mas isso não o ajudava muito a descobrir o que *deveria* fazer. Ele se lembrou de que tinha uma teleconferência em algumas horas, com importantes desdobramentos para sua carreira, e, se saísse para procurar Lexie agora, duvidava que fosse conseguir encontrar um telefone público quando precisasse. Alvin chegaria mais tarde – aquela deveria ser a última noite com nevoeiro – e, embora o colega pudesse fazer a filmagem sozinho, teriam que trabalhar juntos no dia seguinte. Sem mencionar que ele precisava dormir um pouco – tinha outra noite longa pela frente, e até seus ossos estavam cansados.

Por outro lado, não queria que tudo terminasse assim. Queria ver Lexie. Precisava vê-la. Uma voz em sua cabeça o alertava a não deixar as emoções dominarem suas ações e, racionalmente, não conseguia ver bons resultados em sair por aí procurando por ela. Mesmo se a encontrasse, o mais provável seria que ela o ignorasse ou, pior, o achasse repugnante. Enquanto isso, Nate teria um AVC, Alvin ficaria desamparado e furioso, e seu futuro e sua carreira podiam ir por água abaixo.

No fim, a decisão era simples. Parando o carro na vaga que ficava na frente de seu bangalô no Greenleaf, ele refletiu. Colocar as coisas nesses termos tornava a decisão clara. Afinal, não tinha passado os últimos quinze anos fazendo uso da lógica e da ciência sem aprender nada.

Agora, pensou, só precisava fazer as malas.

13

Certo, ela admitiu, era uma covarde.

Para ela, não era a coisa mais fácil do mundo reconhecer que havia fugido, mas não estava com a cabeça no lugar nos últimos dias e podia se perdoar por não ser perfeita. A verdade era que, se tivesse ficado, as coisas se complicariam ainda mais. Não importava que ela gostasse dele e ele gostasse dela; acordou de manhã sabendo que tinha que pôr um ponto final nas coisas antes que fossem longe demais. E, quando estacionou na entrada arenosa, soube que tinha feito a coisa certa ao vir para cá.

O lugar não era nada de mais. O velho chalé estava desgastado e se misturava com a vegetação litorânea que o cercava. As pequenas janelas retangulares com cortinas brancas tinham sido corroídas pela maresia, e o revestimento exibia marcas cinzentas, vestígios da fúria de uma dúzia de furacões. De certo modo, ela sempre considerou o chalé uma espécie de cápsula do tempo; a maior parte da mobília tinha mais de vinte anos, os canos rangiam quando ela ligava o chuveiro e era preciso usar palitos de fósforo para acender as bocas do fogão. Mas as lembranças dos momentos de sua juventude que passara ali nunca deixavam de acalmá-la. Depois de guardar as malas e as compras que fizera para o fim de semana, abriu a janela para arejar a casa. Em seguida, pegou um cobertor e se acomodou em uma cadeira de balanço na varanda dos fundos, não desejando nada além de observar o oceano. O estrondo constante das ondas era tranquilizante, quase hipnótico, e quando o sol saiu entre as nuvens e raios de luz alcançaram a água como dedos do céu, ela percebeu que estava prendendo a respiração.

Fazia isso sempre que vinha aqui. A primeira vez que viu a luz irromper dessa forma foi logo após a visita ao cemitério com Doris, quando ainda era uma garotinha, e se lembrou de ter pensado que seus pais tinham encontrado outra forma de se fazerem presentes na vida dela. Como anjos enviados pelos céus, ela acreditava que eles cuidavam dela, sempre ali, mas sem interferir, como se sentissem que ela tomaria as decisões certas.

Por um bom tempo, sentiu necessidade de acreditar nessas coisas, apenas porque se sentia sozinha com frequência. Seus avós eram gentis e maravilhosos, mas, por mais que os amasse por seus cuidados e sacrifício, nunca se acostumou totalmente à sensação de ser diferente de seus colegas. Os pais de seus amigos jogavam *softball* nos fins de semana e pareciam jovens mesmo à pouca luz da manhã na igreja, uma observação que a fazia refletir sobre o que estaria perdendo.

Não podia conversar com Doris sobre essas coisas. Nem sobre a culpa que sentia por isso. Não importava como abordasse o assunto, Doris ficaria chateada, e ela soube disso desde menina.

De todo modo, a sensação de ser diferente deixou sua marca. Não só nela, mas também em Doris, e começou a se manifestar em sua adolescência. Quando Lexie forçava os limites, Doris com frequência cedia para evitar discussões, deixando-a acreditar que podia estabelecer suas próprias regras. Ela fora meio rebelde quando mais nova, cometera erros e tivera muitos arrependimentos, mas, de alguma forma, se tornou séria durante a faculdade. Em sua versão nova e mais madura, adotou a ideia de que maturidade significava pensar no risco muito antes de ponderar a recompensa, e que sucesso e felicidade na vida tinham a ver tanto com evitar erros quanto com deixar sua marca no mundo.

Sabia que quase cometera um erro na noite passada. Já esperava que ele fosse tentar beijá-la e ficou satisfeita com a determinação de não deixá-lo entrar.

Sabia que o magoaria e sentia muito por isso. Mas o que ele não deve ter notado foi que só depois de ele ter ido embora, o coração dela parou de bater forte, porque em parte *queria* tê-lo deixado entrar, independentemente do que aconteceria depois. Sabia que não devia, mas não podia evitar. Ainda pior, enquanto revirava na cama durante a noite, deu-se conta de que não teria forças para fazer a coisa certa outra vez.

Com toda sinceridade, devia saber que isso aconteceria. Conforme a noite foi passando, ela se viu comparando Jeremy a Avery e ao Sr. Multitalentos e, para sua surpresa, Jeremy saía ganhando com vantagem. Ele tinha a sagacidade e o senso de humor de Avery e a inteligência e o charme do Sr. Multitalentos, mas parecia mais confortável consigo mesmo do que os outros dois. Talvez devesse apenas atribuir isso ao dia maravilhoso que tivera, algo que não acontecia havia um bom tempo. Quando foi a última vez que teve um almoço espontâneo? Ou se sentou no alto de Riker's Hill? Ou visitou o cemitério depois de uma festa, quando normalmente teria ido direto para a cama? Sem dúvidas a empolgação e a imprevisibilidade fizeram com que se lembrasse de como era feliz quando ainda acreditava que Avery e o Sr. Multitalentos eram os homens de seus sonhos.

Mas estava errada na época, assim como estava errada agora. Sabia que Jeremy resolveria o mistério hoje – certo, talvez fosse apenas uma *sensação*, mas tinha certeza disso, já que a resposta estava em um dos diários e ele só precisaria encontrá-la. E não tinha dúvida de que ele a convidaria para comemorar a solução. Se estivesse na cidade, os dois passariam o dia quase todo juntos, e ela não queria isso. Bem... no fundo, era exatamente o que queria – mas isso deixaria seus sentimentos mais confusos do que já haviam estado em anos.

Doris havia intuído tudo pela manhã, quando Lexie passou em sua casa, mas não era de se surpreender. Lexie sentia a exaustão ao redor dos próprios olhos e sabia que estava com uma aparência péssima quando apareceu do nada. Depois de jogar roupas suficientes para alguns dias na mala, saiu de casa sem tomar banho; nem tentou explicar o que estava sentindo. Ainda assim, Doris apenas assentiu quando Lexie lhe disse que precisava ir. Apesar de cansada, a avó pareceu entender que, apesar de ter incentivado aquilo, não havia antecipado o que poderia acontecer. Esse era o problema das premonições: embora pudessem ser precisas a curto prazo, tudo o que ia além era impossível de adivinhar.

Então, ela viera para cá porque era o que precisava ser feito, ao menos para preservar sua sanidade, e retornaria a Boone Creek quando as coisas voltassem ao normal. Não demoraria muito. Em poucos dias, as pessoas deixariam de falar dos fantasmas, das casas históricas e do estranho na cidade, e os turistas não passariam de uma lembrança. O prefeito voltaria ao campo de golfe, Rachel sairia com os caras errados, e Rodney provavelmente daria um jeito de encontrar com Lexie por acaso perto da biblioteca, sem dúvida respirando aliviado quando se desse conta de que o relacionamento dos dois poderia voltar a ser o que era.

Talvez não fosse uma vida empolgante, mas era a sua vida, e ela não deixaria ninguém interferir nesse equilíbrio. Em outro lugar e em outra época, podia ter sentido algo diferente, mas seguir essa linha de pensamento não levaria a lugar algum. Enquanto continuava a olhar fixamente para a água, forçou-se a não imaginar como poderia ter sido.

Na varanda, Lexie puxou o cobertor e o ajustou em volta dos ombros. Era adulta e conseguiria esquecê-lo, assim como esquecera os ouros. Tinha certeza disso. Mas mesmo com o conforto dessa percepção, o mar agitado fazia com que lembrasse mais uma vez do que sentia por Jeremy, e foi preciso muito esforço para conter as lágrimas.

Parecia relativamente simples quando Jeremy começou a se preparar, apressando-se pelo quarto do Greenleaf e fazendo os planos necessários. Pegar o mapa e a carteira, por prevenção. Deixar o computador, porque não precisava dele. Nem das anotações. Colocar o caderno de Doris na bolsa de couro para levá-lo. Deixar um recado para Alvin na recepção, apesar de Jed não ter ficado muito satisfeito com isso. Garantir que estava levando o carregador do celular – e sair.

Tudo isso levou menos de dez minutos. Estava a caminho de Swan Quarter, onde a balsa o levaria para Ocracoke, uma vila nos Outer Banks. Dali, iria para o norte pela Highway 12 até Buxton. Descobriu que teria que pegar esse rota e só precisaria seguir o mesmo caminho e chegaria ao lugar em algumas horas.

O trajeto até Swan Quarter havia sido fácil, com estradas retas e vazias. De repente, ele percebeu que estava pensando em Lexie e pisou mais fundo no acelerador, tentando espantar o nervosismo. Mas nervosismo era apenas outra palavra para pânico, e ele não entrava em pânico. Tinha orgulho disso. Contudo, sempre que era obrigado a diminuir a velocidade – em lugares como Belhaven e Leechville –, percebia que estava batucando no volante com os dedos e resmungando baixinho.

Era uma sensação estranha para ele, que ficava mais forte à medida que se aproximava de seu destino. Não podia explicar, mas de certo modo não queria analisar. Era uma das poucas vezes na vida que estava no piloto automático, fazendo exatamente o oposto do que mandava a lógica, pensando apenas em como ela reagiria quando o visse.

Quando achou que começava a entender o motivo de seu comportamento estranho, Jeremy já estava na estação onde pegaria a balsa, olhando para um homem magro e uniformizado que mal tirava os olhos da revista que lia. Jeremy descobriu que a balsa para Ocracoke não circulava com a mesma regularidade das que iam de Staten Island para Manhattan, e ele havia perdido a última daquele dia, o que significaria voltar no dia seguinte ou cancelar todos os planos, e ele não estava disposto a considerar nenhuma das situações.

– Tem certeza que não tem outro jeito de chegar no Farol Hatteras? – perguntou, sentindo o coração acelerar. – É importante.

– Acho que dá para ir de carro.

– Quanto tempo demoraria?

– Depende da velocidade.

Isso é óbvio, pensou Jeremy.

– Digamos que eu dirija rápido.

O homem deu de ombros, como se estivesse entediado.

– Umas cinco ou seis horas, talvez. Teria que seguir para o norte até chegar em Plymouth, depois pegar a 64 até a ilha de Roanoke, depois entrar em Whalebone. Dali, você segue para o sul até Buxton. O farol fica bem ali.

Jeremy olhou o relógio; já era quase uma da tarde; quando chegasse, Alvin estaria entrando em Boone Creek. Nada bom.

– Tem algum outro lugar para pegar a balsa?

– Tem uma que sai da ilha de Cedar.

– Ótimo. Onde fica?

– A umas três horas daqui, na direção oposta. Mas também teria que esperar até amanhã de manhã.

Atrás do homem, ele viu um pôster que mostrava os vários faróis da Carolina do Norte. Hatteras, o maior deles, ficava no centro.

– E se eu dissesse que é uma emergência? – perguntou.

Pela primeira vez, o homem levantou os olhos.

– É uma emergência?

– Digamos que sim.

– Então eu ligaria para a Guarda Costeira. Ou talvez para o xerife.

– Ah – murmurou Jeremy, tentando permanecer paciente. – Mas o que está me dizendo é que não tem como eu chegar lá agora? Saindo daqui, quero dizer...

O homem levou o dedo ao queixo.

– Acho que poderia pegar um barco se está com tanta pressa.

Agora estamos chegando a algum lugar, pensou Jeremy.

– E como eu faria isso?

– Não sei. Ninguém nunca me perguntou.

Jeremy voltou para o carro, enfim admitindo que estava começando a entrar em pânico.

Talvez fosse porque já tinha chegado até lá, ou talvez por ter se dado conta de que as últimas palavras que trocara com Lexie na noite anterior haviam assinalado uma verdade mais profunda, mas algo mais o dominara, e não pretendia voltar. Ele se recusava a voltar. Não depois de chegar tão perto.

Nate esperava sua ligação, mas, de repente, isso não parecia tão importante quanto antes. Nem o fato de Alvin estar chegando; se tudo desse certo, os dois ainda poderiam filmar hoje e amanhã à noite. Ele tinha dez horas até as luzes aparecerem; com um barco rápido, imaginou que chegaria a Hatteras em duas horas. Teria tempo suficiente para ir até lá, falar com Lexie, e voltar. Supondo que encontrasse alguém para levá-lo.

Qualquer coisa podia dar errado, é claro. Ele podia não conseguir alugar um barco, mas, se isso acontecesse, dirigiria até Buxton se fosse preciso. Chegando lá, no entanto, também não tinha certeza de que a encontraria.

Nada daquilo fazia sentido. Mas e daí? De vez em quando, todo mundo tinha o direito de ser um pouco excêntrico, e esta era a sua vez. Tinha dinheiro na carteira e encontraria um jeito de chegar lá. Assumiria o risco e veria como seriam as coisas com Lexie, nem que fosse apenas para provar para si mesmo que poderia deixá-la e nunca mais pensar nela.

Era disso que se tratava, ele sabia. Quando Doris deu a entender que ele talvez nunca mais a visse, começou a pensar excessivamente nela. Claro, ele iria embora em alguns dias, mas isso não significava que tudo teria que acabar. Pelo menos não ainda. Ele poderia visitá-la aqui, ela poderia ir a Nova York e, se fosse para acontecer, dariam um jeito. As pessoas faziam isso o tempo todo, não é? Mas mesmo se não fosse possível, se ela estivesse decidida a acabar com tudo de vez, teria que lhe dizer isso ela mesma. Só assim Jeremy poderia voltar a Nova York sabendo que não tinha outra escolha.

Mesmo assim, quando chegou deslizando na primeira marina que viu, deu-se conta de que não queria que ela dissesse aquelas palavras. Não estava indo a Buxton para dizer adeus ou ouvi-la dizer que nunca mais queria vê-lo. Na verdade, pensou com admiração, sabia que estava indo até lá para descobrir se Alvin estava certo o tempo todo.

O fim da tarde era a hora do dia preferida de Lexie. A luz suave do inverno, combinada com a beleza natural austera da paisagem, fazia o mundo parecer onírico.

Até mesmo o farol, com suas listras brancas e pretas, parecia uma miragem se visto dali e, ao caminhar pela praia, tentava imaginar como havia sido difícil para marinheiros e pescadores navegar pela região antes de sua construção. As águas afastadas da costa, com leito raso e bancos de areia móveis, levavam o apelido de Cemitério do Atlântico, e milhares de navios naufragados pontuavam o fundo do mar. O *Monitor*, que participou da primeira batalha entre encouraçados durante a Guerra Civil, havia se perdido por aqui. Assim como o *Central America*, carregado de ouro da Califórnia, cujo naufrágio ajudou a causar o pânico financeiro de 1857. O navio do Barba Negra, *Queen Anne's Revenge*, foi supostamente encontrado no estuário de Beaufort, e meia dúzia de submarinos alemães que afundaram durante a Segunda Guerra Mundial agora eram visitados quase todos os dias por mergulhadores.

Seu avô era entusiasta de história e, sempre que caminhavam pela praia de mãos dadas, lhe contava sobre os navios perdidos no decorrer dos séculos. Ela aprendeu sobre furacões, arrebentação perigosa e falhas de navegação que faziam os barcos encalharem e serem partidos ao meio pela fúria das ondas. Embora não tivesse muito interesse e às vezes ficasse assustada com as imagens que invocava, o jeito dele de falar, lento e melódico, era estranhamente relaxante, e ela nunca tentou mudar de assunto. Mesmo sendo muito nova na época, Lexie sentia que, para ele, significava muito conversar sobre essas coisas com ela. Anos depois, ficaria sabendo que seu navio havia sido atingido por um torpedo durante a Segunda Guerra Mundial e ele quase não sobrevivera.

Recordar aquelas caminhadas de repente fez com que sentisse uma intensa falta de seu avô. Os passeios eram parte de sua rotina diária, algo compartilhado apenas pelos dois e, em geral, saíam uma hora antes do jantar, quando Doris estava cozinhando. Na maioria das vezes, ele estava lendo na poltrona com os óculos apoiados sobre o nariz, fechava o livro com um suspiro e o colocava de lado. Levantando, perguntava se ela não queria dar um passeio para ver os cavalos selvagens.

A ideia de ver cavalos selvagens sempre a estimulara. Não tinha muita certeza do motivo; nunca tinha montado um cavalo, nem era algo que desejasse em particular, mas se lembrava de como se levantava em um pulo e corria pela porta assim que seu avô os mencionava. Normalmente os cavalos mantinham distância das pessoas e saíam em disparada sempre que alguém se aproximava, mas, no finzinho do dia, gostavam de pastar, baixando a guarda, nem que fosse pelo menos por alguns minutos. Quase sempre era possível chegar perto o bastante para ver suas marcas características e, com sorte, ouvi-los bufando e relinchando, como um alerta para não chegar mais perto.

Os cavalos eram descendentes dos mustangs espanhóis, e sua presença nos Outer Banks datava de 1523. Nos dias de hoje existiam várias regulamentações que garantiam sua sobrevivência, e eles faziam parte do ambiente, assim como os cervos na Pensilvânia, sendo alguns casos de superpopulação o único problema. As pessoas que viviam por aqui costumavam ignorá-los, a menos que se tornassem uma chateação, mas, para a maioria dos que vinham apenas passar as férias, vê-los era um dos pontos altos da visita. Lexie se considerava uma espécie de habitante local, mas observar os cavalos sempre fazia com que voltasse a se sentir jovem, com todos os prazeres da vida e expectativas pela frente.

Ela queria se sentir assim agora, pelo menos para fugir das pressões da vida adulta. Doris havia telefonado para dizer que Jeremy tinha passado no restaurante, procurando por ela. Isso não a surpreendeu. Embora supusesse que ele ficaria se perguntando o que havia feito de errado, ou o motivo pelo qual ela fora embora, também sentia que ele superaria logo. Jeremy era apenas uma dessas pessoas afortunadas, confiantes em tudo o que faziam, sempre seguindo em frente sem se arrepender ou olhar para trás.

Avery era assim, e até hoje ela se lembrava de como tinha ficado magoada com seu egoísmo, com a indiferença por sua dor. Ela sabia que devia ter visto suas falhas de caráter pelo que eram, mas na época não notou os sinais de alerta: o modo como fixava os olhos um segundo a mais quando estava olhando para outras mulheres, ou o fato de dar um abraço um pouco mais apertado em mulheres que jurava serem apenas suas amigas. No início, quis acreditar quando ele disse que só havia sido infiel uma vez, mas trechos de conversas esquecidas foram ressurgindo: uma amiga da faculdade muito tempo antes havia confessado ter ouvido boatos sobre Avery e uma garota da fraternidade; um dos colegas de trabalho dele mencionou algumas faltas sem justificativa. Ela odiava pensar em si mesma como ingênua, mas fora e havia tempos se dera conta de que, mais do que com ele, tinha se decepcionado consigo mesma. Disse a si mesma que superaria, que conheceria alguém melhor... alguém como o Sr. Multitalentos, que provou de uma vez por todas que ela não era boa em julgar os homens. Nem, ao que parecia, em conseguir manter um.

Não era fácil admitir isso, e havia momentos em que ela se perguntava se podia ter feito alguma coisa para afastar os dois. Certo, talvez não o Sr. Multitalentos, já que o que houve entre eles foi mais um caso passageiro do que um relacionamento, mas e quanto a Avery? Ela o amava e achou que ele a amasse. Naturalmente, era fácil dizer que ele era um cafajeste e que o fim do relacionamento havia sido sua culpa, mas, ao mesmo tempo, ele deve ter sentido falta de alguma coisa. Que faltava alguma coisa *nela*. Mas em que sentido? Será que era muito controladora? Era tediosa? Ele estava insatisfeito na cama? Por que ele não foi atrás dela depois, implorando perdão? Eram perguntas que ela nunca conseguiria responder. Seus amigos, é claro, garantiram que ela não sabia do que estava falando, e Doris disse o mesmo. Ainda assim, não ficou muito claro o que havia acontecido. Cada história, afinal, tinha dois lados, e até hoje ela às vezes fantasiava em ligar para ele e perguntar se poderia ter feito as coisas de outra maneira.

Como indicou uma de suas amigas, era típico das mulheres se preocupar com essas coisas. Os homens pareciam imunes a esse tipo de insegurança. E mesmo se não fossem, aprendiam a disfarçar seus sentimentos ou enterrá-los bem fundo para não se deixarem enfraquecer. Em geral, ela tentava fazer o mesmo, e costumava funcionar. Normalmente.

Ao longe, com o sol afundando na água da Baía de Pamlico, a cidade de Buxton, com suas casas de tábuas brancas, parecia um cartão-postal. Ela olhava fixo para o farol e, exatamente como esperava, viu um pequeno bando de cavalos se alimentando da vegetação litorânea. Deviam ser uns doze, no total – em sua maioria castanhos – com pelagem áspera e despenteada, engrossada para o inverno. Dois potros estavam juntos perto do centro, balançando o rabo em sincronia.

Lexie parou para observá-los, colocando as mãos nos bolsos da jaqueta. Esfriava agora que a noite se aproximava, e ela conseguia sentir o vento cortante nas bochechas e no nariz. O ar era revigorante, e, embora ela quisesse ficar por mais tempo, estava cansada. O dia havia sido longo, e parecia mais longo ainda.

Apesar de tudo, perguntava-se o que Jeremy estaria fazendo. Estaria se preparando para filmar de novo? Ou resolvendo onde comer? Estaria fazendo as malas? E por que seus pensamentos se voltavam constantemente para ele?

Ela suspirou, já sabendo a resposta. Por mais que quisesse ver os cavalos, a imagem remetia menos a recomeços e mais ao fato de que estava sozinha. Por mais que pensasse em si mesma como uma mulher independente, por mais que tentasse subestimar as constantes observações de Doris, não conseguia deixar de sentir um anseio por companheirismo, por intimidade. Não precisava nem ser casamento; às vezes só queria poder esperar pela noite de sexta-feira ou de sábado. Desejava passar uma manhã preguiçosa na cama com alguém por quem sentisse carinho, e por mais impossível que a ideia parecesse, Jeremy era o único que ela imaginava ao seu lado.

Lexie balançou a cabeça, afastando essa ideia. Vindo para cá, ela esperava encontrar alívio para seus pensamentos, mas, ao ficar perto do farol e ver os cavalos pastando, sentia o mundo pesar ainda mais. Tinha 31 anos, estava sozinha e vivendo em um lugar sem nenhuma perspectiva. Seu avô e seus pais não passavam de lembranças, o estado de saúde de Doris era fonte constante de preocupação, e o único homem que havia considerado remotamente interessante nos últimos anos já teria ido embora para sempre quando ela voltasse para casa.

Foi quando começou a chorar por muito tempo, sentindo dificuldade de parar. Mas, quando enfim começava a se recompor, viu alguém se aproximar e não conseguiu desviar os olhos quando percebeu quem era.

14

———— ❖ ————

Lexie piscou, tentando se certificar de que o que estava vendo era real. Não poderia ser *ele*, porque ele não poderia estar *aqui*. A situação era tão estranha, tão inesperada, que ela sentiu que assistia à cena com os olhos de outra pessoa.

Jeremy sorriu e soltou a bolsa de couro.

– Sabe, você não devia ficar encarando assim – falou. – Homens gostam de mulheres que sabem ser sutis.

Lexie continuou observando.

– Você...

– Eu – disse ele, assentindo.

– Você está... aqui.

– Estou.

Ela estreitou os olhos e olhou para ele sob a luz que diminuía e Jeremy se deu conta de que ela era ainda mais bonita do que ele se lembrava.

– O que você está...? – Ela hesitou, tentando entender o surgimento dele. – Bem, como você...?

– É uma longa história – admitiu Jeremy. Quando ela não fez nenhum movimento na direção dele, Jeremy apontou para o farol. – E esse é o farol onde seus pais se casaram?

– Você lembrou?

– Eu me lembro de tudo – disse ele, batendo na têmpora. – Pequenas células cinzentas e tal. Onde exatamente eles se casaram?

Ele falava em tom casual, como se essa fosse a mais comum das conversas, o que só fazia tudo parecer ainda mais surreal para ela.

– Ali – respondeu Lexie, apontando. – Do lado do mar, perto da linha d'água.

– Deve ter sido lindo – disse ele, olhando naquela direção. – Todo este lugar é lindo. Dá para ver por que você gosta daqui.

Em vez de responder, Lexie respirou fundo, tentando acalmar as emoções turbulentas.

– O que você está fazendo aqui, Jeremy?

Ele demorou um instante para responder:

– Eu não sabia se você ia voltar. E percebi que, se quisesse vê-la de novo, a melhor opção seria vir até aqui.

– Mas por quê?

Jeremy continuou, olhando na direção do farol:

– Senti que não tinha escolha.

– Não sei o que isso significa.

Jeremy ficou olhando para os pés, depois levantou a cabeça e sorriu, como se pedisse desculpas.

– Para ser sincero, passei a maior parte do dia tentando entender também.

Enquanto estavam parados perto do farol, o sol começou a descer no horizonte, deixando o céu com um tom austero de cinza. A brisa, úmida e fria, corria junto à superfície da areia, formando uma espuma na beira d'água.

Ao longe, uma figura vestindo uma jaqueta escura e pesada alimentava as gaivotas, jogando pedaços de pão para o alto. Enquanto o observava, Lexie sentiu o choque do surgimento de Jeremy começar a se dissipar. Parte dela queria ficar zangada por ele ter ignorado seu desejo de ficar sozinha, mas outra parte, a maior, estava lisonjeada por ele ter ido atrás dela. Avery nunca tinha se dado ao trabalho de procurá-la, nem o Sr. Multitalentos. Nem mesmo Rodney havia pensado em vir aqui, e até poucos minutos atrás, se alguém sugerisse que Jeremy faria uma coisa dessas, ela teria rido só de imaginar. Mas estava começando a perceber que Jeremy era diferente de todos os homens que ela já conhecera, e que não deveria se surpreender com nada que ele fizesse.

Os cavalos começavam a ir embora, mordiscando aqui e ali enquanto voltavam para a duna. A névoa costeira estava baixando, misturando mar e céu. Andorinhas-do-mar saltitavam na areia perto da água, movimentando as perninhas finas rapidamente ao procurar por pequenos crustáceos.

Diante do silêncio, Jeremy juntou as mãos em forma de concha e soprou dentro, tentando impedir que doessem.

– Está brava por eu ter vindo? – perguntou por fim.

– Não. Surpresa, mas não brava.

Ele sorriu, e ela respondeu com outro sorriso breve.

– Como chegou aqui? – perguntou.

Ele apontou para trás, na direção de Buxton.

– Peguei uma carona com uns pescadores que estavam vindo para cá – disse ele. – Eles me deixaram na marina.

– Eles simplesmente lhe deram uma carona?

– Isso mesmo.

– Você deu sorte. Os pescadores costumam ser meio durões.

– Pode ser verdade, mas pessoas são pessoas. Embora eu não seja especialista em psicologia, sou da opinião de que qualquer um, até mesmo um estranho, é capaz de sentir a urgência de um pedido, e a maioria das pessoas tende a fazer a coisa certa. – Ele endireitou as costas, pigarreando. – Mas, quando isso não funcionou, ofereci dinheiro.

Ela riu com aquela confissão.

– Deixe-me adivinhar – falou. – Eles limparam sua carteira, não é?

Ele deu de ombros.

– Acho que depende da perspectiva. Não me pareceu muito para uma travessia de barco.

– Naturalmente. É uma boa travessia. Só a gasolina já deve ser cara. E tem o desgaste do barco...

– Eles mencionaram isso.

– E, é claro, o tempo deles e o fato de que precisam trabalhar amanhã antes do amanhecer.

– Eles mencionaram isso também.

Mais à frente, o último cavalo desapareceu sobre a duna.

– Mas você veio mesmo assim.

Ele confirmou, por mais surpresa que ela estivesse.

– Mas eles quiseram ter certeza de que eu havia entendido que se tratava de uma viagem só de ida. Não pretendiam me esperar. Então acho que estou preso aqui.

Ela arqueou a sobrancelha.

– Ah, sério? E como pretende voltar?

Ele deu um sorrisinho malicioso.

– Bem, por acaso conheço uma pessoa que está passando um tempo aqui, e eu pretendia usar meu fascinante charme para convencê-la a me dar uma carona de volta.

– E se eu não for voltar logo? Ou se eu dissesse para se virar?

– Ainda não pensei nessa parte.

– E onde pretende ficar enquanto estiver por aqui?

– Ainda não pensei nessa parte também.

– Pelo menos está sendo sincero – disse ela, sorrindo. – Mas, me diga, o que você faria se eu não estivesse aqui?

– Para onde mais você iria?

Ela desviou os olhos, gostando do fato de que ele se lembrava de sua história. A certa distância, viu as luzes de uma traineira de camarão se movimentando tão lentamente que parecia estar parada.

– Está com fome? – perguntou ela.

– Estou faminto. Não comi nada o dia todo.

– Gostaria de jantar?

– Conhece algum lugar legal?

– Tenho um bom lugar em mente.

– Sabe se aceitam cartão de crédito? – perguntou ele. – Usei todo o meu dinheiro para chegar aqui.

– Tenho certeza de que conseguiremos dar um jeito.

Virando as costas para o farol, eles voltaram pela praia, caminhando pela areia compacta perto da água. Havia um espaço entre eles que nenhum dos dois parecia disposto a cruzar. Em vez disso, com o nariz ficando vermelho de frio, seguiram em frente, como se atraídos para o lugar em que deveriam estar.

No momento de silêncio, Jeremy repassou mentalmente sua jornada até aqui, sentindo uma pontada de culpa em relação a Nate e Alvin. Havia perdido a teleconferência – não havia sinal de celular enquanto estava cruzando a Baía de Pamlico – e imaginou que ligaria de um telefone fixo assim que possível, mas não estava ansioso por isso. Suspeitava que Nate devia estar a mil por hora, esperando sua ligação para enfim explodir, mas Jeremy pretendia sugerir uma reunião com os produtores na semana seguinte, já com a filmagem completa e um esboço da matéria – assunto que, ele imaginava, era o motivo da ligação de hoje. Se não fosse o suficiente para acalmá-los, se perder uma única teleconferência acabasse com sua carreira antes mesmo de começar, então ele não tinha certeza se queria mesmo trabalhar na televisão.

E Alvin... bem, isso era um pouco mais fácil. Jeremy não tinha como voltar para Boone Creek para encontrá-lo naquela noite – ele percebeu assim que saiu do barco –, mas Alvin tinha celular e ele explicaria toda a situação. Seu amigo não ficaria feliz por ter que trabalhar sozinho, mas já estaria recuperado no dia seguinte. Alvin era uma dessas raras pessoas que nunca deixavam nada incomodá-las por mais de um dia.

Ainda assim, para ser sincero consigo mesmo, Jeremy admitiu que não se importava com nada disso agora. Tudo o que parecia importar era estar caminhando com Lexie em um praia vazia no meio do nada e o fato de que, enquanto arrastavam os pés na brisa salgada, ela discretamente entrelaçou seu braço ao dele.

Lexie conduziu o caminho até os degraus de madeira tortos do velho bangalô e pendurou o casaco no gancho atrás da porta. Jeremy também pendurou o seu, junto com a bolsa. Conforme ela caminhava na frente dele pela sala, Jeremy a observava, pensando mais uma vez em como era bonita.

– Gosta de macarrão? – perguntou ela, interrompendo seus pensamentos.

– Está brincando? Fui criado a base de macarrão. Minha mãe é italiana.

– Ótimo – disse ela. – Porque foi o que eu pensei em preparar.

– Vamos comer aqui?

– Acho que teremos que fazer isso – respondeu ela, olhando para trás. – Você está sem dinheiro, lembra?

A cozinha era pequena, com tinta amarela desbotada, papel de parede florido soltando nos cantos, armários desgastados e uma pequena mesa pintada, posicionada sob a janela. Nas bancadas estavam os mantimentos que ela comprara mais cedo. Da primeira sacola, tirou uma caixa de cereais e um pão. De onde estava, perto da pia, Jeremy viu um pouco da pele dela quando ficou na ponta dos pés para guardar as coisas no armário.

– Precisa de ajuda? – ofereceu.

– Não, está tudo sob controle, obrigada – disse ela, virando-se. Depois de puxar a camisa para baixo, alcançou a outra sacola e separou duas cebolas e duas latas grandes de tomates pelados. – Mas, enquanto estou preparando isso, você gostaria de beber alguma coisa? Tem meia dúzia de garrafas de cerveja na geladeira, se quiser.

Ele arregalou os olhos, fingindo estar chocado.

– Você tem cerveja? Achei que não bebesse muito.

– E não bebo.

– Para alguém que não bebe, meia dúzia de garrafas podem fazer um belo estrago. – Ele balançou a cabeça antes de continuar: – Se eu não conhecesse você, ia achar que estava pensando em encher a cara esse fim de semana.

Ela lançou-lhe um olhar seco, mas, como no dia anterior, havia um quê de brincadeira.

– É mais do que suficiente para eu passar um mês, obrigada. Vai querer uma ou não?

Ele sorriu, aliviado diante da interação familiar.

– Adoraria uma, obrigado.

– Você se importa de pegar? Já comecei a fazer o molho.

Jeremy foi até a geladeira e pegou duas garrafas de Coors Light. Abriu uma, depois a outra, e colocou uma garrafa na frente dela. Quando Lexie viu, ele deu de ombros:

– Odeio beber sozinho.

Ele ergueu a garrafa para brindar e ela fez o mesmo. Bateram as garrafas sem dizer uma palavra. Apoiando-se na bancada ao lado dela, cruzou as pernas.

– Só para avisar, eu pico muito bem, caso precise de ajuda.

– Vou me lembrar disso.

Ele sorriu.

– Há quanto tempo sua família tem essa casinha?

– Meus avós compraram logo depois da Segunda Guerra Mundial. Na época, não tinha nem estrada na ilha. Era preciso dirigir pela areia para chegar até aqui. Na sala você pode ver umas fotos de como o lugar era antes.

– Você se importa se eu for olhar?

– Fique à vontade. Ainda estou preparando as coisas. Tem um banheiro no fim do corredor, se quiser lavar as mãos antes do jantar. No quarto de hóspedes, à direita.

Dirigindo-se para a sala, Jeremy examinou as fotos da vida litorânea rústica, depois notou a mala de Lexie perto do sofá. Após ponderar por um instante, pegou o volume e seguiu pelo corredor. À esquerda, viu um quarto arejado com uma cama grande, coberta por um edredom com estampas de conchas. As paredes eram decoradas com mais fotos, retratando os Outer Banks. Presumindo que se tratasse do quarto dela, colocou a mala lá dentro, ao lado da porta.

Continuando pelo corredor, entrou no outro quarto. Era decorado com tema náutico, e as cortinas azul-marinho faziam um belo contraste com as mesas laterais e com a cômoda de madeira. Enquanto tirava as meias e os sapatos e os deixava ao pé da cama, ficou imaginando como seria dormir aqui, sabendo que Lexie estaria sozinha no quarto ao lado.

Na pia do banheiro, olhou para o próprio rosto no espelho e usou as mãos em uma tentativa de controlar minimamente os cabelos. Sua pele estava coberta por uma fina camada de sal, e depois de lavar as mãos, jogou um pouco de água no rosto também. Sentindo-se um pouco melhor, voltou para a cozinha e ouviu as notas melancólicas de "Yesterday", dos Beatles, saindo de um pequeno rádio no peitoril da janela.

– Já está pronta para a minha ajuda? – perguntou. Ao lado dela, viu uma saladeira média, com pequenos pedaços de tomate e azeitonas.

Enquanto lavava as folhas de alface, Lexie apontou com a cabeça para as cebolas.

– A salada está quase pronta. Você se importaria de descascar as cebolas?

– Claro que não. Quer que eu pique também?

– Não precisa. Basta descascar. A faca está na gaveta.

Jeremy pegou a faca e as cebolas na bancada. Por um instante, ficaram trabalhando em silêncio, ouvindo música. Quando Lexie terminou com a alface e a colocou de lado, tentou ignorar a proximidade entre os dois. Mas, pelo canto de olho, não conseguia deixar de admirar a graça casual de Jeremy, com seus quadris e pernas, os ombros largos, os malares destacados.

Jeremy segurou uma cebola sem casca, alheio aos pensamentos dela.

– Está bom assim?

– Está ótimo.

– Tem certeza de que não quer que eu pique?

– Não. Se fizer isso, vai estragar o molho e nunca vou perdoá-lo.

– Todo mundo pica as cebolas. Minha *mãe italiana* pica as cebolas.

– Eu não.

– Então vai colocar essas cebolas enormes e redondas dentro do molho?

– Não, vou cortar ao meio antes.

– Posso pelo menos fazer isso?

– Não, obrigada. Eu odiaria ter que bater em você. – Ela sorriu. – Além disso, eu sou a cozinheira, lembra? Você pode observar e aprender. No momento, você é apenas o... ajudante.

Ele a olhou. Desde que saíram do frio, suas bochechas não estavam mais rosadas, deixando a pele com um brilho fresco e natural.

– O ajudante?

Ela deu de ombros.

– O que posso dizer? Sua mãe pode ser italiana, mas fui criada por uma avó que já testou quase todas as receitas que existem por aí.

– E isso faz de você uma especialista?

– Não, mas Doris, sim. E, por um bom tempo, fui sua ajudante. Aprendi por osmose, e agora é a sua vez.

Ele pegou a segunda cebola.

– Diga-me, o que tem de tão especial nessa sua receita? Além de levar cebolas do tamanho de uma bola de beisebol?

Ela pegou a cebola descascadas e cortou ao meio.

– Bom, como sua mãe é italiana, você certamente já ouviu falar de tomates San Marzano.

– É claro. São tomates. De San Marzano.

– Rá, rá. Na verdade, são os tomates mais doces e saborosos de todos, sobretudo em molhos. Agora, observe e aprenda.

Ela tirou uma panela de baixo do fogão e colocou ao lado, depois ligou o gás e acendeu uma das bocas. A chama azul apareceu, e ela pôs a panela vazia sobre ela.

– Estou impressionado até agora – disse ele, terminando de descascar a segunda cebola. Pegou sua cerveja e voltou a se apoiar no balcão. – Você devia ter um programa de culinária.

Ignorando-o, ela despejou as duas latas de tomate na panela, depois acrescentou uma barra inteira de manteiga ao molho. Jeremy ficou espiando sobre o ombro dela, vendo a manteiga começar a derreter.

– Parece saudável – comentou. – Meu médico sempre me disse que eu precisava de mais colesterol em minha dieta.

– Você sabia que tem tendência para o sarcasmo?

– Já ouvi dizer. – Ele ergueu a garrafa. – Mas obrigado por notar.

– Já descascou a outra cebola?

– Sou o ajudante, não sou? – disse, entregando a cebola a ela.

Lexie partiu-a ao meio e acrescentou as duas cebolas ao molho. Mexendo um pouco com uma colher de pau comprida, deixou começar a ferver e depois baixou o fogo.

– Certo – falou, satisfeita, voltando para a pia –, terminamos por enquanto. Deve ficar pronto em uma hora e meia.

Enquanto ela lavava as mãos, Jeremy olhou dentro da panela, franzindo a testa.

– Só isso? Nada de alho? Nada de sal e pimenta? Nada de linguiça? Nada de almôndegas?

Ela balançou a cabeça.

– São só três ingredientes. Naturalmente, vamos colocar por cima de um linguine e finalizar com queijo parmesão ralado na hora.

– Não é muito italiano.

– Na verdade, é sim. É assim que se faz em San Marzano há centenas de anos. Fica na Itália, por sinal. – Ela fechou a torneira, sacudiu as mãos sobre a pia e as secou em um pano de prato. – Mas como ainda vai demorar um pouco, vou me arrumar antes do jantar. Então você vai ficar aqui sozinho por um tempo.

– Não se preocupe comigo. Arrumo algo para fazer.

– Se quiser, pode tomar um banho – ofereceu ela. – Posso pegar uma toalha para você.

Ainda sentindo o sal no pescoço e nos braços, ele não demorou em concordar.

– Obrigado. Seria ótimo.

– Só me dê um minuto para separar as coisas para você, está bem?

Ela sorriu, pegou sua cerveja e se apertou para passar por Jeremy, sentindo os olhos dele sobre seus quadris. Ficou se perguntando se ele estava se sentindo tão constrangido quanto ela.

No fim do corredor, abriu a porta do armário, pegou uma toalha e pôs sobre a cama dele. Debaixo da pia do banheiro do quarto de hóspedes, havia uma variedade de xampus e um sabonete novo, os quais ela deixou separados também. Nesse momento, viu um reflexo de si mesma no espelho e visualizou uma imagem repentina de Jeremy enrolado em uma toalha depois de tomar banho. A imagem fez algo se agitar dentro dela.

– Ei? – Ela o ouviu chamar. – Onde você está?

– No banheiro – respondeu, surpresa com a calma em sua voz. – Só estou vendo se tem tudo o que precisa.

Ele apareceu atrás dela.

– Você por acaso não tem um barbeador descartável em uma dessas gavetas, tem?

– Não, sinto muito. Vou olhar no meu banheiro, mas...

– Não tem importância – disse ele, passando a mão sobre os pelos do rosto. – Vou assumir o visual "sujinho" hoje à noite.

"Sujinho" seria ótimo, concluiu ela, sentindo o rosto corar. Virando-se para que ele não notasse, ela apontou para os xampus.

– Use o que quiser – disse ela. – Demora um pouco para a água esquentar, então tenha paciência.

– Pode deixar. Mas eu queria pedir para usar seu telefone. Preciso fazer algumas ligações.

Ela assentiu.

– O telefone fica na cozinha.

Passando por Jeremy, ela sentiu que ele a observava novamente, embora não tenha se virado para verificar. Em vez disso, foi para o seu quarto, fechou a porta e se encostou nela, constrangida com as tolices que estava sentindo. Nada tinha acontecido, nada aconteceria, repetiu para si mesma. Trancou a porta, esperando que fosse suficiente para bloquear todos os seus pensamentos. E funcionou, pelo menos por um momento, até que ela notou que ele havia levado a mala até o seu quarto.

Saber que ele tinha estado lá minutos antes provocou-lhe uma onda de expectativas proibidas que, mesmo querendo esvaziar a mente, fez com que admitisse que esteve mentindo para si mesma todo esse tempo.

Quando Jeremy voltou para a cozinha depois de tomar banho, podia sentir o cheiro do molho fervendo sobre o fogão. Terminou sua cerveja, encontrou a lata de lixo sob a pia e jogou a garrafa fora, depois pegou mais uma na geladeira. Na prateleira de baixo, viu uma peça de queijo parmesão e um vidro de azeitonas fechado. Pensou em roubar uma, mas desistiu da ideia.

Localizando o telefone, discou o número do escritório de Nate e logo passaram a ligação para ele. Durante os primeiros vinte segundos, segurou o fone longe do ouvido enquanto Nate berrava, mas, quando ele enfim se acalmou, reagiu positivamente à sugestão de Jeremy a respeito da reunião na semana seguinte. Jeremy desligou prometendo voltar a falar com ele pela manhã.

Por outro lado, foi impossível falar com Alvin. Depois de discar o número e cair na caixa postal, Jeremy esperou um minuto e tentou novamente, com o mesmo resultado. O relógio da cozinha mostrava que já eram quase seis horas, e Jeremy imaginou que Alvin estivesse na estrada. Com sorte, conseguiriam conversar antes que ele saísse para filmar à noite.

Lexie ainda não havia voltado e, sem nada para fazer, Jeremy saiu pela porta dos fundos e ficou na varanda. O frio havia piorado. O vento, cada vez mais forte, estava gelado e cortante e, embora não desse para ver o mar, as ondas não paravam de rolar, com som ritmado, tranquilizando-o e o colocando quase em estado de transe.

Depois de um tempo, ele voltou para a sala escura. Espiando o corredor, notou um pouco de luz sob a porta fechada de Lexie. Sem saber o que fazer em seguida, acendeu uma pequena luminária de leitura perto da lareira. Com luz suficiente apenas para formar sombras no cômodo, ele passou os olhos nos livros empilhados na prateleira, mas logo se lembrou de sua bolsa. Na pressa de chegar, ainda não tinha olhado o caderno de Doris. Pegou-o e o levou para a poltrona. Ao se sentar, sentiu a tensão nos ombros começar a diminuir pela primeira vez em horas.

Isso era bom, pensou. Ou melhor: era como as coisas deveriam ser.

Antes, quando ouviu Jeremy fechar a porta de seu quarto, Lexie ficou perto da janela e deu um gole na cerveja, feliz por ter algo para acalmar seus nervos.

Os dois haviam mantido a conversa num nível superficial na cozinha, mantendo certa distância até as coisas se definirem. Ela sabia que podia manter o mesmo curso quando voltasse para lá, mas ao colocar a cerveja de lado, percebeu que não queria manter distância. Não mais.

Apesar de conhecer os riscos, tudo nele a havia atraído ainda mais – a surpresa de vê-lo caminhando em sua direção na praia, o sorriso fácil e os cabelos desgrenhados, o olhar nervoso como o de um garoto – e, naquele instante, ele era ao mesmo tempo o homem que ela conhecia e o homem que não conhecia. Embora não tivesse admitido para si mesma antes, agora se dava conta de que queria conhecer a parte que ele ocultava dela, independentemente do que fosse e de para onde pudesse levar.

Dois dias atrás, ela não imaginava que algo assim seria possível, ainda mais com um homem que mal conhecia. Ela já tinha sido magoada e agora se dava conta de que havia reagido à magoa recolhendo-se na segurança da solidão. Mas uma vida sem riscos não era bem uma vida e se fosse para mudar isso, podia muito bem começar agora.

Depois de tomar banho, ela se sentou na beirada da cama e abriu o zíper da mala, tirando um frasco de creme. Aplicou um pouco nas pernas e nos braços, espalhou sobre os seios e a barriga, desfrutando da vibração que suscitava em sua pele.

Não havia trazido nada sofisticado para vestir; na pressa de sair, pela manhã, havia pegado as primeiras coisas que encontrou e vasculhou a mala até encontrar sua calça jeans favorita. Totalmente desbotada, estava rasgada nos joelhos e as barras estavam desfiadas. Mas as infinitas lavagens haviam amaciado e afinado o tecido, e ela sabia como suas formas ficavam acentuadas. Sentiu um tremor secreto com a certeza de que Jeremy notaria.

Vestiu uma camisa branca de mangas compridas, que não se deu ao trabalho de colocar para dentro da calça, e dobrou as mangas até os cotovelos. Parada na frente do espelho, abotoou a frente, parando um botão antes do que faria normalmente, revelando um pouquinho do decote.

Secou os cabelos com o secador e os escovou. Em termos de maquiagem, fez o melhor com o que tinha, aplicando um toque de blush nas bochechas, lápis de olho e batom. Desejou ter levado algum perfume, mas não podia fazer nada quanto a isso.

Quando estava pronta, puxou a camisa diante do espelho na tentativa de fazê-la parecer perfeita, satisfeita com sua aparência. Sorrindo, tentou se lembrar da última vez que se importou tanto em ficar bonita.

Jeremy estava sentado na poltrona com os pés para cima quando ela entrou na sala. Ele a olhou e, por um instante, pareceu que queria dizer alguma coisa, mas nenhuma palavra saiu. Em vez disso, só ficou observando.

Sem conseguir tirar os olhos de Lexie, ele soube de repente por que havia sido tão importante encontrá-la outra vez. Não tivera escolha, pois já sabia que estava apaixonado.

– Você está... incrível – sussurrou.

– Obrigada – disse ela, notando a emoção na voz dele e se sentindo feliz.

Os olhares se encontraram e permaneceram fixos. Naquele instante, ela entendeu que a mensagem no olhar dele refletia aquela que havia em seu próprio olhar.

15

Por um instante, nenhum dos dois parecia conseguir se mexer, até que Lexie respirou fundo e desviou o olhar. Ainda abalada, ela levantou a garrafa de leve.

– Acho que preciso de mais uma dessas – falou, com um sorriso hesitante. – Você quer?

Jeremy pigarreou.

– Já peguei uma. Obrigado.

– Eu já volto. Preciso dar uma olhada no molho também.

Lexie foi para a cozinha com as pernas bambas e parou na frente do fogão. A colher de pau havia deixado uma mancha de molho de tomate na bancada então, depois de usá-la, a pousou no mesmo lugar. Em seguida, abriu a geladeira, pegou outra cerveja e a colocou sobre a bancada junto com as azeitonas. Tentou abrir o vidro, mas, como suas mãos tremiam, não teve força.

– Precisa de uma mãozinha com isso? – ofereceu Jeremy.

Ela levantou os olhos, surpresa. Não o ouvira entrar e ficou se perguntando se seus sentimentos pareciam tão óbvios quanto ela sentia.

– Se não se importar... – respondeu.

Jeremy pegou as azeitonas. Ela observou os músculos firmes de seus antebraços enquanto ele torcia a tampa. Então, vendo a garrafa de cerveja, abriu-a também e entregou a Lexie.

Ele não olhou nos olhos dela, nem pareceu querer dizer algo mais. Na quietude do cômodo, ela o viu se encostar na bancada. A luz do teto estava acesa, mas, sem a meia-luz do entardecer entrando pelas janelas, parecia mais suave do que quando começaram a cozinhar.

Lexie tomou uma golada de cerveja, saboreando-a, saboreando tudo que dizia respeito àquela noite: sua aparência, o modo como se sentia e como ele olhava para ela. Estava perto o bastante para esticar o braço e tocar em Jeremy. E por um breve instante quase fez isso, mas acabou se virando e indo até o armário.

Pegou azeite e vinagre balsâmico e colocou um pouco de cada em uma tigela pequena, junto com sal e pimenta.

– O cheiro está delicioso – comentou ele.

Terminando o tempero da salada, ela pegou as azeitonas e as colocou em outra tigela pequena.

– Ainda temos uma hora antes do jantar. – Falar parecia deixá-la mais estável. – Como eu não pretendia ter companhia, isto vai servir de aperitivo. Se fosse verão, eu diria para esperarmos na varanda, mas tentei fazer isso mais cedo e está um gelo. E já vou avisando que as cadeiras da cozinha não são muito confortáveis.

– O que significa...?

– Gostaria de voltar para a sala?

Ele foi na frente, parou na poltrona para pegar o caderno de Doris, depois viu Lexie se sentar no sofá. Ela colocou as azeitonas sobre a mesa de centro, depois se remexeu um pouco, tentando achar uma posição confortável. Quando ele se sentou ao seu lado, sentiu o cheiro doce e floral do xampu dela. Vindo da cozinha, podia ouvir o rádio bem baixinho.

– Estou vendo que está com o caderno de Doris – comentou ela.

Jeremy confirmou.

– Ela me emprestou.

– E?

– Acabei de dar uma olhada nas primeiras páginas. É muito mais detalhado do que eu pensava.

– Agora acredita que ela previu o sexo de todos esses bebês?

– Não. Como eu disse, ela deve ter registrado apenas os que acertou.

Lexie sorriu.

– E quanto às diferenças nas anotações? Às vezes a caneta, às vezes a lápis, às vezes parece que ela estava com pressa, às vezes foi escrito com calma.

– Não estou dizendo que o caderno não parece convincente. Só que ela não pode prever o sexo de um bebê segurando na mão de alguém.

– Só porque você está dizendo.

– Não. Porque é impossível.

– Não está querendo dizer que é *estatisticamente improvável*?

– Não – insistiu ele. – É impossível.

– Tudo bem, Sr. Cético. E como está indo sua reportagem?

Jeremy começou a cutucar o rótulo da cerveja com o polegar.

– Bem. Mas, se possível, gostaria de terminar de ler alguns dos diários na biblioteca. Talvez encontrar algo para dar um tempero na história.

– Já descobriu o que é?

– Sim. Agora só preciso provar. Com sorte, o clima vai cooperar.

– Vai sim – afirmou ela. – Durante o fim de semana todo deve ter nevoeiro. Ouvi no rádio hoje mais cedo.

– Ótimo. Mas a parte ruim é que a solução é bem menos divertida do que a lenda.

– Valeu a pena vir para o sul?

Ele assentiu.

– Sem dúvida – respondeu em voz baixa. – Eu não trocaria essa viagem por nada no mundo.

Ouvindo seu tom de voz, ela soube exatamente o que ele queria dizer e se virou para ele. Apoiando o queixo na mão, pôs uma perna em cima do sofá, gostando do clima de intimidade que sentia, de quanto ele a fazia se sentir desejada.

– Então o que é? – perguntou, inclinando-se um pouco para a frente. – Pode me contar?

A luminária atrás dela fazia com que parecesse estar com uma auréola, e seus olhos violeta brilhavam sob cílios escuros.

– Prefiro mostrar – disse ele.

Lexie sorriu.

– Já que vou ter que levá-lo de qualquer jeito. Não é?

– É.

– E você quer voltar...?

– Amanhã se for possível. – Ele balançou a cabeça, tentando recuperar o controle de seus sentimentos, não querendo estragar tudo nem pressionar demais, mas com muita vontade de tomá-la nos braços. – Preciso encontrar o Alvin. É um amigo meu, operador de câmera de Nova York. Ele vem fazer umas gravações profissionais.

– Ele vem para Boone Creek?

– Na verdade, deve estar chegando na cidade agora mesmo.

– Agora? Você não tinha que estar lá?

– Acho que sim – admitiu Jeremy.

Ela pensou no que ele tinha dito, tocada pelo esforço que ele fizera para estar ali.

– Certo – falou. – Tem uma balsa que sai bem cedo. Podemos estar na cidade por volta das dez da manhã.

– Obrigado – disse ele.

– E você vai filmar amanhã à noite?

Ele confirmou.

– Deixei um bilhete pedindo para o Alvin ir ao cemitério hoje, mas temos que filmar em outros lugares também. E amanhã vai ser um dia cheio. Preciso amarrar algumas pontas soltas.

– E o baile? Achei que tínhamos um acordo: se você resolvesse o mistério, eu dançaria com você.

Jeremy baixou a cabeça.

– Se eu conseguir ir, eu danço. Acredite, não há nada que eu queira mais.

O silêncio dominou a sala.

– Quando pretende voltar a Nova York? – perguntou ela por fim.

– Sábado. Preciso estar em Nova York para uma reunião na semana que vem.

O coração dela pesou ao ouvir essas palavras. Embora já soubesse que isso aconteceria, ainda doía ouvi-lo dizer.

– De volta à vida empolgante, não é?

Ele balançou a cabeça.

– Minha vida em Nova York não é nem um pouco glamourosa. Na maior parte do tempo, estou trabalhando. Gasto quase todo o meu tempo pesquisando ou escrevendo, e essas tarefas são solitárias. Na verdade, fico bem sozinho às vezes.

Ela levantou a sobrancelha.

– Não tente me fazer sentir pena de você, porque nessa eu não caio.

Ele a olhou.

– E se eu mencionasse meus vizinhos pavorosos? Ficaria com pena de mim?

– Não.

Ele riu.

– Eu não moro em Nova York pela empolgação, independentemente do que você possa pensar. Moro lá porque é onde minha família está, porque me sinto confortável lá. Porque é o meu lar. Do mesmo jeito que Boone Creek é o seu.

– Imagino que seja próximo de sua família.

– Sim. Somos próximos. Nós nos reunimos quase todos os fins de semana na casa dos meus pais no Queens para aqueles jantares enormes. Meu pai teve um ataque cardíaco há alguns anos, e é difícil para ele, mas adora os fins de semana. É sempre um zoológico: um monte de crianças correndo, minha mãe fazendo comida na cozinha, meus irmãos e as esposas no quintal. Naturalmente, todos moram por perto, então passam bem mais tempo lá do que eu.

Ela tomou outro gole, tentando imaginar a cena.

– Parece ótimo.

– É, sim. Mas às vezes é difícil.

Ela o fitou.

– Não entendi.

Ele ficou em silêncio enquanto girava a garrafa nas mãos.

– Às vezes também não entendo.

Talvez tenha sido o modo com que ele disse que a impediu de falar qualquer coisa; diante do silêncio, ela o observou com atenção, esperando que continuasse.

– Você já teve um sonho? – perguntou ele. – Algo que quisesse muito, mas, quando estava prestes a conseguir, alguém tirou de você?

– Todo mundo tem sonhos que não se realizam – respondeu Lexie, cautelosa.

Ele baixou os ombros.

– É. Acho que você tem razão.

– Não sei muito bem o que está tentando me dizer.

– Tem algo que você não sabe ao meu respeito – começou Jeremy, virando-se para ela outra vez. – Na verdade, é uma coisa que nunca contei para ninguém.

Ao ouvir essas palavras, ela sentiu seus ombros ficarem tensos.

– Você é casado – arriscou ela, afastando-se.

Ele negou com a cabeça.

– Não.

– Estão está saindo com alguém em Nova York e o relacionamento é sério.

– Não, também não é isso.

Quando ele não disse mais nada, ela pensou ter visto uma sombra de dúvida cruzar seu rosto.

– Tudo bem – disse ela. – Não é mesmo da minha conta.

Ele balançou a cabeça e forçou um sorriso.

– Você quase acertou da primeira vez – confessou. – Eu fui casado. E me divorciei.

Esperando algo muito pior, ela quase soltou uma risada de alívio, mas a expressão séria dele a impediu.

– O nome dela era Maria. Éramos como fogo e gelo no começo, e ninguém conseguia entender o que tínhamos visto um no outro. Mas, olhando mais a fundo, compartilhávamos os mesmos valores e crenças a respeito de todas as grandes coisas da vida. Incluindo o desejo de ter filhos. Ela queria quatro, eu queria cinco. – Ele hesitou quando viu a expressão dela. – Sei que são muitos filhos nos dias de hoje, mas era uma coisa com que nós dois estávamos acostumados. Como eu, Maria tinha vindo de uma família grande. – Ele fez uma pausa. – Não sabíamos que havia um problema desde o começo, mas, seis meses depois, ela ainda não tinha engravidado e fomos fazer alguns exames de rotina. Os dela estavam todos normais, mas os meus, não. Ninguém descobriu o que era. Apenas uma dessas coisas que às vezes acontecem com as pessoas. Quando ela descobriu, decidiu que não queria mais ficar no casamento. E agora... bem, amo minha família, adoro ficar com eles, mas, quando estou lá, sempre penso na família que nunca poderei ter. Sei que parece estranho, mas acho que você teria que estar no meu lugar para entender quanto eu queria ter filhos.

Quando Jeremy terminou, Lexie simplesmente ficou olhando para ele, tentando entender o que ele tinha acabado de dizer.

– Sua esposa o deixou porque descobriu que você não podia ter filhos? – perguntou.

– Não de imediato. Mas, no fim das contas, sim.

– E os médicos não puderam fazer nada?

– Não. – Ele parecia quase constrangido. – Bem, não disseram que seria completamente impossível eu ter um filho, mas deixaram claro que o mais provável seria que isso *nunca* acontecesse. E foi o bastante para ela.

– E quanto a adoção? Ou encontrar um doador? Ou...

Jeremy balançou a cabeça.

– Sei que é fácil pensar que ela foi cruel, mas não foi bem assim – ponderou. – Seria preciso conhecê-la para entender direito. Ela cresceu achando que seria mãe. Afinal, todas as irmãs dela estavam tendo filhos, e ela também teria, se não fosse por mim. – Ele olhou para o teto. – Por um bom tempo, não quis acreditar. Eu não queria pensar que tinha um problema, mas tinha. Sei que parece ridículo, mas, depois disso, passei a me sentir um homem inferior. Como se não fosse bom o bastante para ninguém.

Ele deu de ombros, com um tom de voz mais prosaico conforme continuava:

– É, nós podíamos ter adotado; podíamos ter encontrado um doador. Sugeri tudo isso. Mas o coração dela não estava disposto. Ela queria ficar grávida, queria ter a experiência de dar à luz, e ficou implícito que queria que o filho fosse do marido. Depois disso, as coisas começaram a ficar ruins. Mas não foi só ela. Eu também mudei. Fiquei mal-humorado... comecei a viajar ainda mais a trabalho... não sei... acho que a afastei.

Lexie o analisou por um longo instante.

– Por que está me contando tudo isso?

Ele tomou um gole de cerveja e arranhou o rótulo da garrafa mais uma vez.

– Talvez porque eu queira que saiba no que está se metendo se ficar com alguém como eu.

Ao ouvir isso, Lexie sentiu o sangue correr para suas bochechas. Balançou a cabeça e desviou o rosto.

– Não diga coisas sem sinceridade.

– Por que acha que não estou sendo sincero?

Do lado de fora, o vento começou a soprar, e ela ouviu o toar fraco do mensageiro dos ventos que ficava perto da porta.

– Porque não está. Porque não pode. Porque você não é assim, e não tem nada a ver com o que acabou de me contar – disse ela. – Você e eu... não somos iguais, por mais que você queira pensar que sim. Você está lá, eu estou aqui. Você tem uma grande família, que vê com frequência, e eu só tenho Doris, e ela precisa que eu fique aqui, ainda mais agora, considerando seu estado de saúde. Você gosta de metrópoles, eu gosto de cidades pequenas. Você tem uma carreira que ama, e eu... bem, eu tenho a biblioteca, e também a amo. Se um de nós for obrigado a mudar o que tem, o que escolheu para a vida... – Ela fechou os olhos por um instante. – Sei que é possível para algumas pessoas, mas é uma tarefa difícil quando se trata de construir um relacionamento. Você mesmo disse que se apaixonou por Maria porque ambos compartilhavam dos mesmos valores. Mas, no nosso caso, um teria que se sacrificar. E eu não quero ter que sacrificar nada, e também não acho que seja justo esperar que você sacrifique.

Ela baixou os olhos, e no silêncio que se seguiu, Jeremy conseguiu escutar o tique-taque do relógio sobre a lareira. O adorável rosto dela foi obscurecido pela tristeza, e de repente ele foi tomado pelo medo de que pudesse estar perdendo as chances que tinha com Lexie. Esticando o braço, usou os dedos para virar o rosto dela em sua direção.

– E se eu não achar que seria um sacrifício? – perguntou. – E se lhe disser que prefiro ficar com você a voltar para minha antiga vida?

Os dedos dele pareciam elétricos junto à pele dela. Tentando ignorar a sensação, ela manteve a voz firme:

– Então eu lhe diria que os último dias foram maravilhosos. Que conhecer você foi... bem, incrível. E que, sim, gostaria de pensar que existe uma forma de fazer isso dar certo. E que estou lisonjeada.

– Mas você não quer tentar fazer dar certo.

Lexie balançou a cabeça.

– Jeremy... eu...

– Tudo bem – disse ele. – Eu entendo.

– Não. Não entende. Porque escutou o que eu disse, mas não ouviu. Significa que, é claro, eu gostaria que as coisas dessem certo entre nós. Você é inteligente, muito charmoso... – Ela interrompeu, hesitante. – Certo, talvez seja um pouco atirado demais, às vezes...

Apesar da tensão, ele não conseguiu conter o riso. Ela continuou, escolhendo as palavras com cuidado:

– Só estou dizendo isso porque os últimos dias foram incríveis, mas há coisas no passado que me deixaram feridas também. – Rápida e calmamente, ela contou a ele sobre o Sr. Multitalentos. Quando terminou, sentiu-se um pouco culpada. – Talvez seja por isso que estou tentando ser prática neste caso. Não estou dizendo que você vai desaparecer, como ele fez, mas pode afirmar com sinceridade que vamos continuar sentindo a mesma coisa um pelo outro se tivermos que viajar para passar um tempo juntos?

– Sim – disse ele com firmeza. – Posso.

Ela pareceu absorver a resposta com certa tristeza.

– Pode dizer isso agora, mas e amanhã? E daqui a um mês?

Do lado de fora, o vento começou a assobiar ao se movimentar ao redor do chalé. A areia batia nas janelas, e as cortinas balançavam conforme o forçava a entrada pelas esquadrias antigas.

Jeremy ficou olhando para Lexie, percebendo mais uma vez que a amava.

– Lexie – falou, com a boca seca. – Eu...

Sabendo o que ele ia dizer, ela levantou-se para impedi-lo.

– Por favor. Não. Ainda não estou pronta para isso, está bem? Por enquanto, vamos apenas aproveitar o jantar. Pode ser? – Ela hesitou antes de colocar a garrafa na mesa com cuidado. – Acho que é melhor eu dar uma olhada no molho e começar a preparar o linguine.

Com uma sensação de peso, Jeremy a viu se levantar do sofá. Parando na porta da cozinha, Lexie se virou para ele.

– E, só para você saber, acho que o que sua ex-mulher fez foi terrível e ela não é tão boa quanto você tentou fazer parecer. Não se deixa um marido por uma coisa dessas, e o fato de você não conseguir dizer nada de ruim sobre ela mostra que foi ela quem cometeu o erro. Acredite, eu sei o que é preciso para ser um bom pai. Ter filhos significa cuidar bem deles, criá-los, amá-los e apoiá-los, e nada disso tem relação com quem os fez durante uma noite na cama, ou com a experiência de estar grávida.

Ela se virou e desapareceu na cozinha. Dava para ouvir Billie Holiday cantando "I'll Be Seeing You" no rádio. Com a garganta apertada, Jeremy se levantou e foi atrás dela, sabendo que, se não aproveitasse o momento, ele podia não se apresentar nunca mais. De repente, entendeu que Lexie era o motivo de ele ter ido a Boone Creek; Lexie era a resposta que ele procurava havia tanto tempo.

Ele se encostou na porta da cozinha, vendo-a colocar outra panela sobre o fogão.

– Obrigado por dizer isso.

– De nada – respondeu ela, recusando-se a encará-lo.

Ele sabia que ela estava tentando permanecer forte diante das mesmas emoções que ele sentia, e ele admirava tanto sua paixão quanto sua reserva. Ainda assim, deu um passo na direção dela, sabendo que tinha que arriscar.

– Pode me fazer um favor? – pediu. – Já que posso não conseguir ir ao baile de amanhã à noite – continuou, estendendo a mão para ela –, gostaria de dançar comigo?

– Aqui? – Ela olhou para a frente, surpresa, com o coração acelerado. – Agora?

Sem dizer mais nada, ele se aproximou e pegou a mão dela. Com um sorriso, levou-a à boca e beijou seus dedos antes de assumir a posição. Então, olhou fixamente nos olhos dela, escorregou a outra mão para suas costas e, com gentileza, a puxou para perto. Conforme seu polegar começou a acariciar a pele de Lexie, Jeremy sussurrou seu nome, e ela se viu seguindo os passos dele.

A melodia tocava suave ao fundo e eles começaram a girar em círculos lentos. Embora estivesse constrangida no início, acabou se apoiando nele, relaxando no calor de seu corpo. O hálito dele aqueceu seu pescoço e, enquanto as mãos alisavam carinhosamente suas costas, ela fechou os olhos e se aproximou ainda mais, deixando a cabeça cair sobre seu ombro e sentindo o que restava de sua determinação se esvair. Percebeu que era isso que tinha querido durante todo o tempo, e, na cozinha minúscula, movimentavam-se no ritmo lento da música, um perdido no outro.

Do lado de fora, as ondas continuavam a quebrar, correndo na direção da duna. O vento frio assobiava ao redor do chalé, desaparecendo na noite escura. O jantar fervia calmamente sobre o fogão.

Quando ela enfim levantou os olhos e encontrou os dele, Jeremy a envolveu com os braços. Roçou os lábios nos dela uma vez, duas, e então pressionou com mais intensidade. Depois de se afastar um pouco para garantir que ela estava bem, ele a beijou de novo, e ela correspondeu, deleitando-se na força de seus braços. Lexie sentiu a língua dele em sua boca, uma umidade inebriante, e levou a mão ao rosto dele, passando o dedo na penugem de suas bochechas. Ele respondeu ao toque beijando-a no rosto e no pescoço, com a língua quente em sua pele.

Beijaram-se na cozinha por um bom tempo, um saboreando o outro sem pressa ou urgência, até que Lexie enfim se afastou. Desligou o fogo e, pegando novamente a mão dele, o conduziu para o quarto.

Fizeram amor sem pressa. Conforme ele se movimentava sobre ela, sussurrava quanto a amava e dizia seu nome baixinho, como uma oração. Suas mãos nunca paravam de se mexer, como se ele precisasse provar a si mesmo que ela era real. Ficaram na cama durante horas, fazendo amor e rindo em silêncio, saboreando o toque um do outro.

Horas depois, Lexie se levantou da cama e colocou um roupão. Jeremy vestiu a calça jeans e, juntando-se a ela na cozinha, terminaram de preparar o jantar. Após Lexie acender uma vela, ele ficou olhando para ela sobre a pequena chama, maravilhando-se com o rosado persistente de suas bochechas, enquanto devorava a refeição mais deliciosa que já havia provado. Por algum motivo, o ato de comerem juntos na cozinham – ele sem camisa e ela nua sob o roupão fino – pareceu quase mais íntimo do que tudo que havia acontecido aquela noite.

Depois, voltaram para o quarto e ele a puxou para perto, satisfeito em apenas abraçá-la. Quando Lexie adormeceu em seus braços, Jeremy ficou observando seu sono. De vez em quando, tirava os cabelos da frente dos olhos dela, revivendo a noite, lembrando-se de tudo, e sabendo, do fundo do coração, que havia conhecido a mulher com quem queria passar o resto da vida.

Pouco antes de amanhecer, Jeremy acordou e viu que Lexie não estava lá. Sentou-se na cama e passou a mãos sobre as cobertas, como se quisesse se certificar, depois pulou da cama e vestiu a calça. As roupas dela ainda estavam no chão, mas o roupão que havia usado durante o jantar tinha sumido. Fechado o zíper, estremeceu um pouco por causa do frio e cruzou os braços enquanto percorria o corredor.

Encontrou-a na poltrona ao lado da lareira, com um copo de leite sobre a mesa lateral. No colo, o caderno de Doris estava aberto nas primeiras páginas, mas ela não olhava para ele. Em vez disso, olhava pela janela escura, para o nada.

Ele deu outro passo na direção dela, as tábuas rangeram sob seus pés e ela se assustou com o barulho. Quando o viu, sorriu.

– Olá.

Sob a pouca luz, Jeremy sentiu que havia algo errado. Ele se sentou no braço da poltrona, ao lado dela, e a abraçou.

– Você está bem? – murmurou ele.

– Sim, estou.

– O que está fazendo? Ainda é madrugada.

– Não consegui dormir. Além disso, temos que levantar daqui a pouco para pegar a balsa.

Ele assentiu, mas não ficou completamente satisfeito com a resposta.

– Está zangada comigo?

– Não.

– Está arrependida do que aconteceu?

– Não – respondeu ela. – Também não é isso. – No entanto, não acrescentou mais nada e Jeremy a puxou para mais perto, tentando acreditar no que dizia.

– Esse caderno é interessante – disse ele, sem querer pressioná-la. – Espero poder ler com mais calma depois.

Lexie sorriu.

– Fazia tempo que eu não folheava isso. Ele suscita algumas lembranças.

– Que lembranças?

Ela hesitou, depois apontou para a página aberta sobre seu colo.

– Quando estava lendo, chegou a ver essa anotação?

– Não.

– Leia.

Jeremy leu rapidamente; em muitos aspectos, parecia idêntica às outras. O primeiro nome dos pais, a idade, o período da gestação. E o fato de que a mulher teria uma menina. Quando terminou, olhou para ela.

– Isso significa algo para você? – perguntou Lexie.

– Não sei ao certo o que você está perguntando – confessou ele.

– Os nomes Jim e Claire não significam nada para você?

– Não. – Ele analisou o rosto dela. – Deveriam?

Lexie baixou os olhos.

– Eram os meus pais – falou em voz baixa. – Esse é o registro que previu que eu seria uma menina.

Jeremy ergueu as sobrancelhas, confuso.

– Foi o que pensei – disse ela. – Nós achamos que nos conhecemos, mas você nem sabe o nome dos meus pais. E eu não sei o nome dos seus.

Jeremy sentiu um embrulho no estômago.

– E isso a incomoda? O fato de achar que não nos conhecemos tão bem?

– Não – disse ela. – O que me incomoda é não saber se um dia isso vai acontecer.

Então, com um carinho que fez o coração dele doer, ela o envolveu com os braços. Por um bom tempo, ficaram abraçados na poltrona, ambos desejando que o momento durasse para sempre.

16

---❦---

– Então esse é o seu amigo, não é? – perguntou Lexie. Ela apontou discretamente para a cela. Embora tenha morado a vida toda em Boone Creek, Lexie nunca tivera o privilégio de visitar a prisão do condado... até hoje.

Jeremy confirmou.

– Ele não costuma ser assim – sussurrou em resposta.

De manhã bem cedo, eles haviam feito as malas e fechado o chalé da praia, relutantes em deixá-lo. Mas, quando saíram de carro de Swan Quarter, o celular de Jeremy recebeu sinal suficiente para acessar suas mensagens. Nate tinha deixado quatro sobre a reunião; Alvin, por sua vez, tinha deixado um recado frenético, dizendo que havia sido preso.

Lexie levou Jeremy até seu carro, e ele a seguiu de volta a Boone Creek, preocupado com Alvin, mas também com ela. Seu humor desconcertante, que havia se manifestado de madrugada, continuara o mesmo nas horas seguintes. Embora não tivesse se afastado quando ele a abraçou na balsa, ela ficou em silêncio, olhando para as águas da baía de Pamlico. Quando sorria, era apenas um vislumbre, e quando ele pegou na mão dela, não apertou a dele. Nem queria falar sobre o que dissera mais cedo. Estranhamente, ficou falando dos inúmeros naufrágios perto da costa, e quando ele tentava desviar a conversa para assuntos mais sérios, ela mudava de assuntou ou não respondia.

Enquanto isso, Alvin padecia na prisão do condado, parecendo – pelo menos aos olhos de Lexie – que pertencia àquele lugar. Vestindo uma camiseta preta do Metallica, calças e jaqueta de couro e uma pulseira com rebites, Alvin os encarava com olhos arregalados e o rosto corado.

– Que tipo de cidade maluca é esta? Alguma coisa normal já aconteceu por aqui? – Ele começara com essa ladainha desde que Lexie e Jeremy haviam chegado, e os ossinhos de seus dedos já estavam brancos de tanto apertar as barras de ferro. – Agora, podem, *por favor,* me tirar daqui?

Atrás dele, Rodney, de braços cruzados, fazia cara feia, ignorando Alvin do mesmo modo que fizera durante as últimos oito horas. O cara choramingava demais e Rodney estava muito mais interessado em Jeremy e Lexie. Segundo Jed, Jeremy não havia voltado para o quarto na noite anterior, e Lexie também não estava em casa. Pode ter sido coincidência, mas ele duvidava muito, o que significava que o mais provável era que tivessem passado a noite juntos. E isso não era nada bom.

– Tenho certeza de que vamos dar um jeito – disse Jeremy, sem querer irritar Rodney ainda mais. Ele pareceu extremamente zangado quando Jeremy e Lexie apareceram. – Me diga o que aconteceu.

– O que aconteceu? – repetiu Alvin, levantando a voz. Seus olhos pareciam os de um louco. – Quer saber o que aconteceu? Vou lhe dizer! Este lugar é maluco, foi isso que aconteceu! Primeiro eu me perco tentando encontrar esta cidade idiota. Bem, estava dirigindo pela estrada, passei por alguns postos de gasolina e continuei em frente, certo? Já que não parecia haver uma cidade ali. E quando vejo, já estou perdido no meio de um pântano durante horas. Não encontrei a cidade até quase nove da noite. Depois, pensei que alguém me explicaria onde fica o Greenleaf, certo? Qual a dificuldade disso? Cidade pequena, o único lugar para se hospedar? Bem, daí me perdi de novo! E isso depois do cara do posto de gasolina ficar tagarelando no meu ouvido por meia hora...

– Tully – disse Jeremy, assentindo. – Foi esse o cara com quem você conversou.

– É, não importa... então finalmente chego ao Geenleaf, certo? E o cara peludo e gigantesco, que não é uma pessoa muito amigável, me olha meio feio, me entrega seu recado e me enfia em um quarto cheio de animais mortos...

– Todos os quartos são assim.

– Não importa! – resmungou Alvin. – E, é claro, você nem está por aqui...

– Desculpe por isso.

– Quer me deixar terminar? – gritou Alvin. – Então pego seu recado e sigo suas instruções para chegar ao cemitério, certo? E chego lá bem a tempo de ver as luzes, e é fantástico, você sabe. Tipo, pela primeira vez em horas, não estou puto, certo? Então vou pra esse bar chamado Lookilu para tomar uma antes de dormir, pois parecia ser o único lugar da cidade aberto àquela hora. E tem pouca gente lá, então começo a conversar com uma gata chamada Rachel. E tudo está indo muito bem. Estamos realmente nos entendendo, mas logo esse cara entra, parecendo que tinha acabado de engolir um porco-espinho... – Ele apontou com a cabeça para Rodney, que sorriu sem mostrar os dentes. – Bem, um pouco mais tarde, saio do carro, e logo vejo esse cara batendo no vidro com sua lanterna e me pedindo para sair. Pergunto por que e ele me diz novamente para sair. E então começa a me perguntar quanto bebi e insinua que talvez eu não devesse dirigir. Respondo que estou bem e que estou aqui trabalhando com você, mas quando vejo... vou passar a noite na cadeia! Agora, *me tire daqui*!

Lexie olhou para trás.

– Foi isso que aconteceu, Rodney?

Rodney pigarreou.

– Mais ou menos. Mas ele esqueceu da parte em que me chamou de policial caipirão e disse que me denunciaria por abuso de autoridade se eu não o liberasse. Pareceu tão irracional que achei que pudesse estar drogado, ou ficar violento, então fui obrigado a detê-lo para sua própria segurança. Ah, e ele me chamou de saco de músculos idiota também.

– Você estava me importunando! Eu não fiz nada!

– Você bebeu e queria dirigir.

– Duas cervejas! Eu tomei duas cervejas! – Alvin parecia louco. – Pergunte ao barman! Ele vai confirmar!

– Eu já perguntei – disse Rodney. – Ele me falou que você tomou sete bebidas.

– Ele está mentindo! – berrou Alvin, voltando-se para Jeremy. Ele olhou por entre as barras, com o rosto em pânico entre as mãos. – Eu tomei duas cervejas! Eu juro, Jeremy! Nunca dirigiria se tivesse bebido demais. Juro sobre a Bíblia da minha mãe!

Jeremy e Lexie olharam para Rodney. Ele deu de ombros.

– Eu só estava fazendo o meu trabalho.

– Seu trabalho! Seu trabalho! – gritou Alvin. – Prendendo gente inocente! Estamos nos Estados Unidos e você não pode fazer isso aqui! E isso não vai ficar assim! Quando eu acabar com você, não vai arrumar emprego nem de segurança de supermercado! Escutou, caipira? Nem no supermercado!

Ficou claro que os dois haviam passado boa parte da noite nessa discussão.

– Deixe que eu falo com o Rodney – sussurrou Lexie por fim.

Quando ela saiu com o vice-xerife, Alvin ficou em silêncio.

– Vamos tirar você daqui – garantiu Jeremy.

– Eu nem devia estar aqui!

– Sei disso. Mas não está ajudando.

– Ele está querendo me intimidar!

– Concordo. Mas vamos deixar a Lexie resolver. Ela vai cuidar disso.

No corredor, Lexie olhou para Rodney.

– O que está acontecendo de verdade? – perguntou.

Rodney não a encarava; em vez disso, continuava a olhar na direção da cela.

– Onde você estava ontem à noite? – ele quis saber.

Ela cruzou os braços.

– Estava no chalé da praia.

– Com ele.

Lexie hesitou, pensando na melhor forma de responder.

– Não fui com ele, se é o que está perguntando.

Rodney assentiu, sabendo que ela não havia respondido completamente, mas logo se deu conta de que não queria mais saber.

– Por que você o prendeu? De verdade.

– Eu não pretendia. A culpa foi dele.

– Rodney...

Ele se virou, baixando a cabeça.

– Ele estava dando em cima da Rachel, e você sabe como ela fica quando bebe: joga charme para todo mundo e não tem um pingo de bom senso. Bem, sei que não é da minha conta, mas alguém tem que cuidar dela. – Ele fez uma pausa. – Quando ele saiu, fui falar com ele para ver se pretendia ir até a casa dela e saber que tipo de cara ele era, mas ele começou a me insultar. E eu também não estava no melhor dos humores...

Lexie sabia o motivo e, quando Rodney parou de falar, ela não disse nada. Em seguida, Rodney balançou a cabeça, como se ainda estivesse tentando se justificar.

– Mas o fato é que ele estava bebendo e pretendia dirigir. E isso é ilegal.

– Ele estava acima do limite permitido?

– Não sei. Nem verifiquei.

– Rodney!

– Ele me irritou, Lexie. É grosseiro e tem uma aparência estranha. Ficou dando em cima da Rachel e me xingando, depois disse que trabalha com esse cara... – Ele apontou com a cabeça para Jeremy.

Lexie pôs a mão no ombro dele.

– Escute o que vou dizer, certo? Você sabe que vai arrumar confusão se o mantiver aqui sem motivo. Principalmente com o prefeito. Se ele descobrir o que você fez com o operador de câmera, ainda mais que ele teve todo esse trabalho para garantir que a reportagem saísse, vai arrumar problema para você. – Ela o deixou absorver aquelas informações por um instante antes de continuar: – Além disso, nós dois sabemos que quanto mais rápido deixá-lo sair, mais rápido os dois vão embora.

– Acha mesmo que ele vai embora?

Lexie encarou Rodney.

– O voo dele é amanhã.

Pela primeira vez, ele não desviou os olhos.

– Você vai com ele.

Ela demorou um pouco para responder a pergunta que estivera fazendo a si mesmo a manhã toda.

– Não – sussurrou. – Boone Creek é meu lar. E é onde eu vou ficar.

Dez minutos depois, Alvin estava caminhando no estacionamento ao lado de Jeremy e Lexie. Rodney estava parado na entrada da cadeia municipal, observando os três.

– Não diga nada – alertou Jeremy outra vez, segurando o braço de Alvin. – Apenas continue andando.

– Ele é um jeca com uma arma e um distintivo!

– Não, não é – falou Lexie com firmeza. – Ele é um bom homem, independentemente do que você possa pensar.

– Ele me prendeu sem motivo!

– E ele também cuida das pessoas que vivem aqui.

Eles chegaram até o carro, e Jeremy fez sinal para Alvin entrar atrás.

– Isso não vai ficar assim – resmungou Alvin, entrando no carro. – Vou ligar para as autoridades. Esse cara devia ser despedido.

– O melhor que tem a fazer é esquecer isso tudo – alertou Lexie, olhando para ele pela porta aberta do carro.

– Esquecer? Ficou louca? Ele estava errado, e você sabe disso!

– Sim, estava. Mas, como não foi registrada nenhuma acusação formal, você vai deixar para lá.

– Quem é você para me dizer o que fazer?

– Sou Lexie Darnell – respondeu ela, pronunciando seu nome lentamente. – E não apenas sou amiga do Jeremy, mas tenho que viver aqui com Rodney e não vou mentir quando digo que me sinto muito mais segura com ele por perto. A cidade inteira se sente mais segura por causa dele. Você, por outro lado, vai embora amanhã e ele nunca mais vai incomodá-lo. – Ela sorriu. – E, vamos, tem que admitir que vai ter uma boa história para contar em Nova York.

Ele ficou olhando para ela sem acreditar, depois se virou para Jeremy.

– É ela? – perguntou.

Jeremy confirmou.

– É bonita – comentou Alvin. – Talvez meio controladora, mas bonita.

– Melhor ainda, ela cozinha como uma italiana.

– Tão bem quanto a sua mãe?

– Talvez melhor.

Alvin fez um sinal positivo, ficando em silêncio por um instante.

– Imagino que ache que ela está certa sobre deixar essa história para lá.

– Sim. Ela entende esse lugar melhor do que você e eu, e até agora não disse nada que não fosse correto.

– Então ela também é inteligente, não é?

– Muito – disse Jeremy.

Alvin sorriu mostrando os dentes.

– Imagino que os dois estavam juntos ontem à noite.

Jeremy não disse nada.

– Ela deve ser mesmo incrível...

– Estou bem aqui, rapazes! – Lexie finalmente interrompeu. – Vocês sabem que posso ouvir tudo o que estão dizendo, não é?

– Desculpe – falou Jeremy. – É a força do hábito.

– Podemos ir agora? – perguntou Lexie.

Jeremy olhou para Alvin, que parecia estar considerando suas opções.

– É claro – respondeu, dando de ombros. – E não só isso, eu vou fingir que isso nunca aconteceu. Com uma condição.

– Qual? – perguntou Jeremy.

– Todo esse papo de comida italiana me deixou com fome, e eu não como nada desde ontem. Pague o meu almoço e não só deixo toda essa história de lado como conto como foi a filmagem de ontem.

Rodney o viu sair antes de voltar para dentro, cansado por ter ficado sem dormir. Sabia que não devia ter detido o cara, mas ainda assim não se sentia tão mal por isso. Ele só queria fazer um pouco de pressão, e o cara começou a soltar o verbo e ser arrogante...

Ele esfregou o alto da cabeça, sem querer pensar a respeito. Já tinha terminado. O que não terminara era o fato de Lexie e Jeremy terem passado a noite juntos. Suspeitar era uma coisa, mas ter provas era diferente, e ele tinha visto como eles estavam agindo esta manhã. Não como tinham agido na festa do outro dia, o que significava que algo havia mudado entre os dois. Ainda assim, ele não tinha certeza até ouvir o artifício que ela usou para responder sua pergunta, sem responder. *Não fui com ele, se é o que está perguntando.* Não, ele quis dizer que não tinha perguntado isso. Tinha perguntado se ela esteve com ele na praia na noite passada. Mas a resposta vaga foi suficiente, e não era preciso muita inteligência para compreender o que aconteceu.

A percepção quase partiu seu coração, e ele desejou mais uma vez entendê-la melhor. Houve épocas, no passado, em que pensou que estava chegando mais perto de saber o que a agradava, mas isso... bem, isso provava o contrário, não? Por que diabos ela deixaria isso acontecer novamente? Por que não havia aprendido com o primeiro estranho que passou pela cidade? Não se lembrava de como havia ficado deprimida depois? Não sabia que só se magoaria de novo?

Ela precisava saber essas coisas, pensou ele, mas deve ter decidido – pelo menos por uma noite – que não se importava. Não fazia o menor sentido, e Rodney estava ficando cansado de se preocupar com isso. Estava cansado de ser magoado por ela. Sim, ainda a amava, mas já havia lhe dado tempo mais do que suficiente para descobrir quais eram seus sentimentos por ele. Estava na hora de Lexie tomar uma decisão de uma vez por todas.

Sentindo a raiva diminuir, Alvin parou na porta do Herbs quando viu Jed sentado à uma das mesas. Jed fez cara feia e cruzou os braços assim que viu Alvin, Jeremy e Lexie se sentarem em uma mesa de canto, perto das janelas.

– Nosso simpático *concierge* não parece satisfeito em nos ver – sussurrou Alvin.

Jeremy deu uma espiada. Os olhos de Jed se transformaram em pequenas fendas.

– Nossa, que estranho. Ele sempre pareceu simpático. Você deve ter feito alguma coisa para irritá-lo.

– Não fiz nada. Apenas me registrei no hotel.

– Ele não deve ter gostado da sua aparência.

– O que tem de errado com a minha aparência?

Lexie levantou as sobrancelhas como se dissesse: *Só pode estar brincando.*

– Sei lá – ponderou Jeremy em voz alta. – Talvez ele não goste do Metallica.

Alvin olhou para a camiseta e balançou a cabeça.

– Não importa.

Jeremy piscou para Lexie; embora tenha sorrido em resposta, sua expressão estava distante, como se estivesse com a cabeça em outro lugar.

– A filmagem de ontem foi ótima – disse Alvin, pegando o cardápio. – Peguei tudo de dois ângulos e assisti a tudo ontem à noite. Ficou incrível. A emissora vai adorar. O que me lembra de que preciso ligar para o Nate. Como ele não conseguiu falar com você, ficou me ligando a tarde toda. Não tenho ideia de como você aguenta aquele cara.

Lexie parecia perplexa, e Jeremy se aproximou dela.

– Ele está falando do meu agente – explicou.

– Ele também está vindo para cá?

– Não. Ele fica ocupado demais sonhando com minha futura carreira. Além disso, ele não saberia o que fazer fora da cidade grande. É o tipo de cara que acha que o Central Park deveria ser transformado em apartamentos e lojas para alugar.

Ela abriu um breve sorriso.

– E quanto a você dois? – perguntou Alvin. – Como se conheceram?

Quando Lexie não demonstrou indícios de que responderia, Jeremy se remexeu na cadeira.

– Ela é bibliotecária e está me ajudando com a pesquisa para a matéria – contou, vagamente.

– E os dois estão passando muito tempo juntos, não é?

Pelo canto de olho, Jeremy viu Lexie desviar o rosto.

– Tem muita coisa para pesquisar – disse ele.

Alvin olhou para o amigo, sentindo que tinha algo errado. Parecia que havia acontecido uma briga de casal, já superada, mas eles ainda estavam lambendo as feridas. Era muita coisa para uma única manhã.

– Bem... legal – falou, decidindo não perguntar mais nada. Em vez disso, resolveu olhar o cardápio enquanto Rachel vinha passando perto da mesa.

– Oi, Lex. Oi, Jeremy – disse ela, ao se aproximar. – Oi, Alvin.

Alvin levantou os olhos

– Rachel! – exclamou.

– Achei que tivesse dito que vinha para o café da manhã – falou ela. – Já estava desistindo de você.

– Desculpe – disse ele, olhando para Jeremy e Lexie. – Acabei dormindo demais.

Do bolso do avental, Rachel tirou um bloquinho e pegou o lápis que deixava atrás da orelha. Molhou a ponta com língua.

– Bem, o que vocês vão querer?

Jeremy pediu um sanduíche; Alvin quis a sopa de lagosta e também um sanduíche. Lexie balançou a cabeça.

– Não estou com fome. Doris está por aqui?

– Não, ela não veio hoje. Estava cansada e resolveu tirar o dia de folga. Trabalhou até tarde ontem, preparando as coisas para o fim de semana.

Lexie tentou decifrar a expressão dela.

– É verdade, Lex – acrescentou Rachel com seriedade. – Não precisa se preocupar. Ela pareceu bem ao telefone.

– Talvez fosse melhor eu dar uma passada na casa dela – disse Lexie. Olhou para a mesa em busca de confirmação. Rachel saiu da frente para ela passar.

– Quer que eu vá com você? – ofereceu-se Jeremy.

– Não, tudo bem. Você precisa trabalhar, e eu tenho coisas para fazer também. Gostaria de me encontrar na biblioteca mais tarde? Você queria terminar de olhar aqueles diários, não queria?

– Se não tiver problema – disse ele, sentindo a indiferença em seu tom de voz. Ele preferia passar o resto da tarde com ela.

– Que tal nos encontrarmos às quatro? – sugeriu ela.

– Está bem. Mas me mantenha informado do que está acontecendo, certo?

– Como a Rachel disse, tenho certeza de que ela está bem. Vou pegar o caderno no carro, tudo bem?

– Sim, é claro.

Ela olhou para Alvin.

– Foi um prazer conhecê-lo, Alvin.

– O prazer foi todo meu.

Um minuto depois, Lexie já tinha ido embora e Rachel estava a caminho da cozinha. Assim que se afastaram, Alvin se debruçou sobre a mesa.

– Certo, meu amigo, desembucha.

– Do que está falando?

– Você sabe muito bem do que estou falando. Primeiro você se apaixona por ela. Depois passam a noite juntos. Mas, quando aparecem na cadeia, os dois agem como se mal se conhecessem. E agora ela usa a primeira desculpa que aparece para dar o fora.

– Doris é a avó dela – explicou Jeremy. – E Lexie está preocupada com ela. Seu estado de saúde não é dos melhores.

– Não importa – disse Alvin, cético. – O que estou dizendo é que você ficou olhando para ela com cara de cachorro sem dono, e ela ficou fazendo de tudo para fingir que você não olhava. Vocês brigaram ou algo assim?

– Não. – Ele parou, olhando para o restaurante. Em uma mesa no canto, viu três membros do conselho municipal, assim como o voluntário idoso da biblioteca. Todos acenaram para ele. – Na verdade, não sei o que foi. Em um minuto estava tudo ótimo, no seguinte...

Quando ele não terminou a frase, Alvin recostou no banco.

– Bem, não ia durar mesmo.

– Podia durar – insistiu Jeremy.

– Ah, é? O que foi, está pretendendo se mudar aqui para Zona Fantasma? Ou ela iria para Nova York?

Jeremy ficou dobrando e desdobrando o guardanapo sem responder, não querendo ser lembrado do óbvio.

Diante do silêncio, Alvin ergueu as sobrancelhas.

– Definitivamente preciso passar mais tempo com essa moça – disse. – Não via alguém mexer tanto assim com você desde a Maria.

Jeremy levantou os olhos, sem palavras, sabendo que seu amigo estava certo.

Doris estava recostada na cama, olhando por cima dos óculos de leitura quando Lexie apareceu em seu quarto.

– Doris? – chamou a neta.

– Lexie – gritou ela. – O que está fazendo aqui? Entre, entre...

Doris colocou de lado o livro aberto em seu colo. Ainda estava de pijama e, embora a pele estivesse meio acinzentada, parecia bem.

Lexie atravessou o quarto.

– Rachel falou que você ficou em casa hoje, e eu só quis ver como estava.

– Ah, estou bem. Só um pouco cansada, nada de mais. Mas achei que você estaria na praia.

– Eu estava – disse ela, sentando-se na beirada da cama. – Mas tive que voltar.

– Hein?

– Jeremy apareceu lá.

Doris levantou as mãos como se estivesse se rendendo.

– A culpa não é minha. Eu não falei para ele onde você estava. Nem para ele ir atrás de você.

– Eu sei. – Lexie apertou o braço de Doris para tranquilizá-la.

– Então como ele soube onde encontrá-la?

Lexie juntou as mãos sobre o colo.

– Outro dia comentei com ele sobre o chalé, e ele juntou dois mais dois. Não sabe como fiquei surpresa quando o vi caminhando pela praia.

Doris olhou para Lexie com atenção antes de se sentar direito na cama.

– Então... vocês dois estavam na casa da praia ontem à noite?

Lexie confirmou.

– E?

Lexie não respondeu de imediato, mas, depois de um momento, seus lábios formaram um pequeno sorriso.

– Eu preparei seu famoso molho de tomate para ele.

– Ah, é?

– Ele ficou impressionado. – Lexie passou as mãos nos cabelos. – Eu trouxe seu caderno de volta, por sinal. Está na sala.

Doris tirou os óculos de leitura e começou a limpar as lentes com a ponta do lençol.

– Nada disso explica por que você voltou.

– Jeremy precisava de uma carona. Um amigo de Nova York, operador de câmera, veio pra cá filmar as luzes. Eles vão filmar hoje também.

– Como é o amigo dele?

Lexie hesitou, parando para pensar.

– Parece uma mistura de punk, roqueiro e integrante de uma gangue de motoqueiros. Mas, fora isso... até que é legal.

Quando Lexie ficou em silêncio, Doris estendeu o braço e pegou a mão dela. Apertando com cuidado, analisou a neta.

– Quer falar sobre o verdadeiro motivo de estar aqui?

– Não – respondeu Lexie, passando o dedo pelas costuras da colcha de Doris. – Na verdade, não. Preciso entender uma coisa por conta própria.

Doris assentiu. Lexie sempre tinha uma expressão de coragem. Às vezes, ela sabia que era melhor não dizer nada.

17

———— ❦ ————

Na varanda do Herbs, Jeremy olhava o relógio enquanto esperava Alvin terminar de conversar com Rachel. Alvin estava dando o melhor de si, e Rachel não parecia ter pressa para se despedir, o que normalmente seria considerado um bom sinal. Mas, aos olhos de Jeremy, Rachel parecia mais interessada em apenas ser educada do que em Alvin, que não estava prestando atenção nas deixas. Bem, Alvin sempre teve problemas para entender deixas.

Quando os dois enfim se afastaram, Alvin se juntou a Jeremy com um grande sorriso no rosto, como se já tivesse esquecido os acontecimentos da noite anterior. O que devia ser verdade.

– Viu isso? – sussurrou ao se aproximar. – Acho que ela gostou de mim.

– E como não gostar?

– É o que eu sempre digo – concordou Alvin. – Cara, ela é demais. Adoro esse jeito de falar. É tão... sensual.

– Você acha tudo sensual – observou Jeremy.

– Não é verdade! – protestou. – Só a maioria das coisas.

Jeremy sorriu.

– Bem, talvez possa vê-la hoje à noite, no baile. Pode ser que dê tempo de dar um pulo lá antes de sairmos para filmar de novo.

– Tem um baile hoje à noite?

– No antigo celeiro de tabaco. Ouvi dizer que a cidade toda vai. Com certeza ela estará lá.

– Ótimo – disse Alvin, descendo da varanda. Mas, depois, como se falasse consigo mesmo, acrescentou: – E por que será que ela não mencionou isso?

❦

Rachel repassou distraidamente os pedidos enquanto via Alvin sair do restaurante com Jeremy.

Ela havia se mantido um pouco afastada quando ele se sentara ao seu lado na Lookilu, mas, assim que ele contou o que estava fazendo na cidade e disse que conhecia Jeremy, engataram uma conversa, e ele passou quase uma hora falando sobre Nova York. Ele falava como se fosse o paraíso e, quando ela mencionou que esperava visitar a cidade algum dia, ele anotou seu número de telefone na capa do bloco de notas dela e disse que podia ligar. Até prometeu conseguir ingressos para ela participar de um programa matinal de TV, se quisesse.

Por mais gentil que tenha sido, ela sabia que não ligaria. Nunca gostou muito de tatuagens e, embora não estivesse tendo muita sorte com os homens nos últimos aos, havia muito tempo prometera não sair com ninguém que tivesse mais brincos na orelha do que ela. Mas esse não era o único motivo de sua falta de interesse, tinha que admitir. Também tinha um pouco a ver com Rodney.

Ele costumava visitar a Taverna Lookilu para garantir que ninguém tentasse dirigir bêbado, e quase todo mundo que frequentava o local sabia que era possível que ele passasse por lá durante a noite. Ele circulava pelo bar, cumprimentava várias pessoas e, se tivesse a impressão de que alguém havia bebido demais, deixava claro o que estava pensando e mencionava que ficaria vigiando seu carro mais tarde. Embora parecesse intimidante – e talvez fosse, para quem estivesse bebendo –, ele também acrescentava que ficaria feliz em levar a pessoa para casa. Era seu modo de manter os bêbados fora da estrada e, nos últimos quatro anos, não havia precisado prender ninguém. Nem o dono da Lookilu se importava mais com a presença dele. No início ele reclamara de ter um vice-xerife patrulhando o salão, mas, como ninguém parecia se importar, aos poucos foi aceitando, e até passou a chamar Rodney quando achava que alguém precisava de uma carona.

Na noite anterior, Rodney havia chegado como sempre fazia e não demorou muito para localizar Rachel sentada no balcão. No passado, costumava sorrir e ir até lá para conversar com ela. Mas, dessa vez, quando viu Alvin, houve um momento em que Rachel achou que ele parecia quase chateado. Foi uma reação inesperada, mas quase tão rapidamente quanto apareceu passou, e de repente ele pareceu zangado. De certo modo, era como se estivesse com ciúmes, e ela supôs que esse foi o motivo de ter saído do bar logo depois dele. Durante a carona para casa, ela ficou repassando a cena, tentando imaginar se tinha mesmo visto o que viu, ou se era só imaginação. Depois, deitada na cama, concluiu que não ficaria nem um pouco chateada se Rodney estivesse com ciúmes.

Talvez, pensou, ainda houvesse esperança para os dois.

Depois de pegar o carro de Alvin, que continuava estacionado em uma rua próxima à Lookilu, ele e Jeremy foram para o Greenleaf. Alvin tomou um banho rápido, Jeremy trocou de roupa e eles passaram as horas seguintes falando sobre o que Jeremy havia descoberto. Para ele, era uma estratégia de fuga; se concentrar no trabalho era o único jeito de não ficar se preocupando com Lexie.

As fitas de Alvin eram tão extraordinárias quanto ele havia prometido, principalmente quando comparadas com as gravações de Jeremy. A clareza e nitidez, combinadas com o efeito de câmera lenta, tornavam fácil perceber detalhes que Jeremy havia deixado passar no calor do momento. Mais do que isso, havia quadros que Jeremy poderia separar e congelar, o que ele sabia que ajudaria os espectadores a entenderem o que estava sendo mostrado de fato.

Dali, Jeremy levou Alvin pela linha do tempo histórica, usando as referências que havia encontrado para interpretar o que estava sendo visto. Mas, enquanto Jeremy continuava a expor as provas, com todos os pormenores – as três versões da lenda, mapas, anotações sobre as pedreiras, níveis da água e tabelas de horário, vários projetos de construção, e os aspectos detalhados da luz refratada –, Alvin começou a bocejar. Nunca se interessara pelas minúcias do trabalho de Jeremy e finalmente convenceu o jornalista a atravessar a ponte e ir até a fábrica de papel para ver o lugar com os próprios olhos. Eles passaram alguns minutos olhando o pátio, observando a madeira sendo carregada nas plataformas e, no caminho de volta para a cidade, Jeremy apontou onde filmariam mais tarde. Dali, foram para o cemitério para Alvin fazer algumas imagens durante o dia.

Ele posicionou a câmera em várias localizações enquanto Jeremy perambulava sozinho. A quietude do cemitério forçava seus pensamentos a voltarem para Lexie e suas preocupações a respeito dela. Ele se lembrou da noite que passaram juntos e, mais uma vez, tentou entender o que a havia feito levantar da cama no meio da noite. Apesar de negar, ele sabia que ela estava arrependida, talvez até com remorso em relação ao que havia acontecido, mas aquilo ainda não fazia sentido para ele.

Sim, ele ia embora, mas dissera várias vezes que encontrariam um jeito de fazer dar certo. E, sim, era verdade que eles não se conheciam bem, mas, considerando o curto período que haviam passado juntos, ele havia aprendido o bastante para saber que podia amá-la para sempre. Só precisavam de uma chance.

Mas Alvin estava certo, ele pensou. Independentemente das preocupações com Doris, o comportamento dela naquela manhã sugeria que estava procurando uma desculpa para fugir dele. O que ele não sabia ao certo, no entanto, era se ela o amava e achava que seria mais fácil se distanciar dele desde já, ou se não o amava e não queria passar mais tempo nenhum com ele.

Na noite anterior, ele tivera certeza de que ela sentia o mesmo que ele. Mas agora...

Ele desejava que pudessem passar a tarde juntos. Queria ouvir as preocupações dela e suavizá-las; queria abraçá-la, beijá-la e convencê-la de que encontraria um jeito de fazer o relacionamento funcionar, mesmo que fosse difícil. Ele queria fazê-la ouvir suas palavras: que ele não conseguia imaginar a vida sem ela, que seus sentimentos por ela eram reais. Mas, acima de tudo, queria se certificar de que ela sentia o mesmo por ele.

Ao longe, Alvin carregava câmera e tripé para outra localização, perdido em seu mundo e alheio às preocupações do amigo. Jeremy suspirou antes de se dar conta de que tinha ido parar na parte do cemitério em que Lexie desaparecera de vista na primeira vez que ele a vira.

Ele hesitou por um instante, formando uma ideia na cabeça, depois começou a vasculhar a área, parando sempre depois de alguns passos. Levou apenas alguns minutos para avistar o óbvio. Chegando a um pequeno morro, parou diante de um arbusto não podado de azaleia. Galhos e gravetos o cercavam, mas a área da frente parecia bem cuidada. Agachando-se, recompôs as flores que ela devia estar carregando na bolsa e de repente entendeu por que nem Doris, nem Lexie, queriam pessoas perambulando pelo cemitério.

Sob a luz cinzenta, ficou olhando para os túmulos de Claire e James Darnell, perguntando-se por que não havia pensado nisso antes.

Na volta do cemitério, Jeremy deixou Alvin no Greenleaf para tirar uma soneca, depois voltou à biblioteca, ensaiando o que queria dizer a Lexie.

Notou que a biblioteca estava mais cheia do que de costume, pelo menos do lado de fora. As pessoas passavam pela calçada em grupos de dois ou três, apontando para cima e observando a arquitetura, como se fosse uma prévia do Passeio por Casas Históricas. A maioria parecia ter nas mãos o mesmo folheto que Doris havia mandado para Jeremy e lia em voz alta as legendas que enfatizavam as propriedades singulares da construção.

Do lado de dentro, os funcionários também pareciam estar se preparando. Inúmeros voluntários varriam e tiravam o pó; outros dois estavam dispondo luminárias adicionais, e Jeremy presumiu que, assim que o passeio oficial começasse, as luzes do teto seriam diminuídas para dar à biblioteca um clima mais histórico.

Jeremy passou pela sala das crianças, notando que se encontrava bem menos cheia de coisas do que no outro dia, e continuou subindo as escadas. A porta da sala de Lexie estava aberta, e ele parou para se recompor por um instante antes de entrar. Ela estava abaixada perto da mesa, que havia sido quase que totalmente desocupada. Como todos que trabalhavam na biblioteca, ela fazia o possível para se livrar do excesso de coisas, empilhando tudo embaixo da mesa.

– Oi – disse ele.

Lexie olhou para cima.

– Ah, oi – respondeu ela, levantando-se e alisando a blusa. – Acho que me pegou tentando deixar esse lugar apresentável.

– Você tem um grande fim de semana pela frente.

– É, acho que devia ter cuidado disso antes – falou, apontando para a sala. – Mas parece que me deixei levar pela terrível procrastinação.

Ela sorriu, linda mesmo meio descabelada.

– Acontece com as melhores pessoas – disse ele.

– É, bem, não costuma acontecer comigo. – Em vez de ir até ele, Lexie pegou mais uma pilha, então voltou a enfiar a cabeça embaixo da mesa.

– Como está Doris? – perguntou ele.

– Bem – disse ela debaixo da mesa. – Como Rachel disse, ela só está um pouco indisposta, mas estará nova em folha amanhã. – Lexie reapareceu, pegando outra pilha de papel. – Se você tiver tempo, pode dar uma passada lá antes de ir embora. Tenho certeza de que ela vai gostar.

Por um instante, ele apenas ficou a observando, mas, quando se deu conta da implicação do que ela estava dizendo, deu um passo em sua direção. Quando ele fez isso, Lexie deu a volta na mesa, agindo como se não tivesse notado, mas garantindo que a mesa ficasse entre os dois.

– O que está acontecendo? – perguntou Jeremy.

Ela mexeu em mais alguns itens na mesa.

– Só estou ocupada – respondeu.

– Estou perguntando o que está acontecendo com a gente.

– Nada – disse ela. Sua voz era neutra, como se falasse sobre o clima.

– Você não está nem olhando para mim.

Com isso, ela enfim levantou a cabeça, olhando nos olhos dele pela primeira vez. Ele podia sentir a hostilidade latente, embora não soubesse ao certo se ela estava zangada com ele ou consigo mesma.

– Não sei o que você espera que eu diga. Já expliquei que tenho coisas para fazer. Acredite se quiser, mas estou na correria aqui.

Jeremy permaneceu imóvel, com a sensação repentina de que ela estava procurando uma desculpa para iniciar uma briga.

– Posso fazer alguma coisa para ajudar? – ofereceu.

– Não, obrigada. Eu dou conta. – Lexie pôs outra pilha debaixo da mesa. – Como estava o Alvin? – perguntou ela, com a voz vindo lá de baixo.

Jeremy coçou a cabeça.

– Ele não está mais zangado, se é o que quer saber.

– Ótimo. Conseguiram terminar o trabalho?

– Quase tudo.

Ela apareceu de novo, tentando se mostrar apressada.

– Eu peguei os diários para você de novo. Estão sobre a escrivaninha da sala de livros raros.

Jeremy deu um sorriso fraco.

– Obrigado.

– E se conseguir pensar em mais alguma coisa que possa precisar antes de ir embora – acrescentou –, estarei aqui por mais uma hora, mais ou menos. O passeio começa às sete, no entanto, então é melhor se programar para sair no máximo às seis e meia, que é quando vamos apagar as luzes do teto.

– Achei que a sala de livros raros fechava à cinco.

– Como você vai embora amanhã, achei que pudesse relaxar as regras só dessa vez.

– E porque somos amigos, certo?

– É claro – disse ela, sorrindo automaticamente. – Porque somos amigos.

Jeremy saiu do escritório e foi até a sala de livros raros, repassando a conversa na cabeça e tentando compreendê-la. O encontro não havia saído como ele esperava. Apesar da irreverência do último comentário, ele esperava que ela o seguisse, mas de certo modo sabia que isso não aconteceria. A tarde que passaram separados não tinha ajudado a consertar as coisas entre eles; e talvez tivesse até piorado.

Por mais que o comportamento dela o incomodasse, sabia que fazia sentido até certo ponto. Talvez ela não precisasse ser tão... fria em relação a isso, mas tudo se resumia ao fato de que ele morava em Nova York e ela aqui. No dia anterior, na praia, havia sido fácil se enganar com a crença de que as coisas dariam certo entre eles como em um passe de mágica. E ele *tinha acreditado*. Esse era o problema. Quando as pessoas gostavam umas das outras, sempre encontravam uma maneira de fazer tudo dar certo.

Ele percebeu que estava colocando o carro na frente dos bois, mas era isso o que fazia quando se via diante de um problema. Procurava soluções, fazia suposições, tentava analisar a situação a longo prazo, para avaliar com cuidado os possíveis resultados. E, supunha, era isso que esperava dela também.

O que não esperava era ser tratado como um pária. Nem que ela agisse como se nada tivesse acontecido entre eles. Ou como se acreditasse que a noite anterior não passara de um erro.

Ele olhou para a pilha de diários na mesa e se sentou. Começou a separar aqueles que já tinha visto dos outros, e restaram quatro. Até então, nenhum dos outros sete haviam sido de muita ajuda – dois mencionavam funerais de família ocorridos em Cedar Creek –, então ele pegou um dos que ainda não havia examinado. Em vez de ler desde o começo, recostou-se na cadeira e começou a olhar passagens aleatórias, tentando determinar o que a dona do diário costumava escrever sobre si mesma e a cidade em que morava.

Os escritos iam de 1912 a 1915 e eram de uma adolescente chamada Anne Dempsey. Em sua maior parte, eram relatos dos acontecimentos cotidianos de sua vida no período. De quem gostava, o que havia comido, seus pensamentos sobre os pais e amigos e o fato de que ninguém parecia entendê-la. Se havia algo notável sobre Anne, era o fato de suas angústias e preocupações serem as mesmas que caracterizam os jovens de hoje. Apesar de interessante, ele colocou de lado junto com os outros que havia rejeitado.

Os dois diários seguintes que ele folheou – ambos escritos durante os anos de 1920 – eram também, em sua maioria, relatos pessoais. Um pescador escreveu sobre marés e pesca em detalhes extremamente minuciosos; o segundo diário, que pertenceu a uma professora loquaz chamada Glenara, descrevia o florescimento de sua relação com um jovem médico visitante durante um período de oito meses, assim como pensamentos sobre seus alunos e pessoas que conhecia na cidade. Além disso, havia uma série de anotações relativas a eventos sociais, que pareciam consistir em observação de veleiros no rio Pamlico, ir à igreja, jogar *bridge* e passear pela rua principal nas tardes de sábado. Não viu menção alguma a Cedar Creek.

Ele esperava que o último diário fosse mais uma perda de tempo, mas dar o trabalho por encerrado significaria ir embora, e ele não conseguia imaginar fazer isso sem tentar falar com Lexie mais uma vez, pelo menos para manter abertas as linhas de comunicação. No dia anterior, podia ter entrado e dito a primeira coisa que lhe viesse à mente, mas o zigue-zague recente do relacionamento dos dois, combinado com o estado agitado em que ela se encontrava, tornava impossível saber exatamente o que devia dizer, ou como devia agir.

Devia permanecer distante? Devia tentar falar com ela, mesmo sabendo que queria brigar? Ou devia fingir que nem havia notado seu comportamento e apenas supor que ela ainda queria saber como acabava a história das luzes misteriosas? Devia convidá-la para jantar? Ou simplesmente abraçá-la?

Esse era o problema dos relacionamentos, quando a emoção começava a deixar as águas turvas. Era como se Lexie esperasse que ele dissesse ou fizesse a coisa certa, na hora certa, independentemente do que fosse. E isso, ele concluiu, não era justo.

Sim, ele a amava. E, sim, ele também estava preocupado com o futuro dos dois. Mas, enquanto *ele* queria tentar dar um jeito nas coisas, *ela* estava agindo como se já quisesse jogar a toalha. Ele voltou a pensar na conversa que tiveram.

Se você tiver tempo, pode dar uma passada lá antes de ir embora...

E não "se *nós* tivermos tempo". Se *você*...

E quanto ao último comentário? É claro, ela dissera, *porque somos amigos*. Ele se esforçou para não morder a língua ao ouvir isso. *Amigos?*, ele devia ter falado. *Depois da noite passada, você vem me dizer que somos só amigos? É isso que eu sou para você?*

Não era assim que se falava com uma pessoa querida. Não era assim que se tratava alguém que se espera ver de novo e, quanto mais ele pensava nisso, mais queria responder à altura. Você está recuando? *Eu também posso fazer isso.* Você quer brigar? *Aqui estou.* Afinal, ele não havia feito nada errado. O que tinha acontecido na noite anterior fora feito pelos dois. Ele estava tentando dizer o que sentia; ela não parecia querer ouvir. Ele prometia tentar fazer as coisas darem certo; ela desconsiderava a ideia desde o princípio. E, no fim, ela o havia levado para o quarto, e não o contrário.

Ele ficou olhando pela janela, com os lábios apertados. Não, pensou, não ia mais participar desse jogo. Se ela quisesse falar com ele, ótimo. Mas, se não quisesse... bem, então seria desse jeito, e sinceramente ele não podia fazer nada a respeito. Ele não pretendia rastejar e implorar, então o próximo passo estava nas mãos dela. Ela sabia onde ele estava. Decidiu sair da biblioteca assim que terminasse e voltar ao Greenleaf. Talvez isso desse a ela a chance de entender o que queria e ao mesmo tempo diria que ele não estava preparado para ficar e ser maltratado.

Assim que ele saiu de sua sala, Lexie xingou a si mesma, desejando ter lidado melhor com a situação. Achou que passar um tempo com Doris tivesse esclarecido as coisas, mas só serviu para adiar o inevitável. Quando ela percebeu, Jeremy foi entrando, agindo como se nada tivesse mudado. Como se nada fosse mudar no dia seguinte. Como se ele não fosse embora.

Sim, ela já sabia que ele ia voltar, que a deixaria como o Sr. Multitalentos, mas o conto de fadas que ele havia iniciado na noite anterior, apesar de tudo, ainda existia, alimentando fantasias nas quais as pessoas viviam felizes para sempre. Se ele conseguiu encontrá-la na praia, se teve coragem suficiente para dizer todas aquelas coisas para ela, não podia também encontrar uma razão para ficar?

No fundo, ela sabia que ele estava nutrindo a esperança de que ela fosse para Nova York, mas não conseguia entender por quê. Ele não sabia que ela não se importava nem um pouco com dinheiro ou fama? Ou com compras, shows ou a possibilidade de pedir comida tailandesa no meio da noite? A vida não se resumia a essas coisas. A vida dizia respeito às pessoas ficarem juntas, ter tempo para caminhar de mãos dadas, conversando calmamente enquanto observam o sol se pôr. Não era glamouroso, mas era, em muitos aspectos, o melhor que a vida tinha para oferecer. Não era isso que dizia o velho ditado? Quem, no leito de morte, alguma vez desejou ter trabalhado mais? Ou passado menos tempo desfrutando de uma tarde calma? Ou ficado menos com a família?

Ela não era ingênua o bastante para negar que a cultura moderna tinha seus encantos. Ser famoso, rico e belo, ir a festas exclusivas: *só assim você será feliz.* Em sua opinião, não passava de um monte de besteiras, a canção dos desesperados. Do contrário, por que tantas pessoas ricas, famosas e belas usavam drogas? Por que não conseguiam manter um casamento? Por que estavam sempre sendo presas? Por que pareciam tão infelizes quando deixavam de ser o centro das atenções?

Jeremy, ela suspeitava, havia sido seduzido por esse mundo, por mais que não quisesse admitir. Ela imaginara isso a respeito dele no momento em que se conheceram e alertara a si mesma para não se envolver. No entanto, arrependia-se da forma com que havia se comportado pouco antes. Não estava pronta para lidar com a situação quando ele apareceu na sua sala, mas podia muito bem ter dito isso, em vez de colocar uma mesa entre os dois e negar que houvesse algo errado.

Sim, ela devia ter lidado melhor com a situação. Independentemente de suas diferenças, Jeremy merecia pelo menos isso.

Amigos, ele voltou a pensar. *Porque somos amigos.*

A forma como ela dissera aquilo ainda o machucava e, batendo a caneta distraidamente sobre o caderno, Jeremy balançou a cabeça. Tinha que acabar seu trabalho. Girando os ombros para aliviar a tensão, pegou o último diário e empurrou a cadeira para a frente. Ao abrir, levou apenas alguns segundos para se dar conta de que era diferente de todos os outros.

E, vez de pequenas passagens pessoais, o diário era uma coleção de ensaios com título e data, escritos de 1955 a 1962. O primeiro tinha a ver com a construção da Igreja Episcopal, em 1859, e – enquanto o local estava sendo escavado – a descoberta do que parecia ser um antigo assentamento de índios Lumbee. O ensaio ocupava três páginas e era seguido de outro sobre o destino do Curtume Mc-Tauten, construído na região litorânea de Boone Creek em 1794. O terceiro ensaio, que fez Jeremy erguer as sobrancelhas, apresentava a opinião do autor sobre o que realmente havia acontecido aos colonos da ilha de Roanoke em 1587.

Jeremy, recordando vagamente que um dos diários havia pertencido a um historiador amador, começou a virar as páginas mais depressa... passando os olhos nos títulos, procurando qualquer coisa óbvia no meio dos artigos... virando as páginas... olhando... parando de repente quando notou que tinha visto algo, voltando as páginas e ficando paralisado ao se dar conta do que avistara...

Ele recostou na cadeira, piscando ao correr os dedos pela página.

Resolvendo o mistério das luzes do Cemitério Cedar Creek

No decorrer dos anos, alguns habitantes de nossa cidade alegaram que existem fantasmas no Cemitério Cedar Creek e, há três anos, foi publicado um artigo sobre o assunto no Journal of the South. *Embora nenhuma solução tenha sido apresentada, depois de conduzir minha própria investigação, acredito ter resolvido o enigma do porquê as luzes parecem surgir em determinados momentos, e não em outros.*

Afirmo que definitivamente não se trata de fantasmas. Em vez disso, as luzes vêm da Fábrica de Papel Henrickson e são influenciadas pelo trem, quando cruza a ponte, a localização de Riker's Hill e as fases da lua.

Conforme Jeremy continuou lendo, teve que prender a respiração. Embora o autor tenha arriscado uma explicação para o motivo de o cemitério estar afundando – e sem isso as luzes provavelmente não seriam visíveis –, sua conclusão era quase a mesma que a de Jeremy.

O autor, fosse quem fosse, matara a charada havia quase quarenta anos. *Quarenta anos...*

Ele marcou a página com um pedaço de papel e voltou a olhar a capa, procurando pelo nome do autor, voltando a se lembrar da primeira que conversa que tivera com o prefeito. Com isso, sentiu suas suspeitas tomando forma como peças de um quebra-cabeças.

Owen Gherkin.

O diário havia sido escrito pelo pai do prefeito, que, segundo Gherkin, "sabia tudo que havia para saber sobre esse lugar". Que entendia o que causava as luzes. Que certamente havia contado ao filho. Que, por sua vez, sabia que nunca existira nada de sobrenatural a respeito das luzes, mas ainda assim fingia o contrário. O que significava que o prefeito Gherkin estivera mentindo o tempo todo na esperança de usar Jeremy para ajudar a tirar dinheiro de visitantes desavisados.

E Lexie...

A bibliotecária. A mulher que indicou que ele podia encontrar as respostas que procurava nos diários. O que significava que havia lido o relato de Owen Gherkin. O que significava que ela também estivera mentindo, preferindo jogar no time do prefeito.

Ele ficou se perguntando quantos outros habitantes da cidade já sabiam a resposta. Doris? Talvez. Não, ele logo mudou de ideia. Doris *tinha* que saber. Na primeira conversa que tiveram, foi bem direta ao dizer o que as luzes não eram. Mas, como o prefeito e Lexie, não dissera o que eram de verdade, mesmo que provavelmente também soubesse.

E aquilo significava... que tudo isso não passara de uma piada desde o início. A carta. A investigação. A festa. A piada, no entanto, era com ele.

E agora Lexie estava se afastando, mas só *depois* de contar a ele aquela história sobre Doris levá-la ao cemitério para ver o espírito de seus pais. E aquela outra história meiga sobre seus pais quererem conhecê-lo.

Coincidência? Ou algo planejado desde o início? E a forma como estava agindo agora...

Como se quisesse que ele fosse embora. Como se não sentisse nada por ele. Como se soubesse o que ia acontecer...

Será que fora *tudo* planejado? E, se sim, por quê?

Jeremy pegou o diário e foi para a sala de Lexie, determinado a obter algumas respostas. Mal notou que bateu a porta ao sair; nem a expressão dos voluntários que se viraram para olhar para ele. A porta de Lexie estava entreaberta, e ele a escancarou ao entrar na sala.

Com a bagunça toda escondida, Lexie segurava uma lata de lustra-móveis e polia o tampo da mesa com um pano, fazendo a madeira brilhar. Ela levantou os olhos quando Jeremy mostrou o diário.

– Ah, oi – falou, olhando para ele. Ela forçou um sorriso. – Estou quase terminando aqui.

Jeremy ficou olhando para ela.

– Pode parar de fingir – anunciou.

Mesmo do outro lado da sala, ela pôde sentir sua raiva e instintivamente colocou uma mecha de cabelo atrás da orelha.

– Do que está falando?

– Disto – disse ele, levantando o diário. – Você leu isto, não leu?

– Sim – disse ela simplesmente, reconhecendo o diário de Owen Gherkin. – Eu li.

– Sabia que tem uma passagem que fala das luzes de Cedar Creek?

– Sim.

– Por que não me contou?

– Eu contei. Falei dos diários no primeiro dia que você apareceu na biblioteca. E, se me lembro bem, disse que poderia encontrar as respostas que estava procurando. Lembra?

– Chega de jogos – disse Jeremy, apertando os olhos. – Você sabia o que eu estava procurando.

– E você encontrou – reagiu ela, elevando o tom de voz. – Não estou entendendo qual é o problema.

– O problema é que perdi todo esse tempo. Este diário já tinha a resposta. Não existe nenhum mistério aqui. Nunca existiu. E você manteve essa farsa desde o início.

– Que farsa?

– Nem tente negar – disse ele, interrompendo-a. Ele mostrou o diário. – Tenho a prova bem aqui, lembra? Você mentiu para mim. Descaradamente.

Lexie ficou olhando para ele, sentindo o calor de sua raiva, sentindo a própria raiva crescer em resposta.

– Foi por isso que veio até minha sala? Para ficar me acusando?

– Você sabia! – gritou ele.

Ela pôs as mãos na cintura.

– Não. Eu não sabia.

– Mas você leu!

– E daí? – retrucou ela. – Li a matéria do jornal também. E os artigos escritos por aquelas outras pessoas. Como eu ia saber que Owen Gherkin tinha a resposta certa? Até onde eu sabia, ele estava conjecturando, como todos os outros. E isso supondo que eu tenha dado atenção ao assunto. Acha mesmo que eu já passei mais de um minuto pensando a respeito disso antes de você chegar aqui? Eu não ligo! Nunca liguei! É você que está investigando. E se tivesse lido o diário dois dias antes, também não teria certeza. Nós dois sabemos que você teria feito sua própria investigação de qualquer modo.

– Não é essa a questão – disse ele, desconsiderando a probabilidade de que ela estivesse certa. – A questão é que tudo isso não passou de um golpe. O passeio, os fantasmas, a lenda... é tudo uma fraude.

– Do que está falando? O tema do passeio são as casas históricas e, sim, incluía o cemitério. *Uhuuu*. É apenas um fim de semana divertido no meio de uma estação monótona. Ninguém está sendo enganado, ninguém está sendo prejudicado. E qual é? Realmente acha que a maioria das pessoas acredita que as luzes são fantasmas? Elas gostam de dizer que sim porque é divertido.

– Doris sabia? – perguntou ele, interrompendo-a de novo.

– Sobre o diário de Owen Gherkin? – Ela balançou a cabeça, furiosa com a recusa dele em ouvir. – Como ela saberia?

– Está vendo – disse ele, levantando o dedo, como um professor enfatizando uma questão para um aluno. – Essa é a parte que não entendo. Se você e Doris não queriam o cemitério como parte do passeio, por que simplesmente não procuraram o jornal e contaram a verdade? Por que quiseram me envolver em seu joguinho?

– *Eu* não quis envolver você. E não se trata de um jogo. É um fim de semana inofensivo ao qual você está atribuindo proporções exageradas.

– Eu não estou exagerando. Você e o prefeito que fizeram isso.

– Então eu sou um dos vilões agora?

Quando Jeremy não disse nada, os olhos dela se estreitaram.

– Então por que eu entreguei o diário a você? Por que simplesmente não escondi?

– Não sei. Talvez tenha alguma coisa a ver com o caderno da Doris. Vocês duas empurraram isso pra cima de mim desde que cheguei. Talvez tivessem percebido que eu não viria até aqui por causa disso, então tramaram a coisa toda.

– Você tem noção de como está sendo ridículo? – Ela se apoiou na mesa, com o rosto corado.

– Ei, só estou tentando entender por que me trouxeram aqui.

Ela levantou as mãos, como se tentasse contê-lo.

– Eu não quero ouvir isso.

– Aposto que não.

– Apenas saia – disse ela, enfiando a lata de lustra-móveis em uma gaveta. – Você não pertence a este lugar e não quero mais falar com você. Volte para o lugar de onde veio.

Ele cruzou os braços.

– Pelo menos você admitiu o que esteve pensando o dia todo.

– Ah, agora você lê mentes?

– Não. Mas não preciso ler mentes para entender por que você está agindo desse jeito.

– Bem, então deixe-me ler sua mente, está bem? – bufou ela, cansada do comportamento superior dele. Cansada dele. – Deixe-me dizer o que eu vejo, certo? – Ela sabia que estava falando alto o bastante para a biblioteca inteira escutar, mas não se importava. – Vejo alguém com muita habilidade para dizer as coisas certas, mas, quando a corda aperta, não honra sua palavra.

– E o que isso quer dizer?

Ela respondeu do outro lado da sala, deixando a raiva enrijecer todos os músculos de seu corpo.

– O quê? Acha que não sei o que você realmente pensa de nossa cidade? Que não passa de uma parada na estrada? Ou que, no fundo, você não consegue entender por que alguém moraria aqui? E, não importa o que tenha dito ontem à noite, a ideia de que poderia morar aqui é ridícula?

– Eu não disse isso.

– Nem precisou! – gritou ela, odiando o tom presunçoso em sua voz. – Essa é a questão. Quando eu estava falando de sacrifício, soube muito bem que você achou que eu que devia sair daqui. Que devia deixar minha família, meus amigos, meu lar, porque Nova York é muito melhor. Que eu devia ser a mulherzinha que segue seu homem para onde ele quiser ir. Nunca passou pela sua cabeça se mudar.

– Você está exagerando.

– Estou, é? Em qual parte? Na parte em que você espera que eu saia da minha cidade? Ou pretendia falar com um corretor de imóveis antes de ir embora amanhã? Deixe-me facilitar para você – disse ela, pegando o telefone. – O escritório da Sra. Reynolds fica do outro lado da rua, e tenho certeza de que ela adoraria levá-lo para conhecer algumas casas hoje à noite, se já tiver algo em vista.

Jeremy simplesmente ficou olhando para ela, incapaz de negar as acusações.

– Não vai dizer nada? – perguntou Lexie, colocando o fone no gancho. – O gato comeu sua língua? Então me responda uma coisa. O que quis dizer, exatamente, quando afirmou que daríamos um jeito de fazer dar certo? Achou que eu estivesse interessada em esperar você me visitar de vez em quando, para passar uma noite na minha cama, sem a mínima possibilidade de estabelecermos um futuro juntos? Ou pretendia usar essas visitas para me convencer de que estou errada, já que acha que estou desperdiçando minha vida aqui e seria muito mais feliz acompanhando você?

A raiva e o sofrimento em sua voz eram inconfundíveis; assim como o significado por trás do que estava dizendo. Por um bom tempo, nenhum dos dois disse nada.

– Por que você não disse nada disso ontem à noite? – perguntou ele, baixando a voz.

– Eu tentei. Mas você não quis ouvir.

– Então por quê...?

Ele deixou a pergunta no ar, mas as implicações estavam claras.

– Eu não sei. – Ela desviou os olhos. – Você é um cara legal, passamos bons dias juntos. Talvez eu simplesmente estivesse a fim.

Ele a encarou.

– Foi isso que significou para você? – perguntou.

– Não – admitiu ela, vendo a dor no rosto dele. – Na noite passada, não. Mas isso não muda o fato de que está tudo acabado, muda?

– Então você está se afastando?

– Não – disse ela. Para seu desalento, sentiu as lágrimas começando a se acumular em seus olhos. – Não coloque a culpa em mim. É você que vai embora. Você entrou no meu mundo, não o contrário. Eu estava satisfeita até você chegar. Talvez não totalmente feliz, talvez um pouco solitária, mas satisfeita. Gosto da vida que levo aqui. Gosto de poder ficar de olho na Doris caso ela não esteja tendo um bom dia. Gosto de ler para as crianças na hora da história. Gosto até do nossos pequeno Passeio por Casas Históricas, mesmo que você pretenda transformá-lo em uma coisa feia para poder chamar a atenção na TV.

Eles ficaram um de frente para o outro, paralisados, e enfim sem palavras. Como tudo às claras, com todas as palavras ditas, ambos estavam esgotados.

– Não faça isso – disse por fim.

– O quê? Falar a verdade?

Em vez de esperar ele responder, Lexie pegou a jaqueta e a bolsa. Pendurando-as no ombro, foi para a porta. Jeremy saiu da frente para deixá-la passar, e ela saiu sem dizer uma palavra. Estava a alguns passos da porta da sala, quando Jeremy finalmente reuniu determinação para falar:

– Aonde está indo?

Lexie deu mais um passo antes de parar. Com um suspiro, ela se virou:

– Para casa – disse ela. Secou uma lágrima do rosto e endireitou o corpo.

– Assim como você vai para a sua.

18

Mais à noite, Alvin e Jeremy posicionaram as câmeras perto do calçadão do rio Pamlico. Ao longe, a música escapava do celeiro de tabaco do Meyer conforme o baile acontecia. As outras lojas do centro já estavam fechadas; até a Taverna Lookilu estava abandonada. Enrolados em suas jaquetas, eles pareciam estar sozinhos.

– E depois? – perguntou Alvin.

– Foi isso – disse Jeremy. – Ela foi embora.

– Você não foi atrás dela?

– Ela não quis que eu fosse – disse ele.

– Como você sabe?

Jeremy esfregou os olhos, repassando o argumento pela enésima vez. As últimas horas tinham passado como um borrão. Ele se lembrava vagamente de ter voltado para a sala de livros raros antes de colocar a pilha de diários sobre a prateleira e trancar a porta. No caminho de volta, ficou remoendo o que ela dissera, deixando sentimentos de raiva e decepção se fundirem com tristeza e arrependimento. Ele passou as quatro horas seguintes deitado na cama do Greenleaf, tentando imaginar uma forma de ter lidado melhor com a situação. Não devia ter invadido a sala dela daquele jeito. Havia mesmo ficado tão zangado por causa do diário? Por achar que havia sido ludibriado? Ou estava apenas chateado com Lexie e, como ela, apenas queria um desculpa para iniciar uma discussão?

Não tinha certeza, e Alvin também não tinha as respostas depois que ele relatou o que havia acontecido. Jeremy só sabia que estava exausto e, apesar do fato de ter que filmar, estava lutando contra o ímpeto de ir até a casa de Lexie e ver se conseguia consertar as coisas. Supondo que ela estaria lá. Até onde ele sabia, ela estava no baile com todos os outros.

Jeremy suspirou, lembrando dos momentos finais na biblioteca.

– Pude ver no jeito que ela olhou para mim – falou.

– Então acabou?

– Sim – confirmou Jeremy. – Acabou.

Na escuridão, Alvin balançou a cabeça e se virou. Não conseguia entender como seu amigo havia ficado tão apegado em um período tão curto de tempo. Ela não era tão charmosa assim e não correspondia ao estereótipo que ele tinha de mulheres sulistas.

Mas não importava. Era apenas um casinho, Alvin sabia e não tinha dúvidas de que Jeremy superaria assim que embarcasse no voo de volta para casa.

Jeremy sempre superava tudo.

No baile, o prefeito Gherkin estava sozinho em uma mesa de canto, com a mão no queixo.

Esperava que Jeremy passasse por lá, de preferência com Lexie, mas, assim que chegou, ouviu a fofoca dos voluntários sobre a discussão na biblioteca. Segundo o pessoal, tinha sido bem feio, e teve algo a ver com um dos diários e algum tipo de farsa.

Parando para pensar, ele concluiu que não devia ter doado o diário de seu pai para a biblioteca, mas na época não pareceu tão importante, e se tratava de um registro bastante preciso da história da cidade. A biblioteca era o lugar mais óbvio para receber a doação. Mas quem podia adivinhar o que aconteceria nos quinze anos seguintes? Quem ia saber que a fábrica de tecidos fecharia e a mina seria abandonada? Que centenas de pessoas ficariam sem trabalho? Que diversas famílias jovens partiriam para nunca mais voltar? Que a cidade acabaria travando uma batalha por sobrevivência?

Talvez ele não devesse ter acrescentado o cemitério ao passeio. Talvez não devesse ter feito propaganda dos fantasmas quando sabia que não passavam das luzes do turno da noite da fábrica de papel. Mas o fato era simples: a cidade precisava de algo para se firmar, para atrair pessoas, algo que as fizesse ficar por alguns dias, para poderem vivenciar as maravilhas desse lugar. Com mais pessoas de passagem, talvez pudesse acabar se transformando em um retiro de aposentadoria, como Oriental, Washington ou New Bern. Era, ele pensava, a única esperança da cidade. Aposentados desejavam lugares hospitaleiros para comer e guardar seu dinheiro, desejavam lugares para fazer compras. Não aconteceria de imediato, mas era o único plano que ele tinha, e precisa começar por algum lugar. Graças à inclusão do cemitério e suas luzes misteriosas, venderam centenas de tíquetes a mais para o passeio, e a presença de Jeremy lhes havia oferecido a oportunidade de espalhar a notícia em âmbito nacional

Ah, ele sempre achou que Jeremy era esperto o bastante para descobrir sozinho. Essa parte não o incomodava. E daí se ele expusesse a verdade em rede nacional? Ou mesmo em sua coluna? As pessoas das redondezas ainda ouviriam falar de Boone Creek, e algumas poderiam procurar a cidade. Qualquer publicidade era melhor do que publicidade nenhuma. A menos, é claro, que ele usasse a palavra "farsa".

Era uma palavra tão asquerosa, e não correspondia ao que estava acontecendo. Naturalmente, ele sabia o que eram as luzes, mas quase ninguém mais sabia, e qual era o problema? O fato é que havia uma lenda, havia luzes, e algumas pessoas acreditavam que se tratavam de fantasmas. Outras apenas entravam no jogo, achando que fazia com a cidade parecesse diferente e especial. As pessoas precisavam disso, agora mais do que nunca.

Jeremy Marsh com boas lembranças da cidade entenderia isso. Sem elas, talvez não. E, no momento, o prefeito Gherkin não tinha certeza de com qual impressão Jeremy sairia amanhã.

– O prefeito parece meio preocupado, não acha? – observou Rodney.

Rachel virou para olhar, sentindo orgulho de terem passado a maior parte da noite juntos. Mesmo o fato de que ele às vezes olhava para a porta e parecia procurar por Lexie na multidão não diminuía o sentimento, pelo simples motivo de que ele também parecia feliz de estar com ela.

– Um pouco. Mas ele sempre está com essa cara.

– Não – disse Rodney. – Não é a mesma coisa. Ele está pensando em algo sério.

– Quer falar com ele?

Rodney pensou no assunto. Assim como o prefeito – como todo mundo, ao que parecia –, ele ficara sabendo da discussão na biblioteca, mas, diferente da maioria, achava que tinha uma boa ideia a respeito do que estava acontecendo. Havia conseguido juntar as peças, principalmente depois de ver a expressão de Gherkin. O prefeito, ele logo soube, estava preocupado com a forma como Jeremy ia apresentar seu pequeno mistério ao mundo.

Quanto à discussão, ele havia tentado alertar Lexie de que isso aconteceria. Era inevitável. Ela era a mulher mais cabeça-dura que ele conhecia, alguém que sempre batia o pé. Mas podia ser volátil, e Jeremy havia enfim conhecido esse lado. Embora Rodney preferisse que ela não tivesse passado por isso mais uma vez, estava aliviado por saber que o caso havia praticamente terminado.

– Não – disse Rodney. – Não tenho muito o que dizer. Já não depende mais dele.

Rachel franziu a testa.

– O que não depende mais dele?

– Nada. – Ele descartou o assunto com um sorriso. – Não é importante.

Rachel o analisou por um instante, depois deu de ombros. Ficaram juntos enquanto uma música terminou e a banda começou a tocar outra. Quando mais gente foi para a pista de dança, Rachel começou a bater o pé no ritmo.

Rodney não pareceu notar os dançarinos, pois estava preocupado. Queria falar com Lexie. A caminho do baile, havia passado na frente da casa dela e visto as luzes acesas e o carro na entrada. Mais cedo, também havia recebido um relatório de outro vice-xerife, observando que o Garotão da Cidade e seu amigo que parecia saído de um desenho animado estavam filmando no calçadão. O que significava que a discussão ainda não havia sido resolvida.

Se as luzes de Lexie ainda estivessem acesas depois do fim do baile, ele achava que poderia passar por lá a caminho de casa, como havia feito na noite em que o Sr. Multitalentos tinha ido embora. Tinha a sensação de que ela não ficaria totalmente surpresa em vê-lo. Imaginou que ela talvez ficasse olhando para ele por um instante antes de abrir a porta. Coaria um café descafeinado e, como da outra vez, ele se sentaria no sofá e escutaria durante horas ela se censurar por ter sido tão tola.

Ele fez um gesto com cabeça para si mesmo. Conhecia Lexie melhor do que conhecia a si mesmo.

Ainda assim, não estava pronto para fazer isso ainda. Para começar, ela precisava de mais tempo sozinha a fim de compreender as coisas. E, ele tinha que admitir, estava um pouco cansado de ser visto como um irmão mais velho e não sabia muito bem se estava com paciência para ouvi-la.

Estava se sentindo muito bem, afinal, e no momento não estava ansioso para terminar a noite para lidar com algo deprimente.

Além disso, a banda até que era boa. Bem melhor do que a do ano anterior. Pelo canto do olho, viu Rachel se balançando ao ritmo da música, satisfeita por tê-lo como companhia, da mesma forma como havia feito na noite da outra festa. Ela sempre fora uma pessoa fácil de se conviver, mas o estranho era que, ultimamente, sempre que a via, achava que estava um pouco mais bonita do que ele se lembrava. Podia ser apenas sua imaginação, mas ele não conseguia deixar de achar que ela estava ainda mais bela esta noite.

Rachel notou que ele a olhava e sorriu, constrangida.

– Desculpe – falou. – Gosto dessa música.

Rodney pigarreou.

– Quer dançar? – convidou.

Ela levantou as sobrancelhas.

– Sério?

– Não danço muito bem, mas...

– Eu adoraria – ela interrompeu, pegando na mão dele.

Seguindo-a até a pista, ele resolveu que decidiria depois o que fazer a respeito de Lexie.

Doris estava sentada na cadeira de balanço da sala, olhando distraidamente pela janela e se perguntando se Lexie passaria por lá. Sua intuição a levava a duvidar, mas se tratava de um daqueles momentos em que desejava estar errada. Sabia que Lexie estava chateada – era mais uma leitura do óbvio do que uma premonição – e tinha tudo a ver com a partida de Jeremy.

Em certos aspectos, desejava não ter empurrado Lexie para cima dele. Olhando para trás, ela agora sabia que devia ter suspeitado que acabaria dessa forma, então por que havia feito de tudo para incentivar o romance entre os dois? Porque Lexie estava solitária? Porque Lexie estava estagnada na rotina desde que se apaixonara por aquele jovem de Chicago? Porque ela havia passado a acreditar que Lexie tinha medo de pensar em se apaixonar novamente por alguém?

Por que ela não podia ter apenas desfrutado da companhia de Jeremy? Na verdade, era tudo o que queria que Lexie fizesse. Jeremy era inteligente e charmoso, e Lexie só precisava ver que havia homens como ele por aí. Precisava se dar conta de que nem todos os homens eram como Avery ou o jovem de Chicago. Como era mesmo o apelido? Sr. Multitalentos? Tentou lembrar o nome dele, mas sabia que não era importante. O importante era Lexie, e Doris estava preocupada com ela.

Ah, ela ficaria bem, mais cedo ou mais tarde, Doris sabia. Sem dúvida, aceitaria a realidade do que havia acontecido e encontraria um jeito de seguir em frente. Com o tempo, até se convenceria de que fora uma coisa boa. Se ela havia aprendido algo sobre Lexie, era que sua neta era uma sobrevivente.

Doris suspirou. Sabia que Jeremy estava apaixonado. Se Lexie havia se enamorado dele, ele havia se enamorado muito mais, só que sua neta havia aprendido a arte de deixar relacionamentos para trás e viver fingindo que nunca haviam acontecido.

Pobre Jeremy, ela pensou. Não era justo com ele.

No Cemitério Cedar Creek, Lexie estava em meio ao nevoeiro denso, olhando para o local em que seus pais haviam sido enterrados. Sabia que Jeremy e Alvin estariam no calçadão filmando a ponte ferroviária e Riker's Hill, o que significava que ela podia ficar sozinha com seus pensamentos.

Não pretendia ficar muito tempo, mas, por algum motivo, havia se sentido compelida a ir. Havia feito a mesma coisa depois que os relacionamentos com Avery e com o Sr. Multitalentos terminaram, e enquanto apontava a lanterna para a inscrição com os nomes de seus pais, desejava que eles estivessem aqui para conversar com ela.

Sabia que tinha uma visão romantizada deles, que variava de acordo com seu humor. Às vezes gostava de pensar neles como pessoas divertidas, amorosas e loquazes; outras, gostava de acreditar que eram ouvintes silenciosos. No momento, queria pensar neles como pessoas sábias e fortes, pessoas que lhe dariam o tipo de conselho que tornaria tudo menos confuso. Estava cansada de cometer erros na vida. Era o que sempre fazia, pensou com desânimo. E agora estava prestes a cometer mais um, independentemente do que fizesse.

Do outro lado do rio, apenas as luzes da fábrica de papel estavam visíveis em meio ao nevoeiro, e a cidade em si estava perdida em uma névoa onírica. Com o trem se aproximando em breve – de acordo com o cronograma de Jeremy, pelo menos –, Alvin fez uma verificação final na câmera que estava de frente para Riker's Hill. Era a tomada complicada. A da ponta era fácil, mas por Riker's Hill estar, ao mesmo tempo, distante e envolvido em névoa, ele não tinha muita certeza se a câmera daria conta. Ela não era apropriada para fazer imagens de longa distância, exatamente o que era necessário aqui. Embora tivesse trazido suas melhores lentes e filme de alta velocidade, desejou que Jeremy tivesse mencionado esse pequeno detalhe antes que ele tivesse saído de Nova York.

Jeremy não estava raciocinando muito bem nos últimos dias, então podia ser perdoado. Em geral, em uma situação como essa, Jeremy estaria falando sem parar, fazendo piadas. Mas, na situação em que se encontrava, não havia falado quase nada nas últimas horas. Em vez da gravação fácil, em estilo de férias, como ele havia pensado, as últimas horas tinham começado a parecer trabalho, ainda mais por causa do frio. Não era bem isso que tinha em mente quando viera, mas tanto faz... apenas aumentaria seu valor e mandaria a conta para Nate.

Enquanto isso, Jeremy estava perto da grade, de braços cruzados, olhando fixamente para uma parede de névoa.

– Eu comentei que o Nate ligou mais cedo? – perguntou Alvin, tentando mais uma vez interagir com o amigo.

– Ligou?

– Ele me acordou de minha soneca – disse Alvin – e começou a gritar comigo porque seu celular não estava ligado.

Apesar da expressão de preocupação, Jeremy sorriu.

– Aprendi a deixar o telefone desligado o máximo de tempo possível.

– É, bem... preferia que tivesse me contado.

– O que ele queria?

– A mesma coisa. A última atualização. Mas ouça isso: ele perguntou se você conseguiria pegar uma amostra.

– Amostra de quê?

– Entendi que estava falando de fantasmas. Se tivesse limo ou algo parecido. Ele achou que você poderia mostrar aos produtores na reunião da semana que vem.

– Limo?

Alvin levantou as mãos.

– Palavras dele, não minhas.

– Mas ele sabe que é só a luz da fábrica de papel.

Alvin confirmou.

– Sim, ele sabe. Só achou que poderia dar um toque diferente. Você sabe, algo para impressioná-los.

Jeremy sacudiu a cabeça, sem conseguir acreditar. Nate já havia tido muitas ideias malucas no decorrer dos anos, mas essa tinha superado as outras. Mas ele era assim. Tudo o que surgia em sua cabeça, saía pela boca, e na metade do tempo, ele nem se lembrava de ter dito.

– Ele também pediu para você ligar – acrescentou Alvin.

– Até poderia – disse Jeremy. – Mas deixei o celular no Greenleaf. – Ele fez uma pausa. – Você não contou a ele sobre o diário, contou?

– Eu nem sabia – disse Alvin. – Você só me contou depois que ele já tinha ligado. Como eu disse, ele me acordou no meio da minha soneca.

Jeremy acenou com a cabeça, contemplativo.

– Se ele ligar de novo, não comente nada por enquanto, certo?

– Não quer que ele saiba que o prefeito está armando uma farsa?

– Não – disse ele. – Ainda não.

Alvin olhou para ele.

– Ainda não ou nunca?

Jeremy não respondeu de imediato. Essa era a verdadeira pergunta, não era?

– Ainda não decidi.

Alvin olhou mais uma vez pela lente.

– É uma decisão difícil – disse ele. – Talvez seja o gancho da matéria, você sabe... Bem, as luzes são um dos aspectos, mas tem que entender que a solução não é tão interessante.

– O que quer dizer?

– Para a televisão. Não sei se vão se interessar pelo fato de um trem causar as luzes.

– Não é só o trem – corrigiu Jeremy. – É a forma como as luzes da fábrica de papel são refletidas pelo trem sobre Riker's Hill, e como a maior densidade no nevoeiro no cemitério em processo de afundamento faz as luzes aparecerem.

Alvin fingiu um bocejo.

– Desculpe – disse ele. – Você estava dizendo?

– Não é chato – insistiu Jeremy. – Não entende quantas coisas precisam acontecer ao mesmo tempo para criar esse fenômeno? O fato das pedreiras terem mudado os níveis da água e feito o cemitério afundar? A localização da ponte ferroviária? As fases da lua, já que só fica escuro o suficiente para se ver as luzes em certos momentos? A lenda? A localização da fábrica de papel e o horário dos trens?

Alvin deu de ombros.

– Acredite. É chato com *C* maiúsculo. Para ser sincero, teria sido muito mais interessante se você não tivesse encontrado a solução. O público de televisão adora mistérios. Principalmente em lugares como Nova Orleans e Charleston, ou algum lugar sossegado e romântico. Mas luzes refletidas em Boone Creek, Carolina do Norte? Acha mesmo que as pessoas de Nova York e Los Angeles se importam?

Jeremy abriu a boca para dizer alguma coisa e de repente se lembrou que Lexie dissera exatamente a mesma coisa a respeito do fenômeno, e ela morava aqui. Diante do silêncio, Alvin olhou para ele.

– Se quiser mesmo trabalhar para a televisão, vai precisar dar uma apimentada, e o diário que mencionou pode ser o suficiente. Pode fazer a matéria exatamente como pesquisou e soltar o diário no fim. Deve bastar para chamar a atenção dos produtores, se fizer direito.

– Acha que eu devo jogar a cidade aos lobos?

Alvin balançou a cabeça.

– Eu não disse isso. E, para ser sincero, nem sei se o diário bastaria. Só estou dizendo que, se não arrumar um pouco de limo, é melhor considerar usar o diário se não quiser parecer um idiota na reunião.

Jeremy desviou os olhos. O trem, ele sabia, chegaria em poucos minutos.

– Lexie nunca mais falaria comigo se eu fizesse isso – disse ele. Depois deu de ombros. – Presumindo que ainda queira.

Alvin não disse nada. No silêncio, olhou para ele.

– O que você acha que eu devo fazer?

Alvin respirou fundo.

– Eu acho que tudo se resume ao que é mais importante para você, não é?

19

Jeremy dormiu mal em sua última noite em Greenleaf. Ele e Alvin haviam encerrado as filmagens – quando o trem passou, Riker's Hill registrou a luz refletida de maneira muito sutil – e, depois de assistir ao filme, ambos decidiram que era bom o bastante para provar a teoria de Jeremy, a não ser que estivessem dispostos a arranjar um equipamento melhor.

Ainda assim, na volta para o Greenleaf, os pensamentos de Jeremy, estavam longe do mistério e mesmo do caminho. Em vez de se concentrar, começou a reviver os últimos dias em sua mente, mais uma vez. Lembrou-se da primeira vez que viu Lexie no cemitério e de sua espirituosa conversa na biblioteca. Pensou no almoço em Riker's Hill e na visita ao calçadão, recordou a emoção com a extraordinária festa em sua homenagem e como se sentiu ao ver pela primeira vez as luzes no cemitério. Mas, acima de tudo, lembrou daqueles momentos em que começou a perceber que estava se apaixonando por ela.

Era realmente possível que tanta coisa tivesse acontecido em apenas alguns dias? Quando chegou a Greenleaf e entrou no quarto, ele tentou identificar o exato momento em que tudo passou a dar errado. Não tinha muita certeza, mas agora lhe parecia que ela estava tentando fugir de seus próprios sentimentos, e não apenas dele. Então, quando foi que Lexie notou o que sentia por ele? Na festa, como ele? No cemitério? Mais cedo naquela tarde?

Ele não tinha ideia de qual era a resposta. Tudo o que sabia era que a amava e que não concebia a ideia de nunca mais vê-la novamente.

As horas passaram devagar; como seu voo partiria de Raleigh ao meio-dia, deixaria Greenleaf em breve. Acordou antes das seis, terminou de arrumar suas coisas e colocou-as no carro. Depois de se certificar de que as luzes do quarto de Alvin estavam acesas, caminhou pelo ar gelado da manhã até o escritório.

Jed, como esperado, fez cara feia. Seu cabelo estava ainda mais despenteado que o normal e sua roupa estava amassada, de modo que Jeremy deduziu que ele devia ter levantado apenas alguns minutos antes. Jeremy colocou as chaves no balcão.

– É um belo lugar o que tem aqui – disse Jeremy. – Certamente vou recomendá-lo aos meus amigos.

Como se fosse possível, a expressão de Jed ficou ainda pior, mas Jeremy apenas respondeu com um sorriso amigável. No caminho de volta para o quarto, viu faróis tremeluzindo em meio ao nevoeiro enquanto um carro subia devagar pela estrada de cascalho. Por um instante, pensou que fosse Lexie e sentiu um agito no coração. Quando o carro enfim ficou visível, suas esperanças logo se esvaíram.

O prefeito Gherkin, enrolado em um casaco pesado e um cachecol, surgiu. Sem a mesma energia de seus encontros anteriores, ele tateou pela escuridão até encontrar Jeremy.

– Fazendo as malas, suponho – disse ele.

– Acabei de fazer.

– Jed não esfregou a conta na sua cara, não é?

– Não – disse Jeremy. – Obrigado por isso, por sinal.

– Não há de quê. Como disse, era o mínimo que poderíamos fazer por você. Apenas espero que tenha aproveitado sua estadia em nossa bela cidade.

Jeremy concordou com a cabeça, notando a preocupação no rosto do prefeito.

– É – disse ele. – Aproveitei.

Pela primeira vez desde que Jeremy o conheceu, Gherkin parecia sem palavras. Quando o silêncio ficou desconfortável, ele ajeitou o cachecol dentro do casaco.

– Bem, só queria passar para dizer que o pessoal daqui certamente gostou de conhecer você. Sei que estou falando pela cidade, mas você causou uma boa impressão.

Jeremy pôs as mãos nos bolsos.

– Qual a razão da enganação?

Gherkin suspirou.

– De incluir o cemitério no passeio?

– Não. Falo do fato de seu pai ter registrado a resposta no diário e você tê-la escondido de mim.

O rosto de Gherkin foi tomado por uma expressão de tristeza.

– Está absolutamente certo – disse depois de um momento. Sua voz era hesitante. – Meu pai solucionou o mistério, mas suponho que fosse o destino dele. – Ele olhou Jeremy nos olhos. – Sabe por que ele tinha tanto interesse na história da cidade?

Jeremy negou com a cabeça.

– Na Segunda Guerra Mundial, meu pai serviu o exército com um homem chamado Lloyd Shaumberg. Ele era tenente; meu pai, soldado da infantaria. As pessoas hoje em dia não parecem saber que, durante a guerra, não havia apenas soldados nas linhas de frente. A maioria das pessoas que estava lá era apenas gente normal: padeiros, açougueiros, mecânicos. Shaumberg era historiador. Pelo menos era assim que meu pai se referia a ele. Na verdade, ele era só professor de história de uma escola de Delaware, mas meu pai jurava que não havia profissional melhor no exército. Ele costumava manter seus homens entretidos contando histórias do passado, que quase ninguém conhecia, e isso evitava que meu pai ficasse assustado demais com o que estava acontecendo. De qualquer forma, depois da invasão da Itália, Shaumberg, meu pai e o resto do pelotão foram cercados pelos alemães. Shaumberg ordenou aos homens que recuassem enquanto tentava dar cobertura a eles. "Não tenho escolha", disse ele. Era uma missão suicida. Todos sabiam disso, mas Shaumberg era assim. – Gherkin fez uma pausa. – No fim das contas, meu pai sobreviveu e Shaumberg morreu e, depois que meu pai voltou da guerra, ele disse que também seria historiador, como uma homenagem ao amigo.

Quando viu que Gherkin não continuou, Jeremy olhou para ele, curioso.

– Por que está me contando isso?

– Porque – Gherkin respondeu –, da forma como vejo, também não tive muita escolha. Toda cidade precisa de algo característico, algo para lembrar as pessoas de que sua terra é especial. Em Nova York, você não tem que se preocupar com isso. Tem a Broadway, Wall Street, o Empire State e a Estátua da Liberdade. Mas aqui, depois de tantos estabelecimentos fecharem as portas, olhei à minha volta e percebi que tudo o que tínhamos era a lenda. E lendas... bem, são apenas relíquias do passado, e uma cidade precisa de mais do que isso para sobreviver. É tudo o que eu estava tentando fazer, achar uma forma de manter essa cidade viva, e então você apareceu.

Jeremy desviou o olhar, lembrando-se das lojas fechadas com tapumes que viu ao chegar na cidade e do comentário de Lexie sobre o fechamento da fábrica de tecidos e da mina de fósforo.

– Então veio aqui para contar o seu lado da história?

– Não – disse Gherkin. – Vim para que soubesse que tudo foi ideia minha. Não foi do conselho da cidade, nem do pessoal que vive aqui. Talvez eu estivesse errado. Talvez você não concorde com o que fiz. Mas fiz o que achei certo para este lugar e para as pessoas que moram aqui. E tudo o que peço é que, quando contar sua história, lembre-se de que não há mais ninguém envolvido. Se quiser me sacrificar, posso viver com isso. E acho que meu pai entenderia.

Sem esperar por uma resposta, Gherkin voltou para o carro e logo desapareceu na névoa.

O amanhecer pintava o céu em um tom de cinza-escuro, e Jeremy ajudava Alvin a carregar os últimos equipamentos quando Lexie chegou.

Ela saiu do carro do mesmo jeito que estava da última vez que Jeremy a viu, seus olhos violeta indecifráveis mesmo quando cruzavam olhares. Levava na mão o diário de Gherkin. Por um instante, encararam um ao outro como se nenhum dos dois soubesse o que dizer.

Alvin, que estava em pé ao lado do porta-malas aberto, quebrou o silêncio.

– Bom dia – disse.

Ela forçou um sorriso.

– Ei, Alvin.

– Acordou cedo.

Ela deu de ombros, voltando os olhos para Jeremy. Alvin olhou para os dois e fez um sinal com a mão.

– Acho que vou dar uma última olhada no quarto – disse ele, apesar de parecer que ninguém prestava atenção.

Quando ele saiu, Jeremy respirou fundo.

– Não achei que fosse aparecer – disse.

– Para ser sincera, eu também não tinha certeza se viria.

– Fico feliz por ter vindo – disse ele. A luz cinza fez com que ele lembrasse do passeio pela praia, perto do farol, e uma dor que retorcia dentro dele mostrou o quanto estava apaixonado por ela. Embora seu primeiro instinto tenha sido preencher o espaço que havia entre eles, a postura firme de Lexie o manteve a distância.

Ela apontou a cabeça na direção do carro dele.

– Está com as malas feitas e pronto para partir, ao que parece.

– É – ele disse. – Já está tudo pronto.

– E terminou de filmar as luzes?

Ele hesitou, odiando a banalidade daquela conversa.

– Você realmente veio aqui para falar sobre meu trabalho ou ver se meu carro está pronto ou não para a viagem?

– Não – disse ela. – Não vim.

– Por que veio, então?

– Para me desculpar pela forma como tratei você ontem na biblioteca. Não devia ter agido daquele jeito. Não fui justa com você.

Ele esboçou um sorriso.

– Tudo bem. Vou superar. E sinto muito, também.

Ela estendeu a mão com o diário.

– Trouxe isso para você. Caso queira.

– Não acho que quer que eu use isso.

– Não quero – respondeu ela.

– Então por que está dando para mim?

– Porque eu devia ter lhe contado sobre aquela passagem no diário e não quero que pense que todos aqui estão empenhados em encobrir a verdade. Entendo por que achou que a cidade estava aprontando alguma coisa, e essa é uma oferta de paz. Mas quero deixar claro que não havia nenhum grande esquema...

– Eu sei. – Jeremy interrompeu. – O prefeito passou por aqui esta manhã.

Ela concordou com a cabeça, abaixando os olhos antes de voltar a olhar nos olhos dele. Naquele instante, ele achou que ela fosse dizer alguma coisa, mas, o que quer que fosse, ela desistiu.

– Bem, acho que é isso – disse ela, enfiando as mãos nos bolsos do casaco. – Acho que é melhor deixar você terminar aqui para poder seguir viagem. Nunca fui fã de despedidas demoradas.

– Então isso é uma despedida? – perguntou, tentando manter os olhos fixos nos dela.

Ela pareceu quase triste ao virar o rosto para o lado.

– Tem que ser assim, não é?

– Então é só isso? Você veio aqui só para me dizer que acabou? – Ele passou a mão pelos cabelos e franziu as sobrancelhas. – Minha opinião sobre isso não importa?

Ela respondeu em voz baixa.

– Já passamos por tudo isso, Jeremy. Não vim aqui hoje para discutir, e nem para deixar você com raiva. Vim para me desculpar pela forma como tratei você ontem. E porque não queria que pensasse que essa semana não significou nada para mim. Porque significou, sim.

Suas palavras o atingiam como socos, e ele se esforçou para falar.

– Mas pretende terminar tudo.

– Pretendo ser realista – disse ela.

– E se eu dissesse que amo você?

Ela olhou para ele por um longo instante antes de desviar o olhar.

– Não diga isso.

Ele deu um passo na direção dela.

– Mas é verdade – disse ele. – Eu te amo. Não consigo evitar.

– Jeremy... por favor...

Ele se aproximou mais rápido, sentindo que finalmente havia derrubado as defesas dela, e sua coragem crescia a cada passo.

– Quero fazer isso dar certo.

– Não podemos fazer isso – disse ela.

– Claro que podemos – ele disse, contornando o carro. – Podemos encontrar um jeito.

– Não – ela disse, sua voz cada vez mais firme. Ela deu um passo para trás.

– Por que não?

– Porque vou me casar com Rodney, entendeu?

Suas palavras o congelaram.

– O que está dizendo?

– Ontem à noite, depois do baile, ele foi à minha casa e nós conversamos. Conversamos por um bom tempo. Ele é honesto, trabalhador. Ele me ama e está aqui. E você não.

Ele olhou para ela, atordoado com a notícia.

– Não acredito em você.

Ela olhou de volta, com o rosto impassível.

– Pois acredite.

Quando Jeremy não conseguiu dizer mais nada, ela lhe entregou o diário, levantou a mão, deu um breve aceno e começou a caminhar de costas, olhando para ele do mesmo jeito que havia feito naquele dia no cemitério.

– Adeus, Jeremy – disse ela antes de se virar para entrar no carro.

Ainda paralisado pelo choque, Jeremy ouviu o carro dando a partida e viu Lexie olhando por cima dos ombros enquanto começava a dar a ré. Ele correu para colocar as mãos sobre o capô, tentando detê-la. Mas assim que o veículo começou a se movimentar, deixou os dedos escorregarem pela superfície lisa e, por fim, deu um passo para trás, enquanto o carro seguia para a estrada.

Por um instante, Jeremy pensou ter visto o brilho de lágrimas nos olhos dela. Mas então a viu desviando o olhar e soube, de uma vez por todas, que nunca mais voltaria a vê-la.

Ele queria gritar, dizer a ela que parasse. Queria dizer que ele poderia ficar, que queria ficar. Que, se ir embora significava perdê-la, voltar para casa não valeria a pena. Mas as palavras ficaram presas e, cada vez mais devagar, o carro passou por ele, acelerando ao chegar mais perto da estrada.

Em meio ao nevoeiro, Jeremy ficou parado, observando o carro se transformar em um vulto, até o momento em que apenas os faróis eram visíveis. E então ele desapareceu completamente, e o som do motor sumiu no meio das árvores.

20

O resto do dia passou como se ele o observasse através dos olhos de outra pessoa. Magoado e com raiva, ele mal se lembrava de ter seguido Alvin pela estrada que voltava para Raleigh. Mais de uma vez, olhou pelo retrovisor para observar o asfalto preto e os carros que estavam atrás, esperando que um deles fosse o de Lexie. Ela havia deixado bem claro seu desejo de terminar a relação, mas mesmo assim ele sentia a adrenalina aumentar sempre que via um carro parecido com o dela e desacelerava para ver melhor. Alvin, enquanto isso, ficava cada vez mais distante. Jeremy sabia que devia prestar atenção na estrada adiante; em vez disso, passou a maior parte do tempo olhando para trás.

Depois de devolver o carro alugado, atravessou o terminal em direção ao portão de embarque. Ao passar pelas lojas lotadas, desviando das pessoas apressadas que estavam no caminho, mais uma vez se perguntou por que Lexie parecia tão disposta a abrir mão de tudo que haviam compartilhado.

No avião, seus pensamentos foram interrompidos quando Alvin se sentou na poltrona ao seu lado.

– Obrigado por dar um jeito de sentarmos juntos – disse Alvin, com a voz cheia de sarcasmo, enquanto guardava a mala no compartimento de bagagem.

– Quê? – disse Jeremy.

– Os assentos. Achei que fosse cuidar disso quando fizesse o *check-in*. Ainda bem que perguntei quando fui retirar o cartão de embarque. Teria que sentar na última fileira.

– Desculpe – disse Jeremy. – Acho que esqueci.

– É, acho que sim – disse Alvin, afundando no assento. Ele olhou para Jeremy. – Ainda não quer falar sobre aquilo?

Jeremy hesitou.

– Não sei se há alguma coisa para falar.

– Foi o que disse antes. Mas ouvi dizer que isso talvez faça bem. Não tem assistido aos programas de entrevistas ultimamente? Expresse seus sentimentos, liberte-se da sua culpa, procure e vai encontrar?

– Talvez mais tarde – resmungou ele.

– Faça como quiser – disse Alvin. – Se não quer conversar, tudo bem. Vou tirar uma soneca. – Ele inclinou o assento e fechou os olhos.

Jeremy ficou olhando pela janela enquanto Alvin dormiu durante a maior parte do voo.

No táxi que tomou ao sair do aeroporto de La Guardia, Jeremy foi bombardeado pelo barulho e pela agitação da cidade: executivos correndo apressados com suas pastas, mães puxando os filhos pequenos enquanto tentavam segurar sacolas de compras, o cheiro da fumaça dos carros, as buzinas e as sirenes das viaturas policiais. Era perfeitamente normal, o mundo onde cresceu e com o qual estava acostumado. O que o surpreendeu foi que, ao olhar pela janela do carro, tentando encontrar o rumo de sua vida real, lembrou-se de Greenleaf e do silêncio absoluto que conheceu lá.

De volta ao seu prédio, encontrou a caixa de correio lotada de folhetos de propaganda e contas. Pegou todos e se arrastou escada acima. Dentro do apartamento, tudo continuava do jeito que havia deixado. Revistas espalhadas pela sala, o escritório uma bagunça como sempre, e ainda restavam três garrafas de Heineken na geladeira. Depois de deixar a mala no quarto, abriu uma delas e levou o computador e a bolsa até a mesa.

Tinha toda informação que havia acumulado nos últimos dias: anotações e cópias de artigos, a câmera digital com as fotografias do cemitério, o mapa e o diário. Quando começou a tirar as coisas da bolsa, um pacote de cartões-postais caiu na mesa, e demorou um pouco para que se ele lembrasse que os havia comprado em seu primeiro dia na cidade. O cartão de cima era uma vista da cidade a partir do rio. Depois de desembrulhá-los, começou a olhar os demais. Encontrou cartões com representações da prefeitura, uma imagem esfumaçada de uma garça azul nas águas rasas de

Boone Creek e vários barcos reunidos em uma tarde agitada. Na metade do pacote, parou em uma foto da biblioteca.

Permaneceu imóvel, pensando em Lexie e percebendo mais uma vez que a amava.

Mas aquilo já tinha acabado, ele lembrou a si mesmo e continuou olhando os cartões-postais. Viu uma fotografia do Herbs estranhamente granulada, e outra da cidade vista de Riker's Hill. O último cartão era uma imagem do centro de Boone Creek, e ele fez mais uma pausa.

Era a reprodução de uma antiga foto em preto-e-branco da cidade, tirada por volta de 1950. Em primeiro plano estava o teatro, com seus frequentadores bem-vestidos esperando ao lado da bilheteria; ao fundo, uma árvore de Natal decorada na pequena área verde próxima à rua principal. Nas calçadas, era possível ver casais olhando as vitrines decoradas com guirlandas e luzes, ou andando de mãos dadas. Enquanto observava a imagem, Jeremy descobriu-se imaginando como as festas eram celebradas em Boone Creek cinquenta anos antes. No lugar das lojas fechadas com tapumes, viu calçadas lotadas de mulheres de cachecol, homens de chapéu e crianças apontando para pingentes de gelo que se formavam nas placas de trânsito.

Enquanto olhava, Jeremy pensou no prefeito Gherkin. O cartão-postal retratava não apenas como se vivia em Boone Creek há meio século, mas também como Gherkin desejava que a cidade voltasse a ser. Era a existência em uma pintura de Norman Rockwell, embora com um toque sulista. Ele segurou o cartão por bastante tempo, pensando em Lexie e tentando decidir o que fazer com a história.

A reunião com os produtores da televisão foi agendada para a tarde de terça-feira. Nate se encontrou com Jeremy em sua churrascaria preferida, Smith and Wollensky's, com antecedência. Nate estava animado como sempre, empolgado por ver Jeremy e aliviado por ele estar de volta à cidade, sob seu olhar vigilante. Logo que se sentaram, começou a falar sobre a filmagem de Alvin, descrevendo as imagens como fantásticas, como "aquela casa assombrada de Amityville, mas reais", e assegurando que os executivos da rede de TV iriam adorá-las. Na maior parte do tempo, Jeremy ficou em silêncio escutando o falatório de Nate, mas, quando viu uma mulher de cabelos escuros saindo do restaurante, cabelos que tinham exatamente o mesmo comprimento dos de Lexie, sentiu um nó na garganta e arranjou uma desculpa para ir ao banheiro.

Quando voltou, Nate examinava o cardápio. Jeremy pôs adoçante no chá gelado que havia pedido. Também analisou com cuidado o cardápio e mencionou que pensava em pedir o peixe-espada. Nate olhou para ele.

– Mas estamos na churrascaria – reclamou.

– Eu sei. Mas acho que prefiro alguma coisa mais leve.

Nate levou as mãos à altura da mesa, como se estivesse pensando em fazer o mesmo. Por fim, franziu as sobrancelhas e colocou o cardápio de lado.

– Vou pedir o contrafilé – disse ele. – Fiquei pensando nele a manhã inteira. Mas onde estávamos?

– A reunião – lembrou Jeremy, e Nate inclinou-se para a frente.

– Então não são fantasmas, certo? – disse Nate. – Você mencionou no telefone que viu as luzes, mas tinha uma boa ideia do que elas eram.

– Não – disse Jeremy. – Não são fantasmas.

– O que são, então?

Jeremy pegou suas anotações e passou os minutos seguintes explicando para Nate o que descobriu, começando pela lenda e descrevendo em detalhes o processo até a descoberta. Até ele mesmo notava a monotonia em sua voz. Enquanto escutava, Nate não parava de concordar com a cabeça, mas, quando terminou, Jeremy notou a testa de Nate franzindo de preocupação.

– A fábrica de papel? – disse ele. – Estava torcendo para que fosse algum teste do governo ou algo parecido. Tipo os militares testando algum novo avião ou coisa assim. – Ele fez uma pausa. – E tem certeza de que não era um trem militar? O pessoal do noticiário adora expor qualquer coisa que tenha a ver com os militares. Programas de armas secretas, coisas assim. Ou talvez tenha ouvido alguma coisa lá que não tenha explicação.

– Desculpe – disse Jeremy, com uma voz enfadonha. – É apenas a luz do trem refletida. Não havia nenhum barulho.

Observando Nate, Jeremy podia perceber as engrenagens funcionando. Nate, Jeremy aprendeu, tinha instintos mais afiados que os de seus editores quando se tratava de histórias.

– Não é muita coisa – disse ele. – Descobriu qual versão da lenda era verdade? Talvez possa fazer alguma coisa do ponto de vista racial.

Jeremy balançou a cabeça.

– Não consegui nem mesmo confirmar se Hettie Doubilet existiu mesmo. Exceto pelas lendas, não encontrei nenhum registro sobre ela em nenhum documento oficial. E Watts Landing já não existe mais faz tempo.

– Veja, não quero ser exigente demais, mas você tem que caprichar na apresentação se quer que isso funcione. Se não for entusiástico, eles também não se animarão. Estou certo ou estou certo? É claro que estou certo. Mas, vamos lá, seja sincero comigo. Achou mais alguma coisa, não?

– O que quer dizer?

– Alvin – disse Nate. – Quando deixou os vídeos, perguntei sobre a história, só para ter as impressões dele, e ele mencionou que você encontrou mais alguma coisa que era interessante.

A expressão de Jeremy não se alterou.

– Ele disse isso?

– Palavras dele, não minhas – disse Nate, parecendo satisfeito consigo mesmo. – Mas ele não me contou o que era. Falou que você deveria contar. O que significa que é algo importante.

Enquanto olhava para Nate, ele praticamente podia sentir o diário querendo sair de sua bolsa. Na mesa, Nate balançava o garfo de um lado para o outro, nervoso, esperando.

– Bem – Jeremy começou, sabendo que o tempo que tinha para tomar sua decisão havia acabado.

Como ele não continuou, Nate inclinou-se para a frente.

– Então?

Naquela noite, depois que a reunião acabou, Jeremy ficou sozinho em seu apartamento, observando distraído o mundo do lado de fora. Começou a nevar, e os flocos formavam uma massa rodopiante e hipnótica sob o brilho das luzes da rua.

A reunião havia começado bem. Nate havia instigado tanto os produtores que eles ficaram enlouquecidos com as imagens que viram. Ele fez o melhor que pôde. Depois disso, Jeremy falou sobre a lenda, percebendo o interesse crescente enquanto discorria sobre Hettie Doubilet, e a forma esmerada como havia conduzido a investigação. Intercalou a história de

Boone Creek com outras investigações sobre fatos misteriosos e, mais de uma vez, viu os executivos se entreolharem, claramente tentando imaginar como encaixar isso no programa.

Mas, quando ficou sozinho aquela noite, com o diário no colo, sabia que não trabalharia com eles. Sua história – o mistério do cemitério de Boone Creek – era similar a um romance que perdia força no fim. A solução era simples demais, conveniente demais, e ele notou a decepção dos executivos quando se despediram. Nate prometeu manter contato, e eles também, mas Jeremy sabia que ninguém mais ligaria.

Quanto ao diário, ele guardou segredo, como havia feito com Nate mais cedo.

Mais tarde, telefonou para o prefeito Gherkin. A proposta era simples: Boone Creek não prometeria mais aos visitantes do Passeio por Casas Históricas uma chance de ver os fantasmas no cemitério. A palavra "assombrado" seria removida do folheto, bem como qualquer coisa que dissesse que as luzes eram sobrenaturais. Em vez disso, seria dado total destaque à lenda, e os visitantes seriam informados de que poderiam testemunhar algo espetacular. Enquanto alguns turistas veriam as luzes e se perguntariam em voz alta se eram os fantasmas da lenda, os voluntários que conduziam as excursões seriam orientados a nunca insinuar algo parecido. Por fim, Jeremy pediu que o prefeito retirasse as camisetas e xícaras da loja de departamentos no centro.

Em troca, Jeremy prometeu que nunca falaria nada sobre o Cemitério Cedar Creek na televisão, em sua coluna ou em artigo independente. Não revelaria o plano do prefeito para transformar a cidade em uma versão fantasmagórica de Roswell, no Novo México, nem contaria a ninguém da cidade que o prefeito sabia da verdade o tempo todo.

Gherkin aceitou a oferta. Depois de desligar o telefone, Jeremy ligou para Alvin, que jurou manter segredo.

21

Nos dias seguintes a malsucedida reunião de Jeremy com os produtores, ele se concentrou em tentar voltar à sua antiga rotina. Conversou com seu editor da *Scientific American*. Atrasado com os prazos e lembrando-se vagamente de algo que Nate lhe sugerira, concordou em fazer uma coluna sobre os possíveis riscos de uma dieta com baixo teor de carboidratos. Passou horas na internet, pesquisando inúmeros jornais, procurando por outras histórias que pudessem ser interessantes. Ficou decepcionado ao descobrir que Clausen – com a ajuda de uma agência de publicidade de primeira linha de Nova York – havia se saído muito bem depois que Jeremy foi ao *Primetime* e ainda negociava um programa de TV próprio. A ironia da situação não escapou a Jeremy, que passou o resto do dia lamentando a ingenuidade daqueles que acreditavam.

Pouco a pouco, colocava-se de volta nos trilhos. Ou, pelo menos, ele achou que sim. Embora ainda pensasse em Lexie com frequência, imaginando se ela estaria ocupada com os preparativos para o casamento com Rodney, fazia o possível para expurgar estes pensamentos de sua cabeça. Doíam demais. Em vez disso, tentava retomar a vida que tinha antes de conhecê-la. Na noite de sexta-feira, foi a uma casa noturna. Não deu muito certo. Em vez de se misturar e tentar chamar atenção das mulheres que estavam por perto, ficou no bar enrolando com a mesma cerveja durante a maior parte da noite e foi embora muito mais tarde que de costume. No dia seguinte, visitou sua família no Queens, mas ver seus irmãos e as esposas brincando com os filhos apenas fez com que voltasse a desejar algo que nunca aconteceria.

Ao meio-dia da segunda-feira, quando mais uma tempestade de inverno se avizinhava, convenceu-se de que tinha realmente acabado. Ela não ligou, e ele também não. Às vezes, aqueles poucos dias com Lexie pareciam nada mais do que uma miragem que esteve investigando. Não pode ter sido real, disse a si mesmo, mas, sentado à sua mesa, descobriu-se mexendo nos cartões-postais mais uma vez, e, por fim, pendurou um da biblioteca na parede.

Pediu comida no restaurante chinês do quarteirão pela terceira vez na semana e então recostou-se em sua cadeira, questionando-se sobre as escolhas que fizera. Por um momento, perguntou-se se Lexie também estaria comendo naquele instante, mas o pensamento foi interrompido pelo toque do interfone.

Ele pegou a carteira e foi até a porta. Em meio à estática do interfone, ouviu uma voz feminina.

– Está aberta. Pode subir.

Folheou as notas, puxou uma de vinte e chegou à porta assim que ouviu alguém batendo.

– Foi rápido – disse. – Normalmente leva...

Sua voz se interrompeu assim que abriu a porta e viu quem estava ali.

No silêncio, olharam-se nos olhos até que Doris sorriu.

– Surpresa! – disse ela.

Ele piscou.

– Doris?

Ela bateu os sapatos para tirar a neve.

– Tem uma nevasca lá fora – disse ela – e tanto gelo que não tive certeza se conseguiria chegar. O táxi veio escorregando por toda a rua.

Ele continuou com o olhar fixo, tentando encontrar sentido naquela visita repentina.

Ela tirou a bolsa do ombro e olhou em seus olhos.

– Vai me fazer esperar aqui no corredor ou vai me convidar para entrar?

– É... claro. Por favor... – disse, gesticulando para que entrasse.

Doris passou por ele e colocou a bolsa em uma mesa de canto perto da porta. Olhou todo o apartamento e tirou o casaco.

– É bonito – disse, andando pela sala. – É maior do que pensei. Mas as escadas são de matar. Precisam mesmo consertar o elevador.

– É... eu sei.

Ela parou em frente à janela.

– Mas a cidade é linda, mesmo com a tempestade. E tão... movimentada. Posso entender por que algumas pessoas gostam de morar aqui.

– O que está fazendo aqui?

– Vim falar com você, é claro.

– Sobre Lexie?

Ela não respondeu de imediato. Em vez disso, suspirou e então falou com calma.

– Entre outras coisas.

Quando ele franziu as sobrancelhas, ela deu de ombros.

– Você não teria algum tipo de chá, teria? Ainda estou com um pouco de frio.

– Mas...

– Temos muito para conversar – disse ela, com a voz firme. – Sei que tem perguntas a fazer, mas vai demorar um pouco. Então, que tal um chá?

Jeremy foi até a pequena cozinha e esquentou uma xícara de água no micro-ondas. Depois de colocar o saquinho de chá, levou a xícara de volta para a sala, onde Doris estava sentada no sofá. Ele entregou a xícara a ela, que tomou um gole quase de imediato.

– Desculpe por não ter ligado. Sei que deveria. Deve estar muito surpreso. Mas queria falar com você pessoalmente.

– Como descobriu onde moro?

– Falei com seu amigo Alvin. Ele me contou.

– Falou com Alvin?

– Ontem – disse ela. – Alvin passou o número do telefone dele para Rachel, então liguei para ele, que foi gentil a ponto de dar seu endereço. Gostaria de ter tido a oportunidade de conhecê-lo quando esteve em Boone Creek. Pareceu um perfeito cavalheiro.

Jeremy sentiu que a conversa fiada era um sinal de nervosismo e decidiu não dizer nada. Sabia que ela simplesmente estava tentando elaborar o que falaria.

O interfone tocou mais uma vez e Doris olhou para a porta.

– É meu almoço – disse ele, irritado pela distração. – Espere um minuto, está bem?

Ele levantou, atendeu o interfone e destrancou a porta. Enquanto esperava, viu Doris alisando a blusa. Um instante depois, remexeu-se mais uma vez e, por algum motivo, o fato de ela estar nervosa o ajudava a se acalmar. Ele respirou fundo e saiu no corredor, cruzando com o entregador quando saía da escada.

Jeremy voltou e estava prestes a colocar a sacola com a comida na bancada da cozinha quando ouviu a voz de Doris às suas costas.

– O que pediu?

– Carne com brócolis, arroz frito com carne de porco.

– O cheiro está bom.

O jeito com que ela disse aquilo, provavelmente, foi o que o fez sorrir.

– Que tal se eu preparar dois pratos?

– Não quero comer seu almoço.

– Tem bastante – disse ele, pegando os pratos. – Além disso, você não me contou que gosta de conversar durante uma boa refeição?

Ele serviu a comida e depois a levou para a mesa. Doris sentou-se ao seu lado.

Mais uma vez, ele preferiu esperar que ela começasse, e comeram em silêncio por alguns minutos.

– Está uma delícia – disse ela enfim. – Não tomei café da manhã e acho que não percebi como estava com fome. É uma longa viagem até aqui. Tive que sair ao amanhecer, e o voo atrasou. O mau tempo adiou todos os voos e, por um momento, achei que nem decolaríamos. Estava nervosa também. Foi minha primeira viagem de avião.

– Sério?

– Nunca tive motivo. Lexie pediu que viesse visitá-la quando morava aqui, mas meu marido não estava bem de saúde e acabei não vindo. E então ela voltou. Estava bem abalada naquela época. Sei que provavelmente acha que ela é firme e forte, mas isso é o que ela quer que os outros acreditem. Por dentro, é igual a todo mudo e ficou arrasada com o que aconteceu com Avery. – Doris hesitou. – Ela contou sobre ele, certo?

– Sim.

– Ela sofreu em silêncio, manteve a fachada de durona, mas eu sabia como estava chateada. Não havia nada que pudesse fazer. Ela escondia os sentimentos, se mantendo ocupada, correndo de um lado para o outro, falando com todo mundo e fazendo de tudo para que tivessem a impressão de que estava bem. Não imagina o quanto me senti impotente.

– Por que está me contando isso?

– Porque ela está agindo da mesma forma agora.

Jeremy mexia na comida com o garfo.

– Não fui eu que terminei, Doris.

– Também sei disso.

– Então por que veio falar comigo?

– Porque Lexie não me escuta.

Apesar da tensão, Jeremy riu.

– Quer dizer que você pensa que eu sou um molenga?

– Não – disse ela. – Mas espero que não seja tão teimoso quanto ela.

– Mesmo que eu queira tentar de novo, ainda depende dela.

Doris olhou para ele com atenção.

– Acredita mesmo nisso?

– Tentei conversar com ela. Falei que queria encontrar um jeito de fazer a relação funcionar.

Em vez de responder ao seu comentário, Doris perguntou:

– Você já foi casado, não é?

– Há muito tempo. Lexie contou para você?

– Não – disse ela. – Soube desde nossa primeira conversa.

– As habilidades mediúnicas de novo?

– Não, nada disso. Tem mais a ver com a forma como interage com as mulheres. Tem o tipo de confiança que muitas mulheres acham atraente. Ao mesmo tempo, tive a sensação de que você entende o que as mulheres desejam, mas que, por alguma razão, não está disposto a entregar-se por completo.

– E o que isso tem a ver com todo o resto?

– Mulheres querem um conto de fadas. Não todas, é claro, mas a maioria cresce sonhando com o tipo de homem que arriscaria tudo por elas, mesmo sabendo que podem ficar magoadas. – Ela fez uma pausa. – Mais ou menos como quando você foi encontrar Lexie na praia. Foi por isso que ela se apaixonou por você.

– Ela não está apaixonada por mim.

– Sim, está.

Jeremy abriu a boca para refutar, mas não conseguiu. Em vez disso, balançou a cabeça.

– De qualquer forma, isso não importa mais. Ela vai se casar com Rodney.

Doris olhou para ele.

– Não, não vai. Mas, antes de achar que foi uma maneira que ela encontrou para afastar você, deve saber que Lexie só disse isso para não ter que passar noites acordada se perguntando por que você nunca voltou, caso fosse embora. – Ela fez uma pausa, deixando que ele assimilasse aquilo. – Além disso, não acreditou nela de verdade, acreditou?

O jeito como Doris disse aquilo fez com que ele se lembrasse da primeira reação que teve quando Lexie lhe contou sobre Rodney. Não, ele percebeu de repente. Não havia acreditado no que ela dissera.

Doris estendeu o braço por cima da mesa e segurou sua mão.

– Você é um bom homem, Jeremy. E merecia a verdade. Foi por isso que vim aqui.

Ela se levantou.

– Tenho que tomar um avião. Se não voltar esta noite, Lexie perceberá que há algo acontecendo. Prefiro que ela não saiba que vim aqui.

– É uma longa viagem. Você podia ter telefonado.

– Eu sei. Mas tinha que ver seu rosto.

– Por quê?

– Queria saber se também estava apaixonado por ela.

Ela deu um tapinha em seu ombro e foi em direção à sala, onde pegou sua bolsa.

– Doris? – chamou Jeremy.

Ela se virou.

– Sim?

– Encontrou a resposta que esperava?

Ela sorriu.

– A verdadeira questão é: você encontrou?

22

❧

Jeremy andava de um lado para o outro na sala. Precisava pensar, analisar as opções e só então saberia o que fazer.

Ele passou a mão direita no cabelo e depois balançou a cabeça. Não havia tempo para indecisão. Não agora, sabendo o que sabia. Ele tinha que voltar. Entrar no primeiro avião que pudesse e encontrá-la de novo. Conversar com ela, tentar convencê-la de que dizer que a amava foi a coisa mais séria que já fizera. Dizer que não conseguia imaginar sua vida sem ela. Dizer que faria o que fosse preciso para que ficassem juntos.

Antes mesmo que Doris conseguisse fazer sinal para um táxi do lado de fora, ele pegava o telefone e ligava para a companhia aérea.

Foi colocado na espera pelo que pareceu uma eternidade, ficando mais enfurecido a cada segundo que passava, até que enfim conseguiu ser atendido por um agente.

O último voo para Raleigh partia em noventa minutos. Mesmo com tempo bom, a corrida de táxi poderia levar metade deste tempo, mas era embarcar no voo ou esperar até o dia seguinte.

Ele tinha que ser rápido. Tirou uma sacola de academia do armário e jogou dentro duas calças jeans, algumas camisas, meias e cuecas. Vestiu com pressa a jaqueta e enfiou o celular no bolso. Pegou o carregador em cima da mesa. Computador? Não, não precisaria dele. O que mais?

Ah, sim. Correu para o banheiro e conferiu o conteúdo de sua *nécessaire*. Lembrou-se da lâmina de barbear e da escova de dentes e socou-as lá dentro. Apagou as luzes, desligou o computador e pegou a carteira. Olhando rapidamente, viu que tinha dinheiro o bastante para chegar ao aeroporto – o suficiente por enquanto. De canto de olho, espiou o diário de Owen Gherkin meio enterrado debaixo de um monte de papéis. Jogou o diário e a *nécessaire* na mala, tentou lembrar se precisava de mais alguma coisa e então desistiu. Não havia tempo. Pegou as chaves da mesa perto da porta, deu mais uma olhada em volta, fechou a porta e desceu correndo as escadas.

Fez o sinal para um táxi, disse ao motorista que estava com pressa e recostou-se, suspirando e esperando pelo melhor. Doris estava certa: por causa da neve, o trânsito estava ruim, e quando eles pararam na ponte que cruzava o rio East, sussurrou um xingamento. Para economizar tempo na segurança do embarque, tirou o cinto e pôs na mala, junto de suas chaves. O motorista olhou para ele pelo retrovisor. Sua expressão era de tédio e, apesar de dirigir rápido, não tinha nenhum senso de urgência. Jeremy engoliu as palavras, sabendo que não ajudaria nada irritá-lo.

Minutos se passaram. A chuva, que tinha dado uma trégua, voltou, diminuindo ainda mais a visibilidade. Quarenta e cinco minutos para a decolagem.

O trânsito voltou a ficar lento, e Jeremy suspirou bem alto ao olhar mais uma vez para o relógio. Trinta e cinco minutos para a decolagem. Dez minutos depois, chegaram à saída que levava ao aeroporto e dirigiram-se para o terminal.

Finalmente.

No momento em que o táxi parou, ele abriu a porta e jogou duas notas de vinte para o motorista. Dentro do terminal, hesitou por apenas um instante na frente do painel eletrônico de partidas para descobrir qual era seu portão de embarque. Por sorte, enfrentou uma fila pequena para retirar seu cartão de embarque e foi para o posto de segurança. Sentiu um peso no coração quando viu como as filas estavam grandes, mas ficou aliviado ao ver que uma nova fila foi aberta de repente. As pessoas que esperavam passaram a ir naquela direção. Jeremy, correndo, passou na frente de três delas.

O embarque seria encerrado em menos de dez minutos e, assim que passou pela segurança, Jeremy começou a trotar e depois correr. Costurando em meio à multidão, pegou seu documento, enquanto contava os portões.

Estava sem fôlego quando alcançou o portão de embarque e sentia que começava a transpirar.

– Cheguei a tempo? – disse, ofegante.

– Só por causa de um pequeno atraso na partida – disse a mulher no balcão, digitando no computador. O atendente perto da entrada o encarou.

Depois de pegar seu bilhete, o atendente fechou a porta assim que Jeremy começou a descer a rampa. Ele ainda tentava recuperar o fôlego quando chegou ao avião.

– Retiraremos a ponte de embarque em breve. É o último passageiro, então pode sentar em qualquer lugar – disse a comissária de bordo enquanto lhe dava espaço para passar.

– Obrigado.

Ele seguiu pelo corredor, perplexo por ter conseguido chegar, e viu uma poltrona vazia perto da janela na metade do caminho. Estava guardando sua mala no compartimento de bagagem quando viu Doris, três fileiras atrás.

Retribuindo seu olhar, ela nada disse; apenas sorriu.

O avião pousou em Raleigh às três e meia, e Jeremy andou com Doris pelo terminal. Perto da porta de saída, gesticulou por sobre os ombros.

– Tenho que alugar um carro – falou.

– Ficarei feliz em levá-lo – disse ela. – Estou indo para aquele lado.

Quando viu que ele hesitou, Doris sorriu.

– E deixo você dirigir – completou.

Ele foi acima de 120km/h o tempo todo e economizou 45 minutos da viagem de três horas. Começava a anoitecer quando chegou nas imediações da cidade. Com as imagens aleatórias de Lexie flutuando por sua mente, ele nem notou a passagem do tempo, nem conseguia lembrar muito do caminho. Tentou ensaiar o que diria ou prever o que ela responderia, mas percebeu que não fazia ideia do que aconteceria. Não importava. Mesmo que estivesse agindo apenas por instinto, não se imaginava fazendo nada diferente.

As ruas de Boone Creek estavam silenciosas quando se aproximou do centro da cidade. Doris virou-se para ele.

– Você se importa de me deixar em casa?

Jeremy olhou para ela, percebendo que mal conversaram desde que deixaram o aeroporto. Com a mente focada em Lexie, nem havia notado.

– Não vai precisar do seu carro?

– Não até amanhã. Além disso, está muito frio para andar por aí de noite.

Seguindo o caminho ditado por Doris, ele parou na frente de sua casa. No pequeno bangalô branco, era possível ver o jornal escorado na porta. A lua crescente pairava bem sobre o telhado, e sob a fraca luz, olhou-se no retrovisor. Sabendo que estava a apenas poucos minutos de ver Lexie, passou a mão no cabelo.

Doris percebeu o gesto de nervosismo e deu algumas batidinhas em sua perna.

– Vai dar tudo certo – disse. – Confie em mim.

Jeremy deu um sorriso forçado, tentando esconder suas dúvidas.

– Algum conselho de última hora?

– Não – disse ela, balançando a cabeça. – Aliás, você ouviu os que eu tinha para dar. Está aqui, não está?

Jeremy concordou com a cabeça, e Doris inclinou-se para beijar sua bochecha.

– Bem-vindo ao lar – sussurrou ela.

Jeremy manobrou o carro, cantando os pneus ao acelerar em direção à biblioteca. Lexia havia mencionado que mantinha a biblioteca aberta para as pessoas que vinham depois do trabalho, não? Em uma de suas conversas? Sim, ele pensou, tinha certeza disso, mas não conseguia de jeito nenhum lembrar quando. Foi no dia em que se conheceram? No dia seguinte? Ele suspirou, reconhecendo que sua necessidade compulsiva em relembrar a história que viveram juntos era simplesmente uma tentativa de acalmar os nervos. Devia ter vindo? Será que ela ficaria feliz em vê-lo? Qualquer confiança que tinha evaporou ao se aproximar da biblioteca.

O centro da cidade parecia nítido, em contraste com as imagens oníricas e enevoadas de que se lembrava. Passou pela Lookilu e viu meia dúzia de carros estacionados na frente e outros tantos amontoados na frente da pizzaria. Um grupo de adolescentes passava o tempo na esquina e, embora tenha achado, à primeira vista, que estivessem fumando, percebeu que era só sua respiração condensando no ar.

Ele virou de novo. Do outro lado do cruzamento, viu as luzes da biblioteca acesas nos dois andares. Estacionou o carro e saiu no frio da noite. Respirando fundo, andou rápido até a porta da frente e a abriu.

Como não havia ninguém na recepção, parou para olhar pelas portas de vidro que davam para o andar de baixo. Nenhum sinal de Lexie entre os frequentadores. Esquadrinhou toda a sala, para ter certeza.

Deduzindo que Lexie ou estaria em seu escritório ou na sala principal, apressou-se pelo corredor e subiu as escadas, olhando ao redor antes de ir até o escritório. De longe, notou que a porta estava fechada, e nenhuma luz passava por baixo dela. Ao verificar a porta, viu que estava trancada e então procurou pelos corredores enquanto ia à sala de livros raros.

Fechada.

Ziguezagueou pela sala principal, andando rápido, ignorando os olhares das pessoas, que, sem dúvida, o reconheciam, e então correu escada abaixo. Enquanto voltava para a porta da frente, percebeu que devia ter procurado pelo carro de Lexie e se perguntou por que não o tinha feito.

Nervosismo, uma voz dentro de sua cabeça respondeu.

Não importava. Se ela não estivesse ali, provavelmente estaria em casa.

Uma das voluntárias da terceira idade apareceu carregando um monte de livros, e seus olhos brilharam quando ela o viu se aproximando.

– Sr. Marsh? – chamou ela com uma voz monótona. – Não esperava vê--lo de novo! Que diabos está fazendo aqui?

– Estava procurando por Lexie.

– Ela saiu há mais ou menos uma hora. Acho que estava indo à casa da Doris para ver como ela estava. Sei que ela ligou mais cedo e Doris não atendeu.

Jeremy manteve uma expressão serena.

– É mesmo?

– E Doris não estava no Herbs, é o que sei. Tentei dizer para Lexie que Doris provavelmente estava dando uma volta, mas você sabe como ela fica preocupada. É como uma mãe. Deixa Doris maluca às vezes, mas ela sabe que é só o jeito de Lexie mostrar que se importa. – Ela fez uma pausa, percebendo de repente que Jeremy não havia explicado seu retorno. Antes que pudesse dizer mais uma palavra, entretanto, Jeremy a interrompeu.

– Escute, adoraria ficar para conversar, mas preciso mesmo falar com Lexie.

– Sobre a reportagem de novo? Talvez eu possa ajudar. Tenho a chave para a sala de livros raros, se precisar.

– Não, isso não é necessário. Mas obrigado.

Ele já havia passado por ela quando ouviu sua voz vindo de trás.

– Se ela voltar, quer que avise que passou aqui?

– Não – falou ele por sobre o ombro. – Quero fazer uma surpresa.

Ele sentiu um arrepio ao sair no frio e correu de volta para o carro. Saiu pela estrada principal e seguiu a curva para os limites da cidade, observando o céu ficar ainda mais escuro. Sobre as árvores, podia ver as estrelas, milhares delas. Milhões. Por um instante, imaginou como seria vê-las do topo de Riker's Hill.

Entrou na rua de Lexie, viu sua casa e sentiu algo desabar quando não viu luz alguma acesa, nem o carro na entrada. Relutando em acreditar no que via, passou pela casa devagar, esperando ter se enganado.

Se ela não estava na biblioteca, nem em casa, onde estava?

Será que passou por ela indo para a casa da Doris? Tentou pensar. Alguém passou por ele? Não que se lembrasse, mas não estava mesmo prestando atenção. De qualquer forma, ele estava certo de que teria reconhecido o carro dela.

Ele decidiu voltar à casa de Doris só para ter certeza e – dirigindo rápido demais pela cidade enquanto procurava pelo carro dela – acelerou até o bangalô branco.

Uma olhada foi tudo o que bastou para ver que Doris já havia se deitado.

Ainda assim, ele parou na frente da casa, tentando deduzir para onde Lexie havia ido. Não era uma cidade tão grande e eram poucas as opções. Imediatamente, pensou no Herbs, mas lembrou que ele não abria à noite. Não viu o carro dela na Lookilu – nem em nenhum outro lugar do centro, por sinal. Supôs que ela estivesse fazendo algo trivial: compras no mercado ou devolvendo um filme na locadora ou pegando roupa na lavanderia... ou... ou...

E com isso, ele de repente entendeu onde ela estava.

Jeremy agarrou o volante, tentando fortalecer-se para o final desta jornada. Sentia um aperto no peito e percebeu que respirava rápido demais, da mesma forma que acontecera mais cedo naquela tarde, quando se sentou no avião. Era difícil acreditar que seu dia havia começado em Nova York pensando que nunca mais veria Lexie, e que agora estava em Boone Creek, planejando fazer o que achava impossível. Ele dirigiu pelas estradas escuras, ainda enervado ao pensar em qual seria a reação de Lexie ao vê-lo de volta.

O luar deu ao cemitério uma cor quase azulada, e as lápides pareciam brilhar como se houvesse uma luz fraca vindo de dentro delas. A cerca de ferro dava um toque assustador àquela paisagem etérea. Ao se aproximar da entrada, Jeremy viu o carro de Lexie estacionado perto do portão.

Parou atrás dele. Enquanto saía do carro de Doris, podia ouvir o som do motor esfriando. As folhas estalavam sob seus pés e ele respirou fundo. Pôs a mão no capô do carro de Lexie e sentiu o calor que irradiava. Ela estava lá havia pouco tempo.

Ele passou pelo portão e viu a magnólia, suas folhas estavam pretas e brilhantes como se tivessem sido mergulhadas no petróleo. Pulou um galho e lembrou-se de como foi difícil andar pelo cemitério com Lexie naquela noite enevoada em que não conseguia enxergar nada. Depois de andar até a metade do cemitério, ouviu o som de uma coruja vindo de uma das árvores.

Deixando o caminho, contornou uma cripta que desmoronava, andando devagar para fazer o mínimo barulho possível, e subiu o pequeno declive. Sobre ele, a lua pendia no céu como se estivesse pregada a um lençol preto. Pensou ter escutado um murmúrio baixinho e, quando parou para ouvir direito, sentiu uma intensa onda de adrenalina. Ele veio encontrá-la, encontrar a si mesmo, e seu corpo se preparava para o que estava por vir. Ele subiu a pequena colina, sabendo que os pais de Lexie estavam enterrados do outro lado.

Estava quase na hora. Em um instante, veria Lexie e ela o veria. Resolveria tudo de uma vez por todas, ali onde tudo começou.

Lexie estava exatamente onde imaginou que estaria, banhada pela luz prateada. Seu rosto carregava uma expressão de vulnerabilidade, quase triste, e seus olhos tinham uma cor violeta luminosa. Estava vestida de acordo com o clima – um cachecol no pescoço, luvas pretas que transformavam suas mãos em meras sombras.

Ela falava com suavidade, mas Jeremy não conseguia identificar as palavras. Enquanto a observava, ela de repente parou e levantou os olhos. Por um longo momento, seus olhares se encontraram.

Lexie parecia paralisada enquanto olhava para ele. Por fim, desviou o olhar. Voltou a olhar para os túmulos, e Jeremy percebeu que não fazia ideia do que passava pela cabeça dela. Logo sentiu que fora um erro ir até lá. Ela não o queria ali, não o queria de jeito nenhum. Sentiu um aperto na garganta e estava prestes a ir embora quando percebeu um leve sorriso malicioso no rosto dela.

– Sabe, você não devia ficar encarando assim – disse ela. – Mulheres gostam de homens que saibam ser sutis.

Uma sensação de alívio inundou seu corpo, e ele sorriu enquanto se aproximava. Quando estava perto o bastante para tocá-la, estendeu o braço e colocou a mão no quadril dela. Ela não o afastou. Em vez disso, curvou-se em sua direção. Doris estava certa.

Ele estava em casa.

– Não – sussurrou ele encostado no cabelo dela. – Mulheres gostam de homens que as sigam até o fim do mundo, ou mesmo até Boone Creek, se for necessário.

Puxando Lexie para perto, ele levantou o rosto dela e a beijou, sabendo que nunca mais a deixaria.

Epílogo

Jeremy e Lexie estavam sentados juntos, abraçados debaixo de um cobertor, olhando a cidade lá embaixo. Era noite de quinta-feira, três dias depois do retorno de Jeremy para Boone Creek. As luzes da cidade, brancas e amarelas intercaladas com ocasionais vermelhas e verdes, pareciam tremeluzir, e ele conseguia ver as colunas de fumaça subindo das chaminés. O rio corria negro como carvão líquido, espelhando o céu. Adiante, as luzes da fábrica de papel espalhavam-se em todas direções, iluminando a ponte da ferrovia.

Nos últimos dias, ele e Lexie tinham passado muito tempo conversando. Ela pediu desculpas por ter mentido sobre Rodney e confessou que ir embora deixando Jeremy na estrada de cascalho em Greenleaf foi a coisa mais difícil que já havia feito. Descreveu o sofrimento da semana que passaram separados, um sentimento que Jeremy compartilhava. Ele contou que embora Nate não estivesse empolgado com sua mudança, seu editor na *Scientific American* concordava em deixá-lo trabalhar de Boone Creek, desde que fosse a Nova York com regularidade.

Mas Jeremy não mencionou que Doris fora visitá-lo em Nova York. Em sua segunda noite de volta à cidade, Lexie o levou para jantar na casa de Doris, que o puxou de lado e pediu para não dizer nada a respeito.

– Não quero que ela pense que estou interferindo na vida dela – falou, com os olhos brilhando. – Acredite ou não, ela acha que *eu* sou controladora.

Às vezes, ele achava difícil acreditar que estava mesmo ali com ela; por outro lado era difícil acreditar que um dia havia ido embora. Estar com Lexie parecia natural, como se ela fosse o lar que ele vinha buscando. Embora ela parecesse se sentir do mesmo jeito, não permitiu que ele ficasse em sua casa.

– Não quero dar ao pessoal daqui uma razão para fofocar.

De qualquer modo, ele se sentia razoavelmente confortável em Greenleaf, mesmo que Jed ainda não tivesse esboçado um sorriso.

– E Rodney e Rachel? Você acha que é sério? – perguntou Jeremy.

– Parece que sim – disse Lexie. – Eles têm passado muito tempo juntos. Ela sorri toda vez que ele aparece no Herbs, e juro que ele *fica vermelho*. Acho que farão bem um para o outro, de verdade.

– Ainda não acredito que me disse que ia se casar com ele.

Ela encostou o ombro no dele.

– Não quero falar sobre isso de novo. Já pedi desculpas. E prefiro que não me lembre mais disso pelo resto da vida, muito obrigada.

– Mas é uma história tão boa.

– Acha isso porque fica parecendo que você era o bonzinho, e eu, a malvada.

– Eu era o bonzinho.

Ela beijou sua bochecha.

– Sim, você era.

Ele a puxou para mais perto, observando uma estrela cadente riscar o céu. Ficaram em silêncio por um instante.

– Está ocupada amanhã? – perguntou.

– Depende. O que tem em mente?

– Liguei para a Sra. Reynolds e vou ver algumas casas. Gostaria que viesse junto. Em um lugar como esse, não quero ir parar na vizinhança errada.

Ela o abraçou mais apertado.

– Eu adoraria.

– E queria levá-la a Nova York, também. Algum dia, nas próximas semanas. Minha mãe insiste em conhecer você.

– Também gostaria de conhecê-la. Além disso, sempre adorei aquela cidade. Algumas das pessoas mais legais que conheci moram lá.

Jeremy revirou os olhos.

Acima deles, finas nuvens passavam flutuando pela lua e, no horizonte, Jeremy percebeu que uma tempestade se aproximava. Em poucas horas, a chuva chegaria. Mas, naquele momento, ele e Lexie estariam bebendo vinho na sala de estar dela, ouvindo as gotas bombardearem o telhado.

Em dado momento, ela se virou na direção dele.

– Obrigada por voltar. Por se mudar para cá... por tudo.

– Não tive escolha. O amor faz coisas engraçadas com as pessoas.

Ela sorriu.

– Também te amo, sabia?

– É, eu sei.

– O quê? Você não vai dizer?

– Precisa?

– Claro. E use o tom certo. Tem que dizer como se estivesse sentindo.

Ele sorriu, imaginando se ela controlaria seu "tom" para sempre.

– Eu te amo, Lexie.

Ao longe, um apito de trem tocava, e Jeremy viu um pontinho de luz em meio à escuridão da paisagem. Se fosse uma noite enevoada, as luzes logo apareceriam no cemitério. Lexie parecia seguir seu raciocínio.

– Então me diga, Sr. Jornalista Científico, ainda duvida que milagres existam?

– Acabei de dizer. Você é o meu milagre.

Ela encostou a cabeça em seu ombro por um instante, e depois segurou sua mão.

– Estou falando sobre milagres de verdade. Quando acontece algo que você nunca acreditou ser possível.

– Não – disse ele. – Acho que sempre há uma explicação se alguém cavar fundo o bastante.

– Mesmo se um milagre estivesse prestes a acontecer conosco?

A voz dela era suave, quase um sussurro, e ele olhou para ela. Podia ver o reflexo das luzes da cidade tremulando em seus olhos.

– Do que está falando?

Ela respirou fundo.

– Doris me deu uma notícia hoje cedo.

Jeremy observou seu rosto, incapaz de compreender o que ela estava dizendo, mesmo enquanto sua expressão mudou de hesitante a animada e esperançosa. Ela olhou para ele, esperando que dissesse alguma coisa, e ainda assim a mente dele se recusava a registrar suas palavras.

Havia ciência e havia o inexplicável, e Jeremy passara a vida tentando conciliar os dois. Ele deu ênfase à realidade, ridicularizou a magia e sentiu pena daqueles que realmente acreditavam naquilo. Mas ao olhar para Lexie, tentando encontrar sentido no que ela dizia, percebeu sua velha sensação de certeza indo embora.

Não, ele não conseguia explicar, e nunca conseguiria, nem no futuro. Aquilo desafiava as leis da biologia, destruía as convicções do homem que ele pensava ser. Era impossível, mas, quando ela gentilmente pôs a mão dele sobre sua barriga, ele acreditou com uma certeza repentina, eufórica, nas palavras que nunca imaginou que ouviria.

– Aqui está nosso milagre – sussurrou ela. – É uma menina.

CONHEÇA OS LIVROS DE NICHOLAS SPARKS

O melhor de mim

O casamento

À primeira vista

Uma curva na estrada

O guardião

Uma longa jornada

Uma carta de amor

O resgate

O milagre

Noites de tormenta

A escolha

No seu olhar

Um porto seguro

Diário de uma paixão

Dois a dois

Querido John

Um homem de sorte

Almas gêmeas

A última música

O retorno

O desejo

Para saber mais sobre os títulos e autores da Editora Arqueiro,
visite o nosso site e siga as nossas redes sociais.
Além de informações sobre os próximos lançamentos,
você terá acesso a conteúdos exclusivos
e poderá participar de promoções e sorteios.

editoraarqueiro.com.br